Pilar Baumeister

Leichte psychische Störungen

Erzählungen

© 2016 Pilar Baumeister

Herstellung und Verlag:
BoD - Books on Demand, Norderstedt

Umschlaggestaltung:
Angelika Acker

ISBN 978-3-7392-3358-1

Inhalt

Eine Spende für Weißrussland 10
Das Rauschgift der Liebe 20
Am Ort des Nichts angekommen 52
Die Umnachtung einer Göttin 74
Eine plötzliche Eingebung 98
Die Mythensammlerin 138
Die Ökoverbrecherin 164
Marie und die vielen Freunde 176
Ein Weihnachtsmann für die Erwachsenen: Revolution 186
Die Zeit der Schwäche 196
Cordelias Himmel 218
Eine mitfühlende Kassandra 246
Der Husten und das Böse 264
Zweitausenddreizehn, ein surreales Märchen 280
Die Lepra-Kranken, Mr. und Mrs. Bromfield 284
Chaoserinnerungen 302
Die Novena der Verwandlung 310
Zu der Autorin 326

Eine Spende für Weißrussland

Ich bin froh, dass sich meine psychischen Störungen in Grenzen halten. Mein Psychologe, Frank Krämer, wiederholt immer was ich sage, wie ein Papagei; wahrscheinlich um mich zu beruhigen und mich in meiner Selbstsicherheit zu bestärken.

„Ja, seien Sie froh, dass Sie Ihre Phobien und Manien noch unter Kontrolle haben."

„Wenn ich an meine Nachbarin denke, die ein Putzsyndrom hat! Von morgens bis abends hört man, wie sie nur immer weiter putzt und putzt, bis ihre Hände blutig werden durch das ewige Kratzen und die starken Produkte, die sie benutzt. Am Anfang dachte ich, dass sie besonders sauber war. Aber jetzt sehe ich schon, dass es nicht mehr normal ist."

„Bestimmt. Die Putzmanie ist gefährlich. Sie haben schon gesehen, dass es nicht mehr normal ist."

„Diese Nachbarin, Frau Elsbeth Friedrich, hat vor vier Monaten ein sehr schönes Baby geboren. Sie sollte sich mehr ihrem Baby widmen und weniger dem Putzen. Es ist so schade! Sie lässt das Kind oft weinen, um sich weiter ihrem Sauberkeitswahn hinzugeben. Wenn etwas schmutzig wird, freut sie sich darüber, denn dann kann sie wieder von vorne anfangen."

„Ja, sie sollte sich mehr um das Baby kümmern und weniger putzen."

„Vielleicht hat sie sich den kleinen Markus angeschafft, um gerade ihre Schmutzfantasien zu verwirklichen. Ich würde am liebsten nach unten gehen und den Kleinen entführen. Der Arme! Er wird so ein hartes Leben mit so einer Mutter haben!"

„Natürlich. Sie wären eine viel bessere Mutter. Aber leider können wir da nichts tun, und Sie können das Baby nicht entführen."

„Sie sollte auch einen Psychologen finden, wie ich einen gefunden habe. Nächstes Mal, wenn ich sie treffe, werde ich ihr Ihre Adresse geben."
„Meine Adresse geben... Es ist in Ordnung. Ich bin auch für die neuen Kunden da."
„Und meine Freundin Nathalie soll auch zu Ihnen kommen. Bei ihr ist es keine Putzmanie, sondern sie hat die Besessenheit des Häufens, alles aufheben und sich von nichts trennen können. Ihre Wohnung ist zum Bersten voll mit unnötigem Kram, mit alten und neuen Sachen, alle vermischt. Küchengeschirr zusammen mit Schreibmaschinenpapier, Abfall und Perlenketten. Ich bin nicht besonders ordnungsliebend, aber dieses Chaos, diese Unordnung ohne Verstand wäre mein Tod."
„Gewiss, solche Unordnung wäre auch mein Tod. Schicken Sie Nathalie ruhig vorbei."
„Warum wiederholen Sie immer, was ich sage? Das geht mir langsam auf die Nerven."
„Es ist aber besser, als wenn ich Ihnen ständig widersprechen würde."
„Mein Vater hatte eine sehr starke Agoraphobie. Jahrelang, bis zu seinem Tod vor drei Jahren, konnte er das Haus nicht verlassen, keine Veranstaltung, kein Café oder Kino besuchen. Er war nicht einmal imstande, abends einen Spaziergang zu machen, denn wir wohnten an einer verkehrsreichen Straße und die Geräusche, das Vibrieren der Autos, der Busse und der Menschen waren ihm zu viel. Die Aufträge seiner Firma konnte er, Gott sei Dank, von zu Hause erledigen und sogar ein mit ihm befreundeter Zahnarzt kam zu uns nach Hause, um seine Zähne zu machen. Er hatte eine ganze Kolonie von Helfern, die zu ihm kamen: der Akustiker für sein Hörgerät, der Friseur, die Sekretärin, die Dame für die Pediküre. Er war nicht ganz am Rande der Gesellschaft, aber

mich hätte so eine Krankheit am Boden zerstört, immer in so einem engen Raum leben zu müssen, keine Straßen und keinen Ortswechsel mehr für mich zu haben."
„Seien Sie unbesorgt, liebe Mirtha, Agoraphobie ist nicht erblich."
„Ich dachte weniger an Erbveranlagungen, sondern mehr an die Gefahr der Ansteckung. Es gibt so viele Neurosen um uns herum! Sie sind bedrohlich und überall präsent."
„Und wie! Neurosen ohne Ende! Ich lebe davon, habe mich darauf spezialisiert."
„Welche ist die Schlimmste, Herr Krämer? Eine Schulkameradin, Sophie, hatte sich ununterbrochen die Hände gewaschen. Damals merkte ich es nicht richtig, aber es war schon krankhaft. Sie verbrachte alle Pausen in der Schultoilette; sie kam zu spät zum normalen Unterricht und sogar zu den Klassenarbeiten. Am Ende verpasste sie einige Stunden. Sie kam zur Schule, nur um zur Toilette zu gehen und sich die Hände waschen zu können. Und zu Hause tat sie das gleiche, wie ihre Mutter mir erzählte. Manchmal kam eine Psychologin zur Schule und sprach mit ihr, aber ich glaube kaum, dass sie sie heilen konnte.
Der Anblick ihrer armen Hände brachte mich manchmal zum Schwitzen. Sie waren meistens halb nass, rochen intensiv nach Seife, mit mehr Seife als mit Wasser malträtiert, und sie sahen genau so gemartert und gequält aus wie Elsbeths Hände, nachdem sie den Boden und alle möglichen Gegenstände geputzt hat. Sie stammten vielleicht vom gleichen Prinzip: Die eine putzt die Oberflächen um sich herum und die andere einen Teil ihres eigenen Körpers."
„Arme Frauen, Elsbeth und Sofie!"
„Ich traf Sofie vor ein paar Jahren und es war nicht besser geworden, ganz im Gegenteil. Sie war den ganzen Tag voll beschäftigt mit ihren Händen. Sie konnte keine Termine mehr

einhalten, weil sie so viel Zeit dafür brauchte. Sie war meistens arbeitslos, wollte sich auch sexuell nicht binden und keine Kinder bekommen. Bei unseren Verabredungen, die wir noch versuchten einzuhalten, kam sie zu spät oder gar nicht."
„Ja, leider sind viele Neurosen unheilbar. Ein normaler Mensch kann sich nicht vorstellen, wie zeitaufwändig Wahnfantasien und Besessenheiten sind. Ich kannte eine Frau, die Depressionen hatte, und das Anziehen allein kostete sie so viele Mühe, dass sie kaum noch Zeit hatte, um ein paar Lebensmittel einkaufen zu gehen und mit irgendwelchen Verwandten zu telefonieren. Mit diesen drei Handlungen war der ganze Tag für sie schon ausgefüllt. Psychisches Leid entkräftet bis zur Atemlosigkeit."
Herr Krämer macht eine lange Pause, um zu unterstreichen, dass ein neuer, wichtiger Punkt beginnt: „Und Sie, Sie wollten etwas über sich selbst erzählen? Haben Sie auch die Sorgen einer Neurosepatientin?"
„Ja, Sie wissen schon... Ich komme zum zehnten Mal zu Ihnen und alles wiederholt sich. Aber ich bremse meine Neurosen so gut ich kann. Ich bin an sich ziemlich normal. Doch ich glaube, ich liebe einige Menschen zu sehr, und das hält mich in ständiger Unruhe. Wenn es ihnen schlecht geht, verliere ich fast den Verstand. Ich kann kaum differenzieren und eine Grenze ziehen zwischen ihren Schmerzen und meinen eigenen. Was den meisten gelingt, sich selbst am schärfsten zu fühlen, ist mir kaum gegeben. Ihre Krankheiten machen mich nicht nur sachlich, sondern emotional und explosiv unerträglich unglücklich.
Ich habe ein latentes Schuldgefühl, als hätte ich gerade meinen geliebten Menschen Schlechtes gewünscht und müsste jetzt mit Horror sehen, dass meine bösen Wünsche in Erfüllung gingen. Oder manchmal bilde ich mir ein, ich sei in der Lage, bloß durch meine Gedanken meine Lieben vor dem

oder dem Unglück... zu retten, und dann verwickele ich mich in unvernünftige Automatismen und Rituale. ‚Wenn ich jetzt drei Vaterunser sage, wird der Vater keinen Unfall haben. Wenn ich es aber nicht tue, dann habe ich den Unfall selbst produziert.' ‚Wenn ich die Lampe meiner Mutter viermal hintereinander anmache, dann wird sie keine Lungenentzündung, sondern nur eine Frühlingserkältung bekommen.' ‚Wenn ich das Kreuz in meinem Schlafzimmer dreimal anfasse und küsse, dann wird meine Schwester ihre Prüfung bestehen.'
Ich weiß, dass all diese Allmachtstorys nicht wahr sind, dass nichts von mir abhängt, aber ich fühle mich immer verantwortlich, wenn etwas schief läuft. Wenn die Eltern sich gestritten haben, dann ist es, weil ich meinen inneren Befehlen nicht gehorcht habe. Ich habe es abgelehnt, die Streichhölzer mit der linken Hand zu nehmen. Und ich hätte die Namen der Eltern dreimal hintereinander aussprechen sollen. Es sind primitive Befehle aus einer falsch verstandenen Religion und Mathematik, ohne jeglichen Zusammenhang mit dem Streit der Eltern. Hin und wieder lege ich ein Gelübde ab, um etwas Schreckliches zu verhindern: ‚Ich werde zehn Tage lang keine Schokolade essen, keine Musik hören und keine Filme sehen.' Aber dann wehre ich mich heftig dagegen: ‚Nein, ich verspreche nichts, denn für den Fall, dass ich meine Gelübde brechen sollte, wäre die Strafe noch schlimmer. Ich darf nichts versprechen, was ich nicht hundertprozentig halten kann.' Und besonders, weil es verrückt ist, weil kein Zusammenhang zwischen der Enthalsamkeit meiner kleinen Freuden und dem Unfall des Vaters oder der Lungenentzündung der Mutter besteht."

„Und diesmal gab es auch ein Zwangsgelübde? Was hatten Sie versprochen? Dreimal die Toilette auf- und abzuschließen, bevor Sie hineingingen?"

„Ja, so ungefähr. Je schwieriger die Situationen sind, umso kräftiger und andauernder sind die Zwangsvorstellungen. Mein Bruder wurde am Herzen operiert, und wir durchlebten sehr ängstliche und gefährliche Tage der Ungewissheit. Gestern war nach einer anscheinenden Besserung am Anfang wieder ein kritischer Augenblick eingetreten. Und gerade gestern kam dieser Spendenaufruf aus Weißrussland. Gewöhnlich reagiere ich ziemlich unempfänglich auf solche Briefe. Es gibt überall eine Überflutung von Spendenaufrufen und ich bin nicht die Reichste, wie Sie wissen. Bald werde ich mir keinen Psychologen mehr leisten können, wenn es so weitergeht. Aber diesmal musste ich darauf reagieren."
„Sie hatten plötzlich Lust für die armen Leute in Weißrussland zu spenden und schickten sofort etwas Geld?"
„Mehr als für sie direkt, war es für meinen Bruder, verstehen Sie? Ich wollte ihn irgendwie retten, und ich hatte extra darum gebeten, dass ich etwas für ihn tun könnte. Eine gute Tat zu vollbringen, schien mir der einzige mögliche Weg. Diese Suppenküche eines katholischen Priesters für arme, hungernde Menschen im Winter war nur eine Ausrede. Der Spendenaufruf kam im Moment der höchsten Not, als ich verzweifelt war und Gott unbedingt versprechen wollte, dass ich besonders gut sein würde, sollte er am Ende Tom helfen und uns durch seine Heilung glücklich machen.
Im Grunde habe ich ein schlechtes Gewissen dabei, denn mein Mitleid und meine Sympathie mit den hungernden und halberfrorenen obdachlosen Bettlern und Bedürftigen (auch wenn ich selbst eine Freundin aus Weißrussland habe) ist schon groß, aber es würde nicht ausreichen, um mich zu einer Spende zu motivieren. Die armen Betroffenen brauchen mir nicht im Geringsten dankbar zu sein. Es ist verwerflich, dass ich sie lediglich als Instrument benutzt habe. Ich glaube, hinter jeder guten Tat stecken gewisse verborgene und wenig

altruistische Beweggründe mit eigensüchtigen Wurzeln."
„Sicher, sicher, jede gute Tat ist mit Vorsicht zu genießen. Die einen tun es nur für Gott und achten gar nicht auf die Menschen; die anderen nur für einen bestimmten Menschen, wie Sie. Aber es ist gut, dass eine empfindsame Ecke in Ihnen geblieben ist, durch die noch etwas von Nächstenliebe durchdringen kann."
„Mir erscheint es nicht so. Ich schäme mich dessen, dass manche Gaben so maschinell und gleichgültig ohne direkten Bezug zum Empfänger fließen. Bin ich nicht auch manchmal das Opfer eines solchen Betruges gewesen? Jemand gab mir etwas, ich war total dankbar und machte mir die Illusion, eine warme Freundschaft mit meinem Wohltäter angefangen zu haben. Nachher aber stellte sich heraus, dass ich nicht die intendierte Person war, sondern nur ein Mittel. Hier ist es anonym, und es kann keine persönliche Enttäuschung geben, aber trotzdem widerstrebt es mir."
„Wir wollen jetzt zu einem Abschluss kommen. Wie werden wir unseren heutigen Diskussionsansatz nennen, Mirtha?"
„Eine berechnende Spende mit dem Hintergedanken, etwas dafür zu bekommen. Die Helden der Wohltaten sollten entmythisiert und ihre Verdienste relativiert werden. Letzten Endes ist es einfacher für mich, 50 Euro über eine Bank zu überweisen als mich zu einer zehntägigen Diät zu verpflichten. Auch die Firmen erhoffen sich einen Gewinn durch ihre Werbeaktionen der Spenden. Also bin ich keine Heilige, eher eine Neurotikerin."
„Aber der Ausgangspunkt, von dem aus wir gestartet sind, war ein Vergleich der verschiedenen Krankheiten unter Ihren Bekannten."
„Ja. Und zum Schluss meine eigene. Wie würden Sie meine definieren? Bin ich sehr krank, Herr Krämer?"
„Kaum. Wahrscheinlich weniger als die anderen. Sie sind nicht

süchtig oder masochistisch veranlagt und peitschen sich nicht aus. Sie tun sich selbst nicht weh noch bitten Sie die anderen es für Sie zu tun, wie Ihr Vetter Nikolaus, der Ihrer Erzählung nach immer zu den Dominas geht. Sie unterliegen keinem Waschzwang, jedes Mal wenn sie mit der überfüllten Bahn fahren und den Schweiß der Leute riechen müssen, oder wenn Sie Leute mit fettigen Händen essen sehen oder eine öffentliche Toilette aufsuchen müssen. Sie waschen sich nicht den ganzen Tag die Hände wie ihre Bekannte Sofie. Ihnen sieht man es weniger an, Ihre stillen Neurosen und Selbstgespräche, Ihre Tabus, Ihre Zwangsgelübde und geheimen Wünsche sind im Vergleich harmlos."
„Ich empfinde meine Krankheit auch als weniger gravierend. Doch andererseits sterbe ich an Angst vor der Zukunft. Hoffentlich überwindet mein Bruder die Operation. Sonst wäre ich ewig schuld daran, weil ich so wenig getan habe. Ich habe nur eine naive Spende und ein paar Gebete in die Schale des Schicksals geworfen."
„Ja, es sind immer die anderen, die agieren: Die Ärzte, Ihr Bruder selbst. Sie bezichtigen sich des Nichts-Tun-Könnens, aber das allein ist keine Schuld. Vielleicht wäre es eine gute Lösung, etwas demütig zu sein, etwas weniger die Welt dirigieren zu wollen. Bleiben Sie gelassen und stoisch."
„Ich weiß. ich bin nur ein kleines Rädchen ohne Kraft. Meine Gedanken, Impulse und Absichten haben keine Macht. Das Problem ist, dass ich meine Familie zu sehr liebe, das nimmt mir jede Lust, mich auf mich selbst zu konzentrieren."
„Von Ihrem Mann sprechen Sie weniger, Frau Lehmann. Ist er vielleicht nicht so sehr der Gegenstand Ihrer Liebe?"
„Oh doch! Ich mache mir auch Sorgen um ihn. Wenn er zum Zahnarzt gehen muss, wenn er ein paar wichtige Daten in seinem Computer verloren hat, wenn meine Schwiegermutter ihn beleidigt hat und er wieder über seine schwere Kindheit

nachgrübeln muss. Aber bei Max habe ich nicht dieses Gefühl von Schuld, wenn etwas scheitert, nur bei meiner Ursprungsfamilie."
„Sie haben keine Kinder?"
„Nein. Im Grunde bin ich froh, denn dann hätte ich noch mehr Sorgen. Ich heiratete ziemlich spät, als ich schon 43 Jahre alt war. Keiner konnte daran glauben. Das war der glücklichste Tag meines Lebens, als ich es erreichte, Frau Lehmann zu werden; und nicht nur Mirtha, eine unverheiratete Person indischer Abstammung, die immer nur mit den Eltern oder allein in einem Zimmer als Studentin gelebt hatte. Durch meine Verbindung mit Max hörten mein ewiges Studium und Alleinsein auf, aber nicht so meine Neurosen."
„43... keine Zeit mehr für Kinder. Behalten Sie noch etwas aus Indien? Oder sind Sie gänzlich Deutsche geworden?"
„Das letztere stimmt. Meine Geschwister haben einmal Indien besucht. Aber ich noch nicht. Sollte ich vielleicht eine Gelübde ablegen, dass, wenn mein Bruder geheilt wird und nicht stirbt, dass ich dann nach Indien reisen werde?"
„Ich würde mich nicht zu sehr verpflichten. Nachher, wenn Sie das nicht erfüllen könnten, dann käme wieder die Panik. Sie haben schon mit der Spende genug getan. Einer freut sich auf jeden Fall über Ihre Spende."
„Ja, Pater Bernard, obwohl er nicht weiß, welchen Umständen sie zu verdanken ist. Ab heute wird er mir wahrscheinlich dauernd Spendenaufrufe schicken. Vielleicht sollte ich in ein Orthodoxenkloster in Weißrussland gehen, um dort meine Ruhe zu finden und diesen Menschen aus der Nähe besser zu helfen. Aber ich kann meine Familie unmöglich verlassen, und besonders jetzt nicht, da sie so krank sind."
„Sie quälen sich unnötigerweise. Keiner verlangt so viele Opfer von Ihnen."
Die Zeit für meine psychologische Behandlung ist um. Frank

Krämer ist aufgestanden und wiederholt ausdruckslos wie ein Roboter einen unserer ersten Sätze: „Wir halten Ihre Phobien und Manien unter Kontrolle."
Wie nahe dem Abgrund wir manchmal sind! Aber nein, ich werde nicht hineinstürzen.

Das Rauschgift der Liebe

Ich bin müde vom Warten und sehr gereizt. Axel hat mir schon gesagt, dass dieser Mann meistens unpünktlich zum Unterricht kommt. Er hat ihn mir ziemlich ausführlich beschrieben, damit ich genau weiß, wen ich ansprechen soll.
„Er ist klein, unbedeutend, gut rasiert, blond, meistens in Leder, unpünktlich... Er hat eine übertrieben jugendliche Stimme wie ein elfjähriges Kind; einen Finger seiner linken Hand hat er vor zwei Jahren bei einem Unfall verloren; meistens spielt er nervös mit einem dicken Schlüsselbund, den er unverfehlbar mit sich trägt, denn er ist der Hausmeister eines sehr großen Gebäudes."
Ich schaue mich weiter ungeduldig im Café herum, aber der Mann von Axels Beschreibung ist noch nicht da. Es ist viel zu schade um meine Zeit. Gerade heute muss ich zur Frauenärztin wegen der jährlichen Krebsvorsorgeuntersuchung, um 11:30 Uhr habe ich den Termin. Dann muss ich zu meiner Nichte und ihrem Freund, danach meiner alten Nachbarin etwas Gesellschaft leisten und beim Aufräumen helfen, denn heute Nachmittag kommt der Anstreicher für beide Wohnungen, und Anstreicher brauchen bekanntlich freie Wände, sonst können sie nicht arbeiten.
Der Gedanke an den gynäkologischen Stuhl widerstrebt mir, auch der Gedanke an die vielen Möbel, die man stapeln und zudecken muss, ebenfalls der Gedanke an den Freund meiner Nichte, Dirk Heuser, der mir schon zwei Mal kleine Geldbeträge aus der Handtasche geklaut hat. Oder verdächtige ich ihn zu unrecht?
Endlich ist der unpünktliche Mann da, in Leder, mit dem dicken Schlüsselbund. Seine linke Hand hält er versteckt, wahrscheinlich wegen des Fingers. Es muss sehr

unangenehm sein, nur vier zu haben. Er scheint mir tatsächlich sehr klein, an seiner Seite komme ich mir wie ein Riese vor.
„Sind Sie Herr Horst Greven?"
Er nickt zerstreut, nimmt mich kaum wahr. Seine Augen suchen eindeutig nach einem anderen Menschen in dem kleinen Café. Natürlich, er erwartet meinen Bruder, mit dem er sich verabredet hat. Mit mir hat er sich nicht verabredet, und es ist eine sehr nebensächliche Rolle, die ich in dieser Geschichte spielen muss. Ich bin in die Unterkategorie eines Laufjungen mit einer kurzen Nachricht herabgestuft worden. Na ja, er ist ein Hausmeister und ich nichts weiter als ein Bote.
„Mein Name ist Irmgard Meier, ich bin Axels Schwester. Mein Bruder hat mich geschickt, damit ich Ihnen sage, dass er den Französischunterricht heute leider nicht geben kann. Er ist plötzlich erkrankt."
„Erkrankt? Kommt er nicht?"
Jetzt ist er wach geworden und versteht den Grund meiner Gegenwart. Außer Atem und mit einem Stöhnen lässt er seine zwei Bücher auf den Cafétisch fallen und setzt sich zu mir.
„Es tut uns leid", sage ich schüchtern. „Wir konnten Sie nicht benachrichtigen, weil Sie schon unterwegs waren."
Er scheint sehr unzufrieden und enttäuscht. Auch verbal drückt er trocken eine Beschwerde aus: „Ich habe mich so beeilt! Und es ist umsonst gewesen."
Ich könnte fast zornig werden. Ich bin ja auch extra gekommen, aber er zeigt keinerlei Dankbarkeit. Leider kann ich ihm nicht dienen und ihm Axel ersetzen, weil ich kein Französisch kann. Umsonst, umsonst! Na ja, er braucht die Stunde sowieso nicht zu bezahlen.
„Seien Sie nicht böse, Herr Greven. Es ist das erste Mal in zwei Jahren, mein Bruder ist sonst sehr zuverlässig."
„Was hat er denn? Seine Allergie?"

„Ja, ja. Er hat angefangen zu niesen, über eine Stunde hat es gedauert, und wenn man so viel niesen muss, kann man unmöglich unterrichten. Hat er Ihnen von seiner Allergie erzählt?"
„Ja."
Jetzt scheint er eine Spur menschlicher und lächelt amüsiert.
„Das Niesen habe ich häufig bei ihm erlebt. Ich habe ihm mehrmals gesagt, dass er sich gründlich im Krankenhaus untersuchen lassen sollte. Möchten Sie eine Tasse Kaffee mit mir trinken, Frau Meier?"
„Gerne. Kaffee ist immer gut."
Man kann sowieso schlecht weggehen, ohne etwas zu bestellen. Die fünf Minuten werden wir uns schon gegenseitig ertragen, und er kann mir seine Hausaufgaben für Axel zur Korrektur geben, damit mein Besuch nicht so sehr „umsonst" gewesen ist. Er ist ein fanatischer Schüler. Ja, ich habe gehört, dass er eine französische Freundin hat und deshalb so fleißig diese Sprache lernt.
Es stimmt nicht mit der angeblichen Krankheit meines Bruders. Ich habe es nur so zur Ausrede gesagt. Die Wahrheit ist, dass Axel sich plötzlich und tödlich verliebt hat und das Zimmer des Mädchens nicht mehr verlassen will. Er hat seine ganzen Verpflichtungen vergessen, und ich habe schon fünf seiner Schüler angerufen, um die heutige Stunde zu verschieben. Heute ist für manche Menschen der Tag der Liebe, nicht aber für mich, oder?
Wir bestellen den Kaffee. Er sagt, wie jemand, der sich schon verabschiedet: „Ich wünsche Ihrem Bruder eine gute Besserung. Wann glauben Sie, dass ich mit ihm rechnen kann?"
Es scheint ihm sehr dringend mit dem Unterricht zu sein, er ist unterrichtsbesessen. Als Hausmeister braucht er wahrscheinlich kein Französisch. Will er vielleicht in

Frankreich leben?
„Kann ich morgen um die gleiche Zeit wieder kommen?"
„Ich weiß es nicht genau. Am besten warten Sie auf seinen Anruf."
„Sollte die Krankheit sehr lange dauern, dann müsste ich mich nach einem anderen Lehrer umsehen, so leid es mir tut. Ich kann keine ganze Woche ohne diese Sprache sein."
„Kann Ihre französische Freundin Sie nicht unterrichten?"
„Nein, Eugenie ist nicht bei mir, wir sehen uns nur drei Mal im Jahr. Dann überprüft sie meine Fortschritte: Für jedes neue Wort, das ich lerne, liebt sie mich ein bisschen mehr."
Ich muss mein Lachen unterdrücken. Diese linguistisch gesteuerte Liebe scheint mir so lustig wie das Niesen meines Bruders. Doch ist der Fanatismus des kleinen Mannes gleichzeitig unheimlich. Er ist süchtig, genauso wie Axel süchtig nach Fanny ist, nach dem neuen Mädchen, und meine Nichte Petra ist auch nach ihrem Freund, Dirk Heuser, süchtig, der mir vielleicht Geld aus der Handtasche geklaut hat. Eugenie, Petra und Fanny sind drei Königinnen der Liebe.
Ich trinke den sehr heißen Kaffee besonders langsam. Herr Greven hat eine Tablette in seinem Kaffee aufgelöst. „Was ist das für eine Tablette?", denke ich. Hoffentlich verwechseln wir nicht die Tassen, denn dann würde ich aus Versehen seine Tablette einnehmen.
Ich wünsche, ich hätte auch einen ausländischen Freund, der mich zu irgendetwas antreiben würde wie Esperanto oder Englisch, Schwimmen, Kochen, die Geschichte Israels, die Geschichte der Armenier oder der Kurden zu lernen. Ich bin ärgerlich über meine eigene Kälte, denn ich bin 34 und liebe keinen Menschen. Nur aus Pflichtgründen treffe ich jetzt diesen Fremden und danach meine Verwandten und die alte Nachbarin. Uninteressiert, ohne Begeisterung, laufe ich durch die Welt; alles kostet mich ein Opfer, wahrscheinlich weil ich

nichts aus Liebe tue.
„Es wäre mein Tod, wenn ich nicht weiter lernen könnte, verstehen Sie? Eugenie würde nicht mehr an meine Liebe glauben."
„Wofür nehmen Sie die Tabletten? Gegen Kopfschmerzen?"
„Sagen Sie Ihrem Bruder, dass sein Niesen mich nicht stört, ich habe mich schon daran gewöhnt. Ich erwarte ihn morgen hier. Einverstanden?"
Seine „fixe Idee" ist zum Verzweifeln. Der Mann ist wahrscheinlich nicht ganz richtig im Kopf. Ja, ich muss versuchen, Axel für ein paar Stunden von seiner geliebten Fanny zu trennen.
„Du darfst deine Arbeit nicht vernachlässigen, sonst verlierst du schnell all deine Schüller."
„Ich kann nicht garantieren, dass mein Bruder kommt, Herr Greven, das müssen Sie doch begreifen."
„Und Sie? Kommen Sie, um mir Auskunft zu geben?"
„Morgen kann ich nicht, in meiner Wohnung wird gestrichen. Aber Axel meldet sich noch heute bei Ihnen."
„Das ist problematisch, meistens schlafe ich bei einem Freund, der kein Telefon hat."
Ich bin kein Laufjunge, ich will morgen nicht wieder kommen.
„Aber auf der Arbeit, unter Ihrer Hausmeisternummer... da sind Sie bestimmt zu erreichen."
„Nein. Es ist zu viel zu tun, ich gehe nie ans Telefon."
Was kümmert mich, wie die beiden sich weiter arrangieren werden? Ich muss auch bald weg, zur Frauenärztin.
„Warum schlafen Sie bei einem Freund und nicht in Ihrer Wohnung?"
„Um weniger einsam zu sein. Außerdem... Herbert hypnotisiert mich, und das ist gut für meine Nerven; er bringt mich zum Schlaf. Ich leide an Schlaflosigkeit, besonders seit dem Unfall, als ich meinen Finger verlor. Hypnotismus ist ein

hervorragendes Mittel, glauben Sie mir."
„Und Sie waren schon in Paris? Axel ist sehr stolz auf Ihre Leistungen. Sie können sich schon fließend unterhalten und Texte lesen, nicht wahr?"
„Ja."
„Diese Tablette, die Sie jetzt nehmen, ist auch zum Schlafen?"
„Nein, im Gegenteil... sie hat eine eher aufmunternde Wirkung. Es ist eine Liebestablette, damit ich zur Liebe fähig bin."
Ich lächle verlegen und nervös. Ach, irgendwelche Pillen für die Potenz. Dieser Mann ist eigenartig und hat einen ganz verkehrten Lebensstil: Er ist ein Paranoiker des Lernens... lässt sich von einem Freund hypnotisieren, um zu schlafen... geht nie ans Telefon während seiner Arbeit als Hausmeister und noch dazu nimmt er Pillen für die Potenz, gerade wenn die Freundin abwesend ist... Er sammelt ja nur Energien, die er nicht ausleben kann. Oder geht er zu einer Prostituierten?
„Nehmen Sie die Tabletten jeden Tag?"
„Ja, und viele. Zwei oder drei würden nicht ausreichen. Ich will nicht geizig in der Liebe sein, verstehen Sie?"
Ich ziehe meinen Stuhl zurück. Ich habe ein bisschen Angst. Dieser Mann ist wie eine gefährliche Bombe, die jede Sekunde explodieren kann. Ich nehme die kleine Bombe nicht in meine Hand, natürlich nicht, keine Sorge. Ich habe nichts damit zu tun.
„Zwei oder drei würden nicht ausreichen? Wie viele können Sie denn überhaupt vertragen? Kann man nicht an einer Überdosis sterben?"
„Nein, sie sind völlig harmlos und sie haben einen wunderbaren Zitronengeschmack. Möchten Sie sie ausprobieren?"
Ich lehne entschieden ab.
„Nein, nein. Was soll ich mit einer fremden Substanz? Ich weiß nicht einmal, was für Reaktionen sie auslöst. Beschreiben Sie

mir lieber Ihren Zustand. Wie fühlen Sie sich?"
„Gut, gemütlich. Meine Männlichkeit wird wach; ich fühle mich zur Liebe geboren."
Er drückt meine Hand unter dem Tisch mit einer plötzlichen, schelmischen Bewegung, als wollte er sagen: „Auch mit Ihnen könnte ich etwas anfangen." Ich muss an seinen unfreundlichen Empfang vor ein paar Minuten zurückdenken. Na ja, da hatte er die Droge womöglich noch nicht genommen. Wie lange mag die Wirkung anhalten?
„Und können Sie dann alle Frauen undiskriminierend lieben? Oder nur die eine, Ihre Verlobte?"
„An sich alle Menschen, auch Männer und Kinder, unabhängig von Alter und Geschlecht. Es gibt keine Grenzen mehr für die Liebe."
Wie sonderbar! Soll ich ihn für einen Monster halten, der sogar mit Männern und Kindern ins Bett geht, wenn er unter der Wirkung dieser Droge steht? Die perverse Vorstellung macht mich schwindlig. Ich möchte nicht daran denken. Der kleine, verschwitzte Verführer mit einer Atombombe in der Hose, einem Sprengstoff, der ihn selbst zerfetzen könnte.
Bald muss ich mich auch ausziehen und meine Genitalien zeigen... Der Frau Dr. Gertrud Lorenz, der Frauenärztin, werde ich sie in ein paar Minuten zeigen. Mit ihrer Lampe wird sie alles beleuchten und mich mit ihrem erforschenden Gerät unangenehm streicheln. Gerade weil ich keine Männerkontakte habe und wie eine Nonne lebe, ist mir diese jährliche Erfahrung um so lästiger. Ich bin verkrampft... keine Übung. Ach, die unbequeme Lage auf dem gynäkologischen Stuhl und die Kälte der Geräte werden mich wie jedes Mal abstoßen.
Warum soll ich überhaupt zu dieser Krebsvorsorgeuntersuchung? Ich könnte es mir sparen und stattdessen zum Friseur gehen. Bloß weil man über 30 noch

gefährdeter ist? Beim Friseur kann ich voller Würde und Natürlichkeit mein schönes Haar zeigen und brauche keine Hemmungen zu haben, dass mein Geschlechtsteil vielleicht nicht sauber genug ist. Warum diese hartnäckige Heldentat jedes Jahr? Ist es Angst vor dem Tod? Oder ist es eine geheime Lust, dass wenigstens jemand, die Frauenärztin, meine verborgensten Teile erforscht? Ja, eine routinierte Mischung aus Ablehnung und betroffener, süßer Ergebenheit ist es.
„Ich muss gleich gehen", sage ich mit gequälter Stimme. „Wenn Sie möchten, kann ich Ihre Hausaufgaben weiterleiten. Vielleicht werde ich meinen Bruder heute Nachmittag sehen, aber genau weiß ich es auch nicht, denn ich muss vieles erledigen."
„Danke. Ich habe keine Hausaufgaben gemacht."
Er schenkt mir kein Vertrauen, das ist das Ganze. In meiner Berufung als Vermittlerin fühle ich mich gescheitert, ich kann seinem Wunsch nicht nachkommen und eine Verabredung zwischen Axel und ihm sicherstellen. Hätte ich ihm Französisch beibringen können, dann hätte dieser Mann mich mehr beachtet, aber so habe ich keine Chancen trotz seiner Liebestabletten.
„Wann kommt Ihre Freundin Sie besuchen? Oder wann fahren Sie zu ihr?"
„In drei Monaten erwarte ich sie zu Weihnachten."
„Und was machen Sie in der Zwischenzeit mit so viel Liebe?"
„Ich verstreue sie über die ganze Welt, ich stecke die Menschen damit an. Keine Panik, Liebe ist besser als Aids."
Er schaut mich nachdenklich an, wie ich meine Tasse Kaffee zu Ende trinke.
Erst dann merke ich, dass ich aus seiner Tasse getrunken habe. Die Tassen wurden verwechselt, ich weiß nicht recht wann und bei welcher Gelegenheit. Es gab ja keine

großartigen Bewegungen am Tisch; er raucht nicht und hat folglich nicht, auf der Suche nach einem Aschenbecher, seine Tasse zu mir hingeschoben; wir wechselten keine Adressen aus; ich bin nicht aufgestanden, um jemanden zu grüßen. Aber es ist passiert; im selben Moment ist es vielleicht passiert, als ich daran gedacht habe, dass wir unsere Tassen verwechseln könnten. Vielleicht hat er es absichtlich getan, um mich anzustecken. Jetzt habe auch ich das Rauschgift der Liebe in meinem Körper.
Ich frage mich, wie ich als Frau darauf reagieren werde und was Potenz und Erektion in einer Frau bedeuten.

„Horst, du gefällst mir plötzlich. Du bist schuld daran, weil du mir deinen Kaffee mit deiner Tablette gegeben hast. Oder ist es deine Persönlichkeit, die dieses Wunder ermöglicht hat? Du hast mir den Kopf verdreht. Du bist klein, aber faszinierend."
„Ich verstehe Sie nicht, Frau Meier."
„Du hast mir dieses seltsame Rauschgift gegeben, und jetzt bin ich in dich verliebt. Sieh, es sind noch Reste vom Pulver in meiner Tasse. Tatsächlich, es schmeckt nach Zitrone, sehr erfrischend. Durch den Kaffeegeschmack hatte ich es bisher nicht bemerkt, jetzt schmecke ich es um so mehr... Ich sauge die kleinen Reste aus. Ja, ich will alles austrinken, damit dieses Gefühl nicht sofort verschwindet. Hast du noch viel von dem Zeug? Gib mir deine ganzen Tabletten. Ach, es ist so ein wunderbares Gefühl!"
„Es muss ein Irrtum sein. Ich habe meinen eigenen Kaffee und meine Tablette genommen."
„Dann liebst du mich auch, nicht wahr?"
„Bei mir wirkt es nicht so schnell. Ich brauche etwas Zeit, bis ich bereit bin, die Liebe zu empfinden. Entschuldige meinen Geiz, aber ich kann dir nur eine, höchstens zwei Tabletten geben, die anderen brauche ich für mich selbst."

„Müssen wir entbehren? Können wir uns nicht den Stoff nach Belieben holen?"
„Nein, er ist sehr schwer zu bekommen. Er war eine einmalige Gabe. Es war ein Zufall, dass ich ihn kriegte und ich wüsste nicht, wo ich danach suchen könnte. Ein Freund meiner Mutter gab mir dieses Rauschgift der Liebe, bevor er starb."
„Deine traurigen Augen bewegen mich unaussprechlich, und die Art, wie du die Schlüssel hältst. Ich möchte deine Stirn, deine Hände und deine Brust küssen; dein ganzes Gesicht möchte ich sofort mit spielerischen Küssen bedecken. Ich bin meinem Bruder dankbar, dass ich dich durch ihn kennen gelernt habe. Wie ist das, bist du sexuell sehr erregt, wenn ich dir das sage? Ich habe noch nie einem Mann meine Liebe erklärt; doch ich fühle mich so frei; zum ersten Mal, so ungezwungen und ohne Tabus!
Ich kann alles fließend offenbaren, was mir einfällt, was in meinem Herzen liegt. Ich will auch so früh wie möglich den Beischlaf mit dir. Ich kann alles lernen, was ich noch nicht weiß. Ich weiß so gut wie nichts über die Liebe, denn bisher waren alles Barrieren und Männer, die vor mir flüchteten, die mich nicht verstanden. Ich will nicht an deine Verlobte in Frankreich, sondern nur an unsere Liebe denken. Ich bin nicht eifersüchtig auf sie, solange ich sie noch nicht kenne. Heißt sie Madeleine, Lilian, Annette? Hast du ein Bild von ihr in der Tasche? Was ist Besonderes an ihr, das sie so unwiderstehlich für dich macht? Brauchst du denn keine Tabletten, wenn du zu ihr gehst?
Du, Horst, ich bin auch in deine kleine Behinderung verliebt. Ich möchte deine Hand, die eine ohne den Zeigefinger, massieren. Ich möchte deine Haare kämen, deine Wimpern sehr zartlich und vorsichtig berühren. Ich kann dir unmöglich alles sagen, was ich für dich empfinde. Diese Liebe ist so naiv, unmittelbar, nur in ein paar Sekunden entstanden und so

gewachsen wie ein unerwarteter, mächtiger Regen, der sich unaufhörlich ausbreitet. Am liebsten würde ich dir einen Liebesbrief schreiben, weil ich da nicht unterbrochen werden, niemand mir widersprechen könnte."
Ich höre mich gerne reden, denn ich hatte bisher nie so viel über die Liebe nachgedacht und gesprochen; ich liebe den Klang der Liebesworte, vielleicht sogar stärker als diesen Mann.
Er zeigt sich nicht geschockt durch meinen Gefühlsausbruch, bekundet auch keine sichtbare Leidenschaft für mich. Schließlich frage ich entmutigt und schüchtern: „Wie ist es, wirkt die Tablette noch nicht bei dir?"
„Nein. Vielleicht hast du recht, du hast sie an meiner Stelle genommen, deshalb bin ich jetzt so gleichgültig und müde, weil ich überhaupt keine... Die ganze vergangene Nacht habe ich nicht geschlafen. Im Moment brauche ich Herbert und eine gute Sitzung hypnotischer Beruhigung bei ihm mehr als die Liebe einer Frau, verstehst du?"
„Warum hast du mir diese Droge gegeben, wenn du mein Bedürfnis nicht teilen kannst? Ich sollte dich anzeigen. Ich habe bisher in den vier Wänden meiner Kälte gelebt, und jetzt... Aber ich kann nicht böse auf dich sein, ich liebe dich viel zu sehr."
„Du solltest mir danken, statt mich anzuzeigen. Dir gefällt dieses Gefühl, nicht wahr?"
„Ja und nein. Es ist ein Kribbeln, eine Sehnsucht nach mehr... mehr Gespräch und Nähe, und wenn ich das alles nicht erreichen kann... Aber ja, es ist interessant und schön, dich zu betrachten. Bisher war alles so fade und ausdruckslos. Die Liebe verwandelt alle Perspektiven, wie ich schon in Büchern gelesen habe. So sehe ich dich jetzt ganz anders als am Anfang unserer Begegnung. Die Übersteigerung des Lebens ist nur durch Liebe möglich, und hätte ich dieses Rauschgift

nie probiert... dann wäre ich immer unten geblieben, eine Leiche des Alltags."
„Sei denn froh. Ich liebe, du liebst, sie lieben, wir lieben... Die Liebe ist unser Stolz und unser Reichtum. Du bist ein Neuling auf dem Gebiet, deshalb viel sensibler als ich, deshalb wirken die Tabletten bei dir so stark. Irgendwann, wenn ich die Tablette wieder nehme und onaniere, werde ich an dich denken. Du kannst mich auch besuchen, wenn du willst. Dein Bruder hat meine Adresse."
„Und du sagst, du hast es nicht in der Apotheke gekauft? Jemand, der gestorben ist, gab dir dieses Präparat? Um Gottes Willen, hoffentlich ist es kein Gift, an dem wir eines Tages unfühlbar aber sicher sterben, ja, weil wir vor so viel Liebe nicht mehr atmen können! Ich fürchte mich... Substanzen unbestimmter Herkunft sind gefährlich. Wie lautet die Zusammensetzung der Tablette?"
„Du willst doch nicht zu einem medizinischen Labor oder? Sie würden uns entweder verhaften oder auslachen. Vielleicht handelt es sich bloß um ein hungerdämpfendes Mittel mit Zitronengeschmack, das ich mir geholt habe, um schlank für die Liebe zu erscheinen."
„Verharmlose nicht die Wirkung. Mir ist so heiß geworden, ich bin die Beute so komplexer und sonderbarer Empfindungen! Ich möchte deinen Rücken kratzen, ich möchte deine Schweißtropfen zählen und den Kontakt deiner Lederhose auf meinem Rock spüren. Das war am Anfang nicht so, bis ich aus Versehen diese Droge geschluckt habe. Deine Stimme war so neutral und farblos, und diese gleiche Stimme bringt mich jetzt fast zum Orgasmus..."
Er lacht nervös. „Es schmeichelt mir sehr, dass ich mit 60 noch so verführerisch sein kann."
Er ist schon 60, und ich bin liebestoll. Schäme dich, Irmgard. Er ist nicht der geeignete Partner.

Er murmelt weiter mit einem ironischen Lächeln: „Ich fühle mich wie jemand, der etwas Wunderbares zu essen bekommt, der aber gerade seine Zähne verloren hat. Du kannst mich morgen besuchen, wenn du immer noch Lust dazu hast und die Wirkung der Tabletten noch nicht vorbei ist. Du hast gesagt, dass du gehen musst. Ich auch. Es ist schon spät."
„Könnten wir nicht den Tag zusammen verbringen, Horst?"
„Leider nicht. Ich muss arbeiten gehen, dann Herbert besuchen und schlafen."
Er ist aufgestanden und geht zur Theke, um unsere Kaffees zu bezahlen, und dann verabschiedet er sich von mir mit einem schnellen, kurzen „Bis bald".
Meine verliebten Augen sehen noch seine kleine Gestalt, die bald verschwinden wird. Vermutlich leidet er weniger unter der Trennung als ich.

Das Rätselhafte und Sonderbare an diesem Rauschgift, das ich soeben getrunken habe, ist, dass ich nicht nur Horst liebe, sondern alle Menschen. Das ist schön, denn so kann ich ihn schnell vergessen und es entsteht kein Gefühl der Leere, wie ich befürchtet hatte.
Sofort finde ich neue Gegenstände, die mich reichlich erfüllen und belohnen. Mit besonderer Sympathie schaue ich die Kellnerin an, die ein wunderbares, müdes Lächeln hat. Am liebsten würde ich ihre Schulter küssen und sie streicheln. Ein unerträgliches Gefühl von Schwesterliebe ergreift mich plötzlich. Aber sie hat viel Arbeit, und ich kann sie nicht stören.
In der Straßenbahn danach fühle ich mich am allerglücklichsten, weil es dort so viele Menschen gibt, die man lieben kann; rechts und links, überall sehe ich unbekannte Gesichter, die ich gerne küssen möchte, und Hände, die ich unbedingt drücken möchte wie im Gottesdienst, wenn man sagt, dass wir alle vor Gott eine große Familie sind und uns

gegenseitig den Friedensgruß durch Händedruck geben.
Ich möchte sie alle in mich aufnehmen, diese vielen Haare, Arme und ganze Körper, die mich umkreisen. Ich möchte sie schaukeln und baden wie kleine Babys; ich möchte sie sanft oder hitzig fieberhaft massieren, je nach den unterschiedlichen Empfindungen, die die jeweilige Persönlichkeit mir eingibt. Zum Beispiel bin ich sanftmütig bei Kindern und älteren Damen; bei hübschen Männern und Frauen in der Blüte der Sexualität verhalte ich mich unruhig, erwartungsvoll. Das Rauschgift der Liebe, das ich genommen, ist nicht nur ein Aphrodisiakum, sondern ich empfinde auch eine geistige Liebe, eine tiefe Zuneigung und Sehnsucht nach innerem Zusammensein mit den Menschen. Das Geschlechtliche ist nur ein Zusatz dazu.
Ach, diese Droge muss sehr stark sein, denn ich habe alle Schranken und Tabus vergessen; meine alte Gleichgültigkeit den Menschen gegenüber ist hin. Ich kann nicht mehr denken, dass die meisten Fremde sind, die mich nichts angehen. Ganz im Gegenteil, ich entdecke in jedem meine eigenen Wurzeln. Es ist, als hätte ich auch an der Schöpfung der Welt mitgewirkt, und so bin ich in jeden Teil der verschiedenen Menschen verliebt.
Ich spinne, ich weiß. Ich bin wie eine Amokläuferin der Liebe. Genauso wie es Amokläufer gibt, die die Menschen plötzlich töten, so treibt mich jetzt meine Liebeskrankheit wie eine Irre von dem einem zum Nächsten hin und her. Hoffentlich werde ich nicht wegen meiner Liebe bestraft, hoffentlich werde ich nicht bekreuzigt wie Jesus. Am besten offenbare ich sie nicht zu rasch; ich lasse es die Menschen nicht merken, dass ich sie so sehr liebe.

In der Praxis von Frau Dr. Lorenz angelangt sehe ich Aminah, die Asistentin, eine sehr freundliche Türkin, die ein schönes,

rotes Kleid trägt. Ich hätte ihr beinahe eine Liebeserklärung gemacht. Auch den Frauen im Warteraum, die ich später sehe, hätte ich fast meine Liebe gestanden. Es sind drei schwangere Frauen mit vielen Kindern um sich herum und eine vierte, die aus Russland kommt. Sie ist eine sehr melancholische Person, stößt nur immer Seufzer aus und spricht unaufhörlich über ihr zu früh begonnenes Klimakterium; sie ist noch keine vierzig.
Aber am aller stärksten verliebe ich mich in Frau Dr. Lorenz, vielleicht weil wir länger miteinander reden und besonders weil ich mich vor ihr ausziehen, ihr meine Geschlechtsorgane zeigen muss.

Ach, die Krebsvorsorgeuntersuchung ist mir immer lästig gefallen, doch heute hat sie einen Reiz und widerstrebt mir weniger, so kann ich Gertruds Gegenwart wenigstens für kurze Zeit genießen. Sie hat einen sehr beruhigenden Ausdruck und intelligente Augen, die mich zu hypnotisieren scheinen. Ich mag meine eigene Nacktheit und die leichte Berührung ihrer Handschuhe auf meiner Haut. Es ist aber nur eine freundschaftliche Erotik ohne stürmische Gefühle; diese Erotik ist wie eine Hintergrundsmusik aus einer verschlossenen Metalldose oder einem schallabgedichteten Raum.
Voriges Jahr war ich schon bei ihr, doch damals hatte ich kaum auf sie geachtet, ich liebte sie ja noch nicht. Doch jetzt möchte ich vieles über ihr Leben wissen, ich möchte unter anderem wissen, ob sie verheiratet ist.
„Wir haben uns ein ganzes Jahr nicht gesehen, Frau Meier. Wie geht es Ihnen? Bekommen Sie Ihre Periode regelmäßig?"
Ich denke an die russische Patientin, an Lydia Smolensko, die die Frage verneinen würde.
Ja, Gertrud, vielleicht hätte ich früher kommen sollen. Ich hätte

irgendwelche Ausreden erfinden sollen, damit du mich untersuchst. Und jetzt auch... Ich müsste irgendeine Krankheit vortäuschen. Ich kann doch nicht ein ganzes Jahr vergehen lassen, bis wir uns wiedersehen.
„Ich habe noch keine Probleme mit meiner Periode, Frau Dr. Lorenz. Ich komme wegen der Angst... Ich habe Angst, dass ich zu früh liebesunfähig gemacht werde. Eine Totaloperation wäre etwas, was ich nicht imstande wäre, zu ertragen."
„Haben Sie Schmerzen beim Geschlechtsverkehr?"
„Nein, ich habe ja keinen. Ich habe bisher wie eine Nonne gelebt. Doch damit ist es jetzt zu Ende, denn ich liebe... ich liebe sehr stark."
„Möchten Sie, dass ich Ihnen die Pille verschreibe?"
„Warum nicht? Dann komme ich noch öfters zu Ihnen. Warum war ich noch nie auf die Idee gekommen?"
„Ich nehme an, Sie hatten noch keinen Freund, und jetzt haben Sie einen, nicht wahr?"
„Es war blöde und übervorsichtig von mir, zur Krebskontrolle zu kommen, ohne die Pille genommen zu haben."
„Das würde ich nicht sagen. Auch Frauen, die keinen Gebrauch von ihren Organen machen, müssen zur Kontrolle."
Ich möchte meine geliebte Ärztin etwas fragen, aber ich wage es nicht, denn es ist eine Frage, die gewöhnlich keine Patientin stellt: Ob sie... ob sie ihre Geschlechtsorgane oft beansprucht. Sie scheint meine Gedanken zu erraten und sagt ohne Hemmungen: „Die Liebe ist sehr schön. Ich würde es jedem empfehlen. Ich bin zweimal verheiratet gewesen, habe neun Kinder geboren und sieben außereheliche Beziehungen mit Männern genossen."
Die magische Zahl sieben beeindruckt mich. Ist die Ärztin auch verhext? Hat auch sie das Rauschgift der Liebe genommen? Sie liebt bestimmt nicht so viel wie ich. Auf jeden Fall liebt sie keine Frauen und zeigt kein Interesse an mir. Ob

ich nach diesem Rauschgift sogar Tiere und Gegenstände liebe? Wäre das nicht pervers?
Ich muss ihr sagen, dass ich eine Droge genommen habe, damit sie mir medizinisch helfen kann, sollte mir etwas Tödliches, Unerwartetes zustoßen.
Nein, ich glaube nicht, dass ich Katzen und Hunde liebe, nur die Menschen. Die Gegenstände ziehen mich nur an, wenn sie eng mit ihren Eigentümern verknüpft sind. So hätte ich das rote Kleid der türkischen Assistentin gern selbst angezogen. Ja, ich konnte kaum der Versuchung widerstehen. Ich hätte es ihr weggenommen und selbst anprobiert, weil es mir besser als mein eigenes gefiel. Gewiss, das ist eine große Gefahr: Ich glaube, ich liebe mich selbst weniger, seitdem ich die Menschen so sehr liebe.
Neun Männer und neun Kinder, das ist ein Zufall. Ich würde gerne alles in allen Einzelheiten von ihr erfahren, wie das erste Mal bei ihr war und wie sich der Geschlechtsverkehr bei solchen Frauen gestaltet, die so viel von solchen Dingen verstehen. Doch erzählen Frauenärztinnen gewöhnlich keine Liebesgeschichten. Wenn ich richtig gehört habe, blieb ihre Beziehung zu den sieben Liebhabern kinderlos und keines von den Kindern war unehelich. Oder gab es da eine Ausnahme?
„Sind Ihre Kinder auch Ärzte?"
„Drei von ihnen, zwei meiner Töchter und mein ältester Sohn."
Sie hält sich noch sehr jung, attraktiv und stark. Ich bewundere ihre erfrischende Gedankenklarheit, ihre seelische Ausgeglichenheit, denn sie scheint keinerlei Ängste zu haben, weder vor Tod, Geburten... noch vor Enttäuschungen bei einer falschen Partnerwahl. Sie hat schon alles hinter sich und bleibt ungebrochen, unbesiegt.
Jetzt will sie keine Frage mehr, sondern nur in Ruhe arbeiten. Sie sagt mit einem milden, aber warnenden Ton: „Verkrampfen Sie Sich nicht so, Frau Meier. Ganz entspannt...

Wenn Sie ganz locker lassen, dann tut es nicht weh."
Ich gehorche eifrig. Ich lehne meinen Körper ganz nach hinten, lasse meine Beine aufgespreizt und meine Scheide ganz offen, ausgeliefert. Diese Lage erinnert mich zwangsweise an den Geschlechtsakt, den ich gar nicht kenne. Kann man von Erinnerung sprechen, wenn man etwas noch nicht kennt? Schon, denn ein Vorerleben ist durch Filme, Romane und Vorstellungssequenzen bereits da. Aber die Lage ist natürlich ganz anders: Sie liegt nicht auf mir und liebkost mich nicht. Etwas Unpersönliches, Ferngesteuertes dringt in mich ein. Diese studierte Frau, ausschließlich auf der Suche nach Krebsindizien, macht vorsichtig den Abstrich und entfernt sich wieder. Nur als sie anschließend meine Brüste betastet, kommt die schnelle Bewegung ihrer untersuchenden Hand einer Liebkosung gleich.
„Keine Knoten. Alles ist in Ordnung, Frau Meier."
Ich habe Angst vor der Schnelligkeit der ganzen Prozedur. Bald bin ich wieder draußen.
„Möchten Sie die Pille?"
Ja... Mit 34 muss ich sie schon haben, und besonders jetzt, da ich durch meine Liebesabhängigkeit unendlich gefährdet bin. Dieses Rezept ist wie der materielle Nachweis, dass etwas in mir sich gänzlich verändert hat, dass ich die Türen meines Körpers und meiner Seele zum ersten Mal sperangelweit offen, unbewacht und ungeschützt gelassen habe.
„Das ist eine leichtere Variante, die nur wenige Nebenwirkungen hat."
„Frau Dr. Lorenz, ich fühle mich heute sehr sonderbar. Ich glaube, ich falle in Ohnmacht, werde vielleicht sterben. Jemand hat mir eine Droge in den Kaffee getan."
„Eine Droge? Ecstasy? Wollten Sie es nehmen oder wurden Sie gezwungen?"
„Ich glaube, wir haben unsere Tassen verwechselt. Die Droge

war für ihn bestimmt. Er ist ein Kursteilnehmer meines Bruders, lernt Französisch bei ihm."
„Haben Sie ihn gefragt, was für ein Produkt es ist?"
„Irgendetwas für die Potenz. Was meinen Sie, kann es mir schaden?"
„Solange es kein Gift ist... Wenn er nicht ausdrücklich von Selbstmord gesprochen hat, brauchen wir uns keine Sorgen zu machen. Wenn es Ihnen aber sehr schlecht geht, dann muss ich veranlassen, dass Ihr Magen ausgepumpt wird."
„Nein. Es ist schon zu spät, es ist ein Teil meines Blutes, meiner neuen Persönlichkeit."
„Wann ist es passiert?"
„Vor ungefähr zwei Stunden."
„Und was fühlen Sie genau? Übelkeit?"
„Nein, nur... Ich fühle mich sehr schwach und seelisch verändert."
Ich kann es ihr nicht erklären, dass ich alle Menschen liebe. Sie würde mich für wahnsinnig halten und mich in eine Nervenklinik einweisen. Ärzte sind besonders gefährlich in der Hinsicht, noch schlimmer als Priester, denn sie haben mehr Autorität, wenn sie etwas bescheinigen.
Ob ich auch meine Feinde lieben könnte? Das ist meine nächste Frage. Ich sollte mich auf die Probe stellen und zu meinen Feinden gehen. Wichtig zu wissen ist es schon, denn das wäre der endgültige Beweis, dass ich durch diese Droge fast wie eine Heilige geworden bin, dass ich keinen Hass mehr kenne und nur grenzenlose Liebe; eine Liebe, die alles schön für mich macht. Aber ich muss mich in Acht nehmen, nicht dass meine Feinde ihre Herrschaft über mich missbrauchen und mich völlig zerstören würden. Nein, ich werde versuchen, meine Feinde zu übergehen, nicht an sie zu denken.
Ach, ich möchte so gerne, dass die Ärztin meinen Bauch massiert... und dass ich, als eine neue Tochterfigur, ihr schon

graues Haar küssen dürfte! Ich würde gerne ihre Familie kennen lernen, dass sie mich zu sich einlädt. Aber leider bleibt sie stumm, distanziert, und ich verschweige meine Wünsche. Ich komme bald wieder. Ich liebe dich, Gertrud.

Sie hat mir den Bauch nicht massiert und mich auch nicht zu sich eingeladen, deshalb gehe ich aus der Praxis von Frau Dr. Lorenz mit einem wachsenden Gefühl von Verlassenheit. Ich bin lustlos und betrübt. Aber bald tröste ich mich mit dem Anblick anderer Menschen.

Meine Nichte Petra und ihr Freund, Dirk Heuser, warten auf mich an einem idyllischen Ort, an einer alten Kirche neben einem Brunnen. Wenn ich die beiden zusammen sehe, füllen sich meine Augen mit Tränen. Es ist ein so schönes Liebespaar! Ich komme mir wie eine Oma vor, die durch gezwungene Entsagung zittrig und hysterisch geworden ist, leicht angetrunken, ein bisschen neidisch auf die Enkelin und weniger in sie als in den jungen Mann verliebt.
Dirk ist zweiundzwanzig. Gewöhnlich hatte ich mich nie für Männer interessiert, die jünger sind als ich, aber heute erliege ich ohne Weiteres dem Zauber seines zärtlichen Blicks und seiner wunderbaren Jugend.
Sie nehmen mich in die Mitte und wir laufen ein paar Schritte durch die Straßen, doch nicht sehr lange. Es ist ungemütlich kalt und Spaziergänge ohne ein bestimmtes Ziel kommen nur für Liebespaare ohne Tante in Frage. Ich bin tatsächlich in die beiden verliebt und ergötze mich an ihren Gestalten, die mich wie nie zuvor faszinieren. Da ich das Gefühl nicht besonders mag, eine Oma zu sein, bilde ich mir plötzlich ein, dass ich wie ein Kind bin, eine große Puppe ohne eigenes Leben, und dass die beiden meine jungen Eltern sind.
Aber dieses idyllische Bild der Unschuld ist kein

feststehendes, es wird oft von den Blitzen der Leidenschaft tief erschüttert. Ich rede wirres Zeug zu mir selbst. Ich kann mir ganz gut eine völlig andere Szene vorstellen, in der Petra, ihr Freund und ich, alle zusammen zu dritt Gruppensex miteinander haben. Ich möchte am liebsten jede Bewegung meiner Nichte nachmachen bei ihren spielerischen Versuchen, den jungen Mann zu locken. Wenn möglich, möchte ich sie in der Kunst der Liebe sogar übertreffen. Er beschäftigt sich mit uns beiden und wird die Reife unserer Sinnlichkeit bald auf die Probe stellen... Aber wie kann so etwas in der Praxis aussehen, dieses Nacheinander mit zwei Frauen? Er kann uns nicht beide gleichzeitig liebkosen und besitzen.

Ich erzähle Petra die Familienneuigkeiten, so habe ich wenigstens ein Gesprächsthema: „Dein Onkel Axel hat eine neue Geliebte."

„Deine Cousine Erika hat geschrieben, dass sie Schweden besonders mag und noch zwei Monate dort verbringen will."

„Stellt euch vor, die alte Frau Maaßen, meine Nachbarin, will mich zu ihrer Erbin machen, ist das nicht rührend?"

Der junge Mann reagiert besonders lebhaft auf diese Offenbarung von mir, streichelt schelmisch meine Hand und flüstert: „Du wirst eine reiche Frau. Du hast immer Leute, die dir Geld oder Häuser vermachen, weil du so eine gute und geduldige Betreuerin bist. In der Familie spricht man oft davon: Ein altes Ehepaar, die Eltern einer Schulfreundin, haben dir auch neulich etwas hinterlassen, nicht wahr? Ich wünschte mir solche Förderer. Ich habe noch nie jemanden gehabt, der mir etwas geschenkt hätte."

Er will mein Mitleid erregen, und tatsächlich habe ich ein großes Mitgefühl mit seiner Armut, denn er findet keine Arbeit, trägt Second-Hand-Kleidung von Bekannten und lebt in sehr engen Verhältnissen, ohne Heizung.

„Der Anstreicher kommt. Ich muss bald gehen", sage ich

schweren Herzens, denn ich genieße seine Nähe und würde gerne viel länger mit ihm zusammen bleiben.

„Ich begleite dich ein Stückchen weiter nach Hause", sagt er freundlich und zielbewusst, sehr bemüht, mir zu gefallen.

Petra hat uns allein gelassen. Sie geht in die entgegengesetzte Richtung, um sich eine Illustrierte und Theaterkarten für ihren Geburtstag zu holen.

Er streichelt meine Hand weiterhin und berührt dabei meine Handtasche. Will er wieder etwas klauen? Um Gottes Willen, solche Gedanken verderben jede Illusion, jede Freude am Leben! Meine Mutter ist teilweise schuld an diesem ewigen Misstrauen. Aber heute liebe ich auch die Erinnerung an meine Mutter, denn ich liebe ja alles... Dank der guten Erinnerungen an liebevolle Beziehungen der Vergangenheit kann dieses schöne Gefühl so stark werden, das mich heute an die Menschen bindet.

Ach, Petra, warum bist du weggegangen? Meine Liebesenergie, die sich bisher auf euch beide verteilt hatte, konzentriert sich jetzt nur noch auf ihn, und sie ist wie eine Überflutung, unkontrollierbar uferlos.

„Frau Maaßen schätzt dich sehr. Und deine Großmutter hat dir ihre Wohnung hinterlassen, nicht wahr?"

„Ja."

„Logisch. Du bist ein sehr nettes Mädchen. Das kann ich verstehen. Ist Erika die Tochter von deinem Bruder Axel?"

„Ja."

„Warum ist Petras Mutter so plötzlich zum katholischen Glauben übergetreten? Was hältst du davon? Solche Konversionen sind heutzutage nicht mehr so üblich, oder?"

„Ich weiß nicht warum... Mit meiner Schwägerin verstehe ich mich nicht besonders gut. Du solltest sie selber fragen."

Er fragt immer viel und sinnlos, ohne bestimmte Absichten, einfach aus Gewohnheit in der Verworrenheit und Naivität

seiner wenigen Jahre. Ich bin mir nicht sicher, dass er meiner Antwort aufmerksam zuhört. Ich würde auch ihm gerne viele Fragen stellen: Ob er schon mit Petra schläft oder ob sie sich nur geküsst und angefasst haben? Ob er im Moment viele Frauen liebt wie ich heute, die ich so viele Männer liebe? Ob er den Altersunterschied zwischen uns merkt?
„Petra war noch nicht in Schweden. Du auch nicht, oder?"
„Nein. Und du?"
„Auch nicht. Ich bin hier geboren wie mein Vater, meine Mutter kommt aus Marokko und ich habe immer zwischen Deutschland und Marokko gependelt, aber sonst keine anderen Länder gesehen."
Dass wir beide nicht in Schweden waren, scheint eine großartige Ähnlichkeit zwischen uns zu bedeuten. Er drückt meine Hand noch stärker, bringt sie zu seinem Herzen und atmet tief.
In einem Anfall von Liebe, die ich nicht mehr unterdrücken kann, gehorche ich einem plötzlichen Impuls. Ich ziehe Geld aus meiner Tasche heraus und gebe es ihm.
„Das ist für einen Elektroofen. Du brauchst ihn dringend."
Er scheint beleidigt und zieht seine Hand stolz zurück.
„Ich nehme nie Geld von Frauen. Wenn du willst, kannst du es Petras Vater geben und er kann es mir anbieten."
„Gut, so machen wir es", sage ich demütig.
Ich schäme mich meiner Ungeschicklichkeit. Es ist dumm von mir, dass ich mir nicht im Voraus die richtige Art und Weise überlegt habe. Ja, ich werde das Geld meinem Bruder Reinhold geben, und er kann es dem Jungen dann mit den passenden Worten überreichen.
Dirk sagt beruhigt: „Du bist sehr lieb. Auf meine Dankbarkeit kannst du zählen. Wann wirst du es ihm geben?"
„Heute Abend, wenn ich ihn sehe, spätestens morgen Abend."
Was bin ich jetzt genau? Eine reiche Tante nicht sehr weit

entfernt von einer Oma-Gestalt, die kleine Puppe des jungen Liebespaares, eine Königin der Liebe?
Ich kann ihm nicht mein Geheimnis anvertrauen, dass ich alle Männer undiskriminierend liebe, nicht nur ihn. Das würde ihn in seiner Eitelkeit verletzen. Na ja, in diesem Augenblick liebe ich nur ihn. Horst, Gertrud und Petra sind alle verschwunden und unwichtig geworden.
Ich bin so inkonsequent und kapriziös, dass ich die Leute nur solange liebe, wie ich sie sehen kann. Alle anderen existieren bloß als schöne Erinnerung wie ein Bad von Träumen. Ich kann ihm auch nicht sagen, dass ich eine Droge genommen habe, dass meine Gefühle für ihn nicht seiner Schönheit allein zuzuschreiben sind. Er würde mich für meine Labilität verachten. Er ist sehr engstirnig, zu jung für ein ehrliches Gespräch und sehr besitzergreifend. Er steht zweifellos unter dem Einfluss seiner arabischen Vorfahren.
Seine Wärme und männliche Koketterie finde ich reizend. Er drückt jetzt meinen Arm mit seiner linken Hand und umfasst meine Taille lässig mit dem anderen Arm, während wir langsam gehen. Ich glaube kaum, dass er an mir interessiert ist, eher an meinen finanziellen Möglichkeiten. Er möchte gern fragen, wie viel Geld ich für den Elektroofen geplant habe. Er traut sich nicht direkt zu fragen, aber indirekt schon: „Wie teuer mag so ein Elektroofen sein? Was meinst du? Und wie ist das mit den monatlichen Stromkosten? Sind die nicht zu hoch für mich? Kann ich mir das überhaupt leisten?"
Ich spüre jede Bewegung seines Körpers beim Laufen; besonders seine Hüfte, das tut mir ungeheuer gut, oder vielleicht doch nicht so gut... Denn ich neige immer mehr zur Idiotie. Unsere Vereinigung verblödet mich allmählich, ich vermag nicht mehr an Zahlen zu denken.
Ich habe bisher zu wenig Kontakt mit Männern gehabt. Dieser hier ist zwölf Jahre jünger als ich und so klug und hübsch. Er

ist im Vergleich zu Horst, dem Hausmeister, sehr groß. Er ist orientalisch, eifersüchtig, unübertrefflich kindisch, vornehm in seiner Verführungskunst und trotz seiner Naivität anzüglich, gefährlich.

„Egal, wie teuer es ist, du kannst nicht weiter so ohne Heizung leben. Versprichst du mir, dass du es für nichts anderes ausgeben wirst? Die Stromrechnung bezahle ich auch ein ganzes Jahr."

„Deine Mütterlichkeit ist rührend, liebe Freundin. Wie ist das mit der Renovierung deiner Wohnung? Hast du vor, bald zu heiraten?"

„Nein. Die Wohnung musste schon längst renoviert werden. Frau Maaßen wollte jetzt ihre anstreichen lassen und so machen wir es zusammen. Nächste Woche wird alles viel schöner aussehen. Dann könnt ihr uns besuchen, wenn ihr wollt."

„Es wäre nicht schlecht. Vielleicht wird mich dann Frau Maaßen mitadoptieren... Und du lebst ganz alleine ohne Partner?"

„Ja."

Wir sind schon an der Straße angelangt, wo wir uns trennen müssen. Seine Bushaltestelle ist auf der rechten Seite und ich muss noch weiter nach links. Er zögert ein paar Sekunden und stellt wieder eine Frage, jetzt in Bezug auf meinen Verdienst als Schreibkraft: „Wie viel verdienst du netto im Jahr? Und wie viel zahlst du an Steuern?"

Dann aber sieht er den Bus kommen, küsst mich flüchtig auf die Lippen und geht.

In den nächsten Stunden häufen sich weitere Figuren, die meinen Liebesrausch verstärken und vertiefen. Es scheint, dass die Droge mit der Zeit statt schwächer noch wirksamer wird.

Ich küsse Frau Maaßens Haar und ihre Hände voller Zuneigung in einem dringenden Bedürfnis nach Ersatzliebeshandlungen. Es ist wie eine Liebesexplosion, die irgendwo einen Notausgang finden muss. Nie zuvor habe ich so stark gewünscht, zu küssen und geküsst zu werden. Es ist, als hätte der flüchtige Kuss des jungen Mannes meine verschlossenen Lippen auch für andere Menschen entsiegelt.

Frau Maaßen hat mich zwar in ihrem Testament bedacht, aber unsere Beziehung ist bisher zurückhaltend gewesen, besonders von meiner Seite aus. Jetzt küsse ich sie öfters unvermittelt grundlos und ohne Hemmungen. Sie ist am Anfang überrascht, dann erfreut und dankbar. Meine Küsse sind viel besser für sie als tausend Gespräche.

Eine ältere Dame bleibt an sich das beste Liebesopfer; da braucht man sich nicht mit lesbischen oder heterosexuellen Beziehungen zu quälen. Ein Kind wäre auch etwas sehr Schönes, wahrscheinlich noch schöner. Doch in meiner nahen Umgebung gibt es keines, das ich in meine Arme nehmen könnte. Es gibt lediglich Liebespaare und zwanzigjährige junge Männer, die konfliktgeladen und sehr komplex sind; die müssten zuerst entgiftet werden, bevor man sie mit vollen Kräften lieben darf. Ich würde gern auch meine Brüder küssen, Reinhold und Axel, und sogar die Mädchen: Fanny, Petra und Eugenie... Aber die alte Dame bietet mir einen Ersatz, sie ist beruhigend, harmlos.

„Ist heute etwas Besonderes mit Ihnen, Irmgard? Sie haben eine ungewöhnliche Ausstrahlung, als hätten Sie sich in jemanden verliebt."

„Ja, ich glaube schon. Ein junger Mann hat mich heute geküsst. Aber es war zu kurz, es war mir zu wenig. Ich habe Hunger nach viel mehr. Deshalb erlauben Sie es mir."

"Ach, Sie machen mich verlegen, meine Liebe. Wenn ich es gewusst hätte, hätte ich mir heute morgen das Gesicht

gründlicher gewaschen."
Frau Maaßen, Adele, duldet meine Liebesexplosion gutherzig. Ich glaube, meine Küsse machen sie jung und heilen sie von allen Krankheiten.
Nach der ruhigen Mahlzeit mit ihr schiebe ich die ganzen Möbel und Kartons von der Wand weg und decke sie dann mit Plastikfolie zu. Stolz überprüfe ich meine Muskelkraft, die aber sehr gering ist. Bald bin ich erschöpft. Es ist angenehm, so erschöpft zu sein und auf den Anstreicher zu warten.

Er ist ein wunderbarer Mann. Schon auf den ersten Blick verliebe ich mich in ihn. Er heißt Josef Mauren, ist ungefähr vierzig, sehr stark und selbstsicher mit einer Kommandostimme, die mir besonders gefällt, die mich sonst geärgert hätte. Ich bleibe wie festgenagelt stehen und beobachte verzaubert seine Bewegungen, wie er auf die Leiter steigt und alles von oben, mich einschließlich, mit kritischen Augen besichtigt. Er ist untypisch für seinen Beruf, verhält sich wie ein Intellektueller, plaudert nicht gern. „Keine überflüssigen Worte über Lappalien" lautet sein Befehl. Er ist trocken und schweigsam. Dieser Mann scheint mir unerreichbar.
Der Geruch nach Farbe, der immer mächtiger in unsere Nasen eindringt, scheint der einzige männliche Samen zu sein, den ich je von ihm bekommen werde.
„Kann ich etwas tun? Kann ich Ihnen helfen?", frage ich nervös.
„Natürlich nicht. Das hier ist meine Aufgabe..."
„Soll ich Ihnen Bier holen? Sind Sie nicht durstig?"
„Noch nicht. In einer Stunde oder zwei, dann vielleicht."
„Ich möchte bei Ihnen bleiben. Hoffentlich störe ich Sie nicht. Frau Maaßen hat jetzt ihre Fußpflegerin im anderen Zimmer, und ich bin viel lieber bei Ihnen. Es ist auch so interessant zu sehen, wie Sie die Farbe verteilen und wie die Wände immer

weißer und weißer werden. Sie verwandeln die Räume mit Ihrem Zauberstab wie ein Magier, Sie verwandeln die Wände, die Türen und die Fensterrahmen. Ihre Leistung ist beeindruckend, hat viel Ähnlichkeit mit einem Liebesgedicht, das aus dem Nichts entsteht; Ihre Zeilen reimen automatisch, ohne dass man nach Worten sucht. Ist das nicht verwunderlich? Morgen gehen wir in meine Wohnung, und die werden Sie auch verwandeln. Das Handwerkliche war immer mein Manko. Ich möchte so gerne mithelfen können!"
„Wenn Sie wollen, können Sie mir den Eimer mit Verdünnungsmittel reichen. Vorsicht, nicht zu nahe kommen. Und bringen Sie mir bitte ein Radio. Ein bisschen Musik wird mich zerstreuen."
Mein geliebter Josef will Musik haben, ich laufe emsig in die andere Wohnung, um seinen Wunsch zu erfüllen. Erwartungsvoll hole ich mein Kofferradio. Es ist schade, dass wir nicht tanzen können, dass er immer weiter arbeiten muss und ich ihn nur weiter beobachten kann.
Die lauten und schrillen englischen Schlager lassen mich unbefriedigt und verwirrt. Wenn es nach mir ginge, würde ich eine gedämpfte Lautstärke vorziehen, aber er will die Musik noch lauter.
„Noch lauter! Ja, so ist es fein, so ist es recht. Ich bin ein wenig taub, muss ich zugeben."
Und zwischen den Pausen verschleppen sich meine kleinen, schüchternen Fragen: „Sind Sie verheiratet?"
„Ja."
„Haben Sie Kinder?"
„Ja."
„Arbeiten Sie für eine Firma oder sind Sie selbstständig?"
„Selbstständig."
„Wissen Sie, dass ich Sie liebe, Herr Mauren?"
„Nein. Das war nicht vorgesehen."

„Gewiss, wir kennen uns kaum; doch man braucht sich nicht lange zu kennen, um zu lieben. Heute ist ein besonderer Tag für mich und ich empfinde es als ein großes Glück, dass wir uns getroffen haben."
„Sind Sie Nymphomanin? Gehen Sie mit jedem ins Bett?"
„Vielleicht. Ich kenne mich viel zu wenig. Liebeserklärungen an Fremde, das ist der Anfang meiner Innenschau. Das Übrige bleibt eine Überraschung."
„Zuerst muss ich meine Arbeit hier fertig kriegen... Danach werde ich wahrscheinlich viel zu müde sein. Aber wir können es morgen machen, wenn du willst."
Morgen? Immer werde ich auf „morgen" vertröstet. Aber vielleicht ist das Rauschgift der Liebe morgen schon verflogen, dann bin ich nicht mehr an ihm interessiert.
„Wird deine Frau mich hassen, wenn sie uns zusammen findet?"
„Ich kann sie dir vorstellen. Sie ist sehr gesprächig im Gegensatz zu mir."

Adeles Fußpflegerin ist der nächste Gegenstand meiner Liebe. Sobald ich sie sehe, vergesse ich den Anstreicher und seine unbekannte Frau, die, wie Eugenie, Fanny und Petra, in die Konstellation der Liebespaare hineingehört. Sie alle stehen in harter und immer beunruhigenderer Konkurrenz mit mir selbst, weil ich ihre Männer begehre, sogar meinen eigenen Bruder Axel.
Reinhold hat keine Frau mehr, und Männer ohne Frauen verlocken mich nicht, dann sind sie mir nicht so wertvoll. Gertrud mit ihren zwei Ehemännern und sieben Liebhabern gehört auch in die Reihe der Liebespaare; manchmal sehe ich sie abwechselnd mit dem einen und mit dem anderen... Und deshalb ist gerade Gertrud besonders begehrenswert. Die arme Adele und ich sind die Alleinstehenden, die Ungeliebten,

die meistens nur mit Kälte und Gleichgültigkeit behandelt werden. Aber jetzt denke ich nicht mehr an die Liebespaare, sondern an die neue Gestalt.
Die Fußpflegerin unterbricht mein Gespräch mit Josef, das sowieso in eine Sackgasse geraten ist, weil er mich nicht liebt. Sie kommt herein, hört der Musik zu und beginnt zu singen. Sie stammt aus Kuba und heißt Vanessa Suarez. Sie ist eine sehr schöne Frau, hat ein herrliches, originelles, sinnlich ausländisches Deutsch, wenn sie spricht.
Sie ist meine Schwester vor Gott, denke ich gerührt und unzusammenhängend, wie es schon charakteristisch für meine heutigen Launen ist. Ja... wir beide haben die gleichen monatlichen Blutungen, wir beide träumen von schönen Männern, Reichtum und Frieden, auch wenn ich ihre Prioritäten und Neigungen gar nicht kenne. Wir beide werden eines Tages womöglich an einem Gehirnschlag sterben, die Sprache und die Bewegungen verlieren und dann... zu einem gütigen Gott im Jenseits hochfliegen. Ich würde sie am liebsten streicheln, umarmen und küssen.
Sie sagt in wilder Fröhlichkeit: „Lauter, mach die Musik noch lauter."
Ich muss ihr widersprechen: „Frau Maaßen braucht Ruhe. Sie mag es nicht, wenn die Musik zu laut ist."
Sie erinnert sich plötzlich an ihre Pflichten und bietet mir dann ihre Dienste als Fußpflegerin an: „Möchtest du auch Platz nehmen und mir deine Füße zeigen?"
Ich verneine schüchtern. Ich weiß nicht warum, aber ich schäme mich, diesen Teil meines Körpers zu entblößen.
„Wenn du willst, gehen wir etwas trinken", schlage ich vor.
„Der Mann hier hat sowieso zu viel Arbeit und achtet nicht auf uns."
„Gefällt er dir? Wir können ihn morgen entführen, wenn du möchtest."

„Nicht unbedingt. Er hat seine Familie."
Vanessa verkündet dann auf ihre muntere Art: „Feierabend... Ende der Fußpflege. Jetzt gehen wir zu Harald."
„Wer ist das?"
„Ein Amerikaner, den ich sehr gut kenne."
„Ist er dein Freund?"
„Er ist der Freund aller Frauen. Wir sind eine sehr vielfältige Gruppe, weißt du? Wir sind die Sekte der Liebenden und lieben uns gegenseitig ohne Grenzen."
„Lieben? Wie?"
„Nur so... durch Gedanken oder Taten, jeder liebt innerhalb seiner Möglichkeiten, körperlich oder geistig... Wir sagen uns immer Liebesworte, wenn wir können; wir unterdrücken nie eine Liebesäußerung, sondern fordern sie gerade heraus, einfach so, weil wir Brüder und Schwestern vor Gott sind."
„Ihr nehmt ständig das Rauschgift der Liebe?"
„Ja, so könnte man es nennen."
„Und werdet ihr nicht krank dadurch? Werdet ihr nicht verrückt?"
„Nicht, dass ich wüsste. Ich fühle mich überhaupt nicht krank, fühle mich frei und voller Energie, die ich an meine Freunde in der ganzen Welt weitergebe."
Was heißt Energie weitergeben?

Wir gehen zu Harald. Der Amerikaner ist unverkennbar der Gruppenleiter, denn er hat die stärkste Persönlichkeit von allen. Die anderen sind nur Nebenfiguren. Es gibt sechs Mädchen, vier Männer, auch zwei Ehepaare und fünf Kinder.
Gertrud, du hast so eine Gruppe nie erlebt oder? Du kennst nur den Anblick von Frauen auf deinem gynäkologischen Stuhl. Und du, Adele, du warst immer nur zu Hause, meistens in der Küche.
Harald ist Dichter und Sänger, komponiert seine eigenen

Lieder; er ist auch Fotograf und Journalist. Schon auf den ersten Blick verliebe ich mich in ihn und er empfängt mich bereitwillig, spontan, ohne Umwege und Unklarheiten.
Endlich, endlich! Kein Verschieben ist mehr gefragt, keine Schwierigkeiten. Ich brauche ihm nicht zu sagen, dass ich ihn liebe, er weiß das schon. Er umarmt mich väterlich, dann leidenschaftlich. Vanessa und all die anderen verschwinden.
In Gedanken sehe ich noch Josef, der meine Wohnung anstreicht. War das nicht für morgen geplant? Kann er denn so schnell arbeiten?
Nein, Petra, du kannst deinen jungen Mann behalten. Ich will keine Liebe zu dritt. Ich drücke es vorsichtiger aus: Ich will sie noch nicht.
Wir sind in Haralds Zimmer, glaube ich. Er zeigt mir seine schönen Künstlerhände und dann auf einmal seine Füße, die supergroß sind, riesig, aber nicht bedrohlich. Sie sehen sehr geschwollen vom langen Laufen aus. Ich habe Angst, dass meine Füße stinken... Doch bald werde ich mutiger und offenbare mich ebenfalls. Er zieht mich aus. Zum ersten Mal werde ich die Liebe kennenlernen. Was ist die Liebe eigentlich?

Am Cafétisch wiederholt Horst Greven seine Worte: „Ich habe mich so beeilt, und es ist umsonst gewesen."
Dann fragt er mich, ob ich eine Tasse Kaffee mit ihm trinken möchte. Dann haben wir die Tassen verwechselt, oder ich habe es mir so gedacht... Dann habe ich alle Menschen geliebt, sogar meine Feinde.
Und wie lange dauert die Liebe, Herr Greven?

Am Ort des Nichts angekommen

Ich bin vom Bahnhof abgeholt worden, aber nicht von Familie oder Freunden, sondern von einem Fahrdienst. Ich bin eine unter einer anonymen Masse von Menschen, die in Bussen sitzen, ohne sich gegenseitig zu kennen. Womöglich sind wir Touristen, die sich durch die verschiedenen Hotels lotsen lassen. Oder wir befinden uns auf einer Pilgerfahrt und werden durch mehrere Klostereinrichtungen mitgeschleppt. Im extremen Fall handelt es sich weder um Touristen noch um Pilger, sondern um eine riesige Seniorengruppe, und wir werden je nach Altersrichtlinien in diverse Altersheimeinrichtungen eingewiesen.

Nein, nein, das gilt alles nicht für mich, sage ich mir mit der Überzeugungsdemenz meiner trotzigen und energischen Individualität; ich bin keine Touristin, keine Pilgerin, keine alte Frau.

Sind wir arme Juden auf dem Weg nach Auschwitz? Sind wir Soldaten unterwegs zum Krieg, die sich bei der nächsten Kaserne anmelden werden? Sind wir eine Sammlung von Fotomodellen, Schauspielerinnen und schönen, leichtlebigen Prostituierten, die sich - zielgerichtet wie Ameisenkolonien - einem sexuellen Rendezvous zu einer nur von Männern bewohnten Insel hin bewegen?

Ich bin natürlich nicht so dumm, dass ich nicht weiß, dass ich mit der ganzen Massenabfertigung nichts zu tun habe. Ich behalte meine eigene Identität, auch wenn wir alle uns an diesem Ort zusammenhäufen oder auseinanderdividieren, an dem wir nichts sind und schlimmer noch, zu nichts werden. Es ist egal, ob all die anderen Fabrikarbeiter sind, die zu ihrem täglichen Schicksal als Arbeitsmaschinen wie menschliches Vieh transportiert werden. Es ist egal, ob all die anderen

Gefangene sind, die nach einem kurzen Kaffeebummel wieder in ihre Gefängnisse zurückgebracht werden. Gibt es auch Bummel in die Stadt mit Kaffee, Einkauf und Sehenswürdigkeiten für Gefangene wie für Senioren?
Alles sieht sehr verschwommen und vermischt aus. Auf jeden Fall, ich identifiziere mich nur bis zu einem gewissen Punkt mit ihnen. Ich habe meine eigene unwiederholbare Vorgeschichte. Doch bin ich auch von ihrer Bewegung und ihrer (unserer) kollektiven Kette der Ortsangaben getragen. Wir werden alle wie Instrumente der gleichen Sorte behandelt, wir werden vorgeführt, eingeteilt, etikettiert, mit einem Sammelgruß ohne Namen angesprochen.
Sind wir vielleicht eine wandernde Zirkustruppe auf Tournee, mit vielen Künstlern und Tieren unter uns? Sind wir Disco-Besucher, betrunkene Touristen zusammen mit dem Animations- und Hotelpersonal in lateinamerikanischen Guaguas mitten in der Nacht? Welches ist unser gemeinsames Ziel? Vergnügen, Arbeit, Tod? Ich schrumpfe zusammen wie unter einem Fluch. Ich weiß nicht genau, wovor ich mich fürchte.
Es ist gar nicht so schlecht, dass man so wenig zu tun braucht. Alle Aufgaben werden von den dafür Zuständigen erledigt. Mein Gepäck, ein Koffer und zwei Taschen, haben sie zu dem Gepäck der anderen getan, wobei ich eine Nummer und keinen Namen zur späteren Identifizierung bekommen habe. Wir werden alle nur halbherzig betreut, ohne Begeisterung und richtiges Interesse. Wir sind alle ein bisschen wie Behinderte, denen geholfen wird, aber ohne Freude und persönliche Verständigung, bloß damit eventuelle Probleme von vornherein aus der Welt geschafft werden können.
„Wir wissen nicht genau, welche Beeinträchtigung der eine oder der andere hat. Deshalb kümmern wir uns aus Prinzip um

das Gepäck von allen ungefähr gleich. Wenn wir ankommen, können Sie schon aussteigen und wir besorgen ihnen allmählich die Sachen, nicht die Nerven verlieren."

Es ist kein Science-Fiction-Roman, doch ich fühle mich, ehrlich gesagt, unter Beobachtung: Das zentrale Auge einer bürokratischen Instanz, die alles überblickt und alles minuziös bewacht, schaut uns permanent und eindringlich an, bis ich mich wieder fragen muss, ob wir nicht behinderte Zöglinge in einer Anstalt sind oder ältere Menschen, die einem rigurosen und wenig freundschaftlichen Pflegepersonal unterstehen.

„So, ich habe die Nummer 11, haben Sie gesagt?", wiederhole ich etwas verblüfft.

„Ja, ja, elf, elf... Behalten Sie es im Kopf bei der Gepäckrückgabe, sonst gäbe es Probleme."

„Ich schreibe es mir lieber auf. Und ich werfe auch hin und wieder ein Auge auf mein Gepäck. Dort stehen mein Name und meine Adresse, sodass es nicht so schlimm ist, wenn ich die Nummer vergessen sollte."

„Und den Zettel mit der Beschreibung der verschiedenen Hotels bitte festhalten. Sie werden nach ihrer Reihenfolge laut aufgerufen."

Ach doch, wir sind doch Touristen! Wir werden in die zahlreichen Hotelanlagen des Ortes eingeliefert. Trotzdem bleibt eine Qualität von Behindertenanstalt oder Altersheim erhalten, die typisch für unsere Massenfahrt zu einem unbekannten Punkt ist. Warum misstrauen sie so sehr meinen Fähigkeiten? Warum ziehen sie in Zweifel, dass ich lesen, schreiben und auf mein eigenes Gepäck aufpassen kann? Oder halten sie uns Touristen alle für ein dummes Kollektiv ohne viel Verstand?

In gewissem Sinne sind wir doch teilweise hilfsbedürftig, sprachlich sehr unvollkommen und zu vielen Verwicklungen und Problemen prädestiniert, gerade weil wir so viel agieren und uns bemühen, so viel wie möglich zu sehen und zu erleben. Es ist natürlich kein Mangel an Intelligenz, sondern wegen unserer riskanten und exponierten Lage, weil alles so neu und vielfältig, so überwältigend multikulti ist und wir so ratlos, so neugierig nackt, so disorientiert und nur halb informiert wirken.

Gut, gut, mit einer Spur von Demut akzeptiere ich diese Unterkategorie des Touristen, die andererseits faszinierend ist und von innerem Reichtum zeugt. Wer ist reicher als der Tourist, der alle Privilegien der Vielfalt zu genießen scheint, das Alte und das Neue, seine mitgebrachte Heimat nebst aller Entdeckungen der Welt? Ich halte große Stücke auf mich selbst als Touristin, die ich schon durch viele Länder gereist bin. Und ich bin noch viel mehr als das.

Ich bin vom Fach her Professorin der Ethnologie, habe über Samoa habilitiert und habe drei Bücher über die Pazifikinseln geschrieben. Im Großen und Ganzen bin ich, Lilian Häusler, ein ziemlich bekannter Name in der Wissenschaft. Und an erster Stelle bin ich stolz auf meinen Gedichtsband vor einem Jahr über „Träume und Albträume", denn gerade die Lyrik eröffnete eine ganz neue Lebensperspektive für mich.

Jetzt erforsche ich spirituelle Energien in mir, die ich damals nicht merkte. Ich praktiziere Yoga, spiele Flöte, meditiere und gebe Entspannungsmassagen als Geschenk für meine Freunde. Nach der Mode des Gesundheitsfanatismus unserer Zeit kümmere ich mich im Moment besonders um eine vernünftige Ernährung. Ich verabscheue Schweinefleisch und schreie immer wieder besessen als Rat für mich selbst und die anderen: „Bitte, kein Fett, keinen Zucker, keine Konservierungsstoffe, keine Abgase, keine Viren..." In früheren Zeiten war ich über das Essen weniger pedantisch gewesen und hatte keine Vorträge gegen das Rauchen und den Alkohol gehalten. Von einer milden, liberalen Dozentin habe ich mich in einen ziemlich strengen und ängstlichen, immer von Erkältungen und sonderbaren Viren verfolgten Diätprediger verwandelt. Wie die Zwiebeln habe ich so viele Schichten in mir und bin so komplex, dass immer weitere Schichten beim Schälen zum Vorschein kommen.

Aber die Leute im Bus hören meine warnenden Signale nicht, die Menschen hier wissen gar nichts über mich, und dadurch sind meine vielen Persönlichkeiten so gut wie weggeblasen, inexistent. Keiner weiß, dass ich Frau Häusler bin, aus deutscher Abstammung, aber in England geboren, mit einem italienischen Politiker und danach mit einem amerikanischen Arzt verheiratet. Für die Organisatoren und die Mitreisenden unserer Fahrt zählt nur die Gegenwart und nicht das, was ich bisher erlebt habe.

„Wann kommen wir da an?"
„Ob wir ein gutes Zimmer bekommen?"
„Wo kann man Geld wechseln?"
„Wann ist der Einführungscocktail für die Neuankömmlinge?"
„Wie viel Trinkgeld muss man geben?"
„Wer erklärt die Wege und Essenszeiten? Gibt es keinen Dolmetscher, wenn wir einen brauchen?"
„Ob mein roter Koffer bei der Menge nicht verloren geht?"
„Wesen Schlüssel sind hingefallen? Der Busfahrer tut so merkwürdig gleichgültig und sucht nicht nach dem Eigentümer."
„Es ist richtig so. Er soll schließlich fahren und nicht nach Schlüsseln suchen."
„Ich finde meinen Hotelvermerk nicht. Was geschieht, wenn ich ihn nicht mehr finde?"
„Ohne Papiere ist sowieso alles aussichtslos. Die Papiere regieren die Welt, sie sind fast so mächtig wie das Geld. Ohne Reisepass können wir nicht nach Amerika fliegen. Ohne Hotelvermerk müssten Sie auf der Straße schlafen wie die

Bettler. Gut, dass in der Dominikanischen Republik der Regen nicht kalt ist."

„Um Gottes Willen! Ein Tourist ist doch kein Bettler", flüstert die unruhige österreichische Dame in Begleitung ihrer zahlreichen Familie sehr aufgeregt. „Gott sei Dank, haben wir Ersatzpapiere, den Nachweis, dass wir die Rechnung vorbezahlt haben."

Aber da ich selbst nichts verloren habe, bleibe ich im Mantel meines Inkognitos umhüllt. Keiner achtet auf mich. Da keiner von mir spricht, noch mich zu sehen scheint, fange ich schon selbst an mich zu vergessen; zum Beispiel, dass ich, Lilian Häusler, eine Tochter habe mit dem schönen Namen Christine, die seit April Klavierstunden von mir bekommt, obwohl sie Musik im Allgemeinen langweilig findet. Sie kokettiert mit der Musik wie mit allem. Sie kritisiert alles, ist aber für alle möglichen Künste sehr begabt.

Ich vergesse, dass ich einen jüdischen Schwiegersohn habe, Aaron, der behauptet, mich besonders gern zu haben. In aller Offenheit bricht er mit dem Anti-Schwiegermutter-Klischee und schreibt mir viel liebevollere E-Mails als meine Tochter, wenn die beiden auf Geschäftsreisen in Afrika sind. Natürlich vergesse ich nicht unsere spannende Korrespondenz, mein Leben insgesamt, meinen Beruf, meine Ehen, meine Geburt... Das könnte man nur, würde man unter Amnesie leiden. Aber ich bin mir immer weniger bewusst, dass ich eine Identität besitze. Nur der Ort ist wichtig, der Ort verschluckt mich ganz, verflüssigt und verpulvert alle meine Kräfte. Ich bin hier, nur um zu fotografieren, aber nicht einmal einen Fotoapparat halte ich in meinen Händen. Ich habe einfach keine Hände.

Ich habe mich wohl im Ort geirrt, oder es hat ein Ortswechsel stattgefunden. Auf jeden Fall sind wir nicht mehr im Bus und auch nicht in einem Hotel, sondern in einem riesigen

Speisesaal von einem Internat, Altersheim oder in einer Firmenkantine. Überall gibt es große Tische mit vielen Menschen. Aber die Gruppen sprechen ja kaum. Sie essen nur, sagen „Mahlzeit", bedienen sich der großen Salat- und Suppenbehälter, verteilen Geschirr und Besteck, sortieren die Abfälle aus, und am Ende werden die Tische von den Pflegern (oder undefinierbaren Mitarbeitern, es sind keine Kellner) abgedeckt.
Alles hat sich auf das Essen spezialisiert. Kaugeräusche ertönen überall in allen Richtungen, links, rechts und in der Mitte, ein unterdrücktes Rülpsen, Bauchgeräusche, Trinkgeräusche, Essbewegungen und Dessertrituale wie Schlürfen, saugen, seufzen, Kerne und Schalen abziehen. Es gibt höchstens einige Geschmacksäußerungen wie: „Schmeckt es? Es ist zu süß... oder salzig. Kein gutes Rezept. Wer hat das gemacht?" Oder einige unbestimmte Fragen zu der Menge der Nahrung und Stärke des Hungers: „Noch mehr? Reicht es schon? Noch einen Löffel? Noch einen Löffel?"
Ich höre den Spruch tausendmal. Jemand fragt mich auch, ob ich „noch einen Löffel" möchte. Alles dreht sich um Quantitätsbezeichnungen: „Noch mehr Brot schneiden? Möchten Sie eine Birne?"
„Soll ich Ihnen die Hälfte der Torte geben? Noch mehr Zucker im Kaffee?"
Es ist schön und höflich dieses gegenseitige Servieren, es ist eine Zeremonie der Bezähmung gegen Eigensucht, die ich immer bewundert habe. Aber vielleicht wäre es doch besser, wenn sich jeder selbst bedienen würde, denn jeder weiß, was er wirklich will. Und die Armen, die zuletzt kommen, müssen sich sowieso mit den kleinen Resten von Fleisch und Fisch begnügen und so tun, als wenn sie es so gewollt hätten. Am besten sichert man sich den ersten Platz beim Servieren.

Doch so eigensüchtig hungrig bin ich nur äußerst selten. Hummer, Hummer! Das kennen wir kaum. Am besten schmeckt es, wenn es allen schmeckt und nicht genug für alle da ist.

„Noch einen Löffel? Noch einen Löffel?"

„Ja. Ich nehme ihn mir sofort und noch drei Löffel dazu, bevor der Hummer verschwindet."

Aber nein, so unhöflich sind wir nicht wie die Tiere, wir beherrschen uns.

„Ich verzichte Ihnen zuliebe. Der letzte, köstliche Löffel soll für Sie sein."

Unsinn! Wenn es tatsächlich Hummer gäbe, dann wären wir bestimmt nicht so großzügig. Diese plötzliche Mahlzeit, auf die ich nicht vorbereitet bin, irritiert mich. Wie lange werden wir noch am Tisch sitzen und essen? Es ist sehr langweilig und leer, wenn keine Kommunikation beim Kauen und Verspeisen stattfindet. Meine gleichzeitig wilden und zivilisierten Manieren irritieren mich.

„Nein, danke. Ich habe genug. Ich möchte nicht mehr."

„Aber der Teller ist noch voll."

„Dann muss er weggeschüttet oder an die Katzen und Hunde der Nachbarschaft gegeben werden. Es tut mir Leid. Es ist nichts gegen den Koch."

„Sollen wir nicht doch eine Beschwerde gegen den Koch einleiten?"

„Nein. Lassen wir ihn in Ruhe. Morgen gehe ich aus politischen Gründen in den Hungerstreik."

„Wir danken Gott für diese Gabe, für das alltägliche Brot. Wir befinden uns in einer religiösen Einrichtung."

„Ja, das hatte ich mir schon gedacht, kein Hotel, sondern ein Erziehungsheim. Trotzdem, das Essen widerstrebt mir, gerade weil es so materiell ist. Essen und Atmen sind von Natur aus gerade die Instrumente gegen den Tod, die Todestöter der

Menschheit, Lebensverlängerung um jeden Preis."
„Doch wer spricht jetzt von solchen Dingen? Mahlzeit. Guten Appetit. Das Essen ist noch heiß. Können Sie mir Essig und Öl reichen?"
Bin ich denn zu einem Kloster gekommen, um dort meinen Urlaub zu verbringen? Oder ist es kein Urlaub, sondern Arbeit?
Nach dem Essen bekommen wir unsere Aufgaben zugewiesen, wie in einer Wohngemeinschaft: Spülen, mich im Garten beschäftigen, mein eigenes Zimmer und die Toilette säubern. Es ist gut, dass ich eine individuelle Toilette besitze. Dann nehmen wir die drei Hunde am Tor, die etwas unruhig geworden sind, und machen einen kollektiven Spaziergang, mehrere Frauen zusammen mit den Hunden. Aber wir reden kaum ein Wort, wir laufen nur und fragen nicht, wer wir sind, ob wir studiert haben und wofür wir hauptsächlich leben.
Eines scheint mir aber klar zu sein. Wir sind keine Touristen, denn wir sprechen alle Deutsch, und keiner sagt etwas über „Sehenswürdigkeiten". Alle scheinen diese Stadt zu kennen, so wie unsere Wohngemeinschaft, die Essenszeiten und die Putzzeiten. Nur für mich ist das Ganze etwas fremd und aufgezwungen. Ich hätte mir bestimmt etwas anderes ausgesucht und die Umgangsregeln geändert, vor allem hätte ich gesagt, wer ich bin und wie ich heiße, wie viel Geld ich noch in der Tasche habe und wie viele Hoffnungen noch im Herzen; ich hätte ausgerufen, warum meine Familie nicht da ist, und wie grausam kompliziert meine Geburt verlaufen war... so kompliziert, dass meine Mutter und ich beinahe gestorben wären. Hier interessiert sich keiner für Ich-Angelegenheiten. Nur das „Wir" der alltäglichen Rituale zählt.
Was ist das hier? Ein Wochenendseminar vielleicht? Aber was lernen wir eigentlich? Ich bin realitätsfremd. Ich habe keine Lust, diese Realität zu verstehen, die mich umgibt.

Abends gehen wir zur Messe in eine kleine Kapelle. Dann gibt es wieder Abendessen und danach schauen wir alle Fernsehen in einem großen Gemeinschaftsraum, eine harmlose Kindersendung. Alle Räume sind große. Der individuelle Bereich des Schlafzimmers wird ja selten besucht, denn wir halten uns nur da auf, um zu schlafen. Na ja, die Toilette ist auch eine schöne Sache, sie gehört ausschließlich mir.

Gegen 10 Uhr Abends kommen irgendwelche Veranstalter oder Pfleger. Sie geben uns einen süßen Wein und ein paar Schlaftabletten, während im Hintergrund vom Konzertsaal des riesigen Gebäudes eine zitternde Geigenmusik zu hören ist. Wir sind alle so müde, dass wir beinahe getragen werden müssten. Wir machen eine große Anstrengung, uns ohne fremde Hilfe in unsere Schlafzimmer zu begeben. Und da angekommen, kaum ohne Zeit um uns auszuziehen, fallen wir schon ins Bett und ins Nirwana. Meistens schlafe ich noch angezogen heftig ein und vergesse alles, was ich bin, was ich hier tue.

Ob unsere Bewacher geheime Psychiater sind, die unsere gefährlichen Nerven unter Kontrolle halten wollen? Aber nein, sie würden uns keinen Wein mit Tabletten geben. Das ist nicht gesund, und sie haben keine Ahnung von Medizin, sie haben gar nichts im Kopf. Morgen werde ich es ihnen sagen. Alkohol und Tabletten zusammen sind schädlich. Meine Mutter war Krankenschwester und wusste es.

Nach diesem ersten Tag der grauen und neutralen Erkundung ohne markante Gefühle folgen weitere Tage, die auch keine großen Ereignisse mit sich bringen. Eine einschläfernde und nie zu brechende Routine schleicht sich bei uns allen. Sie erscheint mir bedrohlich, weil sie mich auf lange Sicht unmissverständlich verblödet und mich aller Ziele beraubt.

Wir frühstücken im selben riesigen Speisesaal der Anstalt. Der

Kaffee ist zu dünn, die Leute grüßen nur kurz; sie sind höflich, aber leblos und uninteressiert, was mich betrifft. Sie reden nur unter sich über Ereignisse der Anstalt, über eine hysterisch gewordene Frau, eine Mrs. Parker, die gestern im Aufzug stecken geblieben sei und zwei Stunden lang geschrieen habe, weil keiner zu ihrer Rettung kam, und ob der alte Adrian Jaspers, der lungenkrank war, schon vom Ort versetzt worden sei.

„Die Sache ist bedenklich... Er könnte uns nämlich anstecken."
Es scheint, als würde kein weiteres Leben außerhalb dieser Institution existieren. Zum Beispiel existiere ich nicht, weil ich von außerhalb komme. Das hat mich immer an solchen Orten irritiert. Es ist ein Ort des Nichts für den Neuankömmling, der nicht in seiner Persönlichkeit wahrgenommen wird, nur als eine arme Gegenwart zur gemeinsamen Grundlage, ohne Reflektieren vom Vergangenen oder der Zukunft. Nur das, was hier geschieht, zählt: die Mitinsassen, der Direktor und das Personal des Heims.

Wir sind hier alle klaustrophobisch verschlossen. Es wundert mich nur, dass wir nicht Uniformen tragen. Aber ja, es handelt sich um ein Heim, und nicht um ein Hotel, denn in einem Hotel würden die Touristen noch ihre Identität behalten. Und eine Schule ist es auch nicht, denn dann würden die jungen Leute trotz der Entpersonisierung des Internats noch etwas von ihrer Zukunft behalten. Gewiss, die Gruppe im Speisesaal umfasst keine Jugendlichen und keine Touristen. Es sind Leute in den mittleren Jahren und die meisten schon ältere und mehrfach behindert.

„Aus welchen Gründen bin ich hier hinein geraten?", frage ich mich. Welche Behinderung habe ich denn? Amnesie ist es nicht, denn ich weiß noch alles, was ich erlebt habe. Irgendwelche Rehabilitationsübungen machen wir hier bestimmt; wir bekommen Massagen, Bäder, Bestrahlungen

oder machen Gymnastik. Ja, von den sechs oder sieben Frauen in meinem Alter ausgehend, komme ich zum Ergebnis, dass wir uns hier nicht in einem Seniorenheim, sondern in einem Kurort befinden. Meine Mutter war auch Krankenschwester an einem Kurort. Aber warum denke ich immer an meine Mutter? Ich würde so gerne über sie sprechen. Aber keiner will mich hier hören.
Nach dem Frühstück hält der Direktor der Anstalt eine kurze Rede über Gesundheit, Rückenschmerzen und die Hausordnung. „Bitte nach 22 Uhr still sein und keine Geräusche mehr machen." Ein Hotelmanager würde ohne Zweifel ganz anders reden. Das bestärkt mich in der Annahme, das wir in einer Art Sanatorium sind. Aber warum geben sie uns Wein mit Tabletten? Komische Methoden haben sie. Sie wollen nur die Leute betäuben, den Intellekt um jeden Preis töten.
Nach dem Frühstück werden wir zum Arbeiten geschickt. Es sind lächerlich monotone Tätigkeiten: Über hundert Umschläge mit einem Stempel von einer Firma versehen, von der ich noch nie gehört hatte: „Acqua purissima". Dann sortieren wir Sicherheitsnadeln und Büroklammern auseinander (denn die waren in großen Containern vermischt) und sortieren sie in kleine Schachteln ein. Danach schneiden wir Weihnachtspapier für Pakete in verschiedenen Größen. Beim Pakete verpacken war ich schon immer unbegabt, ich fühle mich unsicher.
Meine Güte!Kaum zu denken, dass ich eine Professorin der Ethnologie bin, dass ich fünf Sprachen spreche, dass ich Bücher schreibe, dass ich nicht nur einen Autoführerschein, sondern auch Flugschein habe und ein paar mal mit einem Co-Piloten in kleinen Flugzeugen geflogen bin...
Aber hier weiß keiner davon. Ich lächle unwillkürlich, halb amüsiert und bitter. Ich muss so elementare Dinge verrichten,

dass mir die Beine zittern, und vor Nervosität in blanker Dummheit schwitzen. Warum so viele Sicherheitsnadeln sammeln, frage ich mich. Was ist diese „Acqua purissima"? Eine erfrischende Hautlotion? Ein Schönheitssalon? Ein Mineralwasserkonzern mit vielen Kunden?

Später kommt aus heiterem Himmel eine Psychologin, eine Frau Rosemarie Martens, die viele Pausen beim Sprechen einlegt. Aber auch sie erkennt meine Qualifikationen und mein bisheriges berufliches Leben nicht.

Sie sagt zu mir: „Sie brauchen keine Minderwertigkeitskomplexe zu haben. Ihre Pakete schauen nicht so schlecht aus."

Danach machen wir ein Rollenspiel, Frau Martens, die drei Frauen, die über den lungenkranken Mann beim Frühstück gesprochen haben, und ich. Ich bekomme eine sehr nebensächliche Rolle, ich spiele ein kleines Kind, das sich hin und wieder meldet und verzweifelt sagt: „Mutti, ich muss, ich muss."

Sehr regressiv, wie mir scheint. Ich vergleiche dieses Gefühl sofort mit einer Erinnerung, die mich brutal überfällt, Fitzgeralds verfilmte Novelle „Der sonderbare Fall des Benjamin Bouton". Benjamin musste sein Leben nicht wie anderen Menschen vorwärts sondern rückwärts leben. Jugend und Tod fielen entsetzlich zusammen, und als er starb, geschah es nicht durch Altersschwäche, sondern weil er immer mehr in seine Jugend, in sein Kindheitsstadium und dann in das Embryostadium vor der Geburt zurückging; er kehrte in den Mutterleib zurück und verschwand dort.

So etwas Ähnliches kann ich mir bei mir selbst vorstellen: kein Vorwärtsgehen, sondern das Gegenteil, Reggression. Jetzt bin ich 42, dann bin ich 37, nicht einmal das, schon 29. Und jetzt bin ich 24, 21, 19, 15, zwölf, zehn, sieben und jetzt nur noch zwei... kein ganzes Jahr, keine drei Monate noch, dann kein

etwas mehr, nur ein Nichts... von einem Leben, das sonst hätte normal und prächtig verlaufen können.
„Mutti, ich muss, ich muss."
Wie ermüdend! Es kostet mich große Mühe, diese Rolle zu spielen. Ich mache es zu affektiert und unnatürlich. Es ist viel schwieriger als mein Studium damals, Klausuren und die Reisen in die Ferne mit Wissenschaftlern.
„Ich bin nicht für die Kinderrolle geeignet", sage ich aufrührerisch zur Psychologin.
„Keine Sorgen! Wir haben alle ein Kind in uns versteckt. Wiederholen Sie bloß den Satz."
Warum sagt sie nicht, weshalb ich das brauche und weshalb diese ganze Komödie gespielt wird? Hat sie denn gar keine Ahnung, wer ich bin? Warum schaut sie nicht in meine Akte? Dann würde sie sehen, dass ich mich von den anderen unterscheide, dass ich draußen ein sehr reiches Leben besitze.
Ich will ja nicht die elitäre Prinzessin spielen, aber ich bin gebildet, analytisch. Ich habe so viele Bücher gelesen und Länder durchforscht und mit so vielen Menschen gelitten und Spaß gehabt! Sieht man mir das nicht an? Dass die anderen Mitbewohner nichts von mir wissen, ist verständlich, aber eine Psychologin... Sie sollte wenigstens etwas von meiner Persönlichkeit wahrnehmen. Sie behandelt uns alle gleich, als hätten wir alle immer hier gelebt, in diesem Gebäude gegessen, geschlafen und Pakete geschnürt, und als hätte alles Übrige in einer anderen Welt keine Spuren hinterlassen.
Eine Dame, die anscheinend für die Freizeitaktivitäten zuständig ist, verkündet mit übertriebener Euphorie: „Wir haben Sonnenschein heute. Was sagen Sie dazu?"
„Schön", antworten wir alle fast im Chor.
Frau Lindemann führt uns spazieren. Aber nicht sehr weit, nur durch den großen Park der Anstalt. „So geht uns keiner

verloren und wir bleiben alle zusammen. Gestern haben wir Herrn Opitz in der Großstadt verloren. Das ist immer der Nachteil bei großen Gruppen."

Herr Opitz stöhnt kritisch: „Ja, ich musste ganz alleine zurückkommen. Demnächst sollte es mehr Betreuer geben, die auf uns aufpassen."

Das ist eine komische Behauptung. Ich brauche keine Betreuer. Ich war immer selbstständig. Aber was tue ich hier eigentlich? Wer kann mir das erklären? Ich weiß, wie gefährlich es ist, wenn ich weiterhin an diesem Ort bleibe. Nach ein paar Monaten würde ich vielleicht völlig vergessen, wer ich bin. Es fängt schon an, dass man immer weniger an sich denkt, dass man kaum noch einen Namen und eine Familie hat, dass man zusammenschrumpft, statt zu wachsen. Alles wird unwichtig, man wird zu einem Roboter, anders gesagt, das Gehirn, die Phantasie und das Herz, warmes Grübeln, Sensibilität und Poesie, alles ist abhanden gekommen. Ja, es gibt solche Orte, die so einen tödlichen, alles auslöschenden Einfluss auf den Besucher haben.

Und die Anonymität, das Vergessen meiner Existenz, begann schon auf der unbestimmten Busreise. Obwohl jene Busfahrt noch nicht das Nichts war, sondern ein Vorstadium des Wartens und Beobachtens. Doch ich entfernte mich schon von mir, und jetzt finde ich mich noch kaum.

Nach dem Spaziergang und vor dem Mittagessen versuche ich mit Frau Lindemann und Frau Martens zu sprechen. Ich möchte ihnen über meinen Mann erzählen, der Arzt ist (er kommt mich wahrscheinlich bald aus der Kur abholen) und dass ich in meiner ersten Ehe, mit Pietro, in Italien gelebt habe. Aber sie hören kaum zu, zeigen keine Reaktion und boykottieren alle Anspielungen auf mein Leben.

Nach dem Essen bekommen wir tatsächlich Massagen und Bäder. Das Wasser ist für meinen Geschmack zu kühl und ich sage es vorwurfsvoll der Badefrau. Aber sie bedeutet mir heftig zu schweigen und zu gehorchen: „Es ist die richtige Temperatur", sagt sie schneidend und ungeduldig.

„Ich mochte es aber immer heiß, so heiß wie möglich", widerspreche ich hartnäckig.

Nie hätte ich gedacht, dass eine Badefrau eine so große Autorität darstellt. Was für eine Ausbildung hat sie letzten Endes?

Diese drei Geschöpfe sind drei falsche Göttinnen, an die ich nicht glaube: Die Göttin Badefrau, die Göttin Psychologin, die Göttin Freizeitgestalterin. Die Essensverteiler, die Köchin und der oberflächliche Direktor mit seinen Floskeln sind weitere Gottheiten des Etablissements. So auch die Göttin Putzfrau, die mich in ihrer tüchtigen und gleichgültigen Art fast aus meinem Schlafzimmer herausgeworfen hätte, weil sie unbedingt putzen wollte.

„Lassen Sie", habe ich ihr gesagt. „Ich mache das Bett selbst und schaue nach der Toilette. Ich möchte alleine sein."

Wie kann ich es ihr erklären, dass ich einigermaßen stolz darauf bin - obwohl ich Ethnologieprofessorin bin - nie eine Putzfrau gebraucht zu haben? In ihrer Gleichgültigkeit hat sie es akzeptiert, mich aber keines Blickes gewürdigt und sich gar nicht erleichtert gezeigt, dass sie dadurch weniger zu arbeiten hat. Da sie keine Trinkgelder bekommt, interessiert sie sich nicht für die Menschen.

Nein, das hier ist kein Hotel und ich habe ihr nichts gegeben, da ich keine Scheine oder Münzen in meiner Tasche gefunden habe. Bestimmt, in einem Hotel wäre sie viel lebendiger und mitteilsamer gewesen wegen des Trinkgeldes.

Die Massage nach dem Bad ist wenig entspannend für mich. Ich fürchte um meinen Rücken, der nach diesem unwillkommenen Kontakt eines ungeschickten Masseurs noch mehr zu schmerzen scheint als am Anfang. Es sind alle

ungeübte, unprofessionelle Kräfte.
Ich will mich beschweren und frage neugierig nach der Meinung der anderen. Aber alle geben sich ziemlich zufrieden und wollen sich meinem Urteil nicht anschließen. Es gibt unter ihnen eine Mrs. Parker und einen älteren Herrn, der im Rollstuhl sitzt. Sie teilen meine Missbilligung nicht.
„Es ist nicht schlimm", sage ich halb getröstet. „Ich werde dennoch den Beschwerdebogen ausfüllen."
Aber ich hätte schon ganz gerne, wenn mir menschliche Wärme zugeflossen käme, wenn jemand mich gefragt hätte, woher ich stamme und welchen Beruf ich habe.
„Ja, die Rückenschmerzen kommen vom langen Stehen. Ich bin wie eine Friseurin. Aber meistens stehe ich vor einem Pult bei Vorlesungen oder ich sitze stundenlang in Bibliotheken."
Nach der missglückten Massage haben wir eine Ruhepause, eine Meditationsübung, bei der die ganze Gruppe, ungefähr 20 Körper, in einer Halle auf den Matten liegen und rhythmisch zu atmen versuchen.
Das scheint mir plötzlich etwas Antrieb zu geben. Ich lächle automatisch und erinnere mich an meine Yogastunden. Ich sage zu meiner Nachbarin rechts: „Wenn Sie möchten, könnte ich Ihnen Yoga beibringen. Es ist eine schöne Sache, es heilt mich immer vom Stress."
Aber die Nachbarin reagiert kaum. Sie ist misstrauisch und rückt von mir weg. Später, als ich es denn der ganzen Gruppe mitteile, stößt mein Angebot auf eine etwas peinliche Stille. Frau Lindemann scheint es mir übel zu nehmen, dass ich ihre leitende Rolle als Dozentin für mich beanspruchen wollte.
„Wir machen ein anderes Mal Yoga, Frau Heusler", sagt sie hart.
Immerhin kennen sie wenigstens meinen Namen. Aber was wissen sie noch von mir? Ich bin lediglich ein Schatten, eine Mauer. Wie lange kann man so ohne Identität leben? Ich

glaube, ich werde bald eigenständig verschwinden, wenn mein Mann mich nicht schon morgen oder übermorgen von dieser komischen Kur der Vernichtung abholen kommt. Noch bin ich da, noch spüre ich mich selbst, trotz dieser kalten und blinden Umgebung, die keine Augen, auch keine Ohren für mich hat.
Christine und Aaron lieben mich, er kann so schöne Texte schreiben! Es ist keine inzestuöse Beziehung. Aber ich finde ihn schon attraktiv und bin froh, dass meine Tochter ihn hat. Bevor die beiden sich kennen lernten, war er mein Assistent gewesen, er hatte Teile meiner Bücher lektoriert. Dank meiner Vermittlung kamen sie zusammen, und es war gut so.
Mein Mann ist ein sehr geschätzter Arzt. Warum fragt keiner nach ihm in diesem Sanatorium?
Zum Schluss des Nachmittags hat uns Frau Lindemann jetzt zwei Aufgaben gestellt: Knöpfe annähen und Mau-Mau spielen. Doch so kinderleicht die beiden Sachen auch sind, fühle ich mich sehr unsicher und unbeholfen. Alle können es viel schneller als ich, Knöpfe annähen. Es war nie mein Ding gewesen und ich musste immer Leute darum bitten, es für mich zu tun.
Auch dem Kartenspiel habe ich nie besondere Bedeutung beigemessen, deshalb bin ich so unkonzentriert, vergesslich. Es gelingt mir nie die Regeln richtig zu erfassen. Ich muss mich immer wieder von den anderen belehren lassen, alles von vornherein wiederholen, wie ein in der Schule sitzengebliebenes Kind, das alles zum zweiten Mal durchmacht.
Mit sichtlicher Überlegenheit und Genugtuung beobachten die anderen meine Schwächen und Fehler. Die imponierendste Größe eines Menschen kann so schnell zum kleinsten, geringsten und beinahe verachtungswürdigsten Objekt gemacht werden! Wenn der größte Musiker, der ständig brillante Konzerte durch auf der ganzen Welt gibt und

unerschöpfliche Nachweise seines Talents verstreut, vor die leichte Aufgabe gestellt wird, plötzlich einen Knopf anzunähen, dann schwankt er und fühlt sich frustriert, so wie ich, in der Schale meiner Unwissenheit und Ungeschicklichkeit gefangen. Dann, nach dem Abendessen und bevor wir ins Bett gehen, befiehlt Frau Lindemann, dass wir wie in einem Chor ein Gute-Nacht-Lied singen. Aber leider kenne ich dieses Lied nicht, auch nicht den Text, so kann ich nicht mitsingen. Ich muss zugeben, dass die anderen sich mehr darum gekümmert und sich im Voraus darauf vorbereitet haben. Wieder existiere ich gar nicht, da meine Stimme neben den anderen Stimmen keinen Klang hat.

Was habe ich davon, dass ich an der Uni unterrichte? Dass jemand in einer Zeitschrift meine Gedichte gelobt hat? Dass ich eine Sportmedaille in der Olympiade als junges Mädchen gewann? Dass ich einmal ein Erdbeben und einen Tsunami überlebte? Hier existiere ich gar nicht. Alle meine Heldentaten sind eingeschlummert. Ob ich noch ein Flugzeug führen kann? Ob ich noch eine Tochter habe, die Christine heißt?

Die Tage vergehen. Vielleicht ist es gar nicht so schlecht, diesen Kururlaub zu nehmen, eine ganz andere, undefinierbare Gestalt zu sein und in kleinen, grauen Aufgaben zu ertränken, die nicht für mich, sondern für die Gruppe intendiert sind: Stricken, einem Märchen zuhören, Tiere füttern, Blumen erforschen und ihre Bezeichnungen auseinanderhalten. Aber wann kommt mein Mann mich abholen? Ich bin nur ein leerer Name für sie. Das reicht mir schon.

Dieser negative Ort, der mich jeden Tag kleiner macht, ist mein Feind. Er zerreißt meine Biographie in winzige Stücke wie Zuckerwürfel im Kaffee.

Warum kann ich keinem erzählen, wer ich bin oder war? Als

Kind wurde ich trotz meiner Krankheiten für sehr begabt gehalten. Meine Mutter war Krankenschwester und mein Vater Journalist. Christine wird in zwei oder drei Jahren vielleicht Kinder gebären, die auch Klavier spielen und Hebräisch lernen werden. Einer unserer Kurgäste, der an unserem Tisch saß, ist plötzlich gestorben. Wir sind alle entsetzt. Mitten auf einer wahrscheinlich zu anstrengenden Wanderung ist er einem Herzversagen erlegen. Er war noch jung und hatte eine Geliebte, die ihn hin und wieder besuchte. Ich habe auch gelegentlich einen Geliebten gehabt, obwohl ich meinen zwei Ehemännern treu gewesen bin. Es war immer die Zeit davor, nur dann.
Der Aufzug ist wieder einmal stehen geblieben.
„Wer war darin gewesen?", frage ich mit zerstreuter Verzweiflung.
Ob meine Kursteilnehmer meine Vorlesungen vermissen? Ich muss diesen Ort verlassen, bevor ich gänzlich verblasse, sonst werde ich so klein wie mein Taschentuch, womit ich mir den Schweiß aus dem Gesicht wische, oder wie ein sterbendes Streichholz, das nur ein kleines, zittriges Licht abgibt.
„Ich kann nicht immer krank geschrieben sein, muss wieder aktiv werden."
Ich habe ein schlechtes Gewissen mir gegenüber, weil ich Verpflichtungen habe, mich am Leben zu halten. Diese Frau Lindemann hat mich schon fast getötet.
Eines Tages rufe ich meinen Mann an und er holt mich von diesem paralysierenden Ort ab. Es gibt tatsächlich Nichts-Orte, die einen vollen Menschen in ein Nichts verwandeln können. Aber noch habe ich rechtzeitig reagiert und den gefährlichen Einfluss dieses Ortes abgeschüttelt.
Ich weiß, sobald ich die Stufen herunterkomme, werde ich wieder eine lebendige Person sein, ein mit Sauerstoff

versorgtes, atmendes Etwas... und ganz fest an mich selbst und an die anderen denken und glauben.

Die Umnachtung einer Göttin

Es ist alles sehr komisch, was auf Erden passiert.
Mit den Jahren glaube ich immer weniger daran, was ich erlebe, und bezweifle immer mehr die Realität meiner Existenz und die meiner Mitmenschen. Aber schon als Kind hatte ich meine Zweifel, als alle so davon überzeugt waren, dass sie lebten. Das Misstrauen hat sich nur intensiviert. Ich finde keinen festen Boden mehr unter meinen Füßen. Nicht einmal die Namen haben die Eigenschaft, mich einzustufen, zu befestigen und in einen gewissen Rahmen zu integrieren. Natürlich befinde ich mich jetzt in einer deutschen Stadt mit einem Namen, aber was habe ich davon?
Schon lange habe ich das Grab meiner Eltern nicht besucht. Das scheint ziemlich real zu sein, denn ich habe ein schlechtes Gewissen. Ich renne los, um zwei Blumensträuße zu kaufen mit der heldenhaften Entschlossenheit einer zum Tode Verurteilten. Trotz meiner produktiven Eile bin ich noch in einem Schockzustand und glaube kaum an meine eigenen Bewegungen.
Die vertraute Stimme eines Mannes hält mich plötzlich mitten auf der Straße an und ich sehe auch seine Gestalt, die mit schnellen Schritten zu mir kommt, als hätte er Angst mich und unser zufälliges Treffen zu verpassen. Ja, ich beeile mich, die Blumen zu holen, er beeilt sich, mich einzuholen; die Straßen eilen auch und verfolgen uns atemlos mit rasenden Schritten.
Es ist eine Zufallsbegegnung, diesmal keine geplante, aber sie scheint uns beide zu erfreuen, zu interessieren und zu beleben. Besonders er, er wirkt munter und energisch wie nach einem sehr starken Kaffee. Er drückt meine Hand und ruft mit beinahe kindlicher Begeisterung: „Hallo Audrey. Es ist gut, dass wir uns so spontan wieder sehen. Ich wollte dich

sowieso anrufen."

Insgesamt haben wir uns bisher nur dreimal bei einer Freundin gesehen, jetzt ist es das vierte Mal. Die neue Lage gefällt uns beiden gut, noch besser als der Kontakt davor, denn hier sind keine Bekannten, die uns beobachten könnten. Wir sind ganz allein auf der Straße. Elmar Blümel hat ein angenehmes Äußeres, das mich anzieht, besonders weil er warm ist, geradlinig, zuverlässig und ehrlich, mit einem zärtlichen und delikaten Ton beim Sprechen, als hätte er eine gewisse Angst, mich zu verletzen. Ich könnte mich fast in ihn verlieben, auch wenn ich nicht genau weiß, wo ich mich befinde.

Er sagt hypnotisch und allmächtig wie ein Gott: „Wir bleiben den ganzen Tag zusammen, wenn du möchtest."

Ich werde ihm die zwei Blumensträuße geben und den Besuch auf dem Friedhof verschieben. Verzeiht mir, meine Eltern! Ich komme schon morgen zu euch. Aber heute möchte ich den Tag genießen.

Es ist nicht schwer bei ihm zu bleiben, es ist eher das Natürliche, wie das Atmen. Schon die ersten drei Mal war gerade die Trennung von ihm das, was mich besonders irritierte und mir als unnatürlich erschien.

Wir spazieren, eilig wie immer, aber ohne Richtung. Er trägt einen der Blumensträuße und ich den anderen. Die armen Blumen sind sehr überrascht, dass sie jetzt von so viel Liebe und Leidenschaft umgeben werden, dass sie jetzt die düstere Landschaft des Friedhofs nicht mehr zu betrachten brauchen.

Mein unwiderstehlicher Begleiter sucht meine Nähe und ich suche seine. Er hält meinen Arm fest, wie um unseren neuen Rhythmus für einen Marsch zu zweit anzugeben. Er dirigiert das Orchester des Liebesmarsches mit seinen kommandierenden und erfahrenen, wachsamen Bewegungen, während ich durch das Ungewöhnliche der Situation noch verblüffter und ungläubiger als sonst dastehe.

„Nach so vielen Jahren ohne Liebe, kann ich sie jetzt tatsächlich gefunden haben?"
Er will sich aber noch nicht zu einer Liebeserklärung zwingen lassen. Er sagt unverbindlich, aber gleichzeitig vielversprechend: „Im Moment flirte ich ganz gerne mit dir."
Er wird mich zu seinem Apartment führen und nach einigen gutmütigen, charmanten Umwegen des Spiels, der Koketterie, mit mir schlafen. Dann wird er seine Lust verlieren, sein Interesse an mir ganz fallen lassen, oder umgekehrt, noch verdoppeln und das Feuer der Sinnlichkeit für uns chronisch entzünden, je nachdem... Es ist das rätselhafte Schicksal aller Beziehungen. Vielleicht laufen wir zu blauäugig der Zerstörung entgegen, wie Ingenieure, die in einem Amok laufenden Atomkraftwerk arbeiten, um den Schaden zu beheben und umsonst versuchen, radioaktive Strahlungen zu bezähmen. Wenigstens sollte ich mich vor Schwierigkeiten schützen.
Ich frage: „Wird es keine Probleme geben? Hast du schon eine Freundin?"
„Nein. Im Moment bin ich frei. Komm, wir gehen zu mir. Mein Auto steht an der nächsten Kreuzung."
„Es ist aber schade, der Spaziergang war gut."
„Ja, es ist aber zu weit, wo ich wohne. Wir hätten dann keine Zeit mehr... Außerdem wäre es unvernünftig, das Auto hier zu lassen, gerade heute, wo meine Schwester mich gebeten hat, es für ein paar Stunden von uns zu leihen. Um 18 Uhr kommt sie uns mit meinem Schwager und dem Baby besuchen."
„Oh ja! Es wird schön sein, das Baby zu sehen."
Er hat das so nett beschrieben, als wäre ich schon ein Teil seines Lebens! Das Auto „von uns leihen", „uns besuchen"... Er versteht es irgendwie, das Besondere und Einmalige einer aufregenden Liebesstunde mit dem Alltag zu verbinden. Das gibt Sicherheit und Wärme.
Aber andererseits mache ich mir Sorgen um meinen jetzigen

seelischen Zustand. Soll ich es ihm vielleicht sagen, dass ich alarmiert über meinen Zustand bin? Und gerade jetzt soll ich etwas mit ihm anfangen, da ich mich so verwirrt, unzurechnungsfähig, gespalten und mir selbst fremd fühle? Etwas geht in meiner Seele vor, das nicht ganz normal ist, und das war schon vor der Liebeserfahrung. Die Liebe könnte mich vielleicht davon ablenken und meinen Zusammenbruch verzögern, aber ich käme immer wieder darauf zurück, auf meinen schrecklichen Konflikt, auf meine Uneinigkeit mit den Gesetzen des Lebens und der Realität, die ich mit meiner Vernunft nicht mehr als erträglich begreifen kann.

Ich bin aus meiner Bahn geworfen, bin unsolidarisch mit Gott, der Welt und mir selbst, und jeder Wunsch in mir, uns allen zu helfen, scheint wie ausgelöscht.

Ich möchte mit Elmar darüber sprechen, auch mit dem unweigerlichen Risiko, dass unser Gespräch seine männlichen Gelüste dämpfen könnte.

„Elmar, Liebster, vielleicht habe ich nur davon geträumt, dass ich dich sehe. Hätten wir uns nicht zum vierten Mal durch Zufall auf der Straße getroffen, wären wir nie zusammengekommen. Ich fantasiere in letzter Zeit ziemlich oft. Auch vergesse ich Sachen, die ich gesagt oder getan habe. Ich schrieb eine E-Mail an meine Freundin Manuela vor nicht allzu langer Zeit, vor drei Wochen. Und gestern entdeckte ich den Text in meinem Computer, aber ich war so erstaunt über die ganzen Sätze... Ich hatte keine Erinnerung mehr, dass ich sie geschrieben hatte; sie waren so neu und wie von einem fremden Gehirn diktiert.

Es sind auch schon seltsame Reaktionen von mir beobachtet worden. Einmal überraschte mich ein Arbeitskollege im Büro, wie ich sehr intensiv lächelte und sogar laut lachte, und als ich ihm den Grund dafür nicht erklären konnte, sagte er etwas pikiert und frappiert: ‚Hast du denn Alkohol getrunken? Oder

hast du Drogen genommen? Das ist doch nicht normal.' Das sind alles Sachen, die mir zu denken geben. Mein ganzes Leben lang war ich stolz auf meine Intelligenz und Klarheit, aber jetzt halte ich es für durchaus möglich, dass ich allmählich geistig krank werden könnte, und das Komische ist, dass ich keine Angst mehr davor habe. Jetzt weißt du es. Man gibt nicht gerne Behinderungen Preis, doch meine Loyalität hat es mir befohlen. Es wäre eine zu große Last für dich. Du hast noch nie etwas mit einer Geisteskranken gehabt, oder?"
Er versucht, die Angelegenheit zu verharmlosen: „Das sind alles vorübergehende Krisen. Wir kennen alle solche Phasen."
Doch ich merke traurig, dass seine Hände kalt geworden sind und dass sein Geschlechtsteil, das sich immer noch hartnäckig an mich presst und meinen Körper sucht, zusammengeschrumpft ist. Unruhig setze ich meine Geschichte fort: „Armer Elmar! Nein, ich nehme noch keine Antidepressiva und ich gehe nicht zum Psychiater. Vielleicht ist es tatsächlich nur vorübergehend. Aber es gibt ein Leitmotiv in meinem Leben, das jetzt ins Uferlose und Endlose geht. Schon als Kind habe ich es gefühlt. Meine Existenz schien mir mysteriös, unlogisch, zweifelhaft und verschwommen. Die ganze Schöpfung widerstrebt mir, als wäre die Erde ein billiger Euphemismus für die Hölle. Ich kann weder die Natur noch das was die Menschen hervorgebracht haben für Wahres halten und annehmen. Es ist ein fremdes Werk, das nichts über mich selbst aussagt. Doch was bin ich eigentlich, abgesehen von dieser Sammlung unwillkürlicher, unerfreulicher Umstände?"
„Was ist unerfreulich? Von welchen Umständen sprichst du?"
Ich weiß, dass Elmar nicht darauf vorbereitet ist, was jetzt kommt, und dass es ihm zu philosophisch oder verrückt erscheint.
„Ich meine all diese lästigen und manchmal schrecklichen

Wiederholungen der Materie... Zum Beispiel, dass unsere Körper ständig Exkremente produzieren. So eine sinnlose Handlung! Warum? Und wofür soll es gut sein? Und die Menschen haben wunderbare Toiletten dafür geschaffen, was an sich eine sehr gute und praktische Lösung bedeutet, aber uns keinerlei Erkenntnisse vermittelt, weshalb und warum wir gezwungen werden, immer so zu leben. Dieses ganze Prozedere der Ladung, drei Mal am Tag mindestens, des sich Vollstopfens mit essbaren Substanzen jeglicher Art und dann der Entleerung und der Suche nach dem geeigneten Ort, wo wir uns entleeren können.
Und nicht nur die Menschen, auch die Tiere tun das gleiche, aber natürlich weniger zivilisiert. Das Prinzip des Abfalls ist überall und erschreckend, gefallene Blätter der Bäume, Hundekot, alte Kleidung mit Löchern, Dosen, Plastikflaschen, Schmutz. Wir sind mehr Abfallsammler und Hygienepolizisten als etwas anderes. Dann verwesen unsere Körper nach dem Tod. Entweder müssen wir sie verbrennen oder sie werden von den Würmern zerfressen. Wofür ist das gut? Sag' mir, was ist der Grund, weshalb wir geboren werden?"
„Hör auf, Audrey! Keiner redet von solchen Dingen. Wir haben uns alle daran gewöhnen müssen, unsere Bedürfnisse zu verrichten und am Ende zu sterben."
„Das ist der Punkt: Keiner redet davon, aber ich brauche es. Ich habe mich nach 42 Jahren meiner so genannten ‚Existenz' auch daran gewöhnt, doch ich kann mich nicht damit anfreunden. Ich bin immer wieder erstaunt, dass es so ist und nicht anders sein kann, dass wir dieses absurde Leben ohne logischen Zusammenhang als Pauschalpackung von unbekannten Erdenbewohnern geerbt haben. Das sind die großartigen Reize der Natur.
Und die Menschen sind auch nicht besser, denke ich. Sie haben so viele Dummheiten und Ungerechtigkeiten begangen

- trotz ihrer großartigen Vernunft und Bildung - dass man kaum an sie als eine würdige Schöpfung Gottes glauben kann. Sie haben Waffen erfunden, um die ganze Welt zu zerstören. Sie töten andere Menschen durch Kriege oder private Verbrechen. Sie erniedrigen und quälen andere Menschen mit ihren Machtbesessenheiten, mit ihrem Supergeld und ihren Privilegien, die ich zum Kotzen finde. Sie grenzen andere aus, nehmen ihnen alle Rechte weg oder missbrauchen sie sexuell. Und als Spitze von alledem, als Höhepunkt des Horrors, haben wir die Nazis... Ja, diese alte Geschichte, bei der so viele Juden vergast wurden und auch die kleinen Kinder der Sinti und Roma, die nach einer sehr bewegenden Abschiedskommunion in einem katholischen Kloster nach Auschwitz deportiert wurden. 39 waren es, habe ich gelesen.
All diese Geschichten sind wie ein teuflischer Albtraum. Sie liegen schon 70 Jahre zurück, aber sie werden jedes Jahr wieder in unseren gemarterten Köpfen und Herzen durch die grausamen Monster der Erinnerung wachgerufen. Wie ist es möglich, dass solche Unmenschen existiert haben? Zusammen mit meinem Ekelgefühl vermischt sich dieses andere Gefühl von Unwirklichkeit, von Ferne und nicht ganz daran glauben zu können, dass ich das immer mit mir herum schleppe.
Warum sind wir hier? Wofür das alles? Es kann nicht sein, dass ich immer meine Hygienepflichten von Waschen gegen Gestank, nach dem Wasserlassen usw. erledigen muss. Es ist seltsam, unglaublich, dass ich mich eines Tages in Asche verwandeln werde, die in einer kleinen Urne überallhin transportiert werden kann. Es ist unglaublich, dass es die Nazis gegeben hat mit ihren Todesmaschinen und ihrem Hass gegen andersrassige, aber sehr schöne Menschen, die ohne ersichtlichen Grund frühzeitig und gewaltsam aus dem Leben gerissen wurden."

Elmar wird ungeduldig und versucht, mich auf andere Gedanken zu bringen.

„Über die Nazis kannst du noch reden, aber nicht so sehr über menschliche Exkremente. Es ist geschmacklos, unfein, und die Leute könnten denken, dass du tatsächlich etwas daneben bist. Meine Güte! Es ist ja selbstverständlich, dass wir alle so leben... Komm', hier ist schon unser Auto. Ich möchte dich bald nackt sehen."

Er versteht nicht im Geringsten die Beschreibung meiner ansetzenden Geisteskrankheit. Diese besteht darin, dass mir alles irreal vorkommt, das von den übrigen Menschen nicht hinterfragt, sondern als selbstverständlich akzeptiert wird. Ja, der fäkale Bereich, eine in hunderttausenden von Schimpfworten anerkannte Größe, mehr oder minder in der Tabuisierung oder Offenheit der Sprache präsent... Doch im Grunde ist es schon von allen als irreversibel angenommen. Viele Männer und Frauen verweilen gern auf Toiletten, während für mich der Vorgang noch nicht innerlich fest verankert ist. Sie akzeptieren einfach den Schweißgeruch unter dem Arm, und wenn er zu stark wird, suchen sie sich ein passendes Spray.

Vielleicht habe ich eine krankhafte Beziehung zu meinem Körper. Die meisten Menschen leben im Einklang mit ihm, ich dagegen habe mich zu sehr von ihm gelöst und verbleibe mehr als Geist denn als Materie. Ich bin dem Körperlichen abgeneigt, ich bin aristokratisch, wie eine Göttin, die den Toilettengang verabscheut. Und für einen Geist ist es höchst schockierend, sich immer um Abfälle und Abfallentsorgung kümmern zu müssen, um den grauenhaften Verwesungsprozess danach.

Und warum können wir nie das Mysterium von Tod und Geburt enträtseln? Ein aristokratisch vergeistigter Mensch wie ich hat schlechte Karten, will immer fliegen und besitzt keine Flügel.

Aber am besten verschweige ich Elmar, dass ich zu dieser Kategorie gehöre, zu dieser undefinierbaren Spezies von Undinen, Elfen und Engeln. Er würde mich wahrscheinlich als Freundin aufgeben, wenn er wüsste, dass ich ein Geist bin. Er will mich nackt sehen... Nur als Körper zähle ich für ihn. Doch ist der ganze Geschlechtsakt, wenn man die großen Gefühle der Attraktivität und Liebe abzieht, auch eine ganz absurde und sinnlose Beschäftigung. Hinein und hinaus, stöhnen, atmen und betasten, alles nur eine Folge von Bewegungen, die auch eine Befriedigungsmaschine als Ersatz vorführen kann. Man bezeichnet diese Überflutung des Kontakts manchmal als „Gymnastik" und macht sich ein bisschen lächerlich damit. Unsere Bewegungen werden denen einer Waschmaschine nicht unähnlich. Ich werde gepresst, durchgedreht, umgewirbelt, geschleudert, und am Ende dieser Reise der Erschütterung werde ich in einem anderen Zustand als ursprünglich erscheinen, mit Waschmittel- und Wasserspuren überall auf meiner Haut.

Wir haben das Auto erreicht. Es ist schön, dass ich jetzt ein Auto und vor allem einen Mann besitze. Hoffentlich habe ich nichts von alledem nur geträumt. Denn die anderen dreimal war Elmar spurlos verschwunden, immer mit verschiedenen Frauen.

„Wer waren die drei Frauen, die dich begleiteten?", frage ich plötzlich neugierig.

„Ich wechsle gern meine Partnerinnen, aber ich hatte nichts mit ihnen. Eine war meine Cousine Paula, die andere meine Sekretärin und die dritte eine Nachbarin meiner Schwester. Deine Freundin Lulu will immer viele Menschen auf ihren Versammlungen haben und ich wollte ihr den Gefallen tun. Ich mag es nicht, wenn ein neu gegründeter Verein so trostlos leer aussieht. Es war keine so glänzende Idee von ihr, diesen Verein ins Leben zu rufen."

Ich nicke.

„Poesie-Abende sind den Leuten meistens zu schwer. Sie haben lieber Prosa und am allerliebsten Krimis oder Satiren. Sie wollte aber gerade die Lyrik fördern, und jetzt kommt kaum noch jemand. Es ist ein Wunder, dass du es noch dreimal bis zu uns geschafft hast."

„Vielleicht wollte ich dich sehen", sagt er schelmisch. „Dein Anblick war poetischer als alles andere. Lulu, du und noch zwei ältere Damen, ihr habt laut vorgelesen. Der einzige, an den ich mich erinnern kann, ist Dealan Thomas, der ewig betrunkene Dichter. Du trugst ihn auf Englisch vor und ich schlummerte dabei ein, zerstreut und verliebt, in süße Gedanken vertieft. Ich fragte mich, wer du bist und fragte auch die anderen. Sie ist Mrs. Audrey Wilson aus London. Sie ist gut situiert, hat viele Wohnungen von der Familie geerbt (sechs, wenn ich mich nicht irre), die sie an zuverlässige Leute vermietet, obwohl sie manchmal schlechte Erfahrungen macht. Und sie führt auch einen Friseursalon, zusammen mit ihrer Nichte in einer vornehmen Gegend. Ja... Was treibt eine Engländerin nach Deutschland? Und seit wann? Ich vermute, schon ewig, seit der Kindheit. Dein Deutsch ist perfekt und du hast nur einen leichten Akzent. Dein Mann, ein Insektenforscher und Archäologe, hat sich von dir getrennt und lebt in Australien."

„Ja, das ist tatsächlich meine Geschichte, obwohl, wie du ja weißt, ich nicht ganz fest daran glaube. Ich bin in letzter Zeit nicht so ganz bei Verstand. Aber sei beruhigt: Klemens trennte sich von mir nicht wegen meiner Verrücktheit. Ich war diejenige, die seine Ruinen, seine Insekten und Experimente nicht mehr leiden konnte. Genauso wenig wie die unzuverlässigen Mieter. In den letzten drei Jahren habe ich viel Pech mit meinen Mietern. Ich habe es satt, immer hinter ihnen her zu laufen und Räumungsklagen von apathischen

Rechtsanwälten vorbereiten zu lassen. Nein, es ist kein gutes Geschäft, und im Moment stehen schon drei meiner Wohnungen leer. Mit meiner Nichte zanke ich mich ständig, sodass ich gar nicht weiß, ob wir den Friseursalon überhaupt behalten werden. Alles steht auf sehr wackligen Füßen. Nur unsere unerwartete, überraschende Liebe jetzt scheint zu blühen und meiner melancholischen Laune zu widersprechen."
„Das freut mich. Machen wir uns sofort auf den Weg, damit wir genug Zeit für die Liebe haben, bevor meine Schwester und Peter zu Besuch kommen."
Er fliegt mit dem Auto mehr als dass er fährt, so wie ich auch manchmal fliegen zu können glaube.
Ich sage: „Lass mich nicht allein im Auto. Ich habe keinen Führerschein und könnte es nicht anders parken. Kein Auto fahren zu können ist auch eine Art Behinderung. Ach, warum habe ich es nicht gelernt?"
„Natürlich lasse ich dich nicht allein. Und du hast in letzter Zeit Ärger mit einigen Menschen, so wie ich es verstanden habe... Ist deine Nichte keine gute Mitarbeiterin?"
„Nein. Sie lässt sich zu sehr von ihrem Verlobten beeinflussen und will nun den Laden verkaufen und mit ihrem Freund ins Ausland reisen. Dabei war es ihre Idee, dass wir zusammen leben und uns einen Hund anschaffen sollten. Jetzt redet sie nicht mehr von dem Hund. Es war gut, dass wir es nicht getan und dass ich den Hund noch nicht besorgt habe."
Aber die Biographie von Audrey Wilson ist nicht ganz meine Geschichte.
Ich fühle mich so neutral, so unverbunden mit mir selbst, so gedächtnislos und ohne Vorbilder oder Identitätsmerkmale. Elmar nennt es „Ärger mit einigen Menschen", doch ist es nicht nur das.
Wenig überzeugt füge ich meinem Lebenslauf weitere Baumaterialien, Zement und Steine hinzu: „Meine Mutter war

Deutsche, deshalb kam ich schon als Kind nach Deutschland. Sie war katholisch und nicht der Kirche Englands zugehörig wie mein Vater. Ich bekam meine Taufe und meine Erstkommunion zusammen, als ich sieben war. Es war sensationell so vieles auf einmal zu bekommen. Oft habe ich von Gott gehört... In den Gottesdiensten natürlich und auch von ihm in Büchern gelesen. Ich glaube, von keinem anderen redet man mehr als von Gott. Manchmal sind die Kirchen ziemlich leer, aber immerhin spricht in der ganzen Welt man von ihm, die Muslime, die Juden, die Orthodoxen, die Evangelischen.
Es gibt hin und wieder Massenkundgebungen spiritueller Art, monumentale Kirchentage der beiden Konfessionen in Deutschland, Wallfahrten nach Lourdes, und vor allem die vielen Reisen der Päpste, und sonntags in allen Sprachen und in allen Ländern, mit mehr oder weniger Publikum, wird das Theaterstück des Evangeliums zu allen möglichen Zeiten bis zur Übersättigung aufgeführt.
Ich denke, Gott ist sehr populär, wie ein Superstar. Nicht einmal die Beatles haben so einen überdauernden und über alle Moden hinaus reichenden Trend der Verehrung hervorgerufen wie unser Christus im Westen. Aber warum Gott erwähnen? Vermutlich, weil er, wenn er tatsächlich existiert, der einzige ist, der uns erklären kann, warum wir existieren. Ich kenne auch andere Gottheiten von großartiger Wirkung: Musik, Kunst, fremde und eigene Kultur. Mein Bruder ist Bildhauer, meine Nichte Malerin, ich habe Theaterwissenschaften studiert."
„Bist du Gott für einige Dinge dankbar, die er dir gegeben hat?"
„Wahrscheinlich ja. Ich sollte mehr mein Leben lieben. Aber der Teufel der Krankheit hat sich oft bei mir gemeldet. Ich leide häufig an einem Grippegefühl, Kopfweh, einer Mischung aus

Allergie und fieberhafter Nervosität, als hätte ich eine sehr schwere Klausur zu bestehen. Außerdem haben wir, die Frauen der Familie, eine kleine, aber lästige und für manche bedrohliche Missbildung, eine unangenehme Erbschaft zu tragen. Wir haben eine Trichterbrust (pectus excavatum), meine Mutter, meine Nichte und ich, obwohl diese Krankheit an sich viel häufiger bei den Männern auftritt.
In unserem Fall ist es nicht schlimm, unsere Herz- und Lungenfunktionen werden nicht beeinträchtigt, auch keine Bandscheiben- oder Rückenprobleme. Doch psychisch gesehen fühle ich mich schon anders als die anderen. Ich schäme mich dessen, das mein Brustkorb nicht normal aussieht. Deshalb bin ich bisher nur mit meinem Mann zusammen gewesen. Jetzt weißt du es. Hoffentlich gefällt dir meine Nacktheit."
Elmar lacht unbekümmert.
„Du machst nicht viel Werbung von deiner Person."
„Durch die Krankheit wenigstens hätte ich mich spirituell bestärken, mich auf einen festen Punkt setzen und von da aus mich betrachten sollen. Es ist so vieles, das ich verpasst habe! Weder Krankheit, noch Religion, noch Kunst, die Dinge, die im Grunde unser Selbstbewusstsein schärfen sollen, haben die Realität meines Daseins als solche bestätigt. Auch die Sexualität nicht. Oder zumindest die Sexualität bisher nicht. Vielleicht wirst du wie ein Erdbeben für mich sein und ich werde mich plötzlich wahrnehmen, dass ich lebe und zusammen mit der Erde bebe."
„Bitte, nicht all zu große Erwartungen an mich. Ich bin ein ziemlich früh gealterter Mensch, weißt du? Wir sind bald da."
Er hustet etwas verlegen und scheint das Auto anhalten zu wollen, die Geschwindigkeit zu bremsen.
„Wollen wir vielleicht zu einer deiner leer stehenden Wohnungen gehen? Meine ist ziemlich klein und arm."

„Nein. Lieber bei dir. Meine Wohnungen sind kalt und ohne Möbel."

Ich weiß, dass ich nicht zu viel erwarten darf. Man kann sich auch an die Keuschheit gewöhnen. Nach fast sieben Jahren wird es ziemlich schwer sein, mich wieder einem Mann hinzugeben. Schon davor war ich sexuell unterernährt und vernachlässigt, denn Rüdiger hatte sich insgeheim in einen Mann verliebt, einen Jugendfreund, der sein Spanischlehrer gewesen war, und er mochte mich nicht mehr als Ehefrau leiden. Nur drei Jahre hatten wir Spaß miteinander gehabt und dann kamen vier Jahre der Zurückhaltung und Distanz, in denen er nur Wut gegen sich selbst fühlte und ausschließlich in seinem Beruf Freude fand.

Werde ich es wie eine zweite Entjungferung erleben? Schmerz und Engegefühl, Anfangsschwierigkeiten wie bei meinem ersten Kontakt mit Rüdiger? Die ersten Jahre ohne waren schwer, aber jetzt wünsche ich mir kaum noch den Geschlechtsakt. Es ist, als hätte ich den falschen Zettel, die falsche Rolle, bekommen. Jetzt muss ich die Juliette spielen, während ich mehr für den Hamlet wäre. Mir ist meine mentale Gesundheit viel wichtiger, ob ich mich in meiner Wirklichkeit spüre oder eher am Rande des Wahnsinns bin.

„Mir wäre Hamlet lieber als Juliette", wiederhole ich zu Elmar in einem Flüsterton. „Ich werde wahrscheinlich zu sehr von meinen psychischen Krisen in Anspruch genommen."

„Aber Sex kann auch beruhigen, entspannen und gut tun. Ich bin ein guter Psychoanalytiker, glaube es mir. Wir können es probieren. Und viel zu verlieren hast du ja gar nicht mehr."

Er hat Recht. Habe ich nicht schon den Verstand verloren, dass ich mich so wenig empfinde? Die traurige Winzigkeit meiner Person... Ich bin wie eine Ameise oder Brotkrumen auf einem riesigen Teller.

Ja, wir probieren es am Ende, weil wir uns zufälligerweise getroffen und miteinander so schön geflirtet haben. Wir inszenieren es nach eiliger Vorbereitung und mit viel Elan wie zwei sehr engagierte Schauspieler - auf dem Teppichboden seines Wohnzimmers. Es geschieht im schnellen Tempo, vielleicht weil der Besuch bald kommt oder weil Elmar schon die wohltuende Gewissheit hat, dass er die Erforschung meines Körpers später ein paar Mal wiederholen wird.
Unser Rhythmus ist immer schnell, auch bei unserem Spaziergang oder während der Fahrt. Ich bin froh, dass ich beides, tierisch und menschlich, auf seine Küsse und all die Reize, die er ansetzt, reagieren kann. Meine Bilder fließen wie Tränen oder wie die angenehme Flüssigkeit zwischen meinen Beinen; eher als Gedanken sind es Sonnenstrahlen und das Rauschen von Wasser in meiner Haut. Wieder werde ich an den Vorgang des Waschens erinnert.
Meine Trichterbrust hat ihm nichts ausgemacht, meine seelischen Probleme auch nicht. Aber ich bin nicht sicher, dass diese Zufriedenheit und erleichternde Entspannung von Dauer sein wird. Ein zweites Mal der Leidenschaft kommt nicht mehr. Er hat es lieber sich auf meiner Seite auszuruhen. Wir liegen in einem sanften Bett von Erinnerungsblumen, Erinnerungen an die vorgefallenen Sekunden der Liebe, und schlafen fast ein. Der Schlaf ist beinahe so erfreulich wie das vorherige Zusammensein.
Aber dann müssen wir aufstehen, und das tun wir beide mit Widerwillen, vor allem ich. Er ist noch einigermaßen aktiv und munter. Er fängt an sich zu rasieren und will frische Brötchen holen gehen.
Seine Schwester Hakima ist früher gekommen als erwartet, aber ohne Schwager, nur mit dem Baby. Sie sieht Elmar sehr ähnlich, sie sind Zwillinge. Die Geschwister entscheiden, zusammen die Brötchen zu holen, während ich die kurze Zeit

auf das Baby aufpasse. Bevor Hakima mir die kleine Sarah anvertraut, fragt sie mich zerstreut, wer ich sei, und ich sage automatisch: „Audrey Willson", und strecke ihr meine Hand aus.
Es ist eine große Verantwortung, Sarah in meinen Armen zu halten. Gewöhnlich wollen sie immer zu den Müttern und lassen keine Ruhe, bis die Mutter sie wieder zu sich nimmt. Aber da die Mutter sich jetzt entfernt hat, hat die Kleine keine andere Alternative, als bei mir zu bleiben, und ich genieße das Privileg ihres Einverständnisses.
Sie stößt einen Seufzer aus, und ich streichle sie liebevoll. Sie riecht nach Milch und Zitrone, sie könnte mich glücklicher machen als alle anderen Menschen der Welt. Aber ich leide nicht so sehr, wenn ich mich von ihr trennen muss, weil alles ziemlich irreal und verschwommen bleibt. Ich weiß immer noch nicht, warum der Schwager nicht gekommen ist. Und warum werden die Brötchen nicht gegessen, die geholt wurden? Keiner scheint Hunger zu haben. Ich auch nicht. Hakima bedankt sich bei ihrem Bruder für das Auto und trifft schon Vorbereitungen, mit Sarah zu verschwinden. Sie fragt, ob die Zulassungspapiere drin sind.
Sie bietet mir freundlich an: „Wenn du möchtest kannst du Sarah den ganzen Tag haben, am kommenden Sonntag."
Dann spricht sie mit Elmar über das Wetter.
„Hoffentlich gibt es keinen Schnee. Ich fahre nicht so gern im Schnee und im Dunkeln."
„Du brauchst keine Angst zu haben. Der Wetterbericht für heute und morgen ist ziemlich positiv."
Und sie reden noch immer weiter über das Wetter, wie im Schneckentempo. Sie reden jetzt schon drei Minuten darüber. Wir stehen noch immer auf der Straße vor dem Auto. Plötzlich sehe ich eine verschleierte Frau, eine Türkin, die mit gezielten, festen Schritten auf mich zukommt. Sie scheint mich zu

kennen. Ja, sie ist eine meiner Mieterinnen, gegen die ich schon seit Monaten eine Räumungsklage laufen habe. Sie hat fünf Kinder und will meine Wohnung nicht verlassen und auch nicht die Miete zahlen, ebenso wenig will sie zum Sozialamt gehen, damit sie mir die Kosten erstatten. Sie scheint wütend und schreit mir ins Gesicht:

„Sie können uns nicht rausschmeißen. Wir haben auch unsere Rechte und wollen nicht obdachlos in den Straßen verhungern und frieren."

„Aber bitte, Frau Erkan... Warum soll ich Sie bei mir kostenlos wohnen lassen? Wir sind nicht miteinander verwandt."

Ich habe keine soziale Ader, sage ich zu mir selber. Ich sollte mich schämen.

„Ich kann viel putzen, wenn Sie wollen, und auch wenn Sie nicht wollen, wir bleiben... Seien Sie verflucht, Frau Willson. Sie verdienen kein Glück im Leben."

Sie hat es ausgesprochen, das schreckliche Wort, sie hat mich verflucht. Ich schwanke, zum ersten Mal habe ich Angst zu fallen und ohnmächtig zu werden, wie eine alte Greisin, obwohl ich nur 42 Jahre alt bin und noch vor kurzem von einem Mann umarmt und geliebt worden bin.

Sie will meine Schuhe putzen, sagt sie, sie will meine ganzen Wohnungen putzen, mein Gesicht und meine Haare waschen, meine Wäsche waschen. Ich mache eine heftige Bewegung des Abscheus, um ihr meine Schuhe zu entziehen. Ich entziehe mich ihr, sie ist mir nicht sauber genug. Aber ich bin zu müde, um zu kämpfen. Ich fühle mich besiegt. Sie ist ein Bild des Bösen, und wie so oft, siegt das Böse über das Gute.

„Kommen wir zu einem Kompromiss, Frau Erkan. Ich könnte Ihnen die andere, die kleinere und billigere Wohnung zur Verfügung stellen. Dann wären Sie nicht obdachlos und ich hätte weniger finanzielle Verluste."

Aber egal, ob sie diese Lösung annimmt oder nicht, sie hat

den Sieg über mich schon errungen und ihr Fluch tut mir immer noch weh. Die Frau geht endlich. Doch meine Übelkeit und Schwäche sind noch da.
Ich versuche an meine toten Eltern zu denken, etwas, das mir gewöhnlich Stärke gibt.
Elmar und seine Schwester sprechen immer noch über das Wetter. Sie wollen sich einschiffen und eine sehr lange Reise machen. Aber wer? Sie, Pietro, Sarah und Elmar. Nein, ich muss protestieren. Elmar und ich haben andere Pläne. Lulu ist auch nicht sehr weit von uns weg und ruft aus: „Ich habe euch zu einem anderen Poesie-Abend eingeladen. Den Verein zu gründen war keine so gute Idee. Keiner interessiert sich für Lyrik."
„Wir sollten es mit Gitarre oder Geige alternieren. Dann kämen vielleicht mehr Leute."
„Am Sonntag, wie gesagt, kannst du Sarah für dich haben."
„Danke Hakima. Sarah scheint mich zu mögen und weint nicht herzzerreißend, wenn ich sie bei mir halte wie andere Babys. Frau Erkan hat auch Kinder und sie würde mir vielleicht eines davon abgeben als Gegenleistung für die Miete. Ich könnte auch selbst ein schönes Mädchen mit deinem Bruder zustandebringen. Die Trichterbrust ist meine einzige Behinderung, sonst ist meine Gebärmutter in Ordnung, glaube ich. Aber ich habe wahre Ängste zu überstehen, wenn ich denke, dass ein Baby mich nicht mag und bei mir nur weinen würde. Das ist auch eine Behinderung, meine Panikattaken, meine Angst vor weiteren sichtbaren und unsichtbaren Behinderungen. Warum gibt es überhaupt so viele Behinderte auf der Welt? Gott, warum hast du so eine zerbrechliche, unsichere und unvollkommene Welt gemacht?"
Jetzt spreche ich mit Gott und nicht länger mit Hakima. Sie hat sich umgedreht und spricht weiterhin mit ihrem Bruder über das Wetter. Wie hypnotisch und absurd! Als wäre das Wetter

so super wichtig.

„Für den Sonntag haben sie Regen vorausgesagt. Ich habe den vielen Regen schon satt. Vor einem Jahr hat es auch an meinem Geburtstag geregnet, obwohl es damals ein Samstag war."

Natürlich ist das Wetter wichtig. Die ganze Natur offenbart sich darin, und es sind die einzigen halbwegs in Sprache gekleideten Botschaften, die der stumme Gott uns schickt: Den harten Winter, die Wiedergeburt im Frühling zusammen mit anderen vielschichtigen Phänomenen wie Sonnenfinsternis, Vollmond, Echo, Lawinen, Sonnenbrand, Frost und so weiter.

Es ist immer das gleiche bei mir: Ich nehme zu wenig von der Schöpfung wahr und deshalb entschwindet mir alles ins Irreale. Ich erlebe das Wetter meistens nur als leeres Klischee von Menschen, die nicht wissen, wovon sie reden können. Und das ist es auch, aber das Wetter hat darüber hinaus eine viel tiefere Bedeutung. Ja, die Sprache der Natur, das sollte ich hören, und nicht nur die Oberflächlichkeit der Menschen.

Elmar fragt seine Schwester: „Welches Geschenk wünschst du dir für dieses Jahr?"

„Einen prächtigen Regenschirm, das kann man immer gut gebrauchen. Und irgendetwas für Sarah. Das kommt mir letzten Endes zugute."

Ich bewundere die Großzügigkeit der Mütter. Nur sie können so sein, identisch mit ihrer Schöpfung. Ich wäre auch gerne eine Mutter. Gott, vielleicht ist es vermessen von mir, aber ich würde gerne eine Göttin sein, zusammen mit dir im Olymp thronen und die Schöpfung mit dir teilen; ich würde auch vieles erschaffen: Die Flüsse, die Meere, die Sterne... mit meiner weiblichen Hand, die manchmal mehr als fünf Finger besitzt und mehr als nur ein Gedächtnis. Die ganze Welt wäre mein Kind, das ich nie gehabt habe, mein Herz und Blut, mein jetzt

unerreichbares Glück der Verwandlung, der Vererbung großer Gemälde, Landschaften und Eindrücke.
Womöglich bin ich in meiner Allmachtsfantasie zu weit gegangen. Vielleicht habe ich sogar Gott vergessen und empfinde mich selbst als die allein schaffende, allein herrschende Kraft, die alles - Steine, Tiere, Menschen - aus dem Nichts entstehen ließ. Ich fühle mich für die ganze Welt verantwortlich. Aber das bringt viel Unruhe und eine plötzliche, immer wachsende Angst mit sich. Nach den ersten Sekunden einer fieberhaften Arbeitsamkeit und Euphorie des Fleißes steigert sich meine unkontrollierbare Angst bis zum Wahnsinn. Ich schwitze, zittere, beginne zu schreien.
Elmar, der mein Geschrei noch nicht gehört hat, sagt harmlos zu seiner Schwester: „Sarah spielt gern mit dem Regen. Sie möchte keinen Regenschirm."
Eine Verkäuferin, die aus einem Laden herausgekommen ist, sagt zu einem ihr bekannten Taxifahrer: „Wir haben heute wie verrückt verkauft. Mir tun die Füße weh. Lass mich ein paar Minuten in deinem Taxi sitzen."
„Es tut mir leid, aber ich muss auch arbeiten."
Ich höre ihre Stimmen und gleichzeitig andere Gespräche in meinem Innern. Ich versuche, meine Augen zu schließen, denn ich höre nicht nur, sondern sehe auch vielerlei Visionen, die blitzschnell und fast simultan, ohne Rast, auf mich stürzen. Ich will flüchten, aber ich weiß nicht wohin. Wo ist das Tuch von Frau Erkan? Ich würde mir damit das Gesicht zudecken, verschleiern, denn sogar durch die dünne Haut meiner Wangen und meiner Stirn glaube ich diese furchtbaren und apokalyptischen Bilder, diese unerträglichen Abgründe und Katastrophen zu sehen.
Wie vor ein paar Tagen im Fernsehen, nach dem gleichen Muster der Katastrophe in Japan, bezeuge ich jetzt mit all meinen Sinnen (sogar mit meiner Nase und meinen

Fingernägeln) das überwältigende, überstarke Erdbeben mit anschließendem Tsunami, und noch dazu das unerwartete Versagen der Atomkraftwerke, die gefährliche und unaufhaltsame Nuklearverseuchung, die alles vergiftet und krank macht, ein zweites Tschernobyl des 21. Jahrhunderts.
Natürlich ist alles nur eine Imitation der Fernsehbilder, ich erlebe das Ganze noch nicht als Wirklichkeit. Aber sie haben einen viel direkteren Charakter als Fernsehgespenster, denn ich rieche nach Verbranntem, nach Explosionen und Leichen, nach zerstörten Häusern; ich bin wahrscheinlich eine zukünftige Beute des von Atom verursachten Krebs mit einer Überdosierung an Radioaktivität im Körper wie der Pazifikozean, dessen Wasser auch schon verseucht ist.
Meine halbtoten Hände ertasten bereits die riesige Welle, die mich bald weit weg von Elmar transportieren wird, in eine ganz andere Straße. Ja, er ist nicht mehr bei mir, er ist weggeschleppt worden durch die wilde Strömung, die keinen Widerstand mehr duldet und ihn mitleidslos verschluckt. Er fragt noch mit immer schwächer werdender Stimme, ob ich die Brötchen, die er geholt hat, essen wolle. Auch das Auto, seine Schwester, das Baby, alles verlässt mich, fällt auseinander ohne Würde, zerstückelt und zerbombt wie nach einem blutigen Krieg. Verflucht, jemand hat mich verflucht, kommt es daher? Wohl kaum, denn die anderen leiden auch mit und sind Mitopfer des Desasters.
Der Fernsehapparat war in der Stube, in Elmars Wohnung, und jetzt sind wir auf der Straße. Die Stimmen, die ich höre, kommen nicht vom Tonträger in einem Film, sondern von den Menschen selbst und ihrem offenen Mund im gegenwärtigen Augenblick des Verschwindens.
Die riesige Welle hat sich erneut meiner bemächtigt und stößt mich unaufhörlich mit eiserner Kraft nach vorne. Sie schleudert mich rabiat wie all die anderen Menschen in die

Unendlichkeit des Todes. Doch bei mir trifft es vermutlich nicht zu. Als Göttin bin ich ewig und darf nicht sterben. Aber das ist kein Grund zum Trost, ganz im Gegenteil. Ich fühle mich zum Erbrechen elend und deprimiert. Ich verachte mich selbst für so eine schlechte Schöpfung, weil die Naturelemente dem Menschen so einen bösen Streich spielen.

Ach, warum habe ich die Welt so entworfen? Nicht nur den Toilettengang und die Verwesung, sondern auch noch dies! Die Verkäuferin darf nicht im Taxi sitzen. Sie wird auch von der Welle weggetragen. Als Göttin fühle ich mich schuldig, und ich würde mich am liebsten töten, wenn ich es könnte. Und es ist nicht nur das Bild von Japan jetzt... Sondern so viele kollektive und private Katastrophen: Pompeii, Lissabon, Nicaragua, Türkei, und 2002 gab es diesen mit nichts zu vergleichenden Tsunami in mehreren Ländern Asiens, der über 200 000 Menschen das Leben kostete. Dann waren es Haiti und Pakistan im Jahre 2010.

Jedes Jahr bringt immer mehr Unheil und neue Plagen als unverdiente Bestrafung gegen die Menschen, Erdbeben, Vulkanausbrüche, die vielen Hurrikans in Amerika, die Brände in Australien. Wie können wir mit alledem weiterleben, mit diesem kollektiven Drama nicht mehr zu rettender Massen? Und dann der Einzelne, so hilflos und ausgeliefert... Warum wird ein Mensch durch einen Unfall plötzlich zum Krüppel oder verliert seine Angehörigen, sein Vermögen, sein Zuhause? Nein, meine Schöpfung war kein großes Werk, keine erkennbaren Richtlinien darin und keine Klarheit der Ziele...

Es ist kein Wunder, dass die Menschen danach auch so falsch gehandelt haben: Hitler und Stalin, der elfte September, der Sklavenhandel, Kriege, Atomkraftwerke und die Atombombe, Sadismus, Vergewaltiger und Verbrecher überall, Kinderpornographie im Internet. Die große Schuld der Menschen entlastet mich nicht von meiner eigenen. Ich habe sogar einen Gott erfunden, um ihm etwas von meiner Schuld abgeben zu können.

Aber jetzt erkenne ich, dass ich allein die Welt geschaffen habe. Ich habe den Menschen auch die Krankheiten gebracht, den Zerfall des Alterns und den so genannten „natürlichen Tod", der im Grunde so unvorstellbar und entsetzlich ist. Ich bin entsetzt über mich selbst. Wieso habe ich nicht eine ganz andere Welt gemacht, so ein Stück Himmel für die Guten und nicht nur eine schwache Hoffnung davon? Ich hätte es wenigstens ermöglichen sollen, dass die Toten mit den Lebenden sprechen können.

Als Göttin werde ich noch verrückter als sonst. Ich kann diesen Anblick nicht mehr ertragen. Ich möchte alle retten, Elmar, sogar meine Mieterin, die mich verflucht hat, und vor allem das zärtliche Baby, das mich mag und nicht weint, wenn es mich sieht. Im Grunde bin ich eine gute Göttin, nur unklug und umständlich in meiner Schöpfung der Welt.

Ich möchte Lulu und ihre Poesie-Gäste retten. Wo mögen sie nach dem Tsunami geblieben sein? Wenn ich die kleine Sarah noch finden kann, werde ich sie die ganze Zeit sehr hoch über meinen Kopf heben, wie eine Krone, damit die verräterische Welle sie nicht erreichen kann. Aber es ist fraglich und beinahe aussichtslos, was ich in diesem Chaos der Zerstörung noch machen könnte. Nach langer Suche finde ich Sarah und ich halte ihren kleinen Fuß in meiner Verzweiflung fest. Aber auch das ist falsch, ein Zeitverlust gewesen. Ich glaube, sie ist in der Zwischenzeit ertrunken. Nein, lieber halte ich nichts mehr fest und ich erfahre gar nicht mehr, was aus allem geworden ist.

Der Kontrast ist mir zu hart. Zuerst glaubte ich kaum an mein eigenes Leben und beanstandete nur den Schöpfer, den ich gar nicht kannte. Jetzt aber glaube ich, dass ich eine Göttin „matter creatrice" bin und entziehe mich der Verantwortung

nicht. Ich arbeite noch an der Schöpfung, ich korrigiere, korrigiere... Aber was kann man noch verbessern, wenn alles schon vorbei ist?
Die anderen scheinen nicht zu merken, dass wir einen Tsunami wie in Japan 2011 haben. Elmar und seine Zwillingsschwester reden noch miteinander, jetzt über das Auto. Sie fragt ihn, ob er schon getankt habe. Der Tsunami hat sie noch nicht getrennt. Aber bald kommt die Katastrophe. Ich weiß es, weil ich den Tsunami den Menschen gebracht habe.
Vor lauter Druck in meinen Ohren, Not und Unfähigkeit, mich selbst zu verstehen, bin ich auf halb bewusstlos das Pflaster der Straße gefallen und schreie aus Angst. Lang gestreckt bleibe ich dort liegen, unempfindlich, umnachtet, bis jemand sich um mich kümmern kann.
Gott, ich beneide dich nicht um diese hohe Qualität der Gottheit! Es ist viel besser ein einfacher Fabrikarbeiter zu sein und nicht diese große Verantwortung zu tragen. Ich bin auch eine Göttin... Und das hat mir den allerletzten Rest Verstand genommen, den ich noch hatte.
Elmar fragt mich aus der Ferne: „Warum schreist du so?"
Ich antworte wie in einem Klagelied: „ich bin nicht ich selbst."
Ich kann nur darauf schwören, dass ich nicht mehr ich selbst bin. Damit fängt man an, verrückt zu werden, glaube ich. Und meine nächste Behauptung ist noch viel schlimmer, als wenn ich nur sagen würde, dass ich Napoleon sei: „Diese Naturkatastrophe ist meine Schuld. Ich bin Gott, ich bin Gott!"

Eine plötzliche Eingebung

1

Was nicht ganz verstanden wird, wird unterbrochen. Ich übernehme keine Verantwortung für das Ende meiner Sätze. Ich weiß auch nicht genau, was ich erzählen will. Nur, dass ich eine plötzliche Eingebung vom Himmel erhalten habe, dass ich meinem Schweigen von so vielen Jahren untreu werden möchte. Es langweilt und irritiert mich, das Schweigen; es führt zu nichts. Das Reden dagegen ist schön, leidenschaftlich aufregend und bedrohlich. Ab heute werde ich zur Fürsprecherin der Krebskranken, der Blinden oder der Aidsgezeichneten. Einfach so, weil die Interessengemeinschaften immer so viel zu sagen haben.
Mein Name ist Irmtraud Fuhrmann, ich bin Witwe und lebe mit meiner Tochter zusammen. Wir führen ein sehr vernünftiges Leben. Aber das kann sich auch ändern; ich lasse mich von meiner Eingebung treiben, ohne zu überprüfen, ob sie tatsächlich vom Himmel kommt. Was soll mich interessieren, ob ich der Stimme der Vernunft folge oder mich wie eine lächerliche Figur benehme? Ich habe zwei gute Ausreden für meine Veränderung, die sich zu widersprechen scheinen, die sich aber im Grunde gegenseitig ergänzen: A. Die Menschen haben mich allein gelassen, sodass nur meine eigenen Richtlinien zählen, meine Launen und Bedürfnisse. B. Die Menschen stecken mich mit ihrer Unruhe, Beliebigkeit und unbegründetem Handeln an.
Ich glaube, meine Stimmung ist darauf zurückzuführen, dass meine Freundin Hannelore sich heute sonderbar benommen hat. Sie beklagt sich heftig, dass ihre Bedürfnisse endlich ausgesprochen werden müssten; sie öffnet auch mir damit

den Weg zum Selbstausdruck.

Die kleine, nervöse Hannelore Wassermann, Apothekers Tochter und jetzt Inhaberin eines Obstgeschäftes, bedankt sich zum dritten Mal für meinen Besuch. Sie hat eine sehr romantische CD für mich ausgesucht und fängt soeben an, mir ins Ohr zu flüstern, dass sie mich liebt. Auch die CD, die sie aufgelegt hat, besingt in poetischer Weise die Liebe zwischen zwei Frauen.

Diese Liebeserklärung einer Frau an eine andere wäre im 19. Jahrhundert weniger üblich gewesen. Mit einigen skandalösen Ausnahmen homoerotischer Natur waren die meisten Liebesdarstellungen in Literatur und Kunst auf die Mann-Frau-Beziehung einprogrammiert. Da die Zahl der Schwulen und Lesben kleiner war, mussten diese vorsichtig im Verborgenen und oft nur auf der Ebene des Platonischen bleiben. Hannelore hätte es dann nicht gewagt, so unverblümt über ihre Gefühle für mich zu sprechen. Sie hätte höchstens meine Hand gedrückt und gesagt: „Du bist eine so gute Freundin! Ich schätze deine Hilfe sehr. Ohne sie könnte ich ja kaum weiter leben."

Jetzt aber verkleidet sich Hannelore nicht länger und verschleiert sich nicht. Nach einem kurzen, verlegenen Zögern sagt sie - mit der absoluten und unwiderruflichen Eingebung derjenigen, die im Zug die Handbremse ziehen oder im Lift auf den Alarmknopf drücken -: „Du hast bestimmt schon erraten, was ich für dich empfinde, Irmtraud."

„Wie meinst du das? Freundschaft natürlich. Es war schon immer keine so perfekte Beziehung zwischen uns, aber du hast mir viel Güte und Verständnis entgegengebracht, und ich hoffe, ich habe dich auch nicht so gravierend enttäuscht... Oder? Es ist doch alles in Ordnung zwischen uns, nicht wahr?"

Aber ich weiß, dass ich mich selbst belüge, denn ich hatte es schon geahnt... dass irgendetwas in der Schwebe lag, das

während der ganzen Jahre unserer Freundschaft unausgesprochen blieb.
Sie sagt endgültig und mutig: „Ich möchte dich küssen, Irmtraud, möchte die Nähe deines Körpers spüren und vieles mit dir zusammen unternehmen können. Die kurzen Besuche und Anrufe alle zwei oder drei Monate reichen mir nicht aus. Ich bin auf jeden eifersüchtig, der einen wichtigen Platz in deinem Leben einnimmt."
Die sanfte, verführerische Musik aus ihrer Stereoanlage hat sie wahrscheinlich zum Träumen und zum Geständnis ihrer Gefühle angeregt. Doch ich vermute eher, dass sie schon alles im Voraus präpariert hat: Die geeignete Atmosphäre für eine Liebeserklärung, das Gespräch in ihrer Wohnung nach einer langen Pause der Nachdenklichkeit und Selbstanalyse.
Ich will nur weglaufen und nicht mehr bei ihr bleiben.
Meine ganze Kraft, die Stromladungen in meinem Impuls, besagen, dass ich sie bald verlassen muss. Wie ein Lyriker, der sich unter einer dringenden Eingebung zum Schönen, selbstmarternden Kunstwerk zwingt (sonst müsste er sterben), so will ich auch sofort meinem geheimen Befehl der Inspiration gehorchen und in Hannelores Diele marschieren, die Wohnungstür aufmachen und diese vor ihrer Nase zuknallen. Ich fühle mich, als wäre ich schon auf der Straße, als würde ich schon rennen, flüchten... nicht vor mir selbst, sondern vor den Eigenarten der Menschen.
Ich wollte ja nur Freundschaft von ihr, nichts anderes. Jetzt ist die Freundschaft trübe geworden und beinahe unmöglich. Ich werde ab jetzt immer Angst haben müssen, dass sie ironische oder hasserfüllte Bemerkungen macht, um sich gegen meine Gleichgültigkeit zu verteidigen, oder dass sie das heikle Thema wieder anspricht und mir ihre Liebe, weich und unterwürfig, zum zweiten Mal gesteht.
Was habe ich von einer in mich verliebten Freundin? Das

macht alles nur schwerer und komplizierter. Hätte sie bloß länger geschwiegen! Jetzt ist ein Problem da, eine Sackgasse von Konflikten und chronischer Sorge. Ich kann nicht mehr gelassen und ungestört wie bisher zu ihr zum Kaffee trinken kommen in der bequemen Erwartung der schwesterlichen Gemütlichkeit, die nur Frauen geben können, die sich nicht in eine Freundin verlieben.

Sie kann mich nicht mit ihrer Verliebtheit anstecken, aber ihr Leiden beunruhigt mich. Nachdem sie so große Stücke auf mich hält, dass sie sogar ihr ganzes Leben mit mir verbringen wollte, bringe ich es natürlich nicht fertig, sie zu verletzen und so herzlos über ihre Leidenschaft zu urteilen, als ginge es um die Geschichten anderer, denn letzten Endes bin ich ja der Gegenstand ihrer Liebe. Womit habe ich es verdient? Und warum lieben die Männer mich nicht? Warum musste es gerade eine Frau sein?

Auf jeden Fall bin ich wie angekettet durch ihre Beichte. Ich muss wenigstens ein bisschen mit ihr reden, bevor ich zur Straße flüchten darf.

„Hannelore, wir kommen sehr gut miteinander klar; wir verstehen uns ausgezeichnet, aber nur auf dieser Ebene wie bisher. Ich kann dir nur Freundschaft anbieten. Wenn es dir nicht genügt, dann werden wir uns kaum wiedersehen können, denn dann würdest du nur leiden und mich in Verlegenheit bringen."

„Warum hältst du unsere Liebe für aussichtslos?"

„Ich kann mit dir prima zusammenarbeiten (wir waren ja eine Zeit lang Arbeitskolleginnen), ich kann mit dir ins Theater gehen, bummeln, einkaufen; aber das andere, das intime Reich der Körper... Das kann ich mir beim besten Willen nicht vorstellen."

„Das kann man nicht, bis man es ausprobiert hat. Ich habe schon mit anderen Frauen Erfahrungen auf dem Gebiet."

„Umso besser, dann wird es dir nicht schwer fallen, dich zu trösten und einen Ersatz zu finden."
„Du bist gemein. Unser Kontakt ist doch etwas Ernstes und Tiefes... oder zumindest habe ich es so empfunden."
„Eine tiefe Freundschaft braucht nicht unbedingt mit Sexualität zu tun zu haben. Ich für meinen Teil habe keine Lust es auszuprobieren."
„Ist es, weil du Männer zu sehr magst? Kannst du dir überhaupt nicht vorstellen, dass eine Frau dich glücklich machen würde?"
„Generell könnte ich es nicht ausschließen. Die Männer haben mir meistens bewiesen, wie wenig sensibel sie sind und wie wenig sie auf mich eingehen. Ich bin verbittert und einsam. Vielleicht ist es tatsächlich so, dass ich mich irgendwann für die Liebe zu einer Frau entscheiden könnte, eine Frau, die mich liebevoll begleitet und versteht, die mir geistig vieles gibt und mit unendlicher Geduld auch für meine kranke Tochter sorgt, die sich über jeden Fortschritt in ihrer Gesundheit mit mir zusammen freut. Doch du wärest nicht die richtige Frau für mich, sollte ich überhaupt eine brauchen. Wir sind zu verschieden."
Ich möchte es nicht weiter ausführen und sie kränken. Ich weiß nur, dass Hannelore nicht besser als ein Mann für mich wäre und dass wir als Lebensgefährtinnen oft Streit miteinander hätten. Sie ist mir zu vital, eigensüchtig, denkt zu sehr an ihren Körper; sie ist ein sportlicher Typ, fährt Fahrrad, schwimmt sehr gerne, turnt, isst unbekümmert und raucht viel, schwitzt, schnarcht und plaudert maßlos... und geht meistens ins Kino, in die Disco oder unternimmt Ausflüge mit Wandergruppen ins Gebirge. Im Gegensatz dazu bin ich introvertiert, still, leicht müde und sexuelle Reize im Besonderen sind mir fremd geworden, besitzen keine Macht mehr über mich, seitdem die zwei Männer, die ich liebte, mich

allein gelassen haben.
Was sollte ich mit so einem Nervenbündel machen? Außerdem hat sie sehr wenig übrig für meine kleine Margarete und würde sich lieber mit einer Katze oder einem Hund die Zeit vertreiben als mit einem Kind. Dieses Gefühl hat schon immer einer perfekten Freundschaft zwischen uns im Wege gestanden, denn zusammen Bummeln, Einkaufen und Arbeiten, das sind nur kleine gesellschaftliche Berührungen. Ihr ist die Vater- oder Mutterrolle so fremd wie mir die Rolle einer lesbischen Verführerin, die fieberhaft und sehnsüchtig wie eine Besessene die Zärtlichkeiten der Geliebten erwartet und für nichts anderes ein Herz hat. So kommt sie mir ein bisschen wie eine Verrückte vor. Wahrscheinlich denkt sie dasselbe von mir, wenn ich nur als Mutter vor ihr erscheine und von Margarete spreche.
„Du hängst noch an deinen zwei Männern, sag es doch, gib es zu!"
„Nein. Der eine ist schon tot, der andere im Ausland. Was soll ich großartig an sie denken? Die beiden haben mich auch nie verstanden, sie waren zwei Egoisten. Der mit 38 Jahren verstorbene Albert war rauschgiftsüchtig, wie du weißt... Er hat nur für seine Sucht gekämpft. Moses, der im Ausland lebt, ist ein Abenteurer, ein Heiratsschwindler oder so etwas Ähnliches, aber Gott sei Dank, habe ich ihm kein Geld gegeben und ihn auch nicht geheiratet."
Wird Hannelore jetzt so taktlos sein, die von ihr selbst erschaffene poetische Atmosphäre der schönen Musik und der sanften Kerzenbeleuchtung mit einer plumpen Bemerkung zu zerstören? Wird sie zum Beispiel behaupten, dass das männliche Glied nicht so viel wert sei wie das, was die Frauen besitzen? Oder dass sie mich viel besser als die Männer streicheln und meine Orgasmen vermehren könnte? Wird sie sogar Gewalt anwenden, um mich zu einem Kuss und zu

weiteren Stufen der Libido zu zwingen? Ist eine Vergewaltigernatur auch unter Frauen möglich? Wenn sie auf Gleichberechtigung bestehen, warum sollte es nicht auch denkbar sein?

Ich glaube schon, dass sie mich gerne entführen und mich zu ihrer Geisel machen würde; sie würde gerne meinen Willen brechen und mich als Sklavin zu ihren Füßen sehen. Andererseits aber ist sie zu feige oder feinfühlig, und sie möchte gerade die überlegene Qualität in ihrer Liebe zu mir verteidigen, um diese über den Schmutz der Männerwelt zu stellen. Deshalb versucht sie es gewaltlos, mich nur mit Worten zu überzeugen.

Sie lächelt und bewegt sich unruhig zu mir hin, während sie mit einer sehr unglücklichen Stimme murmelt: „Sieben Jahre kennen wir uns schon und ich habe immer das gleiche für dich empfunden. Aber ich wagte nie es dir zu sagen. Immer habe ich gesehen, dass auch du niemanden an deiner Seite hast. Warum sollte ich es nicht versuchen?"

„Gut, jetzt hast du es schon getan. Manchmal muss man etwas tun, um sich erleichtert zu fühlen. Aber in Zukunft reden wir nicht mehr davon. Ich muss gehen, Lore. Wir werden schon bald miteinander telefonieren."

Sie ist empört und wütend: „Nach so einem intensiven Geständnis von meiner Seite... Wie kannst du jetzt schon gehen? Wenn du mir nur erlaubst, ein einziges Mal davon zu sprechen, dann wenigstens ausführlich. Warum blockierst du so kategorisch und hart meine einzige Möglichkeit, dich für meine Vorstellungen zu gewinnen?"

„Es gibt keine Möglichkeit, glaube es mir. Wenn du mich als Freundin behalten willst, dann möchte ich nichts mehr davon hören. Ich habe schon genug Ärger und Probleme in meinem Leben. Aber es hat nichts mit unserem bisherigen Gespräch zu tun, dass ich jetzt gehen muss. Ich habe morgen viel zu erledigen. Ich muss meine Schwiegermutter zur Blutabnahme begleiten; es ist ein Verdacht auf Metastasen, du verstehst... Und dann muss ich Margarete zur Gymnastik bringen und mit meiner Schwägerin zu ihrem Scheidungsanwalt gehen, weil ihr Mann sich unbedingt von ihr trennen will."

„Du opferst dich zu sehr für die anderen Menschen. Das mit deiner Tochter kann ich noch einigermaßen verstehen, aber das mit der Schwiegermutter, die keine Blutsverwandte von dir ist..."

„Wir vertragen uns gut, sie hat mir viel mit dem Kind geholfen. Außerdem heißen wir beide Fuhrmann."

„Das mit deiner Tochter ist schon übertrieben. Du vergisst dich total und lebst nur noch für die anderen. Und was hast du so sehr mit deiner Schwägerin zu schaffen, Alberts Schwester oder Halbschwester, diese Französin, von der du immer sprichst? Ist sie denn auch in dich verliebt? Hat sie dir auch einen Vorschlag gemacht,?"

„Unsinn. Nicht alle denken an Frauenliebe wie du."

„Du bist voll beladen mit Familie ohne Ende: Alberts Tante, deine Mutter, deine drei Brüder. Man kann dich überhaupt nicht erreichen. Und wenn es nicht die Familie ist, dann sind es die Arbeitskollegen oder deine Briefbekanntschaften."

„An sich habe ich viel weniger Kontakte als du, Lore. Bei mir ist es nur ein kleiner Kreis von sich alltäglich wiederholenden Gestalten."

„Aber du hast wahnsinnig viele Briefkontakte, und das nimmt viel von deiner Zeit. Ich bezeichne als Freunde nur diejenigen, die in meiner Nähe wohnen und die ich öfters treffen kann, du dagegen... Du hast am liebsten Freunde, die in der Ferne hocken und an die du Hunderte von Briefe schreiben kannst. Es ist ein Glück, dass der Heiratsschwindler dir wenigstens keine Familienpflichten hinterlassen hat wie Stiefkinder oder alte Damen, die Pflege brauchen. Aber an ihn, diesen Moses,

schreibst du noch Briefe, hast du mir selbst erzählt. Es scheint dir ein Bedürfnis zu sein, alle alten und fernen Kontakte zu behalten. Und viel weniger wichtig ist es dir, mich, die ich in deiner Nähe bin, öfters zu sehen. Warum können wir uns nicht ständig sehen, wie ich es mir wünsche?"
„Du bist nicht besser als ein Mann, Lore. Hör auf mit dieser blöden Eifersuchtsszene."
„Im Grunde verdienen die anderen gar nicht deine Mühen, sie vernachlässigen dich. Wie einsam du bist! Keiner bringt dir Blumen, wie ich sie dir einmal gebracht habe, keiner geht mit dir ins Theater oder zum Tanz; keiner sagt dir, dass du schön bist. Und wenn du deine Asthmaanfälle hast, musst du ins Krankenhaus, denn deine ‚Familien' jammern ja nur und helfen wenig. Du hast mehr Pflichten als Rechte."
„Dafür kann man keinen beschuldigen, dass wir alle Schwächlinge sind; alte Leute und Behinderte können tatsächlich wenig für mich tun, aber sie tun schon einiges."
„Bist du sicher, dass ich nicht die geeignete Partnerin für dich wäre?"
„Ja, ich bin ganz sicher, es wäre eine Katastrophe."
„Ich mag dir grob und oberflächlich erscheinen, aber für dich könnte ich mich opfern und mich verändern, ausnahmsweise für dich. Ich würde das Rauchen aufgeben, dir zuliebe Sport mit geisteswissenschaftlichen Veranstaltungen tauschen; ich würde sogar einen Briefwechsel mit dir führen, wenn du es möchtest. Du könntest einen ganz anderen Menschen aus mir machen."
Ihre Ehrlichkeit und ihr bedingungsloses Mir-Ausgeliefert-Sein sind fast rührend. Jetzt bin ich erweicht und halbbesiegt, denn im Kern eröffnen sich mir die ganzen Perspektiven einer Liebe. Egal, ob mit Mann oder mit Frau, beinhaltet diese Liebe das ganze Potential der reinigenden Hoffnung auf Veränderung und Zusammenklang. Ich bin seit so vielen

Jahren an die Gleichgültigkeit der anderen gewöhnt, dass ich - allein bei dem Gedanken, dass jemand meinetwegen so viele Anstrengungen unternehmen würde - beinahe eine Träne vergießen könnte. Schon damals hatten mich ihre Blumen erweicht, als sie sie mir brachte und mir zu meiner neuen Arbeitsstelle gratulierte, obwohl ich damals dachte, dass es aus Freundschaft und nicht aus Liebe geschehen war.
„Nein. Danke, Lore... Es würde zu nichts führen. Jeder muss seine Persönlichkeit behalten, und ich hätte auch nicht so viel davon, wenn du dich so sehr verändern würdest. Es würde letzten Endes nur Wut in dir und wenig Freude für mich mit sich bringen."
„Wenn ich ein Mann wäre, würdest du es riskieren. Ist es nicht so? Sag die Wahrheit."
In gewissem Sinne hat sie Recht. Was verzeiht man nicht alles den Männern? Die gleichen Worte, die sie jetzt gesprochen hat, würden im Mund eines Mannes ganz anders klingen. Das ganze Umfeld, der kulturelle Hintergrund, spielt auch eine Rolle. Alle meine Filme, Lektüren und meine bisherigen Erfahrungen zielten immer auf den Mann ab; alle Happyends von den ganzen Geschichten kreisen meistens um das Supererlebnis der beiden Geschlechtern miteinander, und nur jetzt beginnen einige andersartige Darstellungen des Glücks zu zweit in einem ganz anderen Rahmen Verbreitung zu finden.
Aber ich bin noch nicht darauf vorbereitet, die Frau als Liebespartnerin zu akzeptieren. Ich hatte sie bisher nur als die heilige Freundin gesehen, oder als Mutter, Schwester, Chefin, Nonne, leidenschaftliche Gefährtin eines Mannes oder als traurige, hinterlassene Witwe. Es stört mich eigentlich, dass sie eine Umgestaltung in meine geordnete Welt gebracht hat, denn... wie kann ich jetzt ohne Bedenken an eine Frauenfreundschaft weiter glauben? Wie kann ich mich wie

bisher in voller Ruhe und Zufriedenheit, ohne Hemmungen, vor einer Frau ausziehen, mich unter dem Arm kratzen, mich waschen und mich ganz nackt ins Bett fallen lassen?

Deshalb bin ich ihr etwas böse, wenn auch dankbar und durch ihre Gefühle bewegt, böse, weil sie mir ein Stück Natürlichkeit gestohlen hat. Ich bin wie die aufgeklärten Kinder, die plötzlich erfahren, dass die Gefahr von Inzest in der Luft schwebt, jedes Mal wenn Vater oder andere Familienmitglieder ihnen zu nahe kommen...

Wie antiromantisch erscheint mir das Bild unserer Liebe im Vergleich mit all den Liebesgeschichten der Literatur! Ich kann nichts dafür. Diderot hat die Zwei-Frauen-Beziehung in seinem Porträt einer lesbischen Nonne als abstoßend beschrieben. Doch sind solche Abneigungen wahrscheinlich nur Vorurteile, und in zehn Jahren vielleicht, wenn es viele solcher Beziehungen gibt, dann wird eine solche Liebe uns nicht mehr befremden und verunsichern. Jetzt ist es aber noch zu früh.

Ich stehe natürlich unter dem Einfluss meiner Umgebung. Meine zwei Familien würden sich wundern, und meine Freunde hätten es auch nicht so gern. Und Hannelore würde mich zum Tanzen holen, würde darauf bestehen, dass ich mit anderen lesbischen Frauen und mit Schwulen Kontakt habe, denn solche Geschöpfe, wie alle Minderheiten, sind immer auf Legitimation und auf die Zurschaustellung ihrer Identität bedacht. Wir würden bei Umzüge zum Christopher Street Day in Köln oder bei der Love Parade in Berlin jedes Jahr mit Plakaten marschieren und viel über unsere versäumten Rechte in der Geschichte schreien, bis es uns vor Selbstbestätigung fast übel würde.

Lore und ich würden uns schön einrichten und vielleicht ganz gut ohne Männer leben können. Aber ein Baby könnten wir sowieso nicht zusammen zeugen. Wir müssten dafür, einen Mann darum bitten, dass er ihr, mir oder uns beiden seinen

Samen spenden möchte. Nicht, dass ich unbedingt noch ein Kind haben will, es war nur so ein Gedanke... Die matriarchalische Familie kann zwar gut funktionieren und womöglich mit einer besonderen Harmonie und Schönheit überleben; aber genauso wie ein Flugzeug den Treibstoff und eine Zigarette den Zündstoff braucht, um richtig ins Leben zu kommen, so ist die zweigeschlechtliche eine Liebe ohne Prothesen.

Doch zugegeben... Manchmal sind Prothesen sehr gut, und es ist besser Prothesen zu tragen, als gar keine Organe im Körper zu haben.

Abgesehen von den gesellschaftlichen Tabus gibt es auch noch die persönliche Ebene meiner Vorlieben für bestimmte Frauen. Ich kann mir vorstellen, dass Odiles Brüste, Hände und Zähne mir viel besser als Hannelores gefallen könnten, ihre schlanke Figur und ihre saubere Unterwäsche. Hannelore ist in Ordnung, aber nur als Freundin. Manchmal riecht sie nach Parfüm und manchmal nach Zwiebeln. Ihre Unempfindlichkeit gegen die Kälte (sie braucht nie eine Heizung), ihre häufigen Schimpfworte und ihr ständiges Rauchen irritieren mich, während Odiles französischer Akzent, ihre schönen Kostüms und ihre naive, große Liebe zu ihrem Mann trotz ihrer vielen Schwierigkeiten mich entzücken. Aber das kann ich Hannelore nicht verraten, sie würde noch heftiger werden, vor Neid und Ärger platzen.

„Lore, frag mich in zehn Jahren. Vielleicht dann bin ich so weit. Im Moment bin ich noch für die herkömmliche Liebe zwischen Mann und Frau."

„Verlangst du, dass ich noch zehn Jahre auf dich warte? Ich bin schon 39 und du ungefähr gleichaltrig."

„Nein, nein, warte nicht auf mich. Du wirst sicherlich jemand anderes finden. Und jetzt muss ich wirklich weg."

Die Straße verschluckt mich, wie die großen Wale die Fische

im Meer. Ich glaube, sie würde mich am liebsten verfolgen und um Zärtlichkeiten betteln, wie ich damals Moses verfolgt und um letzte Worte und Genussreste gebettelt habe. Aber sie hat weniger mit mir gehabt als ich mit Moses, und vielleicht deshalb kann sie sich etwas beherrschen. Sie tut mir Leid mit ihrer traurigen Hilflosigkeit beim Abschied. Andererseits habe ich Angst vor ihr und ihren unvoraussehbaren Reaktionen - gerade in diesem schweren Augenblick meines Abschieds, der fast wie eine Flucht aussieht.

Ich fürchte mich vor ihrem Händedruck, der verzweifelten Gier ihrer Lippen beim Kuss, sogar ihrer Bisse; ich sehe diese bedrohlichen und scharfen Zähne, die ich aus irgendwelchen Gründen weniger als ihre Stirn, ihr Haar und ihre Augen mag.

Befreit von der Last dieser unwillkommenen Liebe laufe ich jetzt durch die Straßen. Ziellos lasse ich mich treiben und meditiere nur über die plötzlichen Eingebungen meines launischen Ichs, nicht mehr über vernünftige Handlungen, wie es sonst meine Gewohnheit ist. Hannelore hat mit ihrer Liebeserklärung die Kette der Eingebungen begonnen. Margarete wird die ganze Nacht bei meiner Mutter bleiben; aus dem Grund bin ich besonders euphorisch, da ich über eine lange Zeit vollkommener Freiheit verfüge. Ich brauche nicht sofort zu ihnen zu gehen, sie schlafen bestimmt.

Aber es ist nicht ratsam, für eine Frau alleine in so einer Großstadt zu nächtlicher Stunde spazieren zu gehen. Im 19. Jahrhundert konnte man es bestimmt gefahrlos tun. Verdammt, warum bloß bin ich nicht im 19. Jahrhundert geboren! Naja, Piraten und maskierte Diebe gab es schon damals auf Schiffen, Pferdekutschen und in Herbergen versteckt, und anständige Frauen sind sowieso nicht in der Nacht rausgegangen, nur tagsüber und in Begleitung von Anstandsdamen; doch gab es viel weniger Menschen als jetzt und daher weniger Gefahren für nächtliche Spaziergänger.

Ich muss mich beeilen und dunkle Straßen vermeiden. Ich habe mich doch nicht den Zärtlichkeiten einer Freundin entzogen, damit ich jetzt ironischerweise von einer Gruppe von betrunkenen Männern vergewaltigt werde. Taxi, Taxi heißt meine Rettung. Taxi ist der milde, ritterliche Gott unserer Zeit, der mir wenigstens Sicherheit bietet und mich am schnellsten vom bedrohlichen Waldversteck des Wolfes wegbringen kann.
Nein, Sexualität ist nichts für mich. Sie verschlingt nur die Menschen wie ein Monster, manchmal bringt sie die Menschen näher aneinander, aber manchmal trennt sie sie... wie es jetzt mit meiner Freundin Hannelore der Fall gewesen ist. Ich werde sie nur selten besuchen dürfen, der Traum der Freundschaft ist ausgeträumt, und die Blumen, die sie mir damals schenkte, scheinen mir jetzt nicht mehr so schön, weil sie es nicht so uneigennützig tat, sondern von der Leidenschaft angespornt; wie ein Liebhaber, der Schmuck, Sekt und Pralinen gibt, um sich dann freier zu fühlen, gewisse Vorschläge zu unterbreiten...
Geh mal weg. Ich will bloß meine Ruhe haben. Schon seit ein paar Jahren lebe ich ohne, und ich brauche es wirklich nicht. Ich habe meine Arbeit im Büro, meine zwei Familien, die vielen Brieffreunde und vor allem meine wunderbare Beziehung zu Margarete. Ich brauche keine heißen Nächte mit körperlichen Experimenten irgendwelcher Art.
Ich gebe dem Taxifahrer Odiles Adresse. Sie leidet unter Schlaflosigkeit und wird wahrscheinlich an ihren Büchern und Zeitungen sitzen. Ich will Odile sehen. Wenn sie wieder um Edgar weint, weil er sie mit einer jungen Schauspielerin betrogen hat, die angeblich von ihm schwanger ist, dann werde ich sie trösten, ihre Hand gedrückt halten und sanft ihre Tränen mit meinem Taschentuch abwischen. Vielleicht werden sich meine eigenen Tränen auch darin mischen, denn ich mag sie so gerne und ihr Unglück tut mir leid.

Die Nacht vor einem Scheidungsprozess ist wie eine Totenwache; man verabschiedet sich tausendmal von der Leiche, die bald nicht mehr da sein wird. Doch einiges sparen wir uns schon: Wir brauchen Edgar nicht großartig für das Jenseits anzuziehen und letzte Verfügungen an das Beerdigungsinstitut weiter zu geben; er wird schon für sich selber sorgen.

„Odile, ich bin gekommen, um Wache über deinen toten Mann zu halten. Ich werde höllisch aufpassen, dass die bösen Geister ihn nicht mitnehmen können; nur den Engeln ist der Eintritt gestattet, wie damals bei deinem Bruder Albert. Weißt du noch, wie wir es damals gemacht haben? Aber ich bin nicht so ganz sicher, dass wir richtig aufgepasst haben. Es mag sein, dass Albert, mein verstorbener Mann, sich jetzt im Land des Rauschgifts und der Nymphomaninnen befindet und dass er vergeblich gegen den Fluch seiner damaligen Körperlichkeit nach Hilfe ruft.

Ich bin eben bei Lore, einer ehemaligen Arbeitskollegin gewesen. Sie hat mir ihre Liebe gestanden. Das hat mich zum ersten Mal auf den Gedanken gebracht, dass ich dir vielleicht auch meine Liebe gestehen möchte. Aber ich möchte dich nicht damit schrecken, wie sie mich durch ihre überraschende Liebesexplosion in Panik versetzt hat. Wir können zehn Jahre warten, wenn du willst. Ich habe Geduld und habe keine klaren, genauen Vorstellungen über die Zukunft zweier Frauen, die sich mögen. Wenn ich an deiner Stelle wäre, würde ich für diesen untreuen Edgar nichts mehr empfinden, aber du nimmst die Aufgabe der Totenwache sehr ernst. Gut, ich vertrete dich ein paar Minuten; in der Zwischenzeit leg dich hin und schließe deine gequälten Augen, träume wieder von der Hochzeit und den fünfzehn Jahren mit diesem Ekel von Ehemann."

Natürlich sage ich das alles nicht zu Odile, alles was meine plötzliche Eingebung mir in den Adern meiner Gefühle zuflüstert. Ich verwirkliche meine Eingebungen nur zum Teil, so diese eine ja... zu meiner Schwägerin zu kommen. Aber ich rede ganz anders mit ihr und beziehe mich auf andere, alltägliche Einzelheiten.

„Ich bin viel zu ängstlich, Odile, jetzt werfe ich es mir vor. Ich hätte doch mit der Bahn kommen müssen, ich gebe viel zu viel Geld für Taxis aus. Nacher werde ich auch eins nehmen müssen, um zu meiner Mutter zu kommen."

„Nein, ich werde dich dann mit unserem Auto fahren. Edgars Auto ist noch meins, solange er noch nicht ganz ausgezogen ist."

„Warum meine Ängstlichkeit? Mir ist noch nie etwas zugestoßen, und als Kind wurde ich nie geschlagen oder missbraucht."

„Die Zeitungen und das Fernsehen sind an allem Schuld, vermute ich. Ich lese auch zu viel Zeitung. Selbst hatte ich noch keine Schlägerei, habe kein Verbrechen gesehen weder von Neonazis, Kurden, noch von Psychopaten. Es reicht aber schon, dass wir um ihre Existenz wissen."

„Gott behüte, dass wir es sehen müssen! Ich wünschte, wir könnten im 19. oder im 18. Jahrhundert leben. Wie war der Tag? Was hast du heute alles gemacht?"

„Ich habe Edgars Wäsche, seine Geräte und Bücher und seine persönlichen Gegenstände in einen anderen Raum, in dem Gästezimmer, alle zusammen hingestellt, damit ich mehr Klarheit und Ordnung in meinen eigenen Sachen bekommen kann. Einiges habe ich zur Erinnerung als Andenken behalten, aber nicht viel. Ich hebe das meiste für Matthias auf, für die Zeit, wenn er erwachsen ist und nach dem Vater fragt. Komm herein. Ich habe noch Besuch in der Küche: Herbert und seine Schwester. Er ist gekommen, um meinen Computer zu reparieren."

Computer! Ich habe eine gewisse Allergie gegen das Wort und auch gegen den Gegenstand. Natürlich muss ich ihn im Büro zwangsweise benutzen, aber ich fühle mich nicht wohl dabei. Immer diese lästigen, ewigen Lehrgänge über immer neue Programme, diese Ungeschicklichkeiten und Programmierfehler von dem einen oder von dem anderen, und die fremden Viren, die alles auf einmal zerstören und zunichte machen können, was man mit Schweißtropfen so sauber hingekriegt hatte. Es ist ein Selbstbetrug zu denken, dass die Arbeit am Computer so leicht ist, weil man alles so schön ändern kann; im Grunde steht alles auf wackligen Füssen und bringt uns zum Nervenzusammenbruch.

Der Computer ist wie eine heuchlerische Nachbarin, sie lächelt uns an, aber lässt uns obdachlos in der Kälte stehen, sollten wir den eigenen Schlüssel vergessen haben. Ach, im 19. Jahrhundert gab es keine Computer! Hätte ich bloß dann gelebt! Aber was habe ich von dieser ganzen Sehnsucht? Das Jammern nützt mir nichts, denn ich lebe im Jahre 2000. Ich bin wahrscheinlich sehr kitschig und altmodisch mit meiner Anti-Maschinen-Mentalität. Wenn Lore davon wüsste, würde sie mich vielleicht nicht mehr lieben. Ich frage mich noch, was sie an mir eigentlich liebt. Sind es meine schönen Beine, meine Handschrift, meine langen Fingernägel, meine dumme Art, manchmal aus heiterem Himmel das Lied „Lucille" zu singen?

Eines muss ich trotzdem den Computern zugute halten: Abgesehen von ihrer praktischen Anwendung haben sie auch eine emotionale Komponente, die ihre Daseinsberechtigung bekräftigt. Sie dienen oft als Kommunikationsersatz. Ich habe wiederholt beobachtet, dass viele Männer und Frauen, die sonst nur gleichgültig nebeneinander stehen und sich gar nicht ansprechen würden, mit interessierter Miene, beinahe mit verliebten Augen, um den Computer herumbasteln und sich angeregt über Betriebssysteme, Software und dergleichen

unterhalten. Die Männer bemühen sich nicht um eine Verabredung fürs Kino bei den Frauen, sondern fragen sie höchstens: „Hast du Windows NT? Soll ich dir dabei helfen und zeigen, wie man damit umgeht?"
Und wenn eine Frau mit einem Mann flirten will, soll sie sich am besten über Computervarianten informieren und sich alles - die Tastenkombinationen, Programme, Mausklicks - zeigen lassen. Sobald ein Mann einen Computer sieht, wird er weich, beinahe liebesfähig. Seine Stimme wird süßer, er hat es nicht mehr so eilig, kann stundenlang über seinen Lieblingsgegenstand reden. Die Anziehungskraft der Maschine verwandelt ihn in ein fast kommunikatives Wesen, und sogar einer Frau schenkt er dabei seine Aufmerksamkeit, weil sie Fragen stellt und etwas mit ihm teilt. Er nimmt den ernsten, konzentrierten Ausdruck des Betreuenden an, und, wenn er auch nicht vor Begehren zittert, so doch vor Begeisterung bei diesem Verbindungspunkt über so einen wichtigen Gesprächs- und Unterrichtsstoff; Mitteilungen über Informatik anstelle von Mitteilungen über Liebe.
So geschieht es auch, dass Herbert nie auf den Gedanken kommen würde, Odile zu besuchen; nur im Zusammenhang mit ihrem Computer. Nur dann macht er einen Termin mit ihr aus und zeigt sich interessiert, zugänglich, mit mehr Zeit als sonst für andere Dinge. Sogar am späten Abend kommt er wegen des Computers, aber mit seiner Schwester zusammen, damit keine falschen Schlüsse gezogen werden könnten. Sie sind alte Bekannte von Edgar und wohnen nicht sehr weit weg.
„Ist etwas mit dem Computer nicht in Ordnung? (Wie überflüssig ist meine Frage! Sie hat bereits über ‚Reparieren' gesprochen) Ist es dein Computer oder Edgars?"
„Edgar hat ihn mir hinterlassen. Er ist nicht mehr der neueste, aber er genügt mir schon."

Vielleicht hatten die beiden damals viel am Computer zusammen gemacht, hatten sogar Matthias am Computer gezeugt. Ich kann mir nicht helfen: dieses Bild kommt immer wieder in meinen Phantasien vor. Ja, die Frauen sollten wirklich immer mehr an die Möglichkeit der Verführung durch die Handhabung eines Computers denken; danach kämen die anderen, zusätzlichen Dinge, Kondome und Pornobilder, aber den Vorrang hat die Maschine in unserer Zeit.
Diese neue Art zu flirten irritiert mich. Dann verzichte ich lieber darauf. Wenn die Männer sich nicht direkt für mich, meine Vorlieben und meine Geschichte interessieren können, dann sollen sie weiter mit ihren Maschinen experimentieren und mit mir wie bisher unverbunden bleiben.
Herbert Golinski und seine Schwester Tabea sind sehr nette, offenherzige Menschen. Ich hatte sie nur ein Mal gesehen und nie mit ihnen gesprochen. Jetzt freue ich mich, mit diesen neuen Bekannten ein paar Worte auszutauschen und ich freue mich auch, dass Odile mich später mit ihrem Auto zu meiner Mutter fahren wird. Heute weint sie wenigstens nicht, sie scheint tapfer und gesammelt.

2

Dass ich nicht flirten will, ist teilweise falsch... Herbert gefällt mir gut und ich würde alles Mögliche tun, um ihm auch zu gefallen. Er schenkt mir einen erstaunlich langen Blick, wenn man sich überlegt, dass ich meistens nicht gesehen werde. Ich bin die moderne Jane Eyre unserer Zeit. Die warme, ernste und ziemlich andauernde Aufmerksamkeit, die er mir widmet, hängt bestimmt mit vielen Dingen zusammen, die wenig mit meiner Person als solche zu tun haben. Wahrscheinlich ist es wegen der Spendenaktion: Er sucht nämlich nach Unterschriften und Spenden für irgendein christlich-jüdisches

Projekt der Zusammenarbeit zwischen den beiden Konfessionen; da er gesehen hat, dass ich ziemlich eifrig, kooperativ und gesprächswillig ausschaue, bemüht er sich besonders um mich.

Aber das macht nicht nur er, sondern alle Menschen, die sich durch den Kontakt mit einem anderen gewisse Vorteile versprechen. Habe ich nicht selbst lange Zeit nur nach einer Stundenpflegerin für Margarete gesucht und nach Kindern als mögliche Spielgefährten für sie zu Hause, solange sie noch nicht in die Schule gehen konnte? Für mich waren nur die Kategorien Pflegerin oder Kind von Bedeutung, und alle übrigen Menschen haben mich nicht interessiert. Ich war nur auf die Qualifikationen meiner Ansprechpartner im Rahmen meiner Annonce fixiert. So ist es mit den Zielen: Wir spezialisieren uns unentwegt auf nur eine Sorte von Menschen, und das lähmt den Beziehungsverlauf mit anderen.

„Ich arbeite auch am Computer, Herbert."

Mein Bestreben ist jetzt, sein Interesse, wenn möglich, stärker zu wecken.

„Was habt ihr denn für ein System?"

„Das beste, das neueste, das es gibt. In unserer riesigen Firma haben wir immer das neueste."

Ich hoffe, so seine Neugier angestachelt und ihn durch die hohen Leistungen unseres Systems beeindruckt zu haben.

„Was ist das für eine Firma?"

„Eine amerikanische, wir stellen medizinische Präzisionsgeräte her."

Ich fühle mich wie hochgehoben. Ich bin die Adoptivtochter der Technik, der bis zur Unendlichkeit überprüften, elaborierten und fehlerfreien Präzisionsgeräte, man muss mich schon beachten.

„Amerikanische Firma, sagst du? Ich bin ein großer Freund der Amerikaner, wie du verstehen kannst. Doch seit der

letzten Präsidentenwahl kann ich nicht umhin, auch Kritik zu äußern. Es überrascht mich, dass sie so ein veraltetes Computersystem haben."
„Ja, ja, es ist unglaublich... Denn alles kommt von dort; ohne sie hätten wir den Fortschritt und die Perfektion unserer Computerwelt in Deutschland nicht erreicht. Warst du in Amerika?"
„Ja, bei meinen jüdischen Verwandten in Philadelphia", erklärt er sachlich.
Jetzt überwältigt mich die peinliche Erkenntnis, dass ich vielleicht mit dem Wort „unserer" Unfug getrieben habe, denn ich weiß gar nicht, ob er sich als Deutscher fühlt oder nicht. Ich versuche dann, den möglichen Abstand zwischen uns beiden zu überbrücken und ihn sehr sanft in mein eigenes Leben zu integrieren: „Weißt du, vor zehn Jahren hatte ich einen jüdischen Freund, der Moses hieß. Der heißt immer noch so, aber wir sind nicht mehr miteinander befreundet, er lebt im Ausland. Ich weiß nicht genau, ob ich selbst nicht vielleicht auch jüdisches Blut in meinen Adern habe. Die Abstammung unserer polnischen Großmutter mütterlicherseits bleibt ziemlich im Dunkeln; sie hatte einen arabischen oder jüdischen Urururgroßvater, von dem sehr wenig bekannt ist, nur dass er polyglott war und unter anderem auch Hebräisch gesprochen hat. Die Rassen vermischen sich mit unglaublicher Geschwindigkeit."
Er nickt interessiert, noch interessierter als mit dem Computer. Er scheint begierig wissen zu wollen, inwieweit eine Möglichkeit besteht, dass ich seiner Rasse angehöre. Ich kann mir vorstellen, dass es für die Juden von enormer Wichtigkeit für den weiteren Kontakt ist. Viele der Hemmungen und Schwierigkeiten, die bei der Beziehung mit einer Christin notwendigerweise spürbar werden, müssten dann entfallen; dann entstünde ein herrliches Gefühl von Befreiung,

Erleichterung und von Gemeinsamkeit zwischen beiden, einfach und alleine durch diese spontane und wunderbare Tatsache des Jüdisch-Seins. Ich bin plötzlich neidisch auf die Jüdinnen, und auch wenn es unwahrscheinlich ist, dass ich eine davon wäre, arbeite ich weiter gedanklich an dem kleinen Faden meiner neuen Identität.

Er fragt ziemlich eindringlich: „Hatten die Nazis das nicht untersucht? Wurde sie auch ins KZ geschickt?"

„Ja. Aber ich weiß nicht genau, ob sie deportiert wurde, weil sie Jüdin oder einfach weil sie Polin war."

„Und du meinst, du hast eine besondere Neigung zum Judentum?"

„Auf alle Fälle. Dieses Thema interessiert mich so brennend: Die Ungewissheit des eigenen Blutes, die verlorenen Spuren und Mischungen vierten oder fünften Grades in einer Familie. Ich habe alles Mögliche über euch, über uns gelesen. Irgendwann möchte ich auch nach Israel."

Tabea und Odile sprechen ununterbrochen und sehr aufgeregt über die Scheidung. Morgen werden Edgar und die Schauspielerin zusammen beerdigt; Trauerkleidung ist angesagt. Herbert zeigt mir mit Stolz den von ihm reparierten Computer, ich täusche Interesse vor, beuge meinen Kopf in die Nähe seines Kopfes, und unsere Hände treffen sich auf der Suche nach CD-Roms und Disketten... Aber seine Hände sind sehr kalt, unangenehm. Er sieht überhaupt nicht allzu gesund aus, jetzt da ich ihn mir aus der Nähe anschaue. Vielleicht leidet er an einer Leberkrankheit oder an Aids. Ich mag ihn als Computerspezialisten und als Jude, aber er hat meine Sexualität nicht geweckt, genauso wenig wie Lore mit ihren Liebesworten. Scit meiner letzten Enttäuschung mit Moses bin ich wahrscheinlich wie zu Stein geworden.

Herbert händigt mir einen Zettel aus und ich unterschreibe eifrig. Es geht um eine Demonstration gegen die Neonazis. Ich hasse die Neonazis und liebe die Juden, das ist sicher. Ich teile viele von Lea Fleischmanns Meinungen und lache viel über Kischorns Satiren. Wieder fühle ich mich zu Herbert hingezogen, möchte ihn umarmen und ihm viele Fragen über sein Leben stellen. Aber die beiden Geschwister gehen bald, und ich bin etwas verletzt, ratlos, dass sie sich so schnell verabschieden. Es war eine zu kurze Bekanntschaft. Die führte zu nichts. Oft geschieht es so... dass wir denken, eine Bekanntschaft sei besonders wichtig, und schließlich war es nur Schein. Der Schein trügt. Was ist aus der hübschen, so viel versprechenden Nacht geworden? Oft werde ich so vom Schicksal veräppelt. Der langersehnte Auftritt findet nicht statt...

Es gibt keinen Kaffee und keinen Sekt mehr, nur noch Tee und sonst nichts mehr für den Durstigen zu trinken, nicht einmal Wasser aus dem Kran, und ich bin doch nicht so sehr in Tee vernarrt, auch wenn andere davon schwärmen. Bald muss ich schlafen gehen und morgen gibt es nur Blutabnahme mit meiner nervösen und in Sorge lebenden Schwiegermutter, Gymnastik mit meiner spastischen Tochter und langweilige Büroarbeit. Nicht einmal seine Telefonnummer hat dieser blöde Mann hinterlassen. Lore ist an allem schuld, denn obwohl es ihr nicht gelungen ist, meine Sehnsucht nach ihr zu beleben, hat sie doch meine versteckte Sehnsucht nach Liebe wachgerüttelt. Ich wäre schon imstande zu lieben, wenn... Wenigstens schäme ich mich meiner Leere und meiner jetzigen Geschlechtslosigkeit.

Dieses mal bin ich diejenige, die anfängt in Odiles Armen zu weinen. Sie streichelt meine Wange, zittert vor Selbstmitleid und auch aus Mitleid mit mir, obwohl sie den genauen Grund nicht kennt. Sie hält mich sehr eng an sich gepresst; ich spüre jeden ihrer Knochen: Ihre Hüften, ihre Rippen, die linke Seite ihrer Brust; denn ich sitze links von ihr auf dem Sofa. ich empfinde die Last ihres Schenkels und ihrer feinen Glieder als besonders wohltuend. Ich könnte beinahe lesbische Gefühle für sie entwickeln. Aber plötzlich habe ich eine mystische Klarheit, die mich eher an Gott und an den Himmel denken lässt. Ich glaube, sie betrachtet mich in diesem Augenblick als ihr Kind, sie hat mich mit ihrem Sohn Matthias verwechselt. Sie ist von Natur aus mütterlich, und wenn sie Mitleid mit jemandem empfindet, wird sie automatisch wie eine hartgeprüfte, sehr betroffene und zärtliche Mutter.

Ich sage unter Tränen: „Warum bin ich bloß so früh alt geworden, Odile? Es ist ein verfrühtes, inneres Klimakterium mit nur 38. Warum habe ich so viel Stabilität und keine Erneuerungspläne mehr, keine Freuden? Der bloße Anblick des Computers hat mich bereits verstimmt; allerlei Maschinen überhaupt verstimmen mich, und dieses Gefühl, dass ich mir das ungastliche Jahr 2000 nicht mehr vom Leib rücken kann. Die gefürchtete Atomkatastrophe des Weltendes ist nicht eingetreten, aber ich vertrockne langsam, verdurste verwelkt ohne Ziele...

Merkst du, wie ich aus dem Mund rieche? Hoffentlich ekelt es dich nicht an. Ich habe einen sonderbaren Geschmack im Mund, es ist mein Durst... Oder vielleicht muss ich zum Zahnarzt wegen schlechter Zähne Die spätere Verwesung meldet sich schon in mir und auch eine groteske, dumme Bitterkeit ohne den Glanz eines Hamlets. Sag, ist dieser Herbert frei? Wird er uns als Christinnen akzeptieren können? Warum sind die Männer so schrecklich? Wieso kann Edgar dich jetzt (und Moses damals mich) verlassen?"

„Wir werden sie vergiften und uns danach betrinken", sagt Odile mit einem Lächeln.

„Ich möchte in deinem Bett schlafen. Verzeihst du mir diesen Wunsch? Im Grunde sehe ich dich wie eine junge Mutter, die ein beruhigendes Wiegelied für schwache und schwankende kleine Gestalten zu singen versucht, und so werde ich dich immer sehen."

„Mein Bett wäre zu eng für uns beide. Das Ehebett habe ich schon weggegeben, und du bist doch viel größer als Matthias. Es wäre sehr unbequem, dort zusammen zu schlafen. Und Matthias würde es als sehr komisch empfinden, dass du und nicht er... Er ist ja sehr eifersüchtig. Komm, ich fahre dich Heim."

„Dein Bruder bleibt eine verschwommene, beinahe unpersönliche Figur in meinem Leben. Er war süchtig und gar nicht gut für mich, aber er hinterließ mir die zwei großen Lieben: Margarete und dich. Ich bin in die Poesie und Schönheit deiner Einsamkeit verliebt, die scheint mir viel edler und interessanter als meine eigene. Du, wenn wir zwei alte Omas sind... Wenn Margarete und Matthias schon erwachsen sind, dann hoffentlich lieben sich unsere beiden Kinder und sind miteinander glücklich."

Odile sagt nichts dazu. Sie kennt meinen Traum schon, den ich ihr oft anvertraut habe, und zweimal hat sie sich etwas skeptisch dazu geäußert. Sie missbilligt Inzucht und die von den Eltern lange im Voraus programmierten Ehen; außerdem kann sie Margaretes Behinderung wohl als Tante aber nicht für ihren Sohn akzeptieren. Irgendwann werden wir uns vielleicht aus dem Grund streiten und ganz auseinander gehen. Ich toleriere es nicht, dass sie glaubt, ihr Sohn sei besser als meine Tochter.

Kann eine Frau eine andere vergewaltigen? Das hatte ich mich schon bei Lore gefragt. Wahrscheinlich nicht; die Frauen sind nicht so brutal, und wenn die eine nicht willig sein sollte, dann endet alles mit einem unwirksamen Kuss auf die Wange, man verabschiedet sich melancholisch und verschwindet. Ich wüsste auch nicht, was man mit einer Vergewaltigung anfangen könnte... Ich spüre nur Lust, Odile zu streicheln und

ihr in ihrem Unglück Kraft zu geben. Aber heute bin ich noch unglücklicher als sie.
Ich bin die Beute plötzlicher, sonderbarer Eingebungen; wie ein epileptischer Dichter, wie ein verrückter Bildhauer, wie ein genialer Maler ohne das Malmaterial, das er für seine Kunstwerke braucht. Ohne Steuer, Richtung und Verstand für die eigenen Handlungen lasse ich mich ganz fallen. Aber es ist kein Abgrund... nur Kissen, Minihalluzinationen und halbe Wirklichkeiten.

3

Am nächsten Tag gehe ich nicht mit meiner Schwiegermutter zur Untersuchung. Ich sage zu meiner Mutter: „Mir geht es nicht sehr gut. Fahr du mit ihr."
Ich setze mich an meinen unordentlichen, vollbeladenen Schreibtisch und schreibe einen Brief an Moses:
Diesmal werde ich doch zu dir kommen. Schon lange habe ich geplant, diese Reise zu machen, und seitdem ich weiß, dass du dir wieder wünschst, mich wieder zu sehen... und seitdem deine drei letzten Partnerinnen aus deinem Leben verschwunden sind... Ich stolpere immer wieder über denselben Stein, kann mir nicht helfen. Ich weiß, dass es mir nichts Gutes bringen wird. Aber nicht immer ist Gutes das wirklich Gute.
Nach zehn Jahren Enthaltsamkeit werde ich es noch mehr genießen, es wird noch schöner zwischen uns sein. Ich mag dich jetzt umso mehr, weil du im Ausland lebst, weil du Jude bist und auch weil du keinen Computer hast; denn du verkaufst oder gibst alles weg, was du als lästig empfindest. Margarete werde ich für ein paar Tage bei Odile und Matthias lassen. Vielleicht ist es sogar besser für die Zukunft meiner Tochter, umso besser und schneller werden sie sich an sie

gewöhnen können. Ruf mich heute Abend an, dann kann ich dir genau sagen, wann ich zu dir fliegen werde; oder vielleicht komme ich doch mit dem Zug, es ist ja nur ein Katzensprung bis Paris.

Es war eine Lüge, dass ich einen Brief geschrieben habe. Heutzutage schreibt man keine Briefe. Auch wenn er keinen Computer zu Hause hat, hat er doch einen in der Agentur, in der er arbeitet. Und so habe ich ihm eine E-Mail geschickt, deshalb kann er mich schon heute Abend anrufen, deshalb geht alles so schnell... Deshalb läuft alles ohne Papier und ohne Tinte, deshalb braucht man keinen Briefträger mehr.

Aber heute Abend werde ich gar nicht auf seinen Anruf warten. Ich werde auch keine Reise buchen, ich kann doch Margarete nicht verlassen. Ich möchte ein paar Verse an ihn schreiben wie eine altmodische, viktorianische Lady. Ja, ich möchte eine Art Rücktrittserklärung in Jamben und Daktylen verfassen, in der ich zu begründen versuche, warum ich doch nicht reisen werde, warum ich trotzdem davon schwärme, ihn zu sehen. Und meinen Versen würde ich gerne eine meiner Haarlocken beifügen.

Das kann man leider nicht per Internet schicken. Doch gibt es heutzutage sehr schnelle Boten, die alles telegraphisch in Sekundenschnelle erledigen und alle möglichen Aufträge ausführen, so könnte ich ihm über Interflora - fast mit derselben Geschwindigkeit der Gedanken und der Seufzer - einen riesigen Blumenstrauß zukommen lassen. Doch das mit der Locke geht leider nicht. Genauso wenig könnte ich ihm mein Zittern, meine Schweißtropfen der Unruhe oder meine lange unterdrückten Küsse durch unsichtbare Brieftauben und magische Postkonzerne der Telepathie senden. Das sind die Grenzen unserer modernen Zeit. Gewisse Dinge bedürfen der direkten Übertragung und können nicht durch Maschinenwunder ermöglicht werden.

Aber mein Foto kann ich dir schicken, meine Kontounterlagen und meine Reisebestätigung. Du brauchst mich gar nicht anzurufen, es ist schon alles da... Ich finde es komisch, dass man noch einen Text schreiben muss und es keine universelle, für uns alle schon präparierte E-Mail gibt, so ein Formular für alles, damit man keine Zeit mehr mit dem Schreiben individueller Zeilen verschwendet. Verstehst du, was ich meine? So eine Selbstbedienung mit Sätzen sollte es geben, wie ein Büffet von Ausdrücken, bei dem man schon alles haufenweise an der Theke findet und nur saubere Teller braucht, um die Mengen aufzulöffeln, die man zu sich nimmt. Ja, wie ein fertiges Haus, in dem die losen Teile schon vorgebaut sind, und die schon fertig gekochte Nahrung, die nur darauf wartet, von uns gegessen zu werden. So sollte auch die Sprache sein, eine Sprache, die uns keine Mühe kostet, einfallslos und verpackt. Doch ist meine Sprache, wie mein Grübeln, das Gegenteil davon, anstrengend. So kann eine E-Mail je nach dem Schreiber genauso viel Gift oder so viel Liebe wie ein alter Brief enthalten.

Ich glaube, ich habe es doch geschickt, die E-Mail an Moses. In unserer Zeit wird es uns zu leicht gemacht mit der Korrespondenz. Aber was für Dummheiten ich da geschrieben habe, weiß ich nicht genau, denn in meinem Zustand der totalen Unvernunft stelle ich wenige Überlegungen über Form oder Folgen an.

„Wir gehen heute nicht zur Gymnastik, Margarete, ich habe den Termin abgesagt."

„Es ist gut, Mutter. Es ist immer sehr mühsam, zeitaufwändig, und es bringt nicht viel."

„Das heißt nicht, dass wir es gänzlich aufgeben, aber wir verschieben es bis zur nächsten Woche."

Gelegentlich feiern wir eine solche Befreiung von Bindungen und Zwängen, besonders wenn sie oder ich die Grippe haben oder wenn sie noch schlechter als sonst sprechen, atmen und gehen kann. Dann lassen wir auch die Schule und den Klavierunterricht ausfallen und sind sehr fröhlich dabei; stattdessen spielen wir zu Hause Verkäuferin und Kundin mit Brillen, Knöpfen und billigem Schmuck. Das ist ihr Lieblingsspiel und auch meines, pantomimisch stumm, aber lebendig, von einem unaufhörlichen Aussuchen, Nehmen und Geben. Wir haben immer wieder festgestellt, dass die Welt nicht untergeht, bloß weil wir eine Woche unseren Vertrag nicht erfüllen. Und warum sollen wir nicht heute von unserem guten Recht Gebrauch machen?

„Wir ziehen uns schick an und fahren mit Taxi zum Fotografen. Wir wollten schon längst ein schönes Bild von uns beiden machen lassen, mit einem teuren Rahmen dafür."

Wir beide springen innerlich vor Freude und bereiten uns auf das Abenteuer der Fotografie vor. Nur ein trauriger, sich wenig lohnender Alltag macht die Menschen hässlicher. Wenn man etwas Interessantes erlebt, dann sieht man viel besser aus, und so sehen wir jetzt beide viel besser aus.

Danach werden wir ganz langsam spazieren gehen wie zwei Schnecken im Schneckentempo, damit die Beine meiner Tochter nicht darunter leiden. Bei jedem neuen Schritt werde ich denken, dass ich auch eine Schneckenmutter bin und dass die Langsamkeit eher meiner Natur entspricht, dass Margaretes Schwierigkeiten beim Laufen auch meine eigenen sind. Nicht E-Mails, sondern der verzögerte Flug von Brieftauben in der Luft und das Beichten, das Flüstern der Schnecken, das sind unsere Begleiter, die uns am besten verstehen.

Nach dem Taxi zum Fotografen und nach dem kurzen Spaziergang als Ersatz für die verpasste Gymnastik kaufen wir uns zwei schöne Mäntel für den Winter. Das wollten wir auch längst tun, und heute ist der Tag der Entscheidungen. Danach nehmen wir die U-Bahn und fahren wieder nach Hause. Heute gehe ich gar nicht arbeiten.

Mit Stolz betrachten wir unsere Mäntel.

„Wir haben es gut getroffen, sie stehen uns ausgezeichnet. Besonders dein blauer ist wirklich Qualitätsware. Du wirst sehen. Susan wird es dir morgen bestätigen."

Susan, die Tochter unserer amerikanischen Nachbarin, wird morgen mit Begeisterung ausrufen: „How cute! Du hast gut gekauft. Ich möchte auch so etwas Ähnliches haben."

Gute Einkäufe sind die beste Entschädigung für Behinderte. Das Gefühl gut gekauft zu haben macht uns oft vergessen, dass wir ansonsten viele motorische Probleme haben und dass Margaretes Aussprache manchmal für die Außenstehenden schwer verständlich ist.

Mit ihr zusammen bin ich wirklich glücklich, ich brauche keinen Mann und keine lesbische Freundin. Ich massiere ihre Füße. Sie kämt meine Haare. Wir könnten uns gegenseitig füttern, so groß ist unsere Liebe; Füttern als Beweis für den Höhepunkt unserer Intimität, aber das tun wir nicht, denn wir wollen doch eine gewisse Selbstständigkeit wahren. Ich erzähle ihr über meine Kindheit, über meine vielen Geschwister und die häufigen Todesfälle in unserer Familie. Das versteht sie nicht ganz mit ihren zwölf Jahren, trotzdem ist sie schon sehr erwachsen. Dann gehen wir meistens zu den Hausaufgaben über. Aber nicht heute... Heute ist der Tag der Vergessenheit, des gelungenen Fotos und der schönen, warmen Mäntel.

Die amerikanische Nachbarin und Susan sind früher als wir dachten nach Hause gekommen. Wir brauchen nicht auf Morgen zu warten, bis sie unseren Einkauf loben könnten. Das geschieht schon jetzt, und Margarete befindet sich bei ihnen, strahlend, gesprächig, auch neugierig, etwas über den Tagesablauf der Freundin zu erfahren. Und sie zeigt ihren Mantel wie eine Fürstin, die die anderen überschwänglich

übertrieben bewundern.
In der Zwischenzeit mache ich meine Überweisung für die Spende an die jüdisch-christliche Gesellschaft fertig. Es ist ein hoher Betrag, aber ich bereue es nicht. Ich habe das Gefühl, als würde vieles von dieser Spende abhängen, als könnte es mir Glück bringen und mir geheime Türen öffnen, von denen ich bisher noch nicht gewusst habe. Liegt es vielleicht daran, dass ich überhaupt viel zu wenige Spenden mache?
Es war etwas wie ein Vorwurf gegen mich in der Luft: „Du musst mehr Engagement zeigen, du bist kleinlich und einseitig. Du hast nicht einmal fünf Minuten lang für einen Blinden etwas vorgelesen." Oder es liegt daran, dass ich einen besonderen Respekt vor den Juden habe, vor ihrer Tiefe und Stärke, die ich von jeher hochachte. Vielleicht möchte ich mehr als alles andere aktiv gegen die Neonazis werden, die ich zum Kotzen finde, eine gewisse Herausforderung gegen sie starten, und ich würde so weit gehen, auch meinen Namen in der Öffentlichkeit preiszugeben, einfach um dieses prickelnde Gefühl des Politischen, des Riskierens und der Gefahr mit den Juden, mit den Ausländern im allgemeinen, teilen zu können.
Einmal ich meiner Eingebung gefolgt bin, die Überweisung zu unterschreiben, fühle ich mich ruhiger, aber auch gespannt auf die geheimen Zeichen des Schicksals. Im Telefonbuch finde ich Herberts Adresse und Telefonnummer.
Ich besuche ihn, ohne meinen Besuch anzukündigen. So ist es mit Inspirationen: man ruft halt nicht an, man erscheint und streichelt ohne Vorwarnung die kalte Haut des Mannes, der vielleicht in der Unterhose vor dem Fernsehen sitzt. Aber nein, es stimmt nicht. Tabea ist da, und er sitzt nicht in seiner Unterhose dort... Er hat eine sehr ernste Miene und arbeitet.
Er zeigt mir seinen neuen Computer, ich lächle und versuche zu flirten.

„Ich möchte gelobt werden, Herbert. Ich habe gerade eben für unsere gemeinsame Sache gespendet und nicht aus persönlichen, sondern aus politischen Gründen... Margarete und ich haben schöne Mäntel gekauft. Du sollst unsere schöne Fotografie sehen. Wenn ich eine Oma bin und Margarete schon mit Matthias verheiratet ist, dann werden wir uns wahrscheinlich mit Sehnsucht an den heutigen Tag zurückerinnern.

Dass wir die Gymnastik verpasst haben und die zwei alten Damen allein zur Untersuchung haben gehen lassen, ist nicht so schlimm... oder was denkst du? Sie müssen auch sehen, wie sie zurecht kommen. Da hat Lore Recht, dass ich mich zu viel für die Familie verausgabe. Du brauchst nicht ärgerlich zu werden, dass ich Moses versprochen habe, nach Paris zu kommen. Eine Reise zu ihm ist nur ein unausgereifter und unglaubwürdiger Traum für faule Stunden ohne Transzendenz, das tue ich sowieso nie."

Herbert scheint mich gar nicht zu hören, so vertieft ist er in seinen Computer; nur für die Spende bedankt er sich, das scheint er doch mitgekriegt zu haben. Seine Hand zittert in einer unwillkürlichen, schnellen Berührung mit meiner. Ist es ein Zittern aus Kälte? Aus unterdrückter Aufregung und Leidenschaft? Oder ist es ein Anfang von Parkinson? Ansonsten scheint er gleichgültig und abgeneigt, mit mir zu reden. Bei Odile verhielt er sich kommunikativer. Vielleicht mag er plötzliche Besuche nicht.

Tabea spricht über die vielen Toten in ihrer Familie. Das vertreibt mir endgültig meine kleine latente Lust auf Sexualität und Körperkontakt.

Die Toten bringen mich zur nächsten Station in der Pilgerfahrt meiner Eingebungen: Ich gehe zu Pauline Nowak, einer älteren Freundin meiner Mutter, die hin und wieder spirituelle Sitzungen besucht und mit der anderen Welt spricht.

Ich weiß nicht genau, was ich da soll. Vielleicht habe ich Sehnsucht nach meinen verstorbenen Geschwistern und nach Albert, nach all den jungen Menschen, die sich schon vor dem Altwerden umgedreht und eine ganz andere Richtung als die des Weiterlebens eingeschlagen haben.

„Armin und Lätizia: Ihr wart kein Liebespaar der Geschichte, sondern ein Zwillingspaar. Ich kann mich kaum an euch erinnern, nur dass die Mutter häufig um euch weinte. Mit zehn Monaten habt ihr uns schon verlassen."

Elsa war noch schneller, sie hielt es nur zwei Monate bei uns aus. Victor war eine Stillgeburt, und der kleine Anton überdauerte am längsten, sechs Jahre. Meine drei Brüder und ich sind die Helden, wir stellen den Höhepunkt des Überlebens dar.

Uns geht es nicht viel anders als Herrn Henning, dem Friseur, der mir vor ein paar Tagen gesagt hat: „Ich muss ständig die alten, übriggebliebenen Familienmitglieder beerdigen, mal den Schwiegervater, mal die Tanten, mal die Cousine meiner Großmutter, die 102 Jahre alt wurde, mal den Onkel meiner Mutter... Ich komme mir wie ein Totengräber vor, und die Arbeit vor ihrem Tod erscheint vergeblich. Entweder muss ich einen Platz für sie in einem Altersheim suchen oder in einem Krankenhaus, wenn sie krank werden, oder ich bin damit beschäftigt, die alten Wohnungen zu kündigen, aufzuräumen und zu renovieren, sobald sie verstorben sind. Die halten mich auf Trab... diese makabren Aufträge des Schicksals; schon mehrmals habe ich das gleiche machen müssen. Ich würde schon lieber eine ganz andere Arbeit verrichten und mich eher an den Geburten und Taufen meiner Enkelinnen erfreuen. Aber ich bin halt der einzige, der geblieben ist, um diese lästigen Aufgaben zu erfüllen."

Herr Hennings mit seiner unappetitlichen und deprimierenden Rolle hat mir viel zu denken gegeben.

Meine Kindheit und meine Geschwister... Wir waren damals auch wie Sklaven des Todes, aber mit dem einen riesengroßen Unterschied, dass die Opfer so klein und jung waren... und dass es folglich kein Altenheim und keine alten Wohnungen gab. Sie hinterließen keinen Schmutz und Zerfall wie die Verwandten von Herrn Henning, keine farblosen, aus der Mode gekommenen Kleidungsstücke, kein Geld und keine Erbteile in einer Truhe an der am wenigsten erwarteten Stelle des feuchten und zerbröckelnden Hauses. Sie waren so neu und lebendig, unsere Toten, dass man sich fast der Illusion hingeben konnte, dass sie immer noch ihre Milch aus der Mutterbrust trinken... oder aus unzerbrechlichen Plastiktassen, die man gerade eben für sie gespült hat. Ich will Anton und Elsa und all die Übrigen fragen, wie sie sich im Himmel zurechtfinden, ob es dort wirklich so toll ist, wie man erzählt, und ob Lätizia und Armin für die ganze Ewigkeit Zwillinge bleiben werden.

Aber legt es ist Pauline nicht auf Geister an; sie widmet sich hauptsächlich den Schwestern Fritzgerber, Beate und Tamara, die auch bei ihr zu Besuch sind. Wie immer wenn sie Besuch von ihr weniger bekannten Menschen bekommt, ist sie sehr nervös, lacht gekünstelt und hustet sich tot. Sie strahlt ihre Besucherinnen an, während sie mich kaum zu erkennen scheint.

Mich kennt sie schon sehr lange, deshalb merkt sie mich kaum. Ich bin ihr weniger wichtig als die Fremden, und das erinnert mich immer wieder an den verlorenen Sohn, der auch die volle Aufmerksamkeit des Vaters verschlingt, während der andere Sohn mit absoluter Gleichgültigkeit behandelt wird. Ist es nicht ungerecht?

Die Schwestern Fritzgerber reden sehr animiert über Lateinamerika, über Kindersterblichkeit und behinderte Kinder. Beate ist die Frau eines Arztes, Krankenschwester, und lebt die meiste Zeit in Chile mit ihrem Mann. Bei Pauline hatte ich sie nur einmal gesehen. Die andere Schwester, die unverheiratete Tamara, kannte ich noch nicht.

Das Thema ihres Gespräches lässt mich mit schmerzhafter Betroffenheit aufhorchen. Ist es ein Zufall, dass sie gerade über Kindersterblichkeit und über Behinderungen reden? Ich schließe meine Augen und höre ihnen sehr konzentriert zu; ihre Stimmen machen einen tiefen Eindruck auf mich.

„Wir arbeiten in einem humanitären Projekt, welches schon seit den letzten drei Jahren mit einigem Erfolg voranschreitet. Wir sammeln alle kranken und behinderten Kinder, egal welcher Art ihre Behinderung oder Krankheit ist... und sie werden von unseren Ärzten und Pädagogen betreut, die das beste aus ihrer Situation herausholen. Wir kämpfen ständig gegen Schmutz, Hunger, schlechte Gesundheitszustände und auch gegen Unwissenheit, Mangel an Aufklärung, das sind unsere Hauptfeinde.

So können viele Kinder, die sonst schon verstorben wären, sich weiter am Leben halten und sogar einen Beruf erlernen und eine hohe Lebensqualität erreichen. Sie bewohnen unsere schönen Häuser (wir haben bereits einige: in Chile, in Peru und in der Dominikanischen Republik). Die Mütter der Betroffenen arbeiten mit, kämpfen um das allgemeine Wohl der Gruppe; sie lösen sich in der Pflege ab, damit einige dann in den restlichen Stunden arbeiten gehen können, so können sie auch finanziell zum guten Werk der Gemeinschaft beitragen und beruhigt leben, denn sie wissen, dass ihre Kinder nicht mehr auf den Straßen betteln und krepieren, sondern dass sie in guten Händen sind und eine gute Erziehung genießen. Es sind die Eltern, nicht die Kinder, die arbeiten sollen. Das Wohl des Kindes, Abschaffung von Kinderarbeit, Kinderprostitution oder -bettelei ist unsere Aufgabe, der wir alle unsere Kräfte widmen."

„Dürfen dann die Mütter mit ihren Kindern in den Häusern leben?"

„Ja. Wenn keine Väter da sind, dann werden sie auch angenommen. Es sind quasi riesige Frauenhäuser. Es ist wie ein Paradies, glauben Sie mir. Tamara möchte für immer dort bleiben. Aber ich muss hin und her pendeln wegen der Spenden und der verschiedenen bürokratischen und medizinischen Angelegenheiten, die mein Mann sonst aus der Ferne nicht regeln könnte."

„Ja. Ich komme, um mich zu verabschieden, Frau Nowak", sagt Tamara. „Diesmal komme ich nicht mehr nach Deutschland zurück. Die Reisen ermüden mich unnötig und bringen mir wenig. Ich werde in Santiago bleiben. Ich habe ein weises Mädchen, Evita, adoptiert; sie ist taubstumm und wäre beinahe verhungert."

Die unbekannte, hungernde Evita scheint mich auch zu rufen. Ich lächle und sage plötzlich, verträumt wie unter Hypnose, aber auch sehr klar und entschlossen: „Wenn Sie es mir erlauben, komme ich auch mit. Ich wüsste sonst nicht, was ich mit meinem Leben anfangen sollte. Ich habe es schon satt mit Rätseln, Launen und dummen Einfällen. Margarete und ich, wir packen unsere Sachen. Ich glaube, dass es meiner Tochter in Ihren Häusern auch gut gehen wird, und ich kann mit den anderen Müttern zusammen etwas helfen. Wann reisen Sie denn ab?"

„In fünf Tagen, am Montag Abend!"

„Ja, einverstanden, dann sind wir schon soweit. Ich kündige meine Stelle, verkaufe meine Wohnung, meine ganzen Möbel und alles andere. Odile soll nach den alten Müttern schauen; sie hat jetzt keinen Mann mehr und wird so auch ein bisschen mehr Zeit dafür erübrigen können. Die Kinder stehen an erster Stelle, nicht wahr?"

Epilog

Aber eine plötzliche Eingebung ist oft eine Täuschung. Ich habe mich Hals über Kopf in dieses Abenteuer gestürzt, und jetzt bin ich nach kaum einem halben Jahr wieder in Köln zurück.

Die Reise nach Chile ist mir nicht bekommen, das Klima, die ungewohnte Sprache und sogar das altruistische Werk der Schwestern Fritzgerber, alles ging mir auf die Nerven und erschien mir schon kurz nach meiner Ankunft in einem schlechten Licht. Jetzt befinde ich mich auf Wohnungssuche; Margarete und ich leben sporadisch bei verschiedenen Freundinnen, bei Lore, Odile, Frau Nowak. Bei Lore bin ich natürlich sehr vorsichtig, nicht dass sie sich noch mehr in mich verliebt.

Alle halten mich für inkonsequent und widersprüchlich. Sie können es nicht verstehen, dass ich damals so plötzlich ging und dass ich genauso plötzlich mein Lebensziel in Lateinamerika aufgegeben habe. Und jetzt stehe ich schlechter als je dar, eine wohlverdiente Strafe, könnte man sagen; ich kriege keine Arbeit mehr und keine so gute Wohnung wie die, die ich damals hatte.

Alle möchten, dass ich Erklärungen erfinde.

„Was hast du überhaupt dort erlebt? War etwas mit den Spenden falsch gelaufen? Wurden die Kinder nicht richtig betreut?"

„Ich weiß es nicht genau. Einmal ich da war, hat es mich wenig interessiert. Meine eigene Motivation, Gutes zu tun oder zu erforschen, was andere getan oder versäumt hatten, versiegte im Handumdrehen. Diese göttliche Inspiration des Anfangs hielt ja nur während der Reisevorbereitungen. Schon unterwegs auf der Reise dorthin wusste ich, dass ich die falsche Tür aufgemacht hatte, und gewisse Türen zu öffnen, wie die eines Wagens mitten in einer Fahrt, kann lebensbedrohlich sein. Aber ich war schon im Flugzeug und die Schwestern Fritzgerber schwärmten immer noch von ihren Häusern... Und dabei wurde ich plötzlich so kalt und ohne Empfindungen, wie ein Fisch. Auch das ist ein schiefes Bild ohne Transzendenz und Wahrheit, denn wir wissen gar nicht, wie es im Innern eines Fisches aussieht."

Ja. Ich hätte eine heilige Mutter Theresa werden können, und stattdessen bin ich eine lächerliche Figur geworden. Es wird lange dauern, bis ich mich wieder zu etwas Festem und Routinemäßigem entschließen kann. Trotzdem muss der entgleiste Zug irgendwann in die richtige Bahn eingelenkt werden: Ich muss wieder eine Wohnung haben, Margarete muss wieder zur Gymnastik, ich muss wieder an die alten Freunde Briefe schreiben.

Ja. Damit fange ich an. Briefesschreiben ist noch von allen Übeln das unkomplizierteste.

Gott, schicke mir keine trügerischen Zeichen mehr; verblende mich nicht wieder mit Zielen, die ich überhaupt nicht habe. Ich glaube nicht, dass die anderen mir viel überlegener sind. Wir sind alle Spinner, Bluffer, nur dass einige es besser vertuschen können als ich.

Meine Inspiration war immer nur eine halbe, eine arme und zerbrechliche. Nicht einmal die Toten meiner Familie haben mich inspiriert; sie schienen von Weitem meine Schritte zu leiten, aber im Grunde wurde ich immer wieder nur in das profane und ziellose Weiterleben geschickt. Das heißt, dass meine gestorbenen Geschwister mich dazu zu treiben schienen, den armen Kindern in Lateinamerika zu helfen, war eine sehr starke und echte, aber nur kurzlebige Inspiration. Entweder hatten sie mir kein Zeichen gegeben oder ich hatte es missdeutet, was sehr oft geschieht, weil wir so total unverbunden mit der anderen Welt sind. Und du, der göttliche

Vermieter des Lebenstempels, hast auch keine klare und feste Sprache, sprichst meistens über Irrwege.
Bei Freunden leben ist nur für eine kurze Zeit möglich. Sie haben mir schon angedeutet, dass ich mir etwas zu besorgen habe. Kein Problem... Vom Verkauf der Wohnung habe ich natürlich einige Ersparnisse übrig, noch etwas Geld, letztes Geld für noch ein Experiment.
Wer kann erraten, was ich jetzt oder langfristig machen werde, in zwei oder in fünf Jahren? Vielleicht gehen meine Tochter und ich bald nach Israel.

Die Mythensammlerin

In meinem langen Leben hatte ich mehrere, verschiedene Berufe. Ich war Lehrmädchen bei einer Schneiderin, Blumenverkäuferin, Zofe und Modell bei einer sehr bekannten Malerin; ich war Sängerin in einem Chor; zuletzt war ich Schauspielerin und danach, schon näher dem Ende zu, war ich Kassiererin in einem Elektrogeschäft und später noch diente ich als Nachtpförtnerin in einem Krankenhaus.
Aber viel mehr als das alles zusammen war ich eine Mythensammlerin. Von jeher besaß ich diese Veranlagung, und dabei blieb es. Mehr als eine Berufung war es eine Lebenshaltung, eine Existenzphilosophie der Selbstverteidigung. Auf jeden Fall wusste ich immer, wie ich mit Mythen umzugehen hatte, wie ich sie entdecken, mit Etiketten versehen und aufbewahren konnte, und wenn ich manchmal einige der sorgfältig gesammelten Mythen aufgeben musste, manipulierte ich mein Schicksal immer so, dass ich wenigstens ein paar behielt, damit ich nicht so ganz ernüchtert und desillusioniert durch die Welt zu vegetieren gezwungen wurde. Sogar als ich nachts meine Pförtnerarbeit im Krankenhaus verrichtete, was im Grunde ein Antiklimax des hohen Berufungsmythos darstellte, nahm ich Schutz vor Entleerung und Sinnlosigkeit, ich griff zu anderen Formen der Verherrlichung, zu heroisierenden Sagen der Einmaligkeit und zu Bewunderung einflößenden Bildern.
Rosa Jimenez, meine Enkelin, die Tochter meiner achten Tochter, die vor zehn Jahren am Wochenbettfieber starb, so dass sie als mein eigenes Kind geblieben ist, hat mir eine Frage gestellt: „Amelia, du hattest gestern Geburtstag, aber du hast mir nicht gesagt, wie alt du geworden bist. Bist du noch jung?"

„Ja, natürlich."

„Doch all die anderen Menschen werden ziemlich alt, so die Großmütter meiner Freundinnen... Sie bekommen alle ein neues Gebiss und reden nur von der Gesundheit."

„Es kann sein. Aber ich bin noch nicht alt."

Ich halte mich am Mythos der Jugend fest, solange ich es mit einiger Würde und Wahrheit noch vertreten kann.

„Ich habe keine Falten. Meine Haut bleibt immer gleich, fein, sauber, geschmeidig und gesund. Ich brauche keine Schönheitsprodukte, und ich habe sie nie gebraucht, keine besonderen Cremes für die Nacht- oder Tagespflege meines Gesichtes. Meine Natur ist ewig jung und ich werde viele Jahre lang so weiter leben können. Die anderen Menschen können auch nicht abschätzen, wie alt ich geworden bin."

„Ich könnte das Geheimnis deines Alters mit dir teilen, wenn du willst, ich würde es keinem weiter sagen."

„Nein, nein! Ich kann deine Neugier nicht befriedigen, es tut mir leid. Ich vertraue dir schon voll und ganz, so ist es nicht... Aber ich habe Angst, dass, wenn ich nur eine Zahl nennen würde, dass ich dann plötzlich meine Jugend verlieren könnte. Ich bin so alt wie deine Mutter. Denk daran, nur so... Ich bin nicht älter. Ich bin ja deine Mutter."

„Aber Mutti verließ uns vor zehn Jahren, als ich geboren wurde, hast du mir immer erzählt. Und ihr könnt unmöglich gleichaltrig sein, wenn sie deine Tochter war."

„Du bist mathematik- und logikbegabt, meine Rosa. In der Schule lernst du viel Mathematik. Aber es gibt auch noch vieles anderes. Es gibt Sagen und Märchen, zum Beispiel, die Sage der ewigen Jugend. Sie gefällt mir gut, genauso gut wie die der Auferstehung der Toten, wonach meine kleine Eleonor und ihr Mann, dein Vater, eines Tages unter uns auftauchen werden. Ich habe sie alle für dich und auch für mich selbst gesammelt diese ermutigenden Geschichten."

„Und du sammelst all diese Sagen für uns beide? Aber wofür?"

„So lässt es sich leichter leben. Man hat ein Gefühl von mehr Zielen und Richtung, von Geschützt-sein, man bekommt mehr Mut, wenn man an etwas glaubt."

„Sind es eher Märchen für Kinder? Oder Geschichten für Erwachsene?"

„Für alle. Schon sehr früh im Leben begann ich zu sammeln."

„Aber du machst kein dickes Buch damit? Ich habe dich nie schreiben sehen, und du hast auch keine Sekretärin."

„Nein, bisher habe ich mir nur in der Stille vieles überlegt. Möchtest du vielleicht meine Sekretärin werden?"

Sie nickt eifrig: „Oh ja, ja! Wenn du willst können wir schon heute anfangen. Ich nehme mir einen Bleistift und mache mir Notizen."

Ihre strahlende Vitalität, ihre Bereitwilligkeit zum Handeln, bringt mich zum Lachen und zum Weinen gleichzeitig. Ich in ihrem Alter spielte auch Sekretärin; ich machte mir Notizen über Eigenschaften meines Charakters und die der anderen, über irgendwelche nach meiner Meinung klugen oder dummen Gewohnheiten. Ich wollte mich immer materiellen Ergebnissen zuwenden. Es waren zwei ineinander verschmolzene Mythen, die mich damals bestimmten, der Mythos des Anfangs, der so viel plötzliche Euphorie und freudige Offenheit vermittelt, und der Mythos des Berufs als Handlung, als Bewegungsimpuls und Mittäterschaft mit den Ereignissen der Welt.

Der Anfang in jeder Karriere, die nachher durch Wiederholungen an Glanz verlor, erschien mir immer als das beneidenswerteste und schönste. Ich war einmal die Sekretärin meiner großen Schwester Elena und ein anderes Mal verwandelte ich mich in die Chefin meiner Puppe Casimira. All meine Enkel und Enkelinnen, insgesamt 15, sind von diesen zwei Mythen fasziniert, die ihr Leben reizvoll machen: Der Anfang und der Beruf, Anfang und Beruf. Anita will Zeitungsartikel schreiben, José will Bankier sein, Emilia hat sich in die Idee vernarrt, ein Flugzeug durch Argentinien zu führen, und seit unserem letzten Aufenthalt an einem Kurort gegen ihre Asthmabeschwerden will die kleine Tanja Badefrau werden.

Meine drei Söhne und meine vier Töchter dagegen glauben kaum noch an den Gott Anfang, obwohl sie sich gelegentlich auch von dem Anfang einer neuen Liebe, einer Reise, eines Hauskaufs oder eines Familienzuwachs begeistern lassen; es ist ein Nachhall der ursprünglichen großen Energie. Doch ist ihnen bei vielen Dingen ein Anfang nicht mehr möglich, genauso wenig wie mir. Eine neue Berufswahl ist zum Beispiel schon gestorbene Sache.

Juán bleibt als Sachbearbeiter in der alten Firma, wo er schon seit 20 Jahren gewesen ist. Jacinta würde auch nie ihre Stelle im Kindergarten kündigen wollen, wo sie schon alles kennt und einen ziemlich guten Ruf genießt. Pedro bleibt sein ganzes Leben lang Elektriker und verdient recht gutes Geld damit. Meine Zwillinge Silvia und Carlotta, die ähnliche Schicksale durchlaufen, beide mit wohlhabenden Rechtsanwälten verheiratet, bleiben bis zum Ende Hausfrauen und widmen sich der Pflege der Kinder sowie der immer schwächeren und kränklichen Schwiegereltern. Constanza ist Abteilungsleiterin in einem riesigen Reisebüro und stolz auf ihre Führungsposition dort. Es ist kein Grund für sie vorhanden zu gehen, und auch nicht für ihren Bruder Alejandro, der ledig mit ihr im gleichen Haushalt lebt und als Direktor einer renommierten privaten Sprachschule arbeitet.

Als stolze Mutter kann ich behaupten, dass alle zufrieden sind, aber natürlich etwas apathisch, lustlos, ohne überraschende Neuigkeiten, und keiner glaubt mehr an einen Anfang, nur die Kinder.

Rosa glaubt an einen Anfang, genauso wie ihre Cousinen, Beatriz und Carmina, Jacintas Töchter, die auch sehr künstlerisch begabt und sensibel sind. Alle drei, und unsere hübsche Tanja... sind meine Lieblingsenkelinnen, obwohl ich schon versuche, meine Liebe zur Familie gleichmäßig zu verteilen. Es ist ja klar, dass der Tod meiner armen Eleonor mich in einen Zustand tiefster Depression versetzte. Ich konnte mich nur ein bisschen davon erholen, indem ich mir ernsthaft vornahm, Rosa die Eltern zu ersetzen, und diese Mutterrolle ist noch viel bedeutender als die einer Großmutter.

Ach ja, die unfehlbaren, wohlbewährten Mythen unserer Phantasie oder unserer Instinkte! Als ich klein war, schwärmte ich uferlos von der Stärke meines Vaters. Ich dachte, er wäre so stark, dass er mich vor allen Schwierigkeiten und Unglücksfällen retten könnte. Und trotz vielerlei Enttäuschungen überlebt dieser Mythos der Rettung meistens in uns. Ich lasse mich sorgenlos fallen und irgendwelche unendlich liebevollen Hände werden meinen Körper fangen und streicheln.

Diese so beruhigende Figur des Retters erscheint uns in verschiedenen Varianten im Laufe der Zeit. Zuerst war es mein Vater, der irgendwie eine gutherzige Macht verkörperte und imstande war, alle Probleme zu lösen. Als ich wegen eines Unfalls sehr krank wurde und ins Krankenhaus musste, war es der Arzt, der die Operation vornahm und mich halbwegs gesund machte. Manchmal ist Gott der Retter, ein Freund oder Angehöriger und am aller häufigsten vielleicht retten wir uns selbst durch eine ungeheure Willensanstrengung, wenn wir sehen, dass keiner in der Nähe ist, der uns helfen kann oder will, dass die kostbare und erträumte Figur des Retters nur im Mythos und nicht in der Wirklichkeit vorkommt. Unsere dünnhäutige, weiche und schwache Persönlichkeit eines verwöhnten Kindes bekommt

dann unerwartete und titanische Kräfte, wird reif und traurig selbstständig. Aufgeklärt und verbittert merken wir, dass keine schützende Hand mehr da ist oder vielleicht nie da gewesen war. Unser Fuß berührt schon den Abgrund und wir ziehen ihn schnellstens zurück, denn fast wären wir gestürzt.
„Ist das ein schöner Job, Märchen sammeln?", fragt Rosa interessiert. „Welcher von deinen Jobs hat dir am meisten Spaß gemacht?"
„Ich glaube als Schauspielerin, das war mein Höhepunkt und meine wichtigste Leistung, zum Beispiel, Monologe im Theater zu interpretieren. Das war eine Herausforderung, noch besser, als Gespräche mit den anderen zu führen."
„Was sind Monologe?"
„Mit sich selbst reden, mit den eigenen Gedanken, Erinnerungen und Träumen."
„Ich möchte auch so spielen wie du, aber ich habe leider kein Gedächtnis."
„Die Zeit davor, als ich für die Malerin Angela Torres arbeitete, war auch sehr interessant. Ich war am Anfang nur ihr Dienstmädchen, aber später wurde ich zu ihrer Vertrauten und zu ihrem Modell. Sie malte mich ständig und somit beobachtete sie mich intensiv, viel mehr als all die übrigen Menschen der Welt."
Ich erzähle der Kleinen keine weiteren Einzelheiten. Doch diese Zeit war sehr ereignisreich in meinem Leben. Ich wurde von manuellen Tätigkeiten wie Nähen und Blumen verkaufen (obwohl diese auch schon Ansätze zum Künstlerischen haben) zu höheren Regionen der Kunst geleitet, und zwar durch die Bilder meiner Freundin und auch durch ihre große Liebe zu mir. Da ich so wertvoll für sie geworden war, stieg mein Selbstwertgefühl auf und auch meine Bereitschaft, vieles zu lernen.
Gewiss, ich fange meinen Monolog für die erwachsenen

Zuschauer folgendermaßen an, denn Rosa ist noch zu jung dafür: „Verehrtes Publikum, können Sie es sich vorstellen? Ich wurde zum ersten Mal gefördert, ich stand unter ihrer Protektion und sie bezahlte Unterrichtsstunden für mich, im Gesang und in der Schauspielkunst. Einige ihrer Bekannten, die in verschiedenen Theatergruppen arbeiteten, kamen zu Angelas Ausstellungen und auch zu uns nach Hause. Mit der Zeit wurde ich für mehrere Rollen engagiert. Meine Mäzenin war richtig in mich verliebt und schickte mir sowieso alle Menschen, die sie kriegen konnte, ins Theater, daher waren meine Aufführungen immer reichlich besucht und erfolgreich.

Meine Bildung machte riesige Fortschritte, ich lernte viel über Malerei, Gestik, schönes Auftreten und über die lesbische Liebe, denn sie malte mich nicht nur, sie zeigte mir ihren Körper und meinen eigenen, sie verlangte nach Zuneigung, Zärtlichkeit und gelegentlich nach sexueller, heißblütiger Erwiderung ihrer Liebkosungen. Sie war beides, platonisch und stürmisch modern, opferbereit und pervers eigensüchtig; sie sehnte sich nach der Erfüllung ihrer intimsten Bedürfnisse. Es war alles in allem kein schlechter Anfang.

Ich habe später die Liebe mit Männern erlebt und ich habe so viele Kinder geboren! Mir bleiben keine lesbischen Impulse mehr. Aber trotzdem, ihre Erregung damals bei unseren Umarmungen, die von meiner Seite aus nur keusch und geschwisterlich gewesen wären, war schon eine Entdeckung für mich als junges Mädchen. Ihre Abhängigkeit von mir, ihre Solidarität und uneingeschränkte Anteilnahme an allem, was mich betraf, waren mir angenehm und wurden mir seelisch und praktisch für mein Weiterkommen unverzichtbar.

Oh, bitte, seien Sie mit mir nachsichtig! Natürlich gab es Geld, Unterricht und gute Kontakte, aber es war nicht direkt Prostitution. Ich liebte sie auch, und wir ergänzten uns gegenseitig. Wir spielten Schach, gingen stundenlang spazieren, ließen uns meistens Essen vom Restaurant bringen, denn das Kochen war nicht unsere starke Seite, wir sangen gemeinsam Lieder nach unseren Lieblingsplatten, wir trugen Gedichte vor und empfingen unsere Gäste meistens in der Nacht. Ihre Bilder von mir waren ein echtes Geschenk und als Austausch schrieb ich ihr Dankesbriefe und viele Komplimente über ihre Schönheit und ihr Talent.

Es mag sein, dass ich mich mit der Zeit gegen ihren allmächtigen Einfluss gesträubt hätte, aber bald verliebte sie sich in eine andere Frau und ließ mich vollkommen frei, um später meine Leidenschaft für Männer auszuleben. Angela Torres ist trotzdem meine Gönnerin geblieben, eine mütterliche Patin, die mich als Schauspielerin besonders schätzte. Als ich bald darauf heiratete und so viele Kinder nacheinander bekam, ließ sie immer ihre ständig wechselnden Dienstmädchen etwas Nettes für die Kinder und Blumen für mich kaufen. Ich sage mir manchmal, dass ich sie wohl enttäuschte, als ich meine Karriere als Schauspielerin aufgab. Ich enttäuschte mich auch selbst und mein Publikum damals in den 80er Jahren.

Nicht wahr, mein Publikum? Habt ihr mich damals vermisst, als ich all meine Rollen und großartigen Monologe verlernte, die mich so viele Mühen gekostet hatten? Im Grunde glaube ich, dass keiner mir nachgeweint hat. Heutzutage ist jeder ersetzbar. Es gibt so viele Schauspieler, Musiker, Maler und Schriftsteller wie Ameisen. Wenn einer aufhört oder sich bloß Gedanken darüber macht vielleicht aufzuhören, da kommt schon der nächste, brutal, schonungslos und konkurrenzfähig bis zum bitteren blutigen Tod.

Ich hatte keine Lust so viel zu kämpfen. Es gab so viele, die viel jünger waren als ich und mehr Talent als ich hatten! Die Arbeit zu Hause mit den Kindern und den Patienten meines Mannes (Termine und Karteiführung) reichte mir schon in unseren 28 Ehejahren, bis Lucas starb und ich mich dann wieder nach einer neuen Tätigkeit im Leben umsehen musste. Jetzt weiß keiner mehr, dass ich damals den Monolog der Iphigenie im Tempel gespielt hatte. Ich hatte mich auf Monologe spezialisiert. An einem Galaabend in einem sehr großen und schönen Theater spielte ich neun verschiedene Monologe aus mehreren Werken. Es war beeindruckend und grandios, sagten alle. Wissen Sie noch, mein Publikum? Und jetzt spiele ich nur mein eigenes Selbstgespräch... und noch dazu ohne Worte, stumm, damit die kleine Rosa mich nicht hört."

„Sollen wir alle Märchen in einem Buch zusammenstellen?", fragt Rosa voller Unternehmungsdrang. „Wir könnten sie nummerieren. Wie viele hast du schon?"

„Es wäre ein zu dickes Buch, alle Märchen der Welt zu sammeln", sage ich. „Wir führen nur die Überschriften auf."

„Ich hole einen Kugelschreiber und dann diktierst du mir, was du gefunden hast."

Sie kommt mit dem Kugelschreiber zurück und ich zögere, denn ich habe mehr verschwommene Assoziationen als wirklich konkrete Märchen im Kopf.

„Wenn du willst kannst du schreiben, aber es ist alles noch sehr unordentlich und unreif.

1. Die ewige Jugend. Die Götter Griechenlands waren unsterblich. Ich bin noch nicht alt. Ich habe noch keine Falten, meine Haut wird überall bewundert. Ich brauche keine Schönheitsprodukte.

2. Die Rettung. Schneewittchen wurde auch von den sieben Zwergen vor dem Tod durch Vergiftung gerettet, als sie den vergifteten Apfel der Stiefmutter loswerden konnte. Vor Gefahren gerettet werden wir alle. Meine Retter waren mein Vater, ein Arzt, Christus, ich selbst.

3. Der Anfang einer Tätigkeit oder eines Zustandes scheint

immer besser als die Fortsetzung oder das Ende zu sein. Wenn wir eine Fremdsprache beginnen, scheint diese schön, locker und leicht zu sein. Das Ende dagegen bringt schon etwas Melancholie und Trauer mit sich. Wie wenn du in deiner großen Schachtel keine Pralinen mehr findest und jemand dir sagt: ‚Sie sind auf. Es gibt keine mehr.' Und du würdest noch so gerne welche essen und den Anfang wieder erleben, an dem die Schachtel so unendlich voll war. Es ist unglaublich, dass jetzt schon alle verschwunden sind. Du fragst dich, wer eine Lüge gesagt hat. War die Lüge der Anfang? Oder war sie das Ende? Kann die leere Pralinenschachtel wieder magisch voll von Kostbarkeiten werden?"

Rosa lacht verwirrt und will so etwas Kompliziertes nicht schreiben: „Ich habe so ein Märchen mit einer Fremdsprache und Pralinen noch nicht gelesen."

„Nein. Ich habe es selbst erfunden. Komm', du brauchst nicht zu schreiben, wir sprechen nur darüber. Unser Job befindet sich in der besten Phase, gerade am Anfang. An sich sind alle Märchen oder Mythen miteinander verbunden, die ewige Jugend mit dem Mythos der Rettung und mit dem der Wiederauferstehung und Wiederbelebung unserer Körper und Seelen."

„Was ist der Unterschied zwischen Mythen und Märchen?"

Ich atme tief und versuche, mich an Definitionen in alten Büchern und an Wikipedia zu erinnern.

„Ein Märchen bezieht sich mehr auf das Diesseits, es ist wie ein verweltlichter Mythos. Ein Mythos ist eine Göttererzählung, zielt mehr auf das Jenseits ab, die Verbindung zwischen Leben und Tod. Ein Märchen hat nicht so sehr den universellen Charakter, sondern ist nur auf einen konkreten Augenblick und eine einmalige Figur eingeschränkt. Jedes Märchen kann eine eigene böse Stiefmutter haben, aber der Mythos böse Stiefmutter, ältere Frau, die eifersüchtig auf die

jüngere Stieftochter ist, kann als eine zyklische Wiederholung der gleichen Erscheinung in vielen Märchen enthalten sein. Heutzutage spricht man von Mythen in einer erweiterten Hinsicht. Ein Schauspieler, Sänger oder Rennfahrer kannn einen Mythos für seine Fans verkörpern. Marlene Dietrich und Elvis Presley bleiben ein ‚Mythos' für ihre Zeit. Und Romy Schneider und Marylin Monroe. Sie tragen mythische Züge wegen ihrer faszinierenden Berühmtheit und der rätselhaften, mysteriösen Elemente ihrer Biographien, die Raum zu Spekulationen und unverifizierbaren Dunkelstellen geben. Mythische Züge heißt, nicht so ganz real, ein Zwischenreich zwischen Lüge, Täuschung und Wirklichkeit."
Rosa verneint gelangweilt: „Nein, ich kenne all diese Leute nicht."
„Sie starben alle sehr jung, mit Ausnahme von der Dietrich. Es gibt auch den Mythos der jung Verstorbenen, den Schnelllebigen, die uns zu wenig von ihren Abenteuern erzählen konnten und die wir deshalb glorifizieren. Es ist das Gegenteil der ewigen Jugend. Sie verließen uns viel zu früh, wie die heldenhaften Soldaten, die vom Krieg grausam verschluckt wurden und aus dem Grund viele Legenden und Hypothesen im Kopf der Hinterbliebenen in Bewegung setzten."
„Und du verdienst viel Geld in diesem Job der Sammlung?"
„Nicht wirklich. Es ist für mein eigenes Vergnügen, wie wenn man badet oder Klavier spielt."
„Dann mach es weiter so, Amelia, während ich versuchen werde, Enriques Flugzeug zu reparieren."
„Es gibt auch einen Mythos über dieses Flugzeug. Enrique, dein Schulkamerad, wollte Astronaut werden und in den Weltraum fliegen. Mit diesem ständigen Gedanken baute er sein Flugzeug. Aber als er sah, dass seine Erfindung nur mittelmäßig war und ihn nur bis Paris brachte, wurde er so

ärgerlich, dass er das Flugzeug auseinander nahm."

„Das ist eine Lüge", sagt Rosa mit Überzeugung. „Er wollte nie in den Weltraum. Er will ja nur nach Paris fliegen. Deshalb, wenn ich es repariere, wird er sehr froh sein und diese Reise mit mir machen."

Ihre Worte, wie es so oft die unbedachten Äußerungen eines Kindes schaffen, bringen mich zum Grübeln. Während sie sich in ihr Spiel als Flugzeugmechanikerin vertieft, verfalle ich in eine Gedankenfolge, die meistens Kontrastbilder erzeugt. Wir pendeln abwechselnd zwischen Mythos und Desillusionierung, wobei in unserer Zeit die Tendenz zum Letzteren eher vorherrschend ist. In unserem Mikrokosmos, in unserem kleinen Gespräch vorhin hatten wir es schon gemeinsam inszeniert. Ich hatte den Mythos erschaffen, dass Enrique Astronaut werden wollte. Rosa bezeichnete es aber als Lüge und zerstörte den Mythos. An dessen Stelle schuf sie einen anderen, einen persönlicheren: Enrique wäre dankbar für die Reparatur und würde eine Reise mit ihr machen.

Ja, Liebesbeziehungen waren die Auslöser der meisten Mythen. Da Rosa teilweise in ihn verliebt war und unbedingt etwas für ihn tun wollte, arbeitete sie fleißig an der Wiederherstellung seines Flugzeuges. Sie wollte den Gedanken nicht zulassen, dass er in seiner Erfindung gescheitert wäre und deshalb duldete sie meine Erklärung nicht, dass er sein eigenes Werk zerstört hätte. Sie wollte einfach eine Reise mit ihm machen, das war klar. Ich beobachtete ihre Anstrengungen mit dem Flugzeug, das sie an zwei Stellen sorgfältig mit Klebestoff zusammenklebte. Und dann stieß sie einen lauten Freudenschrei aus und feierte ihren Sieg mit einem kurzen Lachen, denn sie glaubte ganz fest, dass die Stücke zusammenhalten würden.

Ich setze meinen Monolog an das Theaterpublikum meiner Erinnerungen fort: „Meine verehrten Damen, die nun kommenden Zeilen sind mehr für Sie, obwohl auch die Herren vielleicht interessiert zuhören werden. Im Groben und sehr verkürzt könnte man zwei große Reihen von Mythen unterscheiden, die der Veränderung (wir suchen und finden immer neue Erfahrungen, wagen neue Anfänge) und die der Festigkeit und Stabilität: (Die angeklebten Stücke werden zusammenhalten,) Gewohnheiten beruhigen und geben Sicherheit. Ja, der schöne Mythos der Ehe, der Familie, der Freundschaft...

Nach dem Mythos der Kunst als Modell einer Malerin, Sängerin und Schauspielerin, gehorchte ich einem neuen Mythos, der einige Jahre lang völlig meiner Natur entsprach: Es war die Göttin der Fruchtbarkeit, der Schwangerschaften. Ich gebar acht Kinder und hatte zwei Fehlgeburten, aber alle waren zum Glück sehr gesund und umgänglich, von einem sehr munteren Charakter, was das ganze natürlich viel schmackhafter machte, wie ein sehr guter Kuchen, den man bedenkenlos essen kann ohne zu viele Kalorien zu sich zu nehmen.

Mauro war Arzt und wir hätten ohne weiteres die Kinderzahl reduzieren können. Aber wir mochten Kinder. Je mehr Kinder man hat, desto weniger einsam ist man, dachte ich, je mehr Kinder im Haus, desto mehr Leben, Gespräch und verschiedene Charaktere. Außerdem waren die ersten zwei Söhne nicht von Mauro, sondern von meinem ersten Freund Rosendo López, der später als Gastarbeiter in die Schweiz emigrierte und sich nicht wieder blicken ließ.

Das bildete unser erstes Familiengeheimnis: Mauro galt auch als Vater der zwei Jungs, damit sie sich nicht abseits gelassen und benachteiligt fühlten. Ich weiß nicht im geringsten, was aus Rosendo geworden ist und damit habe ich ihm nichts vorenthalten. Auf der einen Seite ist es schon ein Glück, dass Constanza und Alejandro nur Halbgeschwister sind und nicht hundertprozentig von beiden Seiten direkt miteinander blutsverwandt sind, meine ich, denn... ich glaube, sie haben ein Verhältnis miteinander. Schon seit Jahren wohnen sie zusammen, ohne andere Partner, und sie küssen sich ständig auf den Mund, auch wenn wir zu Besuch sind. Sie haben keinerlei Hemmungen wegen ihrer verbotenen Liebe. Das ist unser zweites Familiengeheimnis. Vermutlich gibt es überall welche, meine Damen, und das dritte war natürlich meine lesbische Zeit mit Angela. Es sind unsere pikanten Geschichten. Aber trotz alledem... Ich fühle mich nicht unrein, sondern ganz im Gegenteil. Ich bin schon seit Jahren eine keusche Witwe, umhüllt in die warme Liebe meiner Kinder und Enkel, ich bin religiös und spirituell wie nie zuvor.

Meine religiöse Annäherung an den Christusmythos (War es ein Mythos oder tatsächlich Wahrheit?) begann vor zehn Jahren, beim Tod meiner Tochter und als ich zwangsweise Rosas Ersatzmutter wurde. Aber noch war ich dem Weltlichen sehr zugewandt. Ich hatte einen neuen Freund damals, der auch Arzt war wie mein Mann. Ich glaubte an den Mythos einer zweiten Hochzeit und legte großen Wert auf die Intensität und Schönheit unserer gemeinsamen Nächte im Garten seines Sommerhauses. Auch wenn es ein kalter Sommer wurde, erwärmte ich mich am inneren Feuer bei der Begegnung unserer Körper.

Damals arbeitete ich als Kassiererin in einem Elektrogeschäft. Ich hatte noch nie so viel Geld gesehen, und während ich die Scheine und Münzen eintönig zählte, träumte ich von einem eventuellen Lottogewinn oder dem Gewinn in einem Fernsehwettbewerb, der mich plötzlich zur glücklichen Besitzerin einer Millionen Euro machen würde. Mehr als für mich selbst hätte ich es für einige verarmte Verwandte und Nachbarn ausgegeben, auch für meinen finanziell angeschlagenen Verlobten, der Schulden hatte und gern ein

nicht vorhandenes Geld in die Einrichtung einer eigenen Praxis investiert hätte.
Ja, der Mythos Reichtum verfolgte mich zu jener Zeit, und noch dazu der Mythos der Wohltäterin der Menschheit, die ich werden wollte, damals in Form von Spenden. Meine Beziehung zu Andrés zerschlug sich nach kurzer Zeit. Ich hatte kein Glück im Spiel und mein Verdienst als Kassiererin war sehr gering. Und als Nachtpförtnerin im Krankenhaus später verdiente ich noch weniger, nur dass ich dort mehr Ruhepausen und kein so hartes Arbeiten hatte. Ich konnte dort sogar auf einer Couch einschlummern, vorausgesetzt, dass ich mich hin und wieder für Notfälle bereit halte.

Jetzt, seit ein paar Monaten, seitdem die kleine Tanja so viel leidet, ist eine andere Phase bei mir eingetreten, die ich für sehr merkwürdig halte und ich habe sogar Angst, dass ich durch sie wahnsinnig werden könnte. Ich befinde mich oft wie eine Drogensüchtige in einem mystischen Trieb, die sehr extreme, den anderen verborgene Zustände erlebt. Ich bin süchtig nach dem Mythos Gottheit, Sieg des Guten über das Böse, die Welt des Unsichtbaren, der Geister und des Wunders.
Ich bete verzweifelt und hartnäckig für ein Wunder, das der kleinen Tanja widerfahren soll, unserer Armen... die ich so sehr liebe und deren Krankheit mir das Herz zerbricht. Asthma, Diabetes, Herz- und Kreislaufbeschwerden, was hat sie noch? Ihr trauriges, bekümmertes Gesicht tut mir immer so leid, und wenn ich es anschaue, gerate ich meistens in Panikzustände. Sie kann nicht in die Schule gehen und nur durch Privatunterricht etwas lernen, aber auch sehr unregelmäßig. Sie muss ständig von Kurort zu Kurort wandern, neue Diäten und Arzneimittel ausprobieren, sich Operationen unterwerfen... Es sind acht Jahre der Qual für sie,

und ich finde es so ungerecht vom Gott! Aber nur er kann jetzt helfen. Mein Wahn besteht darin, dass ich allmählich glaube und mit starrer, unerschütterlicher Gewissheit empfinde, dass ich als Heilerin auftreten könnte oder zumindest als Fürsprecherin für Tanjas Heilung. Es ist der umgewandelte Mythos der Rettung: jetzt könnte ich die Retterin sein. Gott würde sie Heilen, wenn es mir nur gelänge, ihn davon zu überzeugen. Meine Mutter und Großmutter, als sie älter wurden, hatten sich ebenfalls wie eine Art Priesterin gefühlt, glaubten mit naiver Unschuld - so wie ich jetzt - einen gewissen Einfluss auf den Himmel zu haben, dass Gott auf ihre Wünsche und ihr Gebet hören würde.

Doch ich komme zu meinem Ursprungsgedanken zurück. Ich bin noch nicht alt, ich bin noch keine verwelkte Blume, ich bin ein junges Geschöpf Gottes. Meine Mutter und meine Großmutter blieben auch immer genauso wie am Anfang. Ich bin eitel, es liegt wohl an unserem Blut und an unseren Genen, dass wir noch bis kurz vor dem Sterben so eine gesunde Farbe und ein kräftiges Aussehen behalten, als kämen wir gerade von einer amüsanten Feier.

Ja, die vielen Mythen... Ich würde mir selbst ein Denkmal setzen, ich weiß, es ist ein Mangel an Bescheidenheit. Aber man muss sich für das schwierige Leben mit irgendwelchen bestärkenden Bildern bewaffnen, so habe ich mir auch meinen privaten Amelia-Mythos zusammen gebastelt. Amelia sieht noch gut aus, sie ist klug, sie reagiert immer richtig und verhält sich mit Würde. Die Menschen haben die beste Meinung von ihr.

Auch Gott wird weich, bleibt nicht unbewegt und gleichgültig mir gegenüber, wenn ich mit ihm spreche. Soll es vorkommen, dass ich von jemandem gelegentlich stark kritisiert, rücksichtslos übergangen oder heftig verstoßen werde, dann fühle ich mich sehr überrascht und verletzt, denn ich hatte ehrlich an den Mythos meiner Stärke geglaubt, meiner positiven Eigenschaften und meines gelungenen Einvernehmens mit der Gesellschaft. Ich hoffte immer wieder, dass die triumphierende Amelia nicht versagt und überlebenstüchtig bleibt, dass die anderen mich unaufhörlich umarmen und mich verwöhnen wollen.

Zum Beispiel entschließe ich mich dazu, mir nach langem Zögern endlich die Haare schneiden zu lassen. Es fällt mir schwer mich von meinen Haaren zu trennen, denn sie standen mir immer sehr gut und zeichneten mich mehr als Künstlerin aus. Aber jetzt sind sie zu grau geworden (obwohl ich noch jung bin) und ich möchte sie auch nicht färben lassen. Da es unvermeidlich ist, entscheide ich wenigstens einen sehr teuren Friseur zu nehmen, damit er mir einen schönen, vornehmen Schnitt macht. Ich fühle mich durch die bessere Behandlung ermutigt, durch die gute Tasse Kaffee, das Geplauder, die herrlich duftenden Parfüms und die tröstende Dauerwelle, die mir ein wenig über den Verlust meiner Haare hinweg helfen wird.

Ich blühe in einem strahlenden Wohlgefühl auf, das halb gekünstelt und halb echt ist. Ich bin keine Kassenpatientin, sondern eine Privatpatientin. Ich habe die angenehme Vorstellung, dass ich mich richtig verhalten habe. Aber dann, einmal ich den Laden verlasse, sagen mir einige Leute, dass der billigere Friseur doch der bessere sei; der Schnitt, den ich jetzt trage, sei sehr unvorteilhaft und passt gar nicht zu meinem Gesicht. Dann entdecke ich, dass der ganze Turm der Zufriedenheit, der Amelia-Mythos der Sicherheit, zusammenbricht, und ein unerschöpflicher, schon von anderen Erfahrungen genährter Haushalt an Frustration strömt aus mir heraus.

Gott hüte mich vor solchen Menschen und negativen Erlebnissen der Besitzlosigkeit und Unvollkommenheit. Ich bin

schon unsicher genug! Was habe ich jetzt verbrochen? Ich habe Selbstbetrug begangen. Die von mir gepriesene und verherrlichte Handlung hat sich als Dummheit erwiesen. Der Friseur war zu teuer und hat mir keine Qualität geboten. Der Mythos einer positiven Veränderung fällt in sich zusammen. Wenn überhaupt, ist es eine negative. Auf den neuen Fotos werden die Menschen meine verlorenen Haare vermissen und im Geheimen ausrufen: „Auch wenn es mehr der Mode entspricht... Sie hat viel von ihrer Persönlichkeit eingebüßt."
Das mit der Persönlichkeit ist auch ein Mythos. Habe ich nicht Jahre lang daran gearbeitet, vielleicht schon als Baby in meiner schönen Wiege gekämpft, um eine besondere Ausstrahlung, Harmonie, Sinn für Humor, Vitalität und - mit einem Wort - Attraktivität in die Welt zu streuen?
Als erstes kämpfte ich dafür, eine gebildete Frau zu sein. Aber der Mythos Bildung zerfällt auch öfters, wenn ich mir ernsthaft überlegen muss, wie lückenhaft, einseitig und unausreichend meine Bildung ist. Und der Mythos Gesundheit, der ebenfalls ein feststehender Teil meines Wesens zu sein schien, ist nicht mehr so zuverlässig, dass ich noch daran glauben könnte.
Die Höhepunkte der Gesundheit hatten mich stellenweise so gut wie hypnotisiert und verführt. Noch vor ein paar Tagen roch und besaß ich Gesundheit, schmeckte Gesundheit wie einen köstlichen Nachtisch. Ich war übertrieben im Selbstlob und in der Zufriedenheit mit meinem Körper, dem ich bei jedem Schritt schmeichelte:
„Ach, was bin ich glücklich! Meine Beine können so gut laufen! Meine Arme sich so herrlich eröffnen und ausstrecken! Meine Augen so klar und grenzenlos sehen! Mein Gehirn so unbeschwert und leichtfüßig auf alle Reize mit so vielen Bedeutungen und Stimmen reagieren!
Einige klagen von Kopf- oder Rückenschmerzen, aber mein Rücken ist vollkommen in Ordnung, gelenkig, mächtig und

stark, wie absichtlich vom Schöpfer gemacht, damit ich alle Gewichte spielerisch tragen kann, sogar das meiner ganzen Kinder, wie ein Riesenteppich der Liebe. Und mein Kopf ist voller Energien und mit tausend höchst interessanten Sprachen gefüllt, die mich faszinieren, solchen wie Musik, Mathematik, Gebet auf Latein oder Altkirchenslavisch, Geschäftsjargon oder Gedichte, Glocken und Vögel in der Morgenstille und Kindernamen vor der Taufe.
Ich habe einen wunderbaren Magen. Ich bin stolz auf meinen Magen und auf meine Hände... die sich so schnell und schmerzlos bewegen können. Und ich habe die zwei besten Schultern auf der Welt. Ich müsste Gott sehr dankbar sein, dass meine Nieren und meine Leber so gut funktionieren und dass mein warmer und so lebendiger Venushügel manchmal so erfreuliche Zeichen der Sinnlichkeit von sich gibt...
Es ist so ein unbeschreiblicher Genuss, meinen Körper in seinen vielfachen Perspektiven zu spüren, als Stirn, Handfläche, Knöchel, Gesichtsmuskeln, Fingernägel, Halsader! Bei jeder Bewegung könnte ich vor Freude springen. Bewegung ist das größte Vergnügen und das höchste Ausdrucksmittel in meinem Monolog der Gesundheit. Bei aller Sympathie kann ich die Leute nicht so gut verstehen, die über die verschiedensten Krankheiten reden. Ich bin hochmütig, überlegen, groß, unbesiegbar, fast unsterblich. Solange man an den Mythos Gesundheit glaubt, kann man nicht den Anti-Mythos Sterben für wahr halten."
Aber dann werden die Gesundheitsphasen unterbrochen oder sie kommen gänzlich zu Ende, und dann... Das unwillkürliche Zittern vor Angst, aus Gleichgewichtsstörungen oder vor Kälte ist womöglich der Anfang des Anti-Mythos.
Zu dem Mythos meiner besonderen Ausstrahlung gehörte neben der der Schönheit, der Bildung, der Gesundheit auch der der Kunst. Trotz meiner alltäglichen Pflichten verließ ich

nicht völlig diese große Dimension, die die Malerin mir vererbt hatte. Als ich als Sängerin und Schauspielerin aufhörte, tröstete ich mich damit, dass Ich hin und wieder Gedichte schrieb, und immer wenn ich einige davon in der Öffentlichkeit vorlas, dachte ich, dass meine Worte schöner als die der anderen Menschen waren.

Ich war in so einer perfekten Verbindung mit mir selbst, dass ich alles liebte, was ich schrieb. Aber die Reaktion der Zuhörer auf meine Lyrik diente allmählich und mit den Jahren zur Abschaffung des Amelia-Mythos, wie ich ihn nannte. Das realistische und anti-mythische Gegenbild zur bewunderten Dichterin der langen Haare und der schlanken Figur gewann immer mehr an Boden, und viele der von mir gesammelten Mythen erwiesen sich als nur temporär. Sie hinterließen bloß ein paar Krumen oder dünne Fäden, sodass meine unsicheren Hände am Ende erschreckend leer zu bleiben schienen.

Diese Frage quälte mich schon: Lag denn mein Selbstbild so verkehrt, so sehr im Gegensatz zu dem, was die Gesellschaft sich aus mir machte? Die kleine Göttin Amelia, so voll von Inspiration, Begeisterung und vielversprechenden Begabungen, war im Grunde eine vernachlässigte und in einem Versteck gehaltene Sklavin, die man kaum merkte, die nur zum Dienen und Gehorchen geboren war.

Noch ein Monolog: „Ich bin wie Aschenputtel, verehrtes Publikum, aber ohne den Prinzen und die Fee, nur mit der sehr realen Stiefmutter und der schweren Arbeit ohne Glanzmomente, ohne Lesungen und Galaabende gemeinsam mit anderen Autoren, ohne Publikum für mein Werk. Ja, kann es sein, dass Sie auch verschwinden, dass mein ‚Publikum' noch ein surrealer, nicht ganz existierender Mythos gewesen ist?

Die Wirklichkeit der Krankheiten blieb mir nicht lange fern, auch wenn ich selbst uneingeschränkt gesund war. Zum einen wurde mein starker Vater bald sehr schwach; zum anderen waren mein Mann und mein Liebhaber beide Ärzte, mein Onkel Julian mütterlicherseits hatte eine Apotheke und ich habe auch in einem Krankenhaus gearbeitet. Meine Schwangerschaften waren außerdem nicht immer schmerzfreie, unbeschwerte Perioden, besonders als ich eine traurige und frustrierende Stillgeburt hatte. Aber in meiner Rangordnug des Glaubens kam die Gesundheit an erster Stelle. Spritzen und Tabletten hatten keine Macht über mich, nur aus der Ferne. Bis eines Tages unsere arme kleine Tanja anfing zu leiden, und dann wurde ich auch selbst vor Mitleid und Unruhe sehr krank."

Rosa hat das Flugzeug schon repariert, oder glaubt es repariert zu haben. Ich wünsche, ich könnte - mit derselben Selbstverständlichkeit der Allmacht kindlicher Fantasien - meine Enkelin Tanja heilen. Manchmal ist Reparieren besser als Neues bekommen. Wir wollen zum Beispiel keine Tanja neu erschaffen, sondern unsere alte, geliebte Gestalt behalten, aber fröhlich und wiederhergestellt, ohne die Spuren des Leidens und der Krankheit.

„Guter Gott, der Allmächtige und Unsichtbare! Monologe sind so wirkungslos, vergeudete Edelsteine, vergebliche Schweißtropfen, und ich möchte lieber mit dir, Gott, sprechen. Vielleicht habe ich bisher meine echte Berufung verkannt, und diese wäre, Menschen zu heilen."

Rosa sagt, sie will mit einer Freundin ins Kino gehen und unterwegs werden sie sich etwas Popcorn kaufen. Ich frage sie, was für einen Film sie sehen werden.

„Etwas von Mark Twain. Ich weiß nicht genau, wie es heißt."

Ich nicke verständig. Ja, er hat auch viele Sachen für Kinder geschrieben. Der arme Mark Twain! Innerhalb kurzer Zeit verlor er seine Frau und einige seiner Angehörigen. Mehrere Todesfälle hintereinander, das muss schrecklich sein und ich habe immer Panik vor so einer Vorstellung gehabt.

Rosa geht aus dem Haus und überlässt mich meinem lautlosen Gebet an den Gott der Kranken und der Gesunden wie ich selbst es bin, die aber kaum noch an den Mythos Gesundheit glauben können. Ich nehme eine Kerze, zünde sie an und hole mir ein altes Kruzifix, das ich in meiner Kindheit an der Wand meines Schlafzimmers hängend fast täglich mit kurzen, automatischen und nicht sehr reflektierenden Gebeten angesprochen hatte. Ich drücke das Kreuz in die Nähe meines Herzens und vielleicht zum ersten Mal nehme ich Anteil an seinem eigenen Schicksal.

Durch die Weichheit und Niedergeschlagenheit meiner Stimmung kann ich auch mit ihm und mit uns allen Mitleid empfinden. Ich bin immer noch von meiner alten Handlung angezogen, dieses Kreuz anzusprechen. Aber ich denke darüber nach, wie anders ich geworden bin. In meiner Jugend war ich weniger rücksichtsvoll. Jezt will ich gar nicht mehr mich, ich will nur die Menschen heilen.

„Heiliger Gott, nimm mir etwas weg, wenn es sein muss, mach mich sehr krank... Aber dafür heile meine unschuldige und wunderbare Enkelin, befreie sie vom Bösen, von den lähmenden Erfahrungen ihrer Hilflosigkeit, von Krankenhaus und Operationen. Bitte, gib ihr eine Zukunft, dass sie sich wieder am Leben erfreuen kann. Vielleicht bin ich masochistisch veranlagt, nur in einem Opfer meinerseits sehe ich eine Möglichkeit, etwas für sie zu tun. Wie könnte ich ihr sonst helfen?

Wenn das Böse seinen Teil fordert, soll es mit mir beginnen, und nicht mit der kleinen, schwachen Tanja, die sich nicht so gut wehren kann wie ich selbst. Nimm mir meine Energien weg, meine Pläne, all die Mythen, die ich bisher gesammelt habe. Es ist egal, ob ich alt, arm und dumm bin und von den Menschen nicht mehr geliebt werde, ob ich keine Künstlerin mehr bin. Nur den Mythos der Heilung und des Wunders erhalte mir bis zuletzt. Was kümmert mich jetzt Amelias Ausstrahlung und Attraktivität? Ob die Gesellschaft sie gut empfängt oder nicht?

Ich bin naiv und unreif wie ein Kind. Ich frage mich, mit welcher List ich dich überreden könnte, mein ferner und hypothetischer Gott, und mit welchen Waffen ich den Kern deiner Seele anrühren kann. Ich verspreche alles, alles was du willst. Ich werde monatelang auf Schokolade verzichten und mich nicht mehr der chronischen Musik von Spendenaufrufen gegenüber taub stellen. Aber bitte, gesunde mein Kind, heile Tanja plötzlich und endgültig, ab sofort, damit sie selbst in aller Transparenz und Freude die Macht deiner Güte in sich spüren und genießen kann. Dass sie schon morgen mit einem ganz anderem Lebensgefühl aufstehen kann.

Ach, mach das Wunder endlich wahr! Es ist nicht so, als könntest du es nicht. Du bist grenzenlos, genauso wie mein Wunsch, dich dazu zu bewegen, sodass ich entweder wahnsinnig werde oder mir der Versuch tatsächlich gelingen wird. Mit nur einem Atemzug deiner Lunge auf ihrer Wange kannst du ihr ganzes Leben zum Positiven wenden und sie glücklich machen. Doch, wenn du es nicht so direkt zeigen willst... dann bitte, mach schnell, dass die Ärzte etwas Gutes für sie erfinden. Sie braucht nicht zu erfahren, dass ich mit dir gesprochen und alles arrangiert habe. Ich bleibe ganz im Hintergrund, bescheiden und ohne Stolz. Das Gespräch ist ganz anonym, zwischen uns beiden.

Mein Christus, mein armer Retter! Du kannst uns wieder retten in dieser schweren Stunde. Ich muss noch alle Krankheiten auflisten, auch wenn du schon alles weißt, damit du in deinem Wunder nichts vergisst: Asthma, Diabetes, Herzinsuffizienz, Operationspanik, Rollstuhlpanik. Wenn sie den Rolsltuhl nicht

mehr braucht, dann wird sie auch keine Angst mehr davor haben. Bitte, hilf ihr dramatisch und entschieden, wie der mutige Schwimmer, der die beinahe Ertrunkenen noch rechtzeitig aus dem dunklen Wasser zerrt. Jemandem die Heilung zu wünschen kann nicht falsch sein. Deshalb, belohne mich dafür und sei gut zu ihr."
Ich bin noch immer sehr in meine Zeremonie, in meinen Mythos der Heilung, vertieft. Die Kerze leuchtet stark und das auf mein Herz gelegte Kreuz gibt mir eine gewisse Wärme und Zuversicht. Ich glaube schon felsenfest, das der Mythos der Heilung einer der intensivsten ist. Im Moment bin ich eine Mystikerin. Durch die Stärke und Fixierung meiner Gedanken und Wünsche auf Tanjas Gesundheit bin ich erschöpft, als hätte ich eine Sisyphusarbeit geleistet.
Ja, noch ein Mythos, Sisyphus, und Phädra... Ich verliebte mich auch einmal in meinen Stiefsohn, aber nur platonisch. Kassandra und ihre Gabe der Voraussicht. Die verbrannten Witwen Indiens, die keine Zeit mehr erleben durften, um Ersatz für ihre Ehemänner zu suchen... Der Iphigenie-Monolog... Ich bin auch wie eine zweite Iphigenie, eine Priesterin der Gottheit.
Meine Mutter und meine Großmutter hatten auch solche kleinen intimen Zeremonien abgehalten, mit einer Kerze in der Hand und einem geflüsterten Gebet auf den Lippen. Ich folge bloß der Tradition. Ich sammle weiter die Mythen und antimythischen Erscheinungen, den Mythos eines heiligen Datums wie Weihnachten, Silvester, der eigene Geburtstag oder Namenstag; und den Mythos der Nacht, wenn alles schläft, nur die Liebe nicht.
Und wie ist es mit dem Mythos der Revolution? Im 20. und am Anfang des 21. Jahrhunderts hat es so viele Revolutionen gegeben, so zahlreich und vielfältig wie vielleicht noch nie zuvor. Die Einwohner der DDR erhoben sich voller

Begeisterung und Erneuerungsdrang gegen die sozialistischen Herren und bekamen das Geschenk der Wiedervereinigung mit dem Westen. Die ganze Konstellation der Landkarte änderte sich. Die Ostländer jubilierten und erhoben sich gegen die Tyrannen der Sowjetunion. Nachher wurden aber alle ziemlich enttäuscht.

Und diese Tendenz, zuerst große Freude bei der Befreiung und dann die Entdeckung, dass es doch nicht so viel gebracht hat, dass alles umsonst ist, bleibt jetzt auch für die anderen Revolutionen bestehen. Die vielen Aufständischen auf den Straßen überall und besonders in den arabischen Ländern im Jahre 2011. Ein Diktator wird gestürzt und ein anderer kommt an seine Stelle.

Die Befreiung war ein Mythos. Wer glaubt noch daran? Und der Mond war viele Jahrhunderte lang ein Mythos, eine Göttin der Dichter. Nachher wurde er zu einem Mythos für die Wissenschaft, für die Weltraumforschung und den Konkurrenzkampf zwischen den zwei großen Herrschern, bis die nordamerikanische Flage sich zum Schluss als Siegerin auf dem Mond zeigen konnte.

Man denkt kaum noch an sie heutzutage, nur als historisches Ereignis, obwohl auch dieser Mythos der Eroberung bei manchen hinterfragt und die Mondlandung als eine Lüge, ein Mythos des Fernsehens und der Technik abgetan wird.

Das Telefon klingelt.

In der Nonnenbekleidung einer Halbheiligen, die auf einer Matte kniet und das Kreuz umarmt, bin ich so entrückt und distanziert von mir selbst, dass ich kaum zum Hörer gehen will. Ich will nicht abheben. Stattdessen will ich auf der Treppe meines Hauses, aber unbewohnt und ohne jegliche Nachbarn, die sechs Stockwerke immer ununterbrochen hoch und runter gehen und dabei nur das laute Geräusch meiner Schuhe hören, und auf diese Weise meine ganze Ewigkeit verbringen.

Vielleicht ist es Tanja, die anruft, um mir überrascht und ungläubig mitzuteilen, dass es ihr besser geht.
Mythen, Antimythen? Woran soll ich glauben? Soll ich vor Verzweiflung wahnsinnig werden? Oder mich immer noch an die Wirklichkeit eines Wunders herantasten und mich mit Gott zu den verschiedensten Zeiten verabreden?
„Lieber Vater im Himmel, heute um drei Uhr morgens werde ich mit dir, werden wir gemeinsam an unsere Tanja denken und sie aus der Ferne heilen."

Die Ökoverbrecherin

Meine sechs Schwiegertöchter (von Manuel habe ich zwei bekommen, denn er heiratete zweimal) sind die einzigen, die meiner Verbrechernatur eine Spur Glauben schenken könnten. Aber auch sie denken, dass ich ziemlich harmlos bin und keinem etwas zuleide tun würde. Bei ein paar Lügen haben sie mich gelegentlich schon ertappt, denn die Frauen sind klug und besitzen eine große Beobachtungsgabe, besonders Mercedes und Julia.
Doch was heißt das? Lügen sind kein eigentliches Verbrechen. Lügen tut jeder, früher oder später, behaupten sie nachsichtig. Sie sehen mich nicht als perfekt, doch auch nicht als kriminell. Meine Söhne und meine Enkel dagegen hegen keinen einzigen Verdacht gegen mich. Sie halten mich für ausgesprochen engelhaft und rein, weil ich ihnen schon vor meinem Tod alles vermacht habe und sehr bescheiden lebe.
Meine Lügen basieren meistens auf Mutterstolz und ein wenig auf dummen Angebereien. Jeder kann es mir nachfühlen, dass ich ein wenig oder maßlos übertreibe, zum Beispiel wenn ich sage, das Manuel ein sehr bekannter Schriftsteller ist, der Millionen von Exemplaren jährlich verkauft und dass seine zweite Frau, Paloma, ihr Dolmetscher-Diplom in Paris und Brüssels macht, wo sie beabsichtigt, bald für die Vereinigten Nationen zu arbeiten.
Das Lügen habe ich von meiner Mutter geerbt, und ich mache es ganz instinktiv, ohne mir vieles dabei zu denken. Ich bausche alles auf, und am Ende glaube ich fest daran. Ein Psychologe würde sagen, dass es pathologisch ist und dass ich unter Wirklichkeitsverlust leide. Doch ein Kern Wahrheit ist auch immer darin, so wie wenn ich meiner Enkelin Josefina erzähle, wie gut ich als Kind in der Schule war.

„Ich konnte damals ein sehr schönes Englisch sprechen, gut tanzen und Flöte spielen. Eine sehr sympathische Geschichtslehrerin mochte mich besonders, wir trafen uns immer sonntags nach der Kirche und machten zusammen lange Spaziergänge. Auch viele junge Männer wollten mit mir ausgehen. Meine erste Liebe war ein englischer Spion deutsch-jüdischer Abstammung, der mich heiraten wollte, als ich 16 war. Aber meine Eltern meinten, ich wäre zu jung dafür und ließen ein paar leidenschaftliche Briefe verschwinden, die er mir danach schrieb. Erst als meine Eltern starben, entdeckte ich sie."

Keiner würde mein Schloss von Lügen demontieren. Sie wissen nicht genau, was in meinen ganzen Geschichten stimmt und was nicht. Ich weiß es selbst nicht, und keiner würde sich die Mühe machen, eine Recherche über mich anzufangen, über eine ältere Frau Gabriela Cuevas, die trotz ihrer zahlreichen, meistens nur am Telefon existierenden Familie mit ihrem kranken Mann ziemlich isoliert lebt, in einem Hochhaus in Barcelona.

Nein, ich denke auch nicht, dass meine Lügen mein Hauptverbrechen darstellen. Irgendetwas haftet an mir, macht meine Hände schmutzig. Blut ist darin, ohne Tötungsakt... und andere undefinierbare Substanzen wie Gift, Tintenflecken. Wo kommen sie denn alle her? Umweltverschmutzung auf meiner eigenen Haut, ja, das ist das Wort. Ich bin durch fremdes oder eigenes Verhalten kontaminiert.

Isidro, der junge Sozialarbeiter und Pfleger von Caritas, der uns fast täglich besucht (nur am Wochenende nicht) und meistens meinen Mann betreut, weiß um meine Qualen, um mein schlechtes Gewissen.

„Wen haben Sie heute getötet, Frau Cuevas?", fragt er schelmisch, während er Sergio schnell eine Spritze gibt und schon Vorbereitungen trifft, seinen Verband zu wechseln.

„Töten ist zu viel gesagt, lieber Isidro. Wie Sie wissen, bin ich ganz harmlos. Aber ich mache mir schon Sorgen. Ich lüge an sich viel weniger als in meiner Jugend... jedes Mal weniger, da ich auch jedes Mal weniger Kommunikation mit Menschen habe. Nachbarn, die Leute im Supermarkt oder meine Schwiegertöchter waren damals meine Hauptopfer. Was habe ich mir nicht alles zusammen fantasiert! Über meinen Bruder, der einen Unfall hatte, lange im Koma lag und dann von den Toten wiederauferstanden ist."
„Doch es stimmt schon mit dem Unfall Ihres Bruders, nicht wahr?", fragt Isidro interessiert.
„Ja. Aber dass er Gott und den Himmel während seiner Koma-Reise sah, das habe ich erfunden. Was habe ich nicht alles erzählt! Und bei einigen Sachen habe ich mich schon blamiert, denn die konnte man überprüfen. Ich erzählte über die japanische Braut meines Sohnes Arturo. Sie ist aus Andalusien und nicht aus Japan, aber ich wollte sie etwas exotischer machen.
Das Ausland faszinierte mich, das Katalanische und Spanische im Allgemeinen fand ich eintönig, und so schwärmte ich hin und wieder von der japanischen Schwiegertochter, die nirgendwo zu finden war. Ich redete von ihr beim Zahnarzt und in der Apotheke. Eines Tages kam es aber ans Licht, dass Arturos Frau aus Sevilla ist, denn unsere neue Putzfrau arbeitet zufälligerweise auch bei seinen Schwiegereltern. Es war eine peinliche Angelegenheit."
Isidro lacht.
„Und jetzt erzählen Sie vielleicht von mir in Ihrem Bekanntenkreis, dass ich der Sohn einer Nonne bin und dass ich in Ihre Enkelin Josefina verliebt bin, obwohl ich sie noch nie gesehen habe."
„Nein, so etwas erzähle ich nicht. Ich bin jetzt vorsichtiger."
„Und Sie empfinden nicht mehr das Bedürfnis mich zu

belügen, weil Sie über Ihr anderes Problem... ganz offen sprechen möchten, ist das so?"
„Ja, mein Sohn."
Zu verschiedenen Zeiten im Laufe der letzten drei Jahre habe ich ihm schon meine Verbrechen geschildert. Er ist der einzige Mensch – mit Ausnahme von Sergio - der sie kennt.
„Ich habe echtes Vertrauen zu Ihnen, Isidro. Sie erinnern mich an meinen weit verreisten Enkel Manuel, der jetzt in Honolulu lebt."
„Sie kleine Schwindlerin! Ich wette, Sie haben keinen Enkel in Honolulu, nur ein paar in Barcelona und Madrid, oder vielleicht sogar keinen; sie haben nur eine Enkelin. Und sie haben keine sechs Schwiegertöchter, sondern nur eine."
„Sie glauben, dass ich womöglich dement bin und deshalb alles verdoppele?"
„Nein, Sie haben nur eine Neigung zum Tagträumen und spielen gern mit Gedanken, mit Ihrer Phantasie."
„In Rom waren wir auch, Sergio und ich, und wir besuchten damals den Papst, als wir heirateten. Glauben Sie mir das, Isidro?"
„Nicht ganz. Obwohl ich es auch nicht völlig ausschließen kann. Sie scheinen mir nicht besonders religiös zu sein, und Sie haben oft gegen den Papst protestiert, zum Beispiel bei der Heiligsprechung von Escribá de Valaguer. Es war ein anderer Papst, ich weiß. Aber im Allgemeinen begeistern die Päpste Sie nicht besonders."
„Gestern habe ich zu viel Fleisch gekauft. Jetzt ist die ganze Tiefkühltruhe voll. Möchten Sie etwas davon haben?"
„Es ist großzügig von Ihnen, aber das stimmt nicht. Ich habe eben nachgesehen und die Tiefkühltruhe ist ganz leer. Wir müssen wieder einkaufen gehen."
„Sie glauben nicht an meine Großfamilie?"
„Mit Einschränkungen. Ich habe bisher nur ihren Sohn Arturo

gesehen."

„Aber Sie, Isidro und Sergio, existieren, und ich bin nicht verrückt, nur verspielt. Doch ich wollte jetzt über mein anderes Verbrechen mit Ihnen reden, nicht über meine Lügen."

„Ja, ich bin auf dem Laufenden, was Ihre so genannten Verbrechen betrifft. Und Sie kennen schon meine Meinung dazu: Sie sind zu streng zu sich selbst. Sie entwickeln starke Schuldgefühle für Sachen, die gar nicht so wichtig sind."

„Das ist möglich. Als Kind war ich auch immer voller Skrupel und ging fast jeden Tag zur Beichte, weil mir immer neue Sünden einfielen. Jetzt habe ich nur eine Sünde, die ich aber als sehr gravierend empfinde, und sie wiederholt sich mit alarmierender Regelmäßigkeit. Ich kann nur versuchen, mich ein bisschen zu bessern.

Ein Fakt bleibt, dass ich mich durch meine Unachtsamkeit oder stellenweise Boshaftigkeit an meinen Mitmenschen und an der ganzen Umwelt vergreife. Ich vergifte nicht, steche keinen, bin keine Brandstifterin, intrigiere nicht gegen Kollegen, werfe keine Bomben wie die Terroristen, aber ich - in meiner Unbedeutsamkeit und Anonymität, ganz allein zu Hause mit meinem kranken Mann - kann auch viele Schäden gegen die Menschheit anrichten, und manchmal ohne es zu wollen, unbeabsichtigt.

Ja, ich bin ungeschickt und eher vergesslich als böse, glaube ich. Aber in unserer schrecklich verwirrenden Zeit haben fremde Mächte unzählige böse Waffen in unsere Hände gelegt, die wir aus lauter Unkenntnis - *mismanagement* sagen die Engländer - missbrauchen können, sie gegen die anderen oder uns selbst richten können. Denn ich denke gewiss, immer wenn wir Böses tun, kommt es letzten Endes auf uns zurück.

Es ist beunruhigend. Ich brauche nicht einmal die Haustür aufzumachen, keine Gewalttaten zu verüben, keinen zu schlagen oder zu verfluchen. Allein durch eine sehr indirekte

Anwesenheit, die Präsenz meines Abfalls in den Müllcontainern, Abfall als mein zweites Ich, kann ich meine Umwelt kaputt machen."
Isidro setzt sich an meinen Tisch, an dem ich noch genießerisch meinen Frühstückskaffee trinke. Aber ich weiß, dass er mir nur ungefähr fünf Minuten widmen wird. Seine Zeit ist Gold, wie die eines Firmendirektors. Heute hat er Sergio nicht geduscht, der sich manchmal gegen die Sauberkeit von Fremden sträubt und keine Lust dazu hat. Deshalb verfügt Isidro noch über diese fünf Minuten für mich.
„Frau Cuevas, Sie benutzten damals den Begriff ‚ökologische Verbrecherin', ich erinnere mich noch. Das imponierte mir, denn ich hatte es noch nie gehört. So, Sie halten sich für eine ökologische Verbrecherin?"
„Ja, das moderne Leben heutzutage quält mich, und ich weiß nicht recht, wie damit umzugehen. So viel Plastik, so viele Verpackungen überall, und dass man über so viel Macht verfügt, ganz unwillkürlich die Umwelt zu zerstören... Ich bin leider zu faul und ungenau, nicht gründlich genug. Meistens mische ich alles zusammen in der Eile, aus Bequemlichkeit oder sogar aus geheimer Wut gegen unser modernes Leben, das uns so viel zumutet.
Ich habe keine Geduld, alles sorgfältig zu sortieren, wie es meine so umweltbewusste Schwiegertochter Mercedes macht: In einem Paket das Glas, in einem anderen Wäsche, in einem anderen Kartons und Papier. Und was ist mit Medikamenten und Elektrosachen? Und mit dem normalen Abfall? Soll man ihn auch in weitere Kategorien unterteilen? Ich habe wenig Lust, alles zu trennen, wenn ich mich schon jahrelang daran gewöhnt hatte, alles in einen Eimer zu werfen.
Und dann muss ich die verschiedenen Container aufsuchen, voll bepackt mit Abfall durch die Straßen, wobei einige der Container ziemlich weit weg sind und manchmal ganz voll,

wenn ich dort ankomme. Das ist nichts für ältere Leute und macht unser Leben schwerer. Außerdem bin ich so unwissend über die wirklichen Folgen meines Verhaltens, dass es mir weh tut.

Soll ich zum Beispiel weiterhin (wie ich es mein ganzes Leben gemacht habe) die Essensreste, Zigarettenkippen und die schmutzigen Papiertaschentücher ins Klo werfen? Ich hörte neulich, dass sie beim Abwasser irreparable Schäden anrichten, all diese dreckigen Substanzen voller Bakterien, die das Wasser so intim und ausgeliefert voll absaugt und in sich aufnimmt. Wäre es vielleicht besser, alles in den Kücheneimer zu werfen? Aber dann müsste ich das gleiche mit dem Toilettenpapier machen, denn sonst werden diese Papierlappen sich auch wie minimale Teilchen im Wasser auflösen und es grauenvoll kontaminieren. Müsste ich denn jedes Mal, wenn ich zur Toilette gehe, anschließend die Papierreste in den Kücheneimer werfen? Aber nein, den Gestank in der Küche könnte man dann nicht ertragen. Man könnte nicht mehr dort essen...

Es sei denn, man würde alles in gepanzerten Kisten wie Überraschungstüten einpacken und dann in die Küche mitschleppen. Aber auch dann... Diese Aktion würde mich meine letzten Kräfte kosten. Und ich denke, auch die Papiertaschentücher sind nach meiner alten Gewohnheit auf der Toilette besser aufgehoben,. Vielleicht sollte man extra eine Rumpelkammer für solche Pakete einrichten, doch dann wäre das Leben noch komplizierter, jedes Mal nach dem Naseputzen oder Zur-Toilette-Gehen in das Kämmerchen zum entsprechenden Paket zu laufen. Egal wie man es organisiert, scheint es auf jeden Fall verkehrt zu sein."

Isidro seufzt etwas verlegen: „Machen Sie sich nicht so viele Sorgen, wir sind alle keine Umwelt-Experten. Aber es würde schon viel helfen, wenn Sie ein paar Sachen zu den

Containern bringen würden. Wie Sie sagten, das Böse kommt immer wieder auf den Verursacher zurück, und wir haben alle etwas davon, wenn wir die Luft weiter atmen und das Wasser weiter trinken können."
Ich nicke, aber ich will ihm nicht erzählen, woran ich denken muss.
Die Jagd nach Gesetzesbrechern ist noch im Anfangsstadium, noch werde ich verschont als Kriminelle, weil die ökologischen Anforderungen und Empfehlungen ziemlich locker und ungenau sind. Man appelliert lediglich an den freien Willen der Bürger. Aber die Tatsache, dass Sergio und ich rauchen, ein Phänomen, das in den 70er Jahren als ganz legitim und natürlich angesehen wurde, macht uns jetzt schon zu Kriminellen. Bald werden wir verhaftet oder in die Isolation verbannt.
Isidro betrachtet unsere Zigaretten schon missbilligend und knurrt etwas über unsere schlechte Gesundheit, dass wir die Luft verpesten und den „passiven Raucher" auch schädigen. Allein wegen des Rauchens bin ich bereits eine Ökoverbrecherin. Aber noch steht keiner hinter mir und kontrolliert jede meiner Handlungen, dass ich meinen Müll nicht richtig zu sortieren weiß.
Kann ich der Menschheit tatsächlich Böses tun bloß durch meine Oberflächlichkeit, indirekt und aus der Ferne auch wenn ich nur zu Hause bleibe und keinen störe? Damals war so eine Gefahr gar nicht gegeben, es gab keine so große Umweltverschmutzung und man wusste auch zu wenig von solchen Sachen. Es gab nicht dieses Übermaß an Plastik und Papier. Man gab brav und gehorsam die Flaschen zurück, die man bekommen hatte, und der Abfalleimer wurde nicht zum Bersten voll so wie jetzt in nur drei Tagen. Von den teuren Abfalltüten braucht man jetzt nicht nur eine pro Woche, sondern zwei und manchmal auch die Hälfte einer dritten. Und

wenn ich den Gesetzen der Ökologie religiös folgen wollte, dann brauchte ich vier, um alles gründlich zu verteilen.

Dann gibt es diese unsichtbaren, geheimnisvollen und verräterischen Strahlungen, die so viele Schäden anrichten können, obwohl man nicht genau weiß, inwieweit sie so gefährlich sind. Mein Mann mit seinem Herzschrittmacher muss sich auf jeden Fall in Acht nehmen und die Küche verlassen, wenn ich die Mikrowelle anstelle. Erst wenn sie aufhört, darf er wieder rein. Dann rufe ich laut: „Jetzt darfst du wieder zu mir kommen."

Aber wer weiß, ob ich nicht auch in Gefahr bin? Auch Handys in unserer unmittelbaren Nähe zu haben, soll ungesund sein. Meine Schwägerin Martina hält ihr Handy immer eingesperrt in einem Zimmer am anderen Ende der Wohnung, ganz weit weg von sich, wie ein tollwütiger Hund; das Ergebnis ist, dass sie nie erreichbar ist. Diese unheimlichen Wellen, die man nicht sehen und nicht fühlen kann, die aber überall durch die Luft flattern! Und wir können gar nicht mehr ohne sie leben, ohne die guten und die schlechten Wellen: Internet, Radio, Telefon, Mikrowelle.

Unsere täglichen Rituale lassen sich auch durch die Wellen bestimmen. Wir fangen den Tag an mit Geräten, die wie unsere heilig gesprochenen Haustiere sind. Wir gießen nicht mehr Pflanzen und Blumen wie damals, sondern heutzutage achten wir darauf, immer unsere Akkus zu laden, vom Laptop, vom Aufnahmegerät, vom Handy, vom Kofferradio für den Garten abends. Meine Güte! So viel Laden! Ich bin des modernen Lebens müde. Nur Kabel, Stecker überall.

Wir sind die Stromversorger, die Strompflegeeltern von Kreaturen, die ohne Strom nicht funktionieren und uns im Stich lassen würden. Ich rieche nicht nach Blumen, sondern nach Strom, nach Akkus und Maschinen, wahrscheinlich bin ich fast eine Maschine? Die geräuschlosen, aber existierenden Wellen

überall sind wie das damalige Vogelgezwitscher. Die Akkus sind unsere Lebensader. Wenn ein Akku verbraucht ist, dann geht nichts mehr. Die Fernbedienung meines Fernsehens ist stumm wie ein toter Vogel.
Und wie soll man den ganzen elektronischen Müll loswerden, wohin ihn wegschmeißen? Die alte Waage, die nichts mehr taugt, die CDs, die Schrottteile des lange nicht mehr arbeitenden Computers? Auch da gibt es strenge Vorschriften. Unbedingt die dafür vorgesehenen Orte aufsuchen und nicht zusammen mit dem üblichen Zeug in den Abfalleimer werfen. Sonst würden sich die Wellen an uns rächen und uns Unglück bringen, wie wenn jemand uns verflucht.
Isidro muss sich wieder beeilen und mich mit meinem Verbrechen alleinlassen. Ich bestehe auch nicht sehr darauf, ihm weiteres zu erzählen, denn logischerweise habe ich Angst vor Strafen und peinlichen Situationen; ich will nicht verurteilt werden und im Gefängnis landen. Am besten gehe ich zu Sergio und erzähle ihm über mein schlechtes Gewissen. Er wird mich wenigstens nicht in der Öffentlichkeit verraten.
Ich besuche meinen Mann in seinem Arbeitszimmer, wo er in seinem Rollstuhl vor dem Schreibtisch sitzt.
„Sergio, ich muss dir wieder etwas beichten."
„Was ist denn jetzt, Gaby?"
„Ich schäme mich meines Verbrechens heute morgen."
„Was hast du getan? So wie ich dich kenne, ist es eine Lappalie ohne Bedeutung. Du bist eine gute Frau, du hilfst den Nachbarn, wenn du kannst, und mir in meiner schwierigen Lage."
„Aber es mag sein, dass auch etwas Böses in mir steckt, und gerade in diesen Kleinigkeiten, mit denen ich den Menschen und mir selbst schaden kann, ohne dass es bemerkt wird, finde ich meinen Ausgleich. Heute morgen war ich in großer Eile. Tat ich es vielleicht unbewusst? Oder war es ganz

bewusst und absichtlich?"
Er nickt unbeeindruckt.
„Es ist wieder eines deiner kleinen Verbrechen gegen die Umwelt?"
„Ja. Aber es ist auch ein großes Verbrechen, so gesehen."
Ich erinnere mich daran und habe Angst vor mir selbst und meiner versteckten Macht, die die anderen so sehr unterschätzen. Ich nahm den Abfalleimer und packte alles schnell und rücksichtslos hinein: Ein Medikament, das ich nicht mehr nehmen wollte, zwei CDs, ein Stück Fleisch von gestern, meine kaputten Strümpfe, Zigarettenkippen, drei Seiten aus einer Zeitung, Reste von Brot, ein paar Oliven, Eierschalen und ein Stück Karton aus einer Verpackung, eine gebrochene Suppentasse, zwei Taschentücher meiner letzten Erkältung und ein paar Haare aus meinem Kamm.
Dieses ganze Gemisch, das Durcheinander, ekelte mich an, aber ich hatte jetzt keine Lust, das ganze für die Umwelt zu präparieren und zu ordnen. Ich musste zum Zahnarzt und der Abfall musste raus. Aber natürlich hätte ich das alles gestern mit mehr Zeit vorbereiten können. Jetzt wollte ich den ganzen Inhalt nicht mehr sehen, nur alles irgendwo liegen lassen und davon weg laufen.
Sergio fasst meine Übeltat wie folgt zusammen: „Du warst wieder unvorsichtig mit dem Müll? Du kleine Verbrecherin! Du willst uns alle töten, nicht wahr?"
Er meint es ironisch und findet meine Handlung nicht so gravierend, gerade weil alles so im Nebel bleibt, so undurchschaubar und ohne unmittelbare Konsequenzen. Das ist das Erschreckende an unserer Zeit, wir sind nicht böse, sondern denkfaul und uneinsichtig. Wir spielen wie die Kinder mit Atom und mit diesen rätselhaften Wellen, deren Gefahren wir nicht ganz abschätzen können.
Ein dunkler wilder Seufzer, dem einer Hexe nicht unähnlich,

kommt aus mir heraus. Ich sage zu Sergio: „Töten will ich nicht. Aber ich habe keine Lust mehr, uns zu schützen und zu retten."

Marie und die vielen Freunde

„Wie viele seid ihr genau?"
„Vierunddreißig."
„Wunderbar! Nie hatte ich mit so vielen Menschen zusammen gesprochen. Und es kommt mir so vor, als wäret ihr nur ein einziger; so beruhigend und unkompliziert ist eure Gegenwart. Kaum Rauch, kaum Geräusche, keine Missverständnisse, obwohl wir so viele sind. Jeder hört dem anderen zu, lächelt und spricht laut und deutlich für uns alle wie in einem Vortrag. Wir alle sprechen auch laut und deutlich, damit kein Wort verloren geht.
Gewöhnlich habe ich Angst vor großen Gruppen, die immer nur unter sich reden und mich gar nicht beachten. Ich habe eine Abneigung gegen das verworrene Geflüster vieler gleichzeitig laufender Gespräche, die man kaum verstehen kann. Aber jetzt sind wir wirklich zusammen. Der Raum scheint klein und gemütlich zu sein, und kein Mensch bleibt unbeachtet. Ich habe so etwas ähnliches noch nie erlebt. Ich könnte ohne Hemmungen durch den Raum gehen, ohne Angst zu stolpern oder etwas umzulaufen, trotz meiner Blindheit. Ich könnte jeden von euch an die Hand nehmen, eure Stirn oder andere Teile eures Körpers suchen und euch einen Kuss geben."
„Ja. Du kannst meinen Bauch vertraulich anfassen, um zu sehen, wie dick ich geworden bin."
„Ich kann euch endlich meine versteckten Tränen zeigen, ohne Schamgefühl, als bestünde kein Zwang mehr zur Verstellung, keine körperliche Trennung mehr zwischen uns allen... Gewöhnlich hat man Angst, zu intim zu werden, aber jetzt scheint es mir Unsinn, dass ich so viele Jahre zurückgezogen gelebt habe. Es scheint, als ob ihr in meiner

Geburt und in meinem Tod, in all den Stunden, als ich dachte, dass ich allein sei, doch mit mir gelebt hättet und ein Teil von mir geworden wäret."

„Woher kommt diese plötzliche Euphorie, meine Liebe? Hast du vielleicht Fieber? Oder hast du ein Rauschgift genommen?"

„Ich weiß es nicht. Ich versinke in die Masse und will mein individuelles Wissen an euch abtreten. Ihr könnt meine Hände fühlen, ob sie heiß sind. Ihr habt meine Erlaubnis, näher zu kommen. Ich habe mir eure Nähe immer gewünscht.

Ich kann nicht einmal den Ort ausmachen, an dem wir uns jetzt befinden. Ist es eine Kneipe, eine Kirche oder eine Straßenbahn voller Körper, die sich berühren? Die Betrunkenen glauben an Brüderschaft, umarmen sich mit grotesken Versprechungen der Freundschaft. Der religiöse Gedanke, dass wir alle miteinander Geschwister sind, wird in der Kirche ausgesprochen. In der Straßenbahn erfahren wir auch, dass wir alle biologisch gleich sind, aus Blut und Knochen bestehend, dass wir alle platzfüllende, riechende, unbekannte Brüder und Schwestern sind.

Aber das hier ist etwas anderes... Es ist kein wegen Körperhäufung aufgezwungener Kontakt. Morgen werdet ihr mir nicht sagen, dass ihr mich nicht kennt, wie die Betrunkenen, wenn sie nüchtern sind. Und es ist schöner noch als in der Kirche, in der die Mitmenschen sich nur sekundenlang während des Singens und Betens die Hand reichen, um die Vereinigung der Kinder Gottes zu feiern.

Ich möchte mir eure Geschichten anhören, eure Namen erfragen, 34 plötzlich geliebte Bezeichnungen; ich möchte die ganze Welt einbeziehen. Möchte wissen, ob deine Haare länger sind als meine. Ich wünsche mir aus deinem Glas zu trinken. Ich will nicht sitzen, während ihr steht; ich will auch in eurer Mitte Schulter an Schulter mit euch stehen. Ich möchte euch einen Tropfen meines Lieblingsparfüms geben. Ich hoffe, dass die Flasche für uns alle reicht. Und ich möchte euch mein Lieblingsgedicht vorlesen."

„Du bist reizend gut zu uns, Marie, und wir heißen dich willkommen in unserer Gemeinschaft als unsere Schwester. Gern nehmen wir dein Parfüm und dein Gedicht an."

„Natürlich kannst du meinen Bauch und mein Haar anfassen und fühlen, Marie. Und wenn wir irgendwann alle zusammen in einem Massengrab liegen, werden wir uns an diese Minute der Verständigung und der körperlichen Berührung erinnern."

„Sei ein Teil von uns, wie wir einer von dir sind. Es gibt nichts Einfacheres, als dich in unsere Mitte zu stellen, Marie. Verlass den Stuhl in der Ecke und bleib an meiner Seite stehen. Du wirst verehrt und geliebt wie eine kleine Göttin, unsere kleine, blinde Göttin. Wir werden dir das Sehen zurückgeben, werden dir alle helfen zu sehen, weil du aus uns allen entstanden bist, wie wir aus dir."

„Ich heiße Stefan und bin Verwaltungsangestellter, Marie."

„Ich heiße Martina und bin 19. Du kannst aus meinem Glas trinken, wenn du willst. Ich werde euch alles erzählen, was ich mit dem Geld, das ich geerbt habe, mache."

„Ich will euch erzählen, was mit meinem Mann los war und warum er die Tür nicht aufmachen wollte. Meine Schwiegermutter hatte so viel von Einbrüchen gesprochen, ihr versteht es ja."

„Du darfst nie wieder weinen, Marie, und behaupten, dass du keine Freunde auf der Welt hast."

„Vielleicht seid ihr die Geister der wenigen Freunde, die ich hatte und die sich jetzt erstaunlicherweise in diesem Raum zusammen gefunden haben. Aber nein, ich erkenne keine alten Züge. Ihr seid neu, plötzlich erschienen und dadurch intensiver... Außerdem ist noch keiner meiner damaligen Freunde tot und ihr könnt keine Geister sein. Nicht wahr? Ihr seid Wirklichkeit, nichts von mir Erträumtes, oder?"

„Darauf kann ich nicht antworten. Wenn du tatsächlich Fieber hast oder Rauschgift genommen hast... Du redest auch so übertrieben und unlogisch! Du sagst zum Beispiel, dass der Raum ‚klein' sei; wieso gibt es dann Platz für 34 Leute?"
„Ich habe ‚klein' im Sinne von ‚gemütlich' gemeint. Ich weiß nicht genau, wie der Raum aussieht. Wichtig ist, dass wir alle zusammen sind. Je mehr Leute es gibt, die mich lieben, desto kleiner und gemütlicher scheint mir der Raum."
„Aber du kannst nicht mit 34 Leuten sprechen, als wenn es nur drei oder vier Menschen wären. Die Größe und die Menge sind sehr wichtige Umstände. Die Sprache ändert sich radikal, wenn man mit einer großen Gruppe, mit der Masse, spricht. Und du verhältst dich, als wärest du in deinem kleinen, intimen Freundeskreis.
Deine Charakterisierung einer Masse von 34 Menschen ist unnatürlich. Sicherlich wird geraucht; es laufen viele Gespräche nebeneinander und es wird vieles missverstanden. Glaubst du, dass dir alle zuhören, nur dir? Unmöglich! Die Aufmerksamkeit der Leute wechselt ständig ihren Gegenstand. Martina und der Verwaltungsangestellte reden jetzt miteinander über das Haus, das das Mädchen auf dem Lande besitzt. Die drei neben dem Fenster streiten sich, weil sie Hunger haben und schlecht gelaunt sind."
„Ich bin nicht eifersüchtig oder gekränkt, dass sie mich ab und zu vergessen. Unter so vielen Menschen gibt es immer einen im Raum, der weiß, dass ich da bin. Ich fühle mich bestärkt und beschützt von einer Gemeinschaft, die mich nicht abstößt, die mich streichelt und liebt. Sie bedecken mich mit Wärme und Liebe. Sie wissen, dass ich sie brauche, und deshalb spricht immer der eine oder der andere zu mir, damit ich mich nicht wieder allein fühle."
„Aber wie kannst du so viele und so undifferenziert lieben? Und wie können sie dich lieben, wenn sie dich gar nicht

kennen?"

„Doch, wir sind Geschwister. Warum immer dieser Abstand, dieses diesen oder jenen ausschließen? Ich will alle freudig in mein Herz aufnehmen. Ich will mich frei fühlen und keine Hemmungen mehr haben. Ich will mich wie die Schwimmer am Strand bewegen können, die fast nackt erscheinen, ohne Scham zu empfinden. Ich habe es satt, immer dieses Grübeln, diese Parodie der Kommunikation, bei der mir keiner was sagt und ich kaum etwas sagen darf. Das ist noch viel schlimmer als nicht sehen zu können."

„Ja, Schwester, wir grüßen dich voller Liebe und Verständnis. Wir nehmen dich auch freudig in unsere Herzen auf. Komm herein und fühl dich zuhause."

„Was feiern wir heute? Warum seid alle so munter?"

„Deinen Geburtstag. Deshalb sprechen wir alle der Reihe nach zu dir, damit du trotz der vielen Stimmen nicht durcheinander kommst."

„Wir freuen uns, dass du geboren wurdest."

„Ich stand an deiner Wiege, als das geschah."

„Alle Menschen, nicht nur die Kinder, haben Geschenke gerne. Wenn du rechts auf dem Tisch fühlst, wirst du viele Pakete für dich finden."

„Aber nicht wegen der Geschenke habe ich euch eingeladen, sondern weil ich mit jemandem reden wollte."

„Warum brauchst du so viele Menschen? Warum hast du nicht nur zwei oder drei geholt, denen du deine Geheimnisse hättest erzählen können?"

„Nein. Zum ersten Mal brauche ich die Masse. Ich will mich nicht so sehr an zwei oder drei ungeheuer wichtige Gestalten klammern und zu abhängig von ihnen werden. Ich will keine geschlossenen Türen und keine Geheimnisse, sondern mit der ganzen Welt reden."

„Aber du gibst deine Persönlichkeit nicht auf. Du akzeptierst

die Masse nicht so wie sie ist, sondern machst einen auserlesenen Kreis aus ihr, von Menschen, die dich lieben."
„Ja. Warum nicht? Ich komme zu einem Kompromiss, was die Vielfalt der Charaktere betrifft. Nur lieben sollen sie mich. Ich habe so eine Sehnsucht nach Liebe!"
„Man liebt die Fremden nicht."
„Was heißt fremd? Ich adoptiere ein Kind und heirate einen Mann. Beide kamen aus der Fremde... Aber sie waren immer bei mir, obwohl sie so neu ausschauen. Ich verabscheue die Gleichgültigkeit und das Misstrauen zu den Fremden. Martina, ist dein Vater auch im Raum?"
„Ja."
„Hat er schon mit mir gesprochen?"
„Noch nicht. Aber hier ist er und gibt dir die Hand."
„Als was arbeitest du, Martinas Vater?"
„Ich bin Fliesenleger."
„Und ich bin Verkäuferin, Schwester. Ich bin Martinas Mutter."
„Freut ihr euch auch, dass ich geboren wurde?"
„Aber sicher. Deine Blindheit hat uns leid getan, aber wir wissen, dass du noch vieles auf der Welt tun kannst."
„Ja, besonders, wenn man in so eine schöne Welt hineingeboren wird. Und ihr glaubt es doch, dass ich es zu etwas Positivem im Leben bringen werde?"
„Na klar. Wir anderen, wir haben auch unsere Gebrechen. Ich bin gelähmt. Ich bin der Verwaltungsangestellte."
„Und ich bin kurzsichtig. Ich bin seine Verlobte, Eugenie."
„Es gibt noch jemanden in diesem Raum, der mit dir Geburtstag hat. Er steht hinter mir. Es ist dein Bruder Karl."
„Herzlichen Glückwunsch, Karl. Ich heiße Marie und will dir einen Kuss geben. Wie alt bist du geworden, Karl?"
„Siebzig."
„Auf dem linken Tisch sind die Geschenke für Karl."
„Ihr könnt schon mit dem Auspacken anfangen, wir sind

neugierig auf eure Reaktion."
„Natürlich sind die Gegenstände für Karl ganz anders als die für dich. Er ist ein 70-jähriger Mann, während du..."
„Warum hast du Rauschgift genommen? Wer hat dich in diesen Zustand von visionärer Überspannung versetzt?"
„Ganz im Gegenteil. Gerade jetzt bin ich ruhig und fühle mich wohl."
„Und doch hast du etwas genommen... ein Schlafmittel vielleicht. Du bist unverkennbar in einem Rauschzustand."
„Oder du hast tatsächlich Fieber. Deine Hände sind sehr heiß. Bist du denn krank geworden, Schwester?"
„Was ist mit dir los? Warum glaubst du, dass so viele Leute in dem Raum sind?"
„Ich habe sie nicht gezählt. Jemand hat 34 gesagt."
„Erzähl, was dir geschehen ist."
„Ja, etwas ist geschehen, aber ich weiß nicht genau, was. Ich habe viel geweint, und am Ende bin ich eingeschlafen. Ich wollte gewiss Tabletten nehmen, aber leider habe ich keine gefunden."
„Warum warst du so verzweifelt?"
„Ich will es euch erzählen, weil ihr meine verständnisvollen Freunde seid. Es gibt einen Mann, von dem ich seelisch und körperlich zu abhängig bin. Ich bin ihm ganz ausgeliefert. Ich weiß, dass es falsch ist, meine eigene Identität immer seiner unterzuordnen; aber ich kann es nicht ändern. Ich bin nur glücklich, wenn er bei mir ist, bin traurig, wenn ich sehe, dass er sich von mir entfernt und sich anderen Gegenständen und Menschen zuwendet, dass unsere Gemeinsamkeiten immer weniger werden.

Keine Vernunft kann mich retten, auch wenn ich versuche, mich zu zerstreuen und an etwas anderes zu denken. Ich bin das Opfer einer Leidenschaft, die seltsamerweise mit den Jahren und nach viel Stabilität und Eingewöhnung eher steigt als nachlässt. In der Nacht kann ich nicht schlafen, wenn er nicht im Bett neben mir liegt. Ich erlebe schmerzhafte, fiebernde Stunden, bis er endlich kommt. Dann atme ich mit Erleichterung auf, auch wenn er kaum mit mir spricht und wir uns nur in unserem weichen, wunderbaren Bett, erschöpft und selbstvergessend ausruhen.

Die Erleichterung, die seine Nähe mir gibt, ist unbeschreiblich, und sicherlich muss etwas von der erhabenen Ruhe nach dem Tode darin sein. Es ist, als wenn eine große Gefahr von mir abgewendet worden wäre. Doch eine andere Gefahr ist es auch, dass ich mich zu sehr in die Betrachtung seiner Handlungen vertiefe, dass ich unfähig bin, ein eigenes Leben zu führen, dass ich für mich selbst nicht zähle und nur er zählt... mit seinem Kommen und Gehen.

Wie unbequem muss es für ihn sein, zu wissen, dass jemand immer auf ihn wartet und sich nach ihm sehnt! ‚Einengend' nennt er das. Aber ich kann nicht anders als Warten, wie Cocteaus Geliebte in jenem Theaterstück... (Wie hieß es noch?) Und das Warten macht mich hysterisch. Er kommt und kommt nicht ins Schlafzimmer. Er bleibt wie so oft in einem anderen Teil der großen Wohnung, schaut sich Filme an, hört Musik, telefoniert mit Leuten. Er ist trotz meines wiederholten Rufens unerreichbar.

Manchmal gehe ich zu ihm, aber der Film, die Musik oder das, was er am Telefon sagt, gefallen mir wenig. Er hat viel getrunken und weiß ja kaum, dass ich bei ihm sitze. Am Ende werde ich wütend und schreie ihn an: ‚Dann kannst du hier im Wohnzimmer schlafen.' Ich hole seine Bettwäsche aus dem Schlafzimmer und werfe sie zornig auf die Couch. Dann versuche ich, unabhängig von ihm in meiner Einsamkeit zu schlafen und zu leben. Aber ich kann es nicht, ich schaffe es nicht. Und nach ein paar Minuten gehe ich wieder zu ihm, nehme seine Decke und sein Kissen zurück zu meiner eigenen Bettwäsche, bringe sein verlorenes Kissen zu meinem Kissen froh, dass wenigstens diese äußerliche Vereinigung wiederhergestellt werden kann.

Und dann... wie ein regressives, unbeholfenes Kind, das keine Zufluchtsmöglichkeiten und keine Entwicklung nach vorne weiß, suche ich Schutz in seinen Armen. Dort bleibe ich lange Zeit, ohne mich zu bewegen. Wie lächerlich unwürdig klein bin ich geworden! Anhänglich wie ein Kind, mit einem fast krankhaften Bedürfnis nach Liebe und Zärtlichkeit, bleibe ich in seiner automatischen Umarmung willenlos und frierend gefangen, unfähig etwas anderes zu tun, als seine Nähe zu spüren.

Am Ende trennen wir uns; aber ich kann den Raum nicht verlassen, in dem er ist. Ich lege mich auf die Couch hin und warte wieder, bis er undeutlich und halbschlummernd sagt: ‚Gehen wir schlafen.' Ich weiß, dass es nicht gut ist, einen Menschen so stark zu lieben. Aber ich folge meinem Impuls und lasse meine Anhänglichkeit wachsen. Doch jetzt ist alles anders, schöner... denn ihr liebt mich auch, nicht wahr? Ich werde nie wieder allein gelassen werden."

„Wie ist er überhaupt, dein Schatz? Wir wollen ihn auch kennen lernen. Er soll hierher kommen und deinen Geburtstag mit uns feiern."

„Wir werden ihm sagen, dass er dich lieben soll, denn du hast es ja wirklich verdient."

„Nie habe ich so gute Freunde wie euch gehabt."

„Bist du nicht ein wenig verrückt, eine Visionärin, liebe Marie?"

„Es kann durchaus möglich sein. Andere Menschen haben Visionen von einem Gott; ich dagegen sehe euch... meine Geburtstagfeier mit zwei Tischen voller Geschenke: Die einen für Karl, die rechts für mich. Aber besser als alle Geschenke seid ihr und eure Stimmen. Ihr, meine vielen Geschwister, die vielen Freunde..."

Ein Weihnachtsmann für die Erwachsenen: Revolution

Es war einmal der ursprüngliche, der echte Weihnachtsmann, nicht einer seiner Millionen verkleideten Vertreter. Eines Tages machte er sich Gedanken um die Erwachsenen. Er hatte gesehen, wie rührend sie sich um die Kinder kümmerten, wie sie tagelang Weihnachtsüberraschungen vorbereiteten, wie sie den Weihnachtsbaum kunstvoll schmückten und schöne Geschenke besorgten. Sie verdienten wirklich eine Belohnung, dachte der Weihnachtsmann, und machte sich voller Begeisterung an die Arbeit, wie ein liebevoller Großvater.
Er erfuhr von einer sehr armen Familie, Familie Stiller, einem Rentnerehepaar mit einem kranken Sohn und zwei Enkelinnen, die um die zwanzig waren, aber sehr wenig von ihrer Jugend hatten wegen der traurigen Familienumstände: Tod der Mutter, Arbeitslosigkeit des Vaters und ihrer eigenen stupiden Beschäftigung am Fließband.
Der Weihnachtsmann kaufte einen Weihnachtsbaum für seine Schützlinge und behängte ihn mit unzähligen Süßigkeiten. Darunter lagen Kleidungsstücken, besonders mit hübschen Kleidern und Hosenanzügen für die beiden Mädchen; aber es gab auch Medikamente für den kranken Vater und dekorative Gegenstände für die Wohnung: Eine Venus von Boticelli, eine festliche Tischdecke, einen Teppich und eine Lampe für das Wohnzimmer, das sonst immer sehr dunkel geblieben wäre. Und in einen wohlriechenden Umschlag mit einigen poetischen Zeilen über die Geburt Jesu steckte er ziemlich viel Geld für die alten Leute, die aufgrund ihrer Jahre wahrscheinlich am besten damit umzugehen wussten.
Die Kinder aller Welt hätten sich gefreut, hätten sie die Überraschung und das Glück der Erwachsenen sehen

können. Sie tanzten aufgeregt um den Weihnachtsbaum herum und stießen Freudenschreie aus, besonders die jungen Mädchen, Roswitha und Anja. Alle umarmten sich, und ohne zu wissen, wem was gehörte und von wem sie es hatten, gaben sie sich gegenseitig die vielen Päckchen, öffneten sie und erforschten den Inhalt, während die hartnäckigen, aber im Grunde nachgiebigen Papierschleier endlich fielen und alles enthüllten.

Das Schönste aber war das Wunder der Plötzlichkeit. Der kahle Raum hatte sich über Nacht völlig verändert und enthielt auf einmal ein Stück Himmel: Den Baum und die Geschenke. Und es war auch gut, dass sich keiner von den Stillers bei einer Wohltätigkeitsorganisation zu bedanken brauchte. Denn der Weihnachtsmann hatte ihnen einen Brief geschrieben, in dem er bedauerte, nicht selber erscheinen zu können: „Leider bin ich verhindert, mit euch zusammen zu feiern, aber ich habe euch all das gebracht, weil ihr einmal Kinder gewesen seid und an mich geglaubt habt!"

Nach diesem großen Erfolg ärgerte sich der Weihnachtsmann, dass er die Erwachsenen so lange vernachlässigt hatte. Er entschied sich, viele arme Familien, egal ob kinderreich oder kinderlos, und auch allein stehende Menschen zu besuchen. Doch allmählich merkte er, dass er sich zu viel vorgenommen hatte. Es war eine tierisch mühsame Arbeit damit verbunden, schlimmer noch als die eines Pferdes, weil er so viele Menschen in so kurzer Zeit sehen musste.

In Indien, Afrika, Asien und Lateinamerika schmückte er den Weihnachtsbaum nur noch mit Lebensmitteln, keinen Kugeln und Schleifen mehr, und am Ende wurde sogar der Baum überflüssig, denn viele konnten mit der Weihnachtstradition gar nichts anfangen. Dass er so wenig Überraschungen aussuchen durfte und es so wenig Raum für originelle Ideen, für Schönheit gab, verdarb ihm die Freude des Schenkens.

Außerdem fragte er sich immer wieder, ob es richtig sei, dass die Leute nur zur Weihnachtszeit eingekleidet und gefüttert wurden? Er wollte das ganze Jahr und in allen Ländern helfen, die in Not waren, zum Beispiel nach dem Tsunami in Thailand 2004 oder der Atomkatastrophe in Fukushima in unserem Jahre 2011.

Voller Sorge und Unruhe sprach der Weihnachtsmann mit dem Christkind und wollte klare Hinweise bekommen, wie er sich in Zukunft zu verhalten habe. Aber das Christkind kann bekanntlich wenig Auskunft geben, denn es ist noch unerfahren und jung. Es lächelte den Alten an und sagte: „Der Weihnachtsmann ist ja nur für die Kinder!"

Der Alte meinte traurig:

„Ja, ich habe meine Kompetenzen überschritten. Ein Weihnachtsmann ist kein Retter der Menschheit, soll ich das so verstehen? Die Kinder essen mich als Schokoladenfigur wie den Osterhasen. Ich bin nur zum Spaß da."

Aber er konnte der Versuchung nicht widerstehen, den Menschen zu helfen und Freude zu bringen. Die falsche Verteilung der Güter war ihm unangenehm. Warum hatte der eine fünf Stereoanlagen und der andere nicht einmal ein Radio?

Eines Tages ging er in seinem Eifer so weit, dass er nicht nur materielle Geschenke bringen wollte, sondern auch Schicksalshilfen, damit die Menschen eine wirkliche Veränderung, nicht nur eine Scheinveränderung, erleben konnten. Wichtige Kernbedürfnisse und Wünsche sollten endlich in Erfüllung gehen. Das Christkind machte spielerisch mit, da es sah, wie sehr sich der Weihnachtsmann freute, gewisse Träume zu erfüllen. Doch diese freiwillige Zunahme seiner Aufgaben als Fürsprecher der Erwachsenen wurde dem Weihnachtsmann mit den Jahren auch zur unerträglichen Last.

„Christkind, ich bin verzweifelt. Ich glaube, ich handle nicht richtig in deinem Namen. Ich mache uns alle im Himmel lächerlich, weil ich zu sehr in irdische Angelegenheiten eingreifen will. Die Erwachsenen sind so vielen Stürmen in ihrem Inneren ausgeliefert, sie sind kompliziert und inkonsequent!"

„Was ist denn passiert?", fragte das Christkind. „Sei doch nicht so ernst und so melancholisch! Du verdirbst mir die ganze schöne Weihnachtszeit mit deinen ewigen Problemen!"

„Frau Klaus wollte unbedingt ihren Führerschein machen", erklärte der Weihnachtsmann. „Es war, als würde die vor Kummer sterben, wenn sie dieses Ziel nicht erreichte. Davon hing ihr ganzes Selbstbewusstsein als moderne Frau ab. Ich half ein bisschen mit, denn sie hatte mir ihren Wunsch auf einen Zettel geschrieben. Jetzt aber beschwert sie sich tausendfach, weil sie gestern einen Unfall mit ihrem Auto gebaut hat und im Krankenhaus liegt. Sie wiederholt wie eine Wahnsinnige: ‚Hätte ich meinen Führerschein bloß nicht gemacht!'

Frau Martens wollte unbedingt ein paar Kilo abnehmen. Sie hat mir schon seit vier Jahren den gleichen Wunsch auf den Zettel geschrieben. Es war ihr sehr ernst damit. Es war nicht aus Eitelkeit, sondern ein psychisches Bedürfnis. Sie konnte ihre Fettleibigkeit nicht mehr ertragen. Und am Ende hatte ich Mitleid mit ihr. Aber jetzt beschwert sie sich, enttäuscht, weil es ihr doch nicht so viel gebracht hat, wie sie sich gedacht hatte. ‚Die anderen bemerken es gar nicht. Dass ich schlanker bin, macht keinen Unterschied. Sie mögen und lieben mich deshalb nicht mehr!'

Ähnliches ist auch mit Herrn Acevedo, einem Spanier, passiert. Immer wieder äußerte er seine Sehnsucht nach einer neuen Wohnung, in der er mit Frau und Kind, ohne die Schwiegereltern, in Ruhe leben könnte. Jetzt hat er eine, aber sie sind noch immer unzufrieden, denn sie scheinen sich nicht

mehr zu verstehen. Vielleicht kam die neue Wohnung einfach zu spät?
Christkind, ich glaube, ich muss aufgeben. Aber die Passivität widerstrebt mir. Ich möchte kein Weihnachtsmann mehr sein, wenn ich die Menschen nicht mehr beschenken darf!"
„Du kannst der Frau Klaus ein neues Auto schenken und eine bessere Behandlung im Krankenhaus, damit sie sich gut erholt", beschwichtigte das Christkind. „Als Überraschung für Frau Martens kannst du einen Plan vorbereiten, damit sie einen Verehrer findet, der sie liebt. Und für Herrn Acevedo und seine Frau schaffst du einfach ein paar Dinge an, damit sie sich wohler in ihrer Wohnung fühlen. Ein paar neue Bilder, eine komfortable Küche und weitere Möbel. Jetzt ist die Wohnung zu leer, wie ich gesehen habe. Sei wieder aktiv, es gibt immer Möglichkeiten, Gutes zu tun!"
„Du bist sehr oberflächlich, mein Kind! Wenn du erst älter bist, wirst du auch noch deine Erfahrungen machen. Es sind ja nicht nur ein paar Privatprobleme zu lösen! Es ist die überwältigende Mehrheit der ganzen Welt, der es schlecht geht: Armut, Hunger, Prostitution, Kriege, Terrorismus, Vergewaltigungen, Verbrechen aller Art, Krankheiten. Manchmal denke ich, ich sollte wieder geboren werden und mich zum Papst ausbilden lassen, was meinst du?"
Das Christkind war nicht sonderlich erfreut und sagte: „Das können wir nicht empfehlen!"
„Oder zu einem Buddha, einem Marx, einer Rosa Luxemburg, einem Tolstoi? Oder ich werde zu einem Revolutionär des 21. Jahrhunderts. Es gibt so viele Revolutionen heutzutage, und sie sind irgendwie anders als die früheren, verzweifelter, zielloser, andauernder. Ich habe viele Demonstrationen gesehen: ‚Occupy Wall Street', ‚Los Idignados' in Spanien, die dem Ruf von Stéphane Hessel folgten, ihre Empörung gegen die Verletzungen der Menschenrechte zu zeigen; und die

Aufstände in den arabischen Ländern, wo zum ersten Mal Diktatoren und Militärs vom Volk gestürzt werden. Gefallen sind sie, überraschend schnell, wie die Haare der Menschen nach einer Chemotherapiebehandlung. Naja, so schnell dann auch wieder nicht.
Alles ist so widersprüchlich und voller Gegensätze. Tötung ohne Ende, Blutvergießen, dann das Feiern der Befreiung. Tagelanges Jubilieren der Jugend auf dem Tahrir-Platz in Kairo. Dann wieder neue Tote, erneutes Feiern. Die verwirrten Journalisten in Libyen wissen nicht (bis zum Tode Gaddafis), was sie berichten sollen, ob Tripolis schon in die Hände der Rebellen gefallen ist oder noch nicht.
In Italien protestiert man gegen Berlusconi, in Griechenland gegen die Banken. Viele protestieren gegen die Reichen, die Politiker, Europa, die Rechtsradikalen. Manchmal hätte ich Lust dazu, selbst auf die Straße zu gehen und meine Stimme gegen all diese Ungerechtigkeit zu erheben!"
Endlich wurde das Christkind nachdenklich und sagte: „Ich verstehe schon, was du meinst. Aber bleib so wie du bist. Deine Rolle als Weihnachtsmann ist sehr wichtig. Ohne dich würden wir unsere Kindheit vergessen."
„Aber ich bin so erschöpft, so begrenzt! Außerdem bin ich so vertrottelt und senil geworden! Weißt du, was mir gestern passiert ist? Die Stillers - du weißt ja, das ist meine Lieblingsfamilie, die erste, die ich damals besucht habe - schreiben mir immer ihre Wünsche auf Zettelchen, die ich in meinem dicken Postsack sammle, um sie danach mit meinem Vergrößerungsglas zu entziffern. Roswitha schreibt, dass sie sich vor allem nach einem Freund sehnt; sie sieht keinen Sinn mehr in ihrem Leben und wünscht sich ihre Periode zurück. Schon seit einem Jahr bekommt sie sie nicht mehr trotz ihrer Jugend, wie eine Lähmung der Natur, die mit dem Tod ihrer Mutter begann.

Anja, die Schwester, hat schon einen Freund. Jetzt wünscht sie sich mit aller Macht ein Kind. Sie sieht dich und deine heilige Mutter im Stall von Bethlehem, betrachtet euch mit sehnsüchtigen Augen und streckt ihre Hand aus, um euch zu streicheln. Sie träumt häufig von Kindern, will eines adoptieren oder sich eines im Labor machen lassen. Nur ein Kind könne ihrem Dasein Neues und Lebendiges einflößen.
Diese Ausschließlichkeit und Monothematik im Wünschen der Menschen ist beängstigend. Die Menschen sind immer von Träumen besessen, von Leitvorstellungen, die sie blind für alle übrigen machen. Andreas, der arbeitslose Vater, der jetzt gesund ist und keine Medikamente mehr braucht, wünscht sich eine ‚befriedigende und interessante Arbeit, die unbedingt etwas mit Filmen zu tun haben muss und mit einer Weltreise', welche er bald unternehmen möchte. Nur eine Weltreise könne ihm die Perspektiven eröffnen, die er brauche.
Maria, seine Mutter, wünscht sich ein kleines Haus mit Garten, in dem sie allerlei Pflanzen wachsen sehen kann. Ihr Mann David möchte ein Abonnement für Sportveranstaltungen haben, die er mit seinem alten Kumpel besuchen will: Tennis, Autorennen, Fußball, Skiwettrennen - alles live, nicht nur im Fernsehen.
Christkind, ich habe diese ganzen Wünsche gelesen und der Kopf hat mir weh getan. Meine Familie ist sehr individualistisch geworden. Jeder wünscht sich etwas anderes und es besteht kaum mehr eine Verbindung zwischen ihnen."
Der Weihnachtsmann machte eine Pause und fasste sich erschöpft an die Stirn, die von Sorgenfalten zerfurcht war.
„Aber ich wollte dir ja gerade erzählen, was für einen schweren Fehler ich gemacht habe, denn ich sprach ja eben über meine Trotteligkeit. Ich weiß nicht, ob wegen der Eile oder weil es so viele Wünsche waren ... Auf jeden Fall muss ich etwas verwechselt haben. Denn jetzt hat die alte Maria

plötzlich ihre Periode bekommen, was nach 25 Jahren Menopause ein ganz unnatürliches Phänomen ist. Sie hat große Angst, dass diese Blutung auf Krebs hindeutet.

Roswitha hat keinen Freund bekommen, stattdessen eine neue Arbeit und einen Gutschein für die Weltreise, die sich ihr Vater gewünscht hatte. Anja, die Jüngste, hat das Sport-Abonnement ihres Opas erhalten. Sie lachte spöttisch und hätte es beinahe ins Klo geworfen, denn sie interessiert sich gar nicht für Sport. Ihr Vater Andreas bekommt das Häuschen mit dem Garten. ‚Ich wollte aber doch reisen!', hat er gesagt. ‚Das ist ja wie eine Strafe Gottes!' Tja, und wer bekommt das Kind, fragst du dich? Der alte David, der im vergangenen März eine flüchtige Bekanntschaft mit einer Dame hatte, brachte es plötzlich als unerwartetes Geschenk mit nach Hause.

Du siehst, ich habe die Wünsche total durcheinandergebracht und alles verwechselt. Meistens mache ich eine Sammelbestellung bei deinem Vater, und dann werden die Gaben an die von mir vermerkten Adressaten verschickt. Diesmal habe ich wahrscheinlich die Zettel verwechselt und nicht genug auf die Namen geachtet. So kam alles wie bestellt, aber an die falsche Adresse. Schuld daran ist die Globalisierung. Ja, die Globalisierung ist an allem schuld!"

Er hätte wahrscheinlich noch lange weiter geklagt, aber das Christkind bekam einen Lachkrampf, so lustig fand es das Geschehene.

„Ich kann mir das Gesicht von Anja vorstellen, als sie das Sport-Abo sah! Aber sie kann doch mit dem Großvater tauschen? Sie kann ihm das Abo geben und dafür bekommt sie das Baby von ihm. Nur müsste man die Mutter überzeugen, dass sie es zur Adoption freigibt. Und die alte Frau Stiller wird schon merken, dass eine Periode keine tödliche Krankheit ist, und bald kriegt sie von ihrem Sohn das Häuschen mit dem Garten, und Roswitha wird auf ihrer

Weltreise den richtigen Partner finden."

Doch der Weihnachtsmann wollte sich nicht trösten lassen.

„Das Leben ist viel komplizierter, als du denkst, liebes Christkind. Ich wollte doch nur, dass sie frohe Weihnachten hätten, und was haben sie gekriegt? Bloß böse Überraschungen. Ich glaube, ich bin zu alt für so viele Aufträge. Ich werde in ein Altenheim gehen und nicht mehr als Weihnachtsmann auftreten."

Tatsächlich ging er nach ein paar Monaten in ein Altenheim. Aber er war nicht passiv, sondern zu einem echten Revolutionär geworden. Man sah ihn hin und wieder in Demonstrationen, wo er immer gegen irgendetwas protestierte, zuletzt gegen Stuttgart 21 und gegen den Bildungsnotstand. Für Weihnachten 2011 hat er den Dienst endgültig quittiert. Und seitdem gibt es leider keinen Weihnachtsmann mehr für die Erwachsenen.

Die Zeit der Schwäche

Ich, Sieglinde Jakobs, fühle mich nicht alt, trotz meines alten Vornamens, aus dem althochdeutschen Namen Siegburga abgeleitet. Oft versuche ich meine Mitmenschen davon zu überzeugen, dass ich nicht alt bin. Mein Arbeitskollege, Robert Mühlenbach, schleicht sich in meine Altersgruppe ein und stöhnt immer wieder bei jeder Gesundheitsbeschwerde ein klagendes „Wir", „Wir sind nicht mehr die Jüngsten, Frau Jakobs", und dabei ist er mindestens sechs Jahre jünger als ich. Wer gibt ihm das Recht so etwas zu sagen?
Heute spreche ich mit meiner Nachbarin Fanny Russell aus Großbritannien, und ich behaupte noch einmal, dass ich eigentlich nicht alt sei. Sie lächelt und antwortet mit schmeichelnder, übertriebener Höflichkeit: „Natürlich, meine Liebe. Sie haben überhaupt keine Falten, Sie haben eine wunderbare Haut... Können Sie mir Ihr Geheimnis verraten? Und Sie sagen, Sie haben noch nie ein Produkt benutzt?"
Ja, das ist mein Stolz. Ich brauche keine Produkte. Ich bin von Natur aus jung und bleibe es bis zum Ende. Aber meine Rhetorik hilft wenig, denn einmal die Menschen sich ein Urteil über andere gebildet haben, greifen sie hartnäckig nach jeder Gelegenheit, um es bestätigt zu sehen: Diese da ist behindert, diese Zweite hat eine andere Hautfarbe als wir, die Dritte ist eine Frau und daher weniger stark als ein Mann. Diese Vierte da ist alt, auch wenn sie es von sich weist und vertuschen will. Es steht in ihrer Geburtsurkunde, dass sie schon bald 60 wird, 1951 geboren, und dem kann man nicht widersprechen.
Doch die Wissenschaft der Urkunden ist oft falsch und irreführend, sage ich, und in Zukunft werde ich es keinem offenbaren, wann ich geboren wurde, damit sie mich nicht sofort mit Generationsetiketten bewerfen können. Herr

Mühlenbach weißt es bestimmt, rettungslos, mein genaues Alter, weil er die Karteien von uns allen Angestellten in der Firma führt.
Mrs. Russell dagegen braucht es nicht zu wissen, und in den 15 Jahren, da wir im Haus flüchtig miteinander verkehren, haben wir nie darüber gesprochen, nur über das Wetter und die Gesundheit. Doch einmal fragte sie meine Tochter ganz nebenbei: „Wie alt ist Ihre Mutter?" Und mein Unschuldslamm, meine kleine dumme Gans, sagte es natürlich, weil es in der Schule so eine häufige Angabe ist. Seitdem spricht meine Nachbarin immer über meine Haut, weil es einem Wunder nahe kommt, dass sie nicht meinem wirklichen Alter entspricht.
„Sie haben tatsächlich Glück", wiederholt sie bewundernd. „Trotzdem... Vielleicht sollten Sie für die Zukunft etwas Vorsorge treffen, nicht dass Sie einmal plötzlich..."
Sie scheint sich meine über Nacht ruinierte, verwelkte und nicht mehr zu rettende Haut vor Augen zu führen, und ich zittere schon unter ihrem unruhigen, durchschneidenden Blick, der immer als erstes meine Haut untersucht und fragt: „Bist du noch die gestrige? Oder bist du schon die unansehnliche, gespensterhafte und bald zu Grabe getragene, ganz alte Haut?
„Lassen Sie meine Haut in Ruhe", würde ich am liebsten sie anschreien.
Meine Nachbarin erkundigt sich vorsichtig: „Wie geht es Ihnen heute, Frau Jakobs?"
„Gut. Ich habe nur leichte Kopfschmerzen. Vielleicht habe ich gestern zu viel Sekt getrunken, weil es der Geburtstag meiner Tochter war."
„Ach ja! Ich kenne das auch. Wir müssen ein bisschen die Bremse ziehen und dürfen nicht mehr so heftig feiern wie damals, als wir jünger waren."

„Aber das hat nichts mit dem Alter zu tun", sage ich schwach und müde. „Auch junge Leute spüren die Nachwirkungen des Alkohols und haben einfach einen Kater."
„Ja, ja, Sie suchen immer nach Ausreden, um nicht zuzugeben, dass die Zeit nicht spurlos an uns vorbeigeht."
Wie Herr Mühlenbach benutzt auch sie ein kollektives „Wir" und „Uns", um unseren gemeinsamen Zerfallsprozess zu charakterisieren. Sie hat mir dabei einen Gefallen getan und sich schön fügsam in meine Altersgruppe integriert.
Meine Antwort kommt in der gewohnten Kampfbereitschaft dieser letzten Jahre, die ich schon automatisiert habe, genauso wie die anderen ihre Klischees über das Altern auch automatisieren und bei jedem neuen Satz täglich verstreuen.
„Ich leugne nicht, dass die Zeit vergeht. Mein Gedächtnis und mein Herz werden immer voller von Ereignissen und Gefühlen, die ich kaum noch richtig ordnen kann. Aber ich verstehe nicht, warum die Leute immer so schnell alt werden wollen."
„Es ist nicht, dass wir wollen, es ist nur eine Tatsache, die man akzeptieren muss."
„Warum? Nur weil die anderen das sagen, weil die anderen daran glauben? Wenn ich meinen Gesundheitszustand jetzt betrachte... ich sehe nicht, dass er jetzt schlechter als vor ein paar Jahren wäre. Ganz im Gegenteil. Als ich vierzig war, litt ich unter grauenvollen Migränen, Nervenentzündungen und sehr schmerzhaften Blutungen bei meinen unregelmäßigen Perioden. Und als ich 30 war, war es noch schlimmer... Ich hatte eine Lungenentzündung und einen sehr langsamen Heilungsprozess danach. Dann hatte ich sehr starke Rückenschmerzen, wahrscheinlich wegen meiner sitzenden Tätigkeit im Büro, und bei meiner Schwangerschaft durchlebte ich schlaflose Nächte und wurde von schrecklichen Albträumen gequält. Im Vergleich habe ich jetzt viel weniger Beschwerden. Mir geht es besser. Und warum soll ich gerade

jetzt glauben, dass ich älter bin?"
Mrs. Russell will mir nicht weiter widersprechen, aber man sieht ihr an, dass sie mich mit verständnislosen Augen anschaut.
„Sie Glückliche! Es ist prima, dass es Ihnen so gut geht."
„Na ja, so gut nun auch wieder nicht. Ich unterliege keiner Selbsttäuschung. Was ich in letzter Zeit habe, ist so ein Gefühl von Schwäche."
„Sehen Sie", sagt sie triumphierend, „da spielt das Alter schon eine Rolle."
„Nicht genau. Ich kenne viele alte Menschen, die noch viel Stärke in ihren Handlungen, Gedanken und Gefühlen beweisen. Bei mir ist die Schwäche schon angeboren. Ich habe immer einen sehr niedrigen Blutdruck gehabt und die Ärzte kümmern sich wenig darum. Sie sagen, es sei weniger gefährlich als das andere... Aber diesen niedrigen Blutdruck dürfte man nicht unterschätzen. Er schafft eine ganz andere Perspektive auf alles. Man steht nicht so fest auf der Erde... Man kann sich nicht so gut anstrengen, um weiter zu machen..."
„Aber wenn es angeboren ist, wie Sie sagen, dann wissen Sie schon, wie Sie damit umgehen können."
„Das schon. Aber es hat sich intensiviert aus welchen Gründen auch immer. Noch vor einem Jahr konnte ich nach ein paar Tassen guten Kaffees wach und munter werden. Doch wirkt der Kaffee kaum noch. Vielleicht haben sie die alte Marke geändert und jetzt taugt sie nicht mehr. Ich müsste mir eine neue besorgen, keine so milde und feine, sondern eine Bombe; es muss mehr Koffein enthalten."
Sie lächelt bedeutsam, sie kommt zu ihrer Ursprungsthese zurück: „Die einen kriegen graue Haare und schlechte Haut, und Sie kriegen die Schwäche."
Sie scheint zufrieden, damit appelliert sie an die alles

ausgleichende Gerechtigkeit. Aber ihre Behauptung ist falsch: Es gibt keine Gerechtigkeit auf der Welt. Einige wenige Menschen sterben mit 102 Jahren und andere schon mit 43 oder sogar mit 20, so dass das Alter nicht immer als Maß für die Nähe des Todes angenommen werden kann. Alles ist so beliebig, unvernünftig und schwankend! Meine Nachbarin bedenkt das alles nicht.

Ich weiß, wie ihre Gedanken ungefähr laufen. Sie basieren auf einem Vorurteil: Natürlich gibt es so etwas wie Altersschwäche als ein wohlbekanntes Phänomen. Die Sehschärfe wird schwächer, auch das Gehör wird weniger und alle Kräfte im Körper nutzen sich ab. Aber es gibt auch eine pubertäre Schwäche und eine der mittleren Jahre, und wenn meine Nachbarin überhaupt keine Ahnung hätte, wann ich geboren wurde, dann könnte sie auch nicht auf eine Altersschwäche bei mir schließen.

Die bloße Kenntnis eines Datums scheint über alles im Leben zu entscheiden und uns mit einer zwangsläufigen Etikette für eine ganze Generation zu belasten, die Generation der 40-Jährigen, die der 50-Jährigen, egal wie unterschiedlich der Gesundheitszustand, die Gedankenklarheit, das Aussehen und die Lebenserfahrungen bei jedem Einzelnen sind.

Ich fühle mich aber nicht den Mitgliedern meiner Generation gleich, bloß weil wir aus purem Zufall im gleichen Jahr geboren wurden. Das Alter ist sehr subjektiv und persönlich, genauso wie das Gefühl von Heimat. Haben nicht Menschen, die sehr früh ausgewandert sind, nicht nur zwei, sogar mehrere, flexible Bestimmungen von Heimat, während andere nur ein Zuhause (oder gar keines) besitzen?

Wie so oft in diesen Monaten fühle ich meine Schwäche, eine Art Apathie und Trägheit. Noch ein Zeichen dieser Schwäche ist, dass ich oft hingefallen bin, schon dreimal in diesem Jahr; die ersten zweimal ohne weitere Folgen, aber das dritte Mal erlitt ich einen Beinbruch und musste lange Zeit eine Schiene tragen. Das war mir noch nie passiert. Ich wusste immer, wie ich die Füße stellen sollte, um mein Gleichgewicht zu behalten.

Warum gibt es diese Tendenz jetzt, Hindernisse zu übersehen, zu stolpern, falsch zu gehen, zu schnell gehen zu wollen, oder was weiß ich, woran es liegt...? Hat es etwas mit meinen Augen oder mit meiner Psyche zu tun? Ich kalkuliere meine Schritte manchmal verkehrt, meine ganzen Bewegungen sind womöglich wie bei einem Parkinson-Krankern, der das Gehen allmählich verlernt. Es kann aber auch etwas harmloses, bloße Zerstreutheit von meiner Seite sein. Zu sehr bin ich mit Gedanken beschäftigt.

Am besten erzähle ich es Mrs. Russell gar nicht, denn sie würde mich für senil halten. Ich schwanke, mir wird schwindlig. Sollte ich vielleicht zum Augenarzt oder zum Psychologen gehen? Mein Gang hat seinen Rhythmus eingebüßt. Ich glaube, ich gehe zu voreilig durch die Welt und deshalb versagen mir die Beine. Warum lande ich unfehlbar auf der Erde, als würde ich ihrer Anziehungskraft nicht mehr widerstehen können? Ich bin eine ungraziös und umständlich gefallene Person ohne Anmut, ich muss es zugeben, und mehr in Berührung mit der schmutzigen, niedrigen Erde als mit der Luft und dem Himmel. Aber das ist doch kein Zeichen, dass ich alt werde.

Auch die Kinder fallen, pubertäre Gestalten fallen, erheben sich mit sportlichem Stolz und dann fallen sie wieder mit lachenden Tränen, fallen ständig und fast absichtlich wie im Spiel, wie Gummipuppen, die nie zerbrechen und sich nicht wehtun. Bei mir ist es etwas anders; die Knochen schmerzen schon und sind nicht so leicht. Aber es heißt nicht unbedingt, dass ich alt bin. Ich würde am liebsten nur schlafen, wie narkotisiert und willenlos, ohne Torturen und Sorgen, von

allem befreit, liegen bleiben.
Und wenn ich nicht dieses große Glück habe, zu schlafen, mich selbst nicht zu empfinden, dann komme ich auf meinen elementaren Reflex, auf meine fixe Idee zurück, ich möchte irgendwohin flüchten, wo man nicht weiß, wie alt ich bin, wo man mich überhaupt nicht danach fragt. Doch es ist kein klar definierter Zukunftsplan, sondern nur ein Wunsch, ein Bedürfnis, mit Sarah irgendwohin zu flüchten und ganz anonym und ohne Vergangenheit, wie unter Amnesie, eine neue Existenz anzufangen.
Ich möchte mich von der Last der Jahre und vor allem der alten Zungen loslösen. Ich möchte mich mit jungen Männern und Frauen duzen, in die Politik eingreifen, Kinder adoptieren, mich zu einem Vorstellungsgespräch in einer Firma begeben und für neue Aktivitäten und Freizeitherausforderungen Werbung machen, statt immer denken zu müssen, dass ich bald pensioniert werde.
Ach ja! Ich möchte einen jungen Mann an die Hand nehmen und ihm sagen: „Ich möchte gerne mit dir zusammenarbeiten. Wir bauen etwas zusammen auf." Doch ich würde ihn nicht gerne verführen wollen, denn dann würden mich alle noch stärker an mein Alter erinnern und an die unvermeidliche Kurzlebigkeit einer solchen Beziehung. Sie würden den Altersunterschied zwischen uns noch größer machen: „Ältere Dame ohne Prinzipien treibt es mit einem unerfahrenen, unschuldigen Teenager, der ihr Sohn oder sogar Enkel sein könnte."
Aber im fernen Land meiner utopischen Flucht würden solche Worte sowieso nie vorkommen, denn keiner hätte Anhaltspunkte über mein Alter, und mit der Zeit würde ich selbst mein eigenes Geburtsdatum vergessen. Am besten wäre es, wenn die anderen auch ihr Alter nicht erwähnen würden und keine Neugier, keine Vorurteile diesbezüglich

herrschen sollten. Man könnte ruhig den Geburtstag nennen, aber ohne Aufzählung der Jahre.

Man braucht nicht immer alles zu zählen. Man zählt auch nicht die eigenen Tränen oder die Liebesnächte mit einem Mann, auch nicht die einsamen Stunden vor dem Fernsehen. Man zählt nicht die Haare, die man hat, auch nicht die Schweißtropfen auf der Stirn, nicht die Silvesterwünsche für das neue Jahr, die sich schnell in die Verschwommenheit weiterer Wünsche und Vorsätze verlieren. Unzählbarkeit ist an sich das Prinzip unseres Lebens. Der Zahnarzt zählt zwar die Zähne in unserem Mund, die weggekommen sind, aber wir merken es kaum noch, ob einer rechts oder links fehlt.

Mit erstaunlicher Entschlossenheit nehme ich mir wirklich vor, wegzufahren. Jetzt ist es schon ein Zukunftsplan und nicht nur ein Wunsch. Doch ist er nur eine vage Vorstellung. Um ihn tatsächlich zu verwirklichen, muss ich erst auf meine Rente warten. Und erst dann könnte ich mit Sarah irgendwohin verschwinden.

Das heißt, wenn sie mit mir kommen möchte, denn ich befürchte, sie wäre gar nicht dazu bereit. Sie schätzt alles, was sie hier hat: Die Freunde und Lehrer, mit denen sie regen Kontakt unterhält, die Uni, die neue Stelle in der Apotheke für die Semesterferien, und vor allem hat sie ihren Freund Nikolaus, ihren Vater und ihre Großmutter und Tante, zwei Frauen, die sie noch mehr liebt als mich, glaube ich.

„Sarah, ich brauche endlich einen Ortswechsel. Möchtest du mit mir kommen? Wir suchen uns eine schöne Ecke aus und beginnen ein neues Leben."

„Warum? Hier ist es gut genug. Alles ist super organisiert und ich hätte dadurch nur Nachteile. Ich habe mich in Nikolaus verliebt, wie du weißt, und wir wollen bald heiraten. Auch für die Oma ist es viel besser, wenn wir weiterhin in derselben Stadt wohnen bleiben, um gelegentlich auf sie aufzupassen."

Na ja, es ist verständlich. Leider werde ich wahrscheinlich ohne sie gehen müssen. Aber so herzzerreißend ist es nicht, denn die Trennung zwischen uns beiden würde früher oder später sowieso durch ihre Heirat kommen müssen.
Es ist vergeblich schon jetzt daran zu denken, es ist zu früh, die Arbeit ist noch da und die Rente noch nicht in Sicht, auch wenn die bösen Zungen sagen, dass es bald so weit ist. Ich könnte mir höchstens ein paar Wochen Urlaub genehmigen.
Ja, das tue ich auch, entscheide ich kurzfristig und in großer Eile. So kann ich allmählich mit der Ortsuche anfangen. Es kann sich nicht von heute auf morgen ergeben und es bedarf sicherlich vielerlei Tastversuche, bis ich meinen neuen Wohnort für meine Freiheit ohne Altern finde. Im Grunde ist jeder Ort so gut wie der andere. Ich muss nur schlau sein und mich nicht verraten.
Natürlich gibt es günstigere Konstellationen als andere. Eine multikulturelle Großstadt voller immer wechselnder Menschen, die unbekümmert und mit wenigeren Vorurteilen behaftet sind, scheint mir die bessere Wahl zu sein. Aber auch da muss man sich in Acht nehmen, nicht dass man sich in einem Spinnengewebe von Fragen fangen lässt. Jetzt sind wir auch in einer Großstadt, aber das hat nicht viel geholfen. Mein Alter wurde überall registriert, in der Firmenkartei, in der Stadtbibliothek, um mir ein Buch auszuleihen, in meinem Führerschein, im Verein der geschiedenen Frauen mit Kindern, im Seminar für Yogaanfänger, in einem Erste-Hilfe-Kurs vom Roten Kreuz, sogar in einer Annonce, die ich damals ausgab, als ich eine Haushaltshilfe suchte.
Überall habe ich mein Alter angegeben. Es fing alles so harmlos an und bis zu meinem 45. Lebensjahr empfand ich es wie einen angenehmen Testdialog: Mein Kopf ist in Ordnung und ich weiß, wie alt ich bin. Aber langsam entwickelte sich der Spruch zu einer hartnäckigen Sackgasse mit obsessiven

Folgen

Offiziell werde ich es wohl nicht vermeiden können, dass man mein Geburtsdatum schreibt, und auf meinem Grabstein noch weniger. Da müssen die Lebensdaten unbedingt hin, wann geboren und wann gestorben. Aber in meinem privaten Umgang mit den neuen Menschen der Stadt X werde ich diese Auskunft nicht mehr erteilen wollen. Ich werde nicht mehr so auskunftswillig wie bisher sagen: „Ich bekam meine Tochter schon ziemlich spät, mit 43 Jahren", „den Führerschein machte ich mit 38", „mit 40 ging ich nicht mehr in die Disco", „mit 55 Schwimmen lernen wollen ist schwer." „Ich wurde beim Wettbewerb nicht berücksichtigt, denn ich hatte das vorgeschriebene Alter schon überschritten."
All diese ständigen und nervenden Gespräche, die sich auf den Alterszyklus beziehen, werden auf einmal zu meiner Erleichterung wegfallen. Ich habe bisher noch nie etwas mit Tabus belegt, aber an diesem noch unbekannten Ort meines Urlaubs werde ich ein Tabu aus dem Alter machen, einfach um mich dagegen zu wehren, dass wir zu häufig nur auf Altersmerkmale reduziert werden: „Seniorengruppe, Senioren-Studentin, Rentnerin, arbeitsunfähige 60-Jährige, Altersheimkandidatin, Unfruchtbarkeitsgöttin der Menopause; senile, ältere Dame und so weiter."
Ich bin noch zu jung, gesund und unruhig, um das alles zu akzeptieren. Vielleicht komme ich bald dahin, wo sie mich alle sehen wollen. Aber im Moment noch nicht. Ich weiche noch von der Norm ab und genieße meine Freiheit. Ich bin wie ein Kranker, der die Diagnose seiner Krankheit noch nicht angenommen hat und bis zum letzten Atemzug dagegen kämpft.
Mrs. Russell macht sich jetzt Gedanken über meine erwähnte Schwangerschaft und kommentiert forschend: „Sie haben Ihre Tochter ziemlich spät bekommen, nicht wahr?"

Sie wartet offensichtlich darauf, dass ich ihr sage, wann genau... Dann braucht sie bloß Sarahs Alter dazu zu rechnen und wüsste damit bereits, wie alt ich bin. Aber ich verweigere instinktiv diese Auskunft und übergehe die Antwort: „Andere Frauen sind noch viel älter, als ich es war. Wissen Sie, dass eine Frau in den USA mit 70 ein Kind geboren hat? Heutzutage gibt es keine Grenzen mehr, auch nicht für die Mutterschaft."

„Aber wie unerhört und naturwidrig! Was kann eine Frau mit 70 einem Kind geben? Und bevor das Kind erwachsen ist, stirbt die alte Mutter schon und es muss bei Verwandten unterkommen."

„Gewiss. Doch auch jüngere Eltern können sterben. Und wenn es die materielle und geistige Lage der Beteiligten erlaubt, warum nicht? Auch Männer mit 70 können Bundeskanzler oder Minister werden, als Professoren an der Uni oder als Chirurgen in Privatkliniken arbeiten. Warum sollten alte Mütter nicht auch in ihrer Berufung aufblühen können? Die Wissenschaft gibt ihnen jetzt eine Chance, macht sie fruchtbar durch junge Liebhaber und besondere Laborverfahren, und sie können sich noch bis zuletzt für die schönste Erfahrung entscheiden, den Nachtisch der Natur: Die Geburt eines Menschen."

Mrs. Russell ist schockiert und zittert ein wenig unter der Last ihrer viktorianischen Erziehung. „Gott sei Dank, sind es Ausnahmefälle. Künstliche Befruchtung und Samenspender sind noch nicht so weit verbreitet."

„Sie haben recht. Ich sehe auch das Für und Wider unseres modernen Lebens. Aber sehr ungerecht war es auch, dass eine Frau mit 40 in vergangenen Jahrhunderten schon als eine alte Frau behandelt wurde. Und heutzutage verschieben sich die Definitionen vom Alter auf das Äußerste, wie das Beispiel der 70-jährigen Mutter zeigt."

„Sie würden es aber für sich selbst nicht beanspruchen wollen, oder?"
„Nein, ich habe schon eine Tochter und es genügt mir. Und ich denke, man könnte immer Pflegekinder zu sich holen, wenn man sich wie eine frustrierte Mutter fühlt. Trotzdem, vom Prinzip her kann ich diese Frauen nicht verurteilen, die sich noch für jung genug halten und in der Lage sind, sich auf ein Baby zu freuen, neues Leben um sich zu verbreiten."
Ich weiß, wie gegensätzlich unsere Ansichten sind. Mrs. Russell und Herr Mühlenbach vertreten sehr ähnliche Meinungen.
Mein Arbeitskollege sagt oft: „Jeder Lebensabschnitt gehorcht gewissen Regeln und es wäre falsch diese von der Natur diktierten Phasen beliebig, künstlich auszudehnen. Ich fühle mich schon als ein älterer Mann und möchte bald aufhören zu arbeiten. Ich möchte mich rechtzeitig zurückziehen und in meinen letzten zwei Jahren noch gute und effiziente Arbeit leisten."
„Aber Sie sind sechs Jahre jünger als ich, Herr Mühlenbach."
„Es mag sein, doch ich möchte mich schon ausruhen, mich meinen Hobbys widmen und eventuell meine Frau pflegen können, die nicht bei bester Gesundheit ist."
Das Komische ist, dass viele Menschen in Deutschland fast die gleichen Bestrebungen äußern, ziemlich früh, schon vor ihrem 60. Lebensjahr, mit dem Arbeiten aufzuhören. Die Tendenz geht bei uns in der Firma so weit, dass Kollegen um die vierzig bereits anfangen, auf die baldigen Rentner, auf die die Altersteilzeit Genießenden neidisch zu sein. Sie seufzen und murmeln sogar mit sehnsüchtiger Miene: „Ach, Sie Glücklicher! Ich wünschte mir, ich wäre an Ihrer Stelle. Ich dagegen muss noch über 20 Jahre arbeiten... Und wer weiß, was für eine Rente ich kriegen werde!"
Die jungen Angestellten wollen so früh wie möglich ins

Rentenalter kommen und dass ihr ganzes Leben so schnell wie möglich verfliegt, damit sie die älteren Kollegen imitieren und ihr Stadium der Arbeitsbefreiung erreichen können. Das geht mir nicht so einfach in den Kopf hinein. Ich kämpfe so sehr dafür, nicht alt zu werden, und sie wollen sich so schnell in den so genannten „Ruhestand" begeben! Natürlich sprechen sie noch von weiteren Zielen und Aktivitäten: Sprachkursen, Reisen, Enten füttern, mit den Kleinen spazieren gehen und sich in allerlei Hobbys wie Jagd, Kegeln und Fahrrad fahren die schöne Freizeit vertreiben.

Aber irgendwie haben schon alle den Elan der Jugend verloren und ihn mit einer Seniorenmentalität des sicheren Einkommens und der wohlverdienten Ruhe vertauscht. Es scheint mir ein trauriges Fazit zu sein. Ist das denn der Höhepunkt aller Mühen und Träume, das Maximum dessen, was das Leben anbieten kann, gerade sehnsüchtig auf diese baldige Rente zu warten? Irgendwie bedeutet sie auch das Ende aller Wege.

Mrs. Russell sagt: „Ich verurteile keinen. Aber ich kann diese Menschen nicht verstehen, die auf gar nichts im Leben verzichten wollen. Sie möchten alles haben: Beruf, Liebe, Kinder noch ganz zum Schluss, wenn es ihnen langweilig wird. Ich bin unverheiratet, habe nur für meine Eltern und Geschwister gelebt. Ich habe von vornherein auf Partnerschaft und Mutterschaft verzichtet, habe als treue Sekretärin immer für denselben Chef gearbeitet und meistens Kranke gepflegt oder periodenweise mit meinem Hund oder mit einem Papagei gelebt.

Erinnern Sie sich noch an meine Freundin, Anne Gaskell, die Bibliothekarin, die mich oft besucht hat? Sie ist ziemlich ungeschickt und alt geworden und in letzter Zeit meistens im Krankenhaus. Sie ist schon ein paar Mal hingefallen und bricht sich sämtliche Knochen, die Arme."

Ich muss mich in Acht nehmen. Bald fängt sie mit den ganzen Todesfällen ihres Bekanntenkreises an. Nein, nein, ich werde ihr gar nicht davon erzählen, dass auch ich oft hinfalle und mich zuletzt am Ellbogen verletzt habe und neulich am linken Bein. Sie könnte falsche Schlüsse ziehen und mich mit mitleidsvollen Augen betrachten, während sie vorschlagen würde: „Mensch, Frau Jakobs, warum beantragen Sie keine Altersteilzeit? In Ihrer Firma sind sie ziemlich sozial eingestellt, habe ich gehört."
Wir werden uns in der nächsten Minute verabschieden. Ich muss mich beeilen, wenn ich wirklich beginnen will, meinen unvorhergesehenen Urlaub vorzubereiten. Ich will aber nicht unhöflich erscheinen und deshalb reiche ich meiner Nachbarin die Hand und flüstere mit übertriebener Betroffenheit: „Ja, die arme Mrs. Gaskell! Bestellen Sie ihr Grüße von mir."
Ich renne zum Aufzug und lächle im Spiegel darin trocken zu mir selbst.
Es gibt noch eine Sache im Zusammenhang mit meiner Schwäche, die ich Mrs. Russell nicht erzählen kann und nicht möchte, denn es ist einfach zu intim.
Diese komische Schwäche der letzten Monate hat auch eine Intensivierung meiner Sexualität bewirkt, oder sozusagen alle meine Abwehrstärke gegen sie auf einmal zunichte gemacht. Es ist mir völlig unerklärlich, ein Rätsel, aber so ist es.
Mein Hausarzt, Dr. Rainer Zimmermann, der zu mir kam, um meinen letzten Sturz am Ellbogen zu untersuchen, blieb nicht knapp fünf Minuten wie sonst, sondern dehnte seinen Besuch über eine halbe Stunde aus. Meine Schwäche riss ihn aus seiner Gleichgültigkeit von so vielen Jahren, gefiel ihm womöglich und erweckte seine hinter der Arzt-Maske immer versteckten Männer-Instinkte.
Ganz plötzlich war er nicht mehr distanziert, nicht abgeneigt, mich anzufassen und sich meines Körpers zu bedienen. Er

legte sich zu mir ins Bett mit ein paar animalischen Lauten, die keine Worte mehr waren, und ich konnte mich nicht wehren. Ich empfand seine Wärme als angenehm und mein eigener Mangel an Stärke, mein endlich gereiftes Alles-Geschehen-Lassen und Keine-Anstrengung-Dagegen-Unternehmen brachte mich zu einem lustvollen, erleichternden Orgasmus.

Auch mein Rechtsanwalt, Leo Bergson, der jahrelang die Unterhaltszahlungen meines Ex-Ehemannes für mich regelte und in respektvoller Distanz zu mir stand, nahm sich plötzlich vor zwei Monaten gewisse Freiheiten an meinem Körper. Er küsste mich, entkleidete mich und brachte es zu einem schnellen Geschlechtsverkehr in seinem Büro.

Er sagte, dass seine schwangere Frau verreist sei und dass er dringend eine weibliche Präsenz brauchte wie meine, die so nachgiebig und schwach war, dass es ihm keinen Kampf abverlangte. Ich fügte mich ohne Widerrede all seinen Wünschen und schlief fast vor Erschöpfung in seinen Armen ein, vor lauter Unfähigkeit gegen ihn zu argumentieren oder an irgendetwas zu denken; ich war wie hypnotisiert von seinem Streicheln und seinen schnellen Bewegungen, um mich zu beherrschen. Ach, warum kann der Kaffee mich nicht mehr richtig wach halten? Aber für die Sexualität ist es vielleicht ein Vorteil, sich so nachtwandlerisch - wie im Nebel - gedämpft und ohne kreischendes Bewusstsein lieben zu lassen.

Die zwei Männer nutzen abwechselnd meine Schwäche. Leo hat sich schon dreimal mit mir im Büro verabredet und macht es immer nach dem gleichen Muster: Schnell, rücksichtslos und ohne Hemmungen. Ich bin seine Feuerwehr, sein Notdienst.

Aber bei ihm ist alles sehr kurzlebig und sporadisch, und wenn er bald sein Kind hat, wird er mich nicht mehr brauchen, während Rainers Besuche bei mir zu Hause schon zu einer richtigen Gewohnheit geworden sind. Der Hausarzt ist dem

Beischlaf mit mir auf den Geschmack gekommen und übt das eheliche Ritual fast täglich aus. Er kommt herein, meistens in seiner Mittagspause; er fragt, ob es mir gut geht und ich sage manchmal: „Ich bin sehr schwach, Herr Doktor."
Er ist nicht mitfühlend, sondern eher trocken und ironisch. „Es ist gar nicht so schlecht für die Liebe."
„Ich bin so müde! Mein Bett ist verschwitzt, denn ich habe unruhig geschlafen. Ich wollte Sie in meiner Nähe haben. Ich glaube, ich habe Fieber, und gestern bin ich wieder hingefallen, ich habe nur so eine kleine Beule auf der Stirn bekommen. Aber ich falle nicht, weil ich alt bin, sondern weil ich mich an unseren gemeinsamen Minuten ergötzt habe. Ich bin krankhaft heißblütig, was ich bisher noch nie gewesen bin."
„All das sind Märchen, um mich zu verführen", sagt er schelmisch. „Kommen Sie, wir wollen etwas für unsere Gesundheit tun."
Und er schleppt mich ins Bett, gemütlich, aber auffordernd und ziemlich ungeduldig. Vielleicht nicht so schnell wie Leo, weil er älter ist, aber auch auf die uns zur Verfügung stehende Zeit bedacht, die halbe Stunde Pause, die er mir widmen kann.
„Haben Sie es auch mit anderen Patientinnen gemacht?"
„Ja. Wenn sie einverstanden waren."
„Das spricht nicht sehr für Ihre ethischen Prinzipien. Denken Sie nicht mehr an mich als Mensch, an die Beule auf meiner Stirn, die Sie nicht einmal angeschaut haben? Ich könnte vor Müdigkeit und Schwäche in Ihren Armen sterben und Sie würden es nicht einmal merken."
„Doch, ich würde Sie immer wiederbeleben. Aber kommen Sie schon. Ihre Stirn interessiert mich weniger als andere Teile Ihres Körpers."
So ein Doktor! Er missbraucht mich. Er will bloß meine Organe, um seine Sexualorgane in der richtigen Funktion und Vitalität behalten zu können. Aber ich war das erste Mal

einverstanden, und jetzt kann ich nicht mehr „nein" sagen. Er streckt sich vertrauensselig und entspannungssüchtig auf meiner Matratze der Jungfräulichen, einsamen Nächte aus und seine Hände suchen gierig nach der Materie meines Fleisches.
Für meine komplizierte Seele sollte ich einen anderen Arzt finden. Er ist ja nur Hausarzt... Aber mit seinem männlichen Druck intensiviert er meine Schwäche und damit auch meinen masochistischen Genuss. Angelweit und ohne Widerstand, wie nur die unendlich Schwachen es können, mache ich ihm die Tür meines Schosses auf und er penetriert mich vielfach mit extremer, hartnäckiger Gründlichkeit wie ein Bohrinstrument der höchsten Präzision und Wissenschaft. Ich fange an zu schreien, zu weinen, auf meine Hand zu beißen und wollüstig zu stöhnen, aber natürlich sehr schwach und unter seinem schweren Gewicht kaum hörbar.
Wir stöhnen, wir fiebern, er wird zumindest körperlich erschüttert, und ich habe mich so dermaßen verausgabt, wie eine dumme Schülerin für den Lehrer. Ich zittere am ganzen Leib, denn meine Geschlechtsorgane sind mit den Jahren sehr sensibel geworden. Hat es etwas mit den Jahren zu tun? Ich weiß es nicht. Ich habe von Frauen gehört, die sich unten besonders trocken anfühlen und deshalb feuchtende Cremes benutzen müssen. Bei mir aber ist es das Gegenteil. Ich habe immer eine sehr lebendige Flüssigkeit in mir, wie eine chronische, offene Wunde. Ich bin halb befriedigt und halb verletzt, ambivalent wie immer. Er dagegen ist zufrieden und nach einem kurzen Besuch auf der Toilette und nach dem Sammeln seines Ärztekoffers geht er automatisch weg.
„Bis morgen, um die gleiche Zeit."
Sarah ist nie mittags zu Hause, wenn er kommt. Nur einmal hatte sie die Grippe und war im Bett geblieben. Das war mir ziemlich peinlich, aber ich sagte zu ihr, der Doktor wäre wegen

einer Rücktrittsversicherungssache gekommen, eines Attestes, das ich unbedingt brauchte, denn vor ein paar Wochen war ich am selben Tag hingefallen, als ich dienstlich nach Rom fliegen musste. Rainer gab der Kleinen auch einige Proben gegen die Grippe und ging, ohne viel zu sprechen. Er war auch etwas verlegen.

Im Grunde könnte ich Mrs. Russell von meinen Liebhabern doch erzählen, sie als einen Beweis dafür anführen, dass ich noch attraktiv für die Männer bin, folglich, dass ich noch nicht als alt gelte, auch wenn einige mich schon bald in Pension schicken wollen.

Mein Bedürfnis nach Urlaub an einem von mir noch unbekannten Ort wächst und wächst mit alarmierender Festigkeit. Vielleicht werde ich irgendwo in einer schönen Stadt in den Niederlanden untertauchen. In so einem freien Land wird man mir am wenigsten Fragen stellen. Es ist auch nah und daher praktisch für einen kurzen Urlaub. Und wenn es mir gefällt, könnte ich in der Zeit nach meiner Pensionierung auch dort bleiben. Vielleicht wären Norwegen oder Dänemark gleichfalls eine gute Wahl.

An sich sollte ich mich eher für die wärmeren Länder des Südens entscheiden, denn in meiner jetzigen Schwäche friere ich meistens, aber andererseits bin ich ein nordischer Typ. Ich mag nicht zu viele Fragen, keine unnötigen, aufdringlichen Gespräche. Ich habe am liebsten ein verhaltenes, taktvolles Kommunizieren, ein diskretes und ruhiges Zusammenleben. Ich mag es nicht so gerne, wenn eine temperamentvolle, kommandierende Dame sehr stolz auf ihre eigenen Leistungen in aller Welt schaut und allen verkündet: „Schauen Sie mal... Ich bin schon 94 Jahre alt und dabei noch so gesund. Ich bin ganz fit, meiner Natur äußerst dankbar und von meinen Gesundheitsrezepten sehr überzeugt, versteht sich. Ich bin noch gut im Laufen, Denken, Hören und Sehen...

Ich bin noch im vorigen Jahr auf dem Jakobsweg so viele Kilometer neben ganz jungen Menschen gelaufen. Ist das nicht ein Wunder Gottes!"

Ich bewundere auch teilweise Leistungen im späteren Alter, aber ich mag es nicht, wenn die Betroffenen sich selbst beweihräuchern, sich immer damit wichtig machen und mit besessener Miene überall skandalös propagieren, wie alt sie sind. Sollte ich irgendwann 94 Jahre alt werden, würde ich es sowieso nicht angeben wollen.

Auch deutsche ältere Damen tendieren dazu, mit ihrem Alter und großartiger Gesundheit zu protzen. Aber ich denke, in nordischen Ländern spielen sich solche grotesken Szenen weniger ab. Die finnischen Großmütter sagen vielleicht einmal im Jahr „94", doch nicht tausendmal und ungefragt wie in anderen Ländern. Holland, Dänemark und Nordwegen habe ich schon notiert. Jetzt müsste ich anfangen zu handeln. Ich telefoniere mit dem immer geräuschvollen und undeutlichen Handy meiner Tochter. Sie ist an der Uni und kann nicht viel sprechen. Ich frage sie kurz: „Möchtest du gerne nächste Woche mit mir in Urlaub fahren?"

„Wieso so plötzlich?"

„Ich benötige unbedingt ein paar Tage Auszeit. In der Firma brauchen sie keine besondere Vertretung für mich und sie werden es schon genehmigen."

„Es ist unmöglich, Mutter. Ich muss mich auf die nächste Klausur vorbereiten."

Sie spricht wie eine Erwachsene und ich wie das Kind.

„Schade, dann werde ich alleine fahren müssen."

Aber so schade ist es nicht, denn ich hatte es mir schon gedacht, und wenn man mit einer Tochter geht, wird man öfters nach dem Alter gefragt: „Ist das Ihre Tochter? Oder Ihre Schwester?"

Dann rufe ich Rainer an. Er ist überrascht und etwas

verstimmt, dass ich gerade jetzt in Urlaub fahren will, jetzt da er seine tägliche halbe Stunde so schön eingeplant hatte.
„Wir könnten den Urlaub zusammen verbringen", schlage ich vor.
„Ich kann meine Patienten nicht im Stich lassen. Aber morgen bist du noch da? Dann sehen wir uns morgen noch."
Ich rufe Leo an, und dieser scheint nicht abgeneigt, wenigstens einen Tag mit mir zu verbringen, vielleicht weil unser kurzes Abenteuer die Phase der Routine noch nicht erreicht hat...
„Die Idee klingt gut, eine schöne Versuchung... Du und die Niederlande. Vielleicht könnte ich einen Tag kommen. Sag' mir die Adresse des Hotels, einmal du gebucht hast."
„Aber nur unter einer Bedingung können wir uns treffen", sage ich schwach. „Du darfst keinem mein Alter sagen."
Er lacht.
„Ich habe vollkommen vergessen, wie alt du bist. Es steht in meinen Akten, aber ich schaue nicht nach."
Ich habe schon resigniert, ich gehe ohne Männer und ohne Sarah. Bei Leo ist sowieso alles sehr unverbindlich und vage. Ich will schon Tschüs sagen und auflegen. Aber er zögert einen Augenblick, wie von einem unerwarteten Einfall ergriffen: „Wie wäre es mit heute Abend... auf einen kleinen Abschied vor deinem Urlaub? Ich hätte schon Lust."
Ich flüstere ein schwaches, aber noch vernehmbares „Ja" am Apparat. Und er sagt resolut mit seiner Rechtsanwaltsstimme: „Gut, dann zwischen sieben und acht, wie immer nach der Arbeit."
Ich bin ausgebucht. Zwei Männer beschäftigen sich mit mir. Der eine heute Abend zwischen seinen Akten, in denen mein Alter irgendwo zu sehen ist, zwischen Teppichen, Bürostühlen und Schreibtischen, und der andere morgen, in der Mittagspause zwischen den verschwitzten, fiebrigen Laken

meines Bettes. Diese Promiskuität einer doppelten Liebe erregt mich bis zum äußersten und macht mich noch schwächer als sonst. Mein prinzipienloser Hausarzt! Und der andere, Leo mit seiner schwangeren Frau, ist noch schlimmer. Aber ich bin bindungslos und frei. Im Urlaub kann ich auch noch andere Männer kennen lernen. Auch mit meinem Ex-Mann könnte ich mich dort sogar verabreden und ihn so weit provozieren, reizen und sein Begehren steigern, bis er mir schmeichelt und einigermaßen glaubwürdig zu mir sagt: „Du hast dich nicht verändert. Du bist so jung geblieben, wie damals als wir unsere kleine Sarah hatten."
Doch nein... Ich will keine Vergangenheit, ich will ganz neu und unbekannt in einer Umgebung sein, in der keiner etwas von mir weiß. Ich bin wie der Geist einer Toten, die hin und wieder auf der Erde verweilt, um sich an Sieglinde zu erinnern oder neue Sieglinden zu erfinden, und bekanntlich haben die Geister kein Alter, da sie unsterblich sind.
Oder ich bin lediglich Materie, aber erhalte auch die potentielle Möglichkeit der Wiederverjüngung durch mein Äußeres. Ich glaube, ich nehme das letztere, weil es weniger kompliziert erscheint und eine sofortige Aktivität statt grübelndes Philosophieren von mir fordert.
Ich buche über Internet ein nettes Hotel in Amsterdam. Ich bekomme die Erlaubnis für meinen dreiwöchigen Urlaub und, wie immer in solchen Fällen, sind Herr Mühlenbach und alle Kollegen sehr neidisch auf mich: „Sie Glückliche, so einen langen Urlaub! Und bald gehen Sie auch in Rente."
Herr Mühlenbach hat keine Frühlingsgefühle. Ihn könnte ich nicht erobern, auch wenn wir fast den ganzen Tag im Büro zusammensitzen. Dann kaufe ich Lebensmittel für Sarah ein, um mein Gewissen als Mutter zu beruhigen, damit sie in meiner Abwesenheit viel zu essen hat, obwohl sie praktisch meistens bei Freunden oder in der Mensa isst und kaum noch

zu Hause.
Dann gehe ich zu einem Schönheitssalon, um mir ein neues Image verpassen zu lassen, eine neue Frisur und eine Maniküre. Aber bitte keine Produkte für meine Haut. Ich kaufe mir ein paar neue Kleidungsstücke, und dann laufe ich zu Leo, um mir bei ihm einen tief gehenden Orgasmus zu besorgen, noch intensiver als sonst, trotz seiner unmenschlichen Eile, weil er durch einen lobenden Kommentar zu erkennen gegeben hat, dass er mich besonders jung findet.
Und dann - durch so viele Hoffnungen und Erfahrungen geschwächt, unwirklich und halb im Nebel - falle ich wieder, diesmal von der Straßenbahn, bei der ich die letzte Stufe übersehen habe. Oh, Gott, hoffentlich habe ich mir nicht das Handgelenk gebrochen! Hoffentlich muss ich jetzt nicht ins Krankenhaus!

Cordelias Himmel

"Mich hat ein Gott ausgekotzt."
Klabund

Wir, die Gefangenen - oder die Befreiten - wurden in dem Himmel zugelassen, oder dem Himmel wie Steine und Ping-Pong-Bälle zugeworfen.
Gott fragte mich: „Was für einen Himmel möchtest du haben."
Ich sagte: „Wie viele hast du auf Lager? Ich möchte den eines Künstlers."
Er verstand sofort und gab mir Flügel wie den Schwalben, aber noch größere, um riesige Entfernungen zurückzulegen, sowie Tausende von Augen, Nasen und Ohren, damit ich die Menschen gut beobachten konnte.
Das ist alles Unsinn. Als Geist braucht man keine Flügel und keine Sinnesorgane. Alles ist nahe und leicht zugänglich, wie wenn wir träumen. Aus dem Grund könnte man sagen, dass jeder Geist, ob gut oder schlecht, sich allein schon durch die dem Geist innewohnenden Qualitäten im Himmel befindet. Keine Grenzen, keine Behinderungen sind mehr zu erleiden.
Ich fühle den Sieg und die Freude der Grenzenlosigkeit in mir, und egal ob ich Schönes oder Grauenvolles zu beobachten habe, ist es schon ein Genuss, dass ich an keiner meiner Wahrnehmungen gehindert werde. Meine unendliche Neugier auf das Schicksal aller Menschen wird reichlich befriedigt. Mein Himmel ist gerade der der zufrieden gestellten Neugier... und diese stammt ja aus einer sehr positiven Quelle: Meiner warmen und eingebungsvollen Liebe zum Menschen, der immer mein Interesse erweckt und mich mit den abwechselnden Bildern der Schöpfung fasziniert.
Wären meine Mitmenschen mir gleichgültig, hätte ich nie den

Künstlerhimmel ausgewählt. Die zum Bersten lebendige und uferlose Kraft meiner Liebe zu ihnen macht mich für jede Entdeckung und für jede Perspektive der verschiedensten Lebensläufe dankbar.

Als ich lebte hieß ich Cordelia, war aber nicht die jüdische Tochter von Elisabeth Langesser, die Unglückliche, die mit 14 Jahren ins KZ kam. Ich wurde in Peru geboren, aber schon mit neun Jahren kam ich mit meinen Eltern nach Deutschland. Ich wusste über das Elend in meiner Heimat nur durch die Berichte meiner Mutter, die gesprächiger als der Vater war, und durch die Briefe von Verwandten bescheid. Aber ich wuchs zweisprachig auf, worauf ich besonders stolz war.
Auch jetzt noch spreche ich mit Gott in beiden Sprachen, Deutsch und Spanisch, obwohl wir das hier nicht mehr brauchen. Wir haben eine internationale, überdimensionale Codierung, in der wir uns alle miteinander verständigen können und alles sofort begreifen. Nicht einmal die Mimik ist notwendig, weder Bewegungen noch Seufzer oder Handzeichen. Wir haben doch keine Hände mehr; unser ganzes Sein ist Sprache und Mitteilung ohne Zunge, Lippen oder Stimmbänder. Trotzdem beharre ich auf meiner alten Gewohnheit, meine Lieblingslaute in meinen Erdensprachen mit Gott weiter zu benutzen, auch damit wir beide sie nicht verlernen.
Als ich lebte, hatte ich eine ziemlich lästige Quelle von Problemen und Schwierigkeiten: Ich war sehr stark sehbehindert, wurde ziemlich oft operiert und bei jeder nicht ganz gescheiterten Operation, bei der ich meinen kleinen Sehrest behielt, bedankte ich mich tausend Mal bei Gott.
Dieser kannte mich schon zu Genüge durch meine ewige Litanei von Dankesbekundungen und durch meine Angstzustände, die er als der beste Psychiater der Welt hin

und wieder zu beruhigen versuchte. Ich hatte auch einige positive Pluspunkte in meinem Leben: 1. Dass ich noch bis zuletzt ein wenig sehen durfte. 2. Dass ich einen vollsehenden, deutschen Mann heiratete. 3. Dass ich die Armut meines Landes nur durch Hörsagen kannte. Und 4. Dass ich sehr lange auf der Erde verweilte, auch wenn ich mir manchmal ein viel kürzeres Leben gewünscht hätte.
Negativ für mich war halt auch einiges: Keine richtige Gesundheit, keinen richtigen Beruf, keine Kinder, häufige Missverständnisse mit Schwiegerfamilie und Ehemann, mehr Todesfälle als Geburtsnachrichten im Freundeskreis, keinen Erfolg als Dichterin und Romanautorin gehabt zu haben. Ja, das war der Messerstich in meiner Existenz, der mich so häufig tötete und verbluten ließ, sodass ich langsam wie eine durch Misshandlungen und Gräueltaten übertrieben gezeichnete Heldin der griechischen Tragödie wurde.
Ich schrieb viel und mit einigem Erfolg bei Lesungen, aber die Verlage schickten meine Texte immer mit Absagen zurück. Ich weiß nicht mehr, was aus all dem geworden ist, das ich damals schrieb in diesen zwei Sprachen, die ich besonders liebte. Es ist schon einige Jahre her. Hier redet man nicht von der Zeit. Aber es scheint, dass ich am Anfang des zwanzigsten Jahrhunderts geboren wurde und über 70 zählte, als ich starb, und jetzt sind seitdem auch ein paar Jährchen vergangen, seitdem ich in meinem Künstlerhimmel wohne.
Abgesehen davon, ob ich auf Erden erfolgreich oder nicht war, habe ich die Seele des Künstlers in mir. Mir ist jetzt endlich gegeben, die Menschen noch besser als je zuvor zu erforschen, sie zu fotografieren, zu beschreiben, mit meinen Worten zu beleben, sobald ich mir einen Einblick in ihren Alltag oder in ihre feierlichen Stunden verschaffen kann. Ihre Gestik, ihre Leidenschaften und Träume schreiben sich in mich ein und ich übertrage sie weiter mit der ganzen Kraft

meines Einfühlungsvermögens oder manchmal mit Verfremdungstechniken, mit denen ich sie noch zu vertiefen und ihren Erlebnishorizont zu steigern, zu intensivieren vermag.
Ich beschreibe sie alle ohne Mühe, spontan, ungefesselt, jedoch wie von einer fremden Hand geführt. Und ich brauche kaum zu denken, auf die Reihenfolge der Sätze zu achten, alles fließt los wie die Tränen, wie das automatische Schreiben der Surrealisten.

Dieses Baby hat zwei Mütter. So denke ich, während ich das kleine, winzige Figürchen abwechselnd in den Armen der einen und dann der anderen Frau sehe, und der Gedanke gefällt mir, deshalb verfolge ich voller Interesse diese anmutige, liebevolle Konstellation, diese weibliche Dreifaltigkeit, denn auch das Baby ist eine Sie, ein Mädchen aus der Ukraine namens Katinka.
Wie eine Fliege verschaffe ich mir Zugang durch das Fenster ihres Wohnzimmers. Hier hausen die Schwestern Camilla und Virginia Jansen, die ich gestern auf der Straße zum ersten Mal traf. Es war im Laufe meines Spaziergangs am Rhein in Bonn. Auch die Himmelbewohner, die Geister, wie ich einer bin, ziehen ruhigere Straßen mit einer besseren Luft den verkehrsreichen und stickigen vor und gehen gern den Rhein entlang spazieren.
Der Künstler-Himmel ist auch deshalb so großartig - finde ich - weil meine Wissenslust sofort gestillt wird und ich alles über die Menschen erfahre, das mich zu entdecken besonders verlangt. Automatisch geben sie mir Auskunft, ohne dass ich sie zu fragen brauche. Es wäre ja auch schwierig für mich irgendwelche Fragen zu stellen, denn sie können mich gar nicht wahrnehmen.
Entweder plaudern sie mit anderen Menschen über ihre

Geheimnisse oder mit sich selbst in Gedanken. So weiß ich zum Beispiel schon viel von meiner kleinen Familie, und sonst dichte ich ihnen einiges nach und gewöhnlich irre ich mich nicht in meinen Vermutungen. Sie sind Schwestern, weil sie einander sehr ähnlich sehen, und an ihrem Türschild in ihrer Wohnung, die ich mir erlaubt habe zu betreten, sehe ich ihre Namen: Jansen. Camilla ist die Ältere, schon um die 50, sie ist Witwe und spricht oft von ihrem „Anton". Virginia, viele Jahre jünger, ist ledig, und nach vielen Schwierigkeiten ist es ihr gelungen, die Kleine zu adoptieren. Sie machen einen recht glücklichen Eindruck alle drei zusammen. Ich habe mich regelrecht in sie verliebt.
„Katinka ist unser Augenstern, unser Glück. Seitdem wir sie haben, sieht das Leben viel schöner aus."
Das sehe ich schon, das habe ich direkt mir so vorgestellt. Du denkst viel weniger an den Tod... und du an die Lieblosigkeit der Männer dir gegenüber.
„Uns ist leichter ums Herz, und wir sind voller Kraft."
„Und nach langer Trennung dürfen wir wieder ein Ziel, eine gemeinsame Aufgabe miteinander teilen."
„Sie ist wie eine Sonne, die uns wärmt, und du bist auch ein großer, großer Sonnenschein in einer kalten Welt. Ohne dich hätte ich Katinka gar nicht adoptiert. Ich hätte es mir nicht zugetraut, ganz allein ein Kind zu erziehen. Du hast mehr Erfahrung als ich und bist stärker, um so eine Verantwortung zu tragen."
„Das ist Unsinn, du könntest auch ganz gut allein mit deiner Tochter auskommen", sagt Camilla, die Ältere.
Aber die Welt ist doch nicht so kalt. Ihr habt ein paar Freunde und Verwandte. Ich habe gesehen, dass ihr oft mit euren Handys herum marschiert, mit Menschen telefoniert und lacht. Dann habt ihr eure Arbeit. Ich vermute, ihr habt eure Jobs und eure Zeit so eingeteilt, dass immer jemand zu Hause ist, um

nach der Kleinen zu sehen oder ihr nehmt sie überall hin mit.
Die eine, Virginia, ist Lehrerin in einer Schule für Erwachsene, die andere arbeitet in einem Büro. Sie haben es fein getroffen: Meistens arbeitet die eine vormittags und die andere nur ein paar Stunden nachmittags. So brauchen sie die Kleine nicht bei Fremden unterzubringen.
Ich bin auch sehr dafür. Bei unvorsichtigen Tagesmüttern wäre sie nicht so gut aufgehoben. Ich bin halt traditionell erzogen worden. Meine Geschwister und ich hatten leider keine Großfamilie, denn die Großeltern, Onkel, Tanten und Cousinen blieben ja in Peru, aber die Mutter war immer bei uns zu Hause. Dieses Bild hier erinnert mich an meine Kindheit und ist sogar besser, denn hier gibt es zwei Mütter, die sich gegenseitig sehr gut verstehen, und es gibt nur ein Kind, um die ganze, große Liebe der beiden zu empfangen.
Morgen werde ich euch wiedersehen, hoffe ich, obwohl ich, zugegeben... ziemlich wetterwenderisch und untreu bin. Vielleicht habe ich mich anderweitig für andere Menschen interessiert. Man kann nicht immer das gleiche Bild malen, das gleiche Gedicht schreiben... Ja, das ist ein elementares Gesetz der Kunst: Flüchtige, intensive Blicke, immer das Neue, das Offene, Untreue und Bewegung in alle Richtungen, keine Vergangenheit, nur lebendige Gegenwart, auch wenn diese manchmal Anklänge an Vergangenes evoziert.
„Morgen nehme ich unser Baby in die Schule mit. Die Kollegen und Kursteilnehmer werden sich freuen und mit ihr spielen. Sie haben zusammen ein Geschenk für sie gekauft, sie wollen sie unbedingt kennen lernen."
„Und übermorgen nehme ich sie mit ins Büro. Bisher waren es immer die anderen Kolleginnen, die ihre Kinder mitbrachten und mit Stolz zeigten."
Mir fällt es schwer mir vorzustellen, dass jede der beiden schönen, mütterlichen Frauen, getrennt voneinander die kleine

Katinka zu anderen Orten, Schule und Büro, mitschleppen wird - nicht mehr zur Rheinallee beim Spaziergang und nicht mehr im Wohnzimmer im zweiten Stock mit offenem Fenster, in das ich vor einigen Minuten hineingeklettert bin. Wie viele Monate ist Katinka alt? Sie ist nicht mehr ganz neugeboren. Sie spricht schon ein wenig, oder glaube ich es nur, und mit einem ukrainischen Akzent. Sie produziert gewisse, essbare Laute, die mich entzücken, scheint beinahe, als hätte sie meinen Namen gerufen: „Corde".
Nein, es kann nicht sein. Es wäre zu kompliziert für sie. Das Bild, das mir am besten gefällt, ist dieses: Diese idyllische Ecke am Fenster, die zwei Schwestern zusammen mit Katinka in der Mitte und sie wird von den beiden abwechseln betrachtet, gehalten, angesprochen. Und riechen tun sie auch an ihr.
„Sie riecht nach Weihnachten, findest du nicht?"
„Ja, und nach Trauben, Honig und Vanille."
Ich bin auch der Meinung, dass sie wie ein Engel riecht.
„Sie ist genauso wie du, als du so klein warst", sagt Camilla verträumt.
Ich schreibe ein Gedicht für euch, oder einen Einakter, den wir auf der Bühne in verteilten Frauenrollen zusammen spielen könnten. Ich bin die Künstlerin, um es anders auszudrücken: Ich bin eine unsichtbare Fliege, die nicht einmal summt, aber umso tiefer den Charme des Lebens fühlt und abhorcht, wie ein Arzt die Lunge seines Patienten. Ich dichte euren Husten, euer Atmen, drei Lungen und eine Fliege.
Am liebsten habe ich das fröhliche, plauderhafte und schnelle Keuchen unserer lebenden Puppe. Ich mag die Verkündigung ihrer Stimme und dann die halbe Stille, die entsteht, ihr unterbrochenes Brummen und gieriges, delektierendes Saugen, jedes Mal wenn sie den Schnuller bekommt und sich damit aus vollem Herzen beschäftigen kann. Saugen ist einer

der höchsten Genüsse, die uns der Schöpfer gegeben hat.

Ich nehme meine Malutensilien und male ein Bild mit folgendem Inhalt: Katinka mit dem Schnuller, jetzt selbständig in ihrem Kinderwagen sitzend, alleingelassen von den beiden Frauen. Diese schauen sie noch an, aber mehr aus der Ferne, wie ich, wie die Besucher einer Ausstellung, die lange, bedächtig vor einem Kunstwerk stehen. Ich will die beiden nicht weiter verfolgen, ob sie demnächst kochen oder bügeln werden. Ich male sie nur in dieser Haltung, wie sie offenen Mundes miteinander reden, und Virginia bewegt sich Richtung Küche mit einer Babyflasche in der rechten Hand.

Und dann gibt es eine Fliege in der Ecke, und einen sehr freundlicher Schnuller, der, fast wie ein Mensch oder wie ein liebevoller Delfin, mit Katinka spielt und kommuniziert. Sie scheint ganz munter und zufrieden „Corde" zu rufen. Aber den Laut kann ich nicht malen, nur wie ihre Lippen sich öffnen und ihr ganzes Gesicht Grüße in alle Richtungen auszustrahlen scheint.

Auf Erden war ich durch mein weniges Sehen als Malerin nicht zu denken gewesen. Aber hier bin ich eine gute Malerin. Wenigstens hat sich Gott nie über meine Porträts beschwert. Er versteht alles und gratuliert mir zu jeder neuen Zeichnung. Katinka gefällt ihm besonders, die Fliege aber weniger.

Margit Stevenson ist der Höhepunkt des Kosmopolitismus, sie ist weltoffen, privilegiert fremd oder einheimisch überall, noch mehr eine Mischung aus verschiedenen Nationalitäten als ich selbst, denn ich hatte ja nur Peru und Deutschland in meinem Erfahrungshorizont und wurde fast immer ziemlich einseitig von dem deutschen Teil geprägt. Aber sie, sie hat einen viel exotischeren Hintergrund, sie hat viele Nationalitäten und diese durch ständige Reisen und aufeinander folgende Phasen der Annäherung an die verschiedenen Kulturen wirklich ausgelebt, erkundet und sich angeeignet. Margit, ich beneide dich um so viel Reichtum durch eigene Intelligenz, aber auch durch die Umstände, die ich auch für mich hätte haben wollen.

Sie wurde in Frankreich geboren, Tochter eines englischen Diplomaten und einer schweizerischen Pianistin. Und diese Mutter ist auch so ein Gemisch, ein explosiver Blutcocktail aus polnischen, ungarischen und griechischen Elementen. Margit ist nicht nur Französin, weil sie dort zur Welt kam und auch viele Jahre lebte, sondern eine Jüdin von der Seite des Vaters. Und nicht weniger ist sie eine Engländerin mit ungarisch-polnischen Großeltern und hat dazu noch einen japanischen Verlobten. Aber ich bin nicht so sicher, dass sie den Verlobten behalten wird, denn sie schwärmt im Moment mehr für ihren Griechisch-Lehrer. Sie hat diese griechische Phase, seitdem sie eine Tante mütterlicherseits entdeckt hat, die in Athen lebt. Margits Wurzeln in mehreren Ländern sind unzählbar. Sie war in Israel, Tokio, in der Schweiz natürlich und auch in den Geburtsorten ihrer neun Geschwister. Die keineswegs einheitliche Herkunft dieser Geschwister trägt auch viel zu ihrem internationalen Touch bei.

Die zwei älteren Brüder sind in Ägypten geboren, vier Schwestern in Italien, die anderen zwei wie sie in Frankreich und die jüngste in Ungarn. Die Mutter, die nicht nur sehr musikalisch und fruchtbar, sondern auch pädagogisch sehr begabt ist, hat darauf geachtet, dass die italienischen Töchter weiterhin mit ihr und den anderen Italienisch gesprochen haben. Französisch und Englisch sind auf jeden Fall immer aktuell in der Familie. Sogar die ungarische Tochter wird sprachlich verwöhnt und alle strengen sich an, diese Sprache, die sie bewundern, künstlich, aber sehr poetisch, am Leben zu erhalten, nicht ganz im Nebel der Vergessenheit versinken zu lassen.

Für die Erwachsenen ist es wie ein verspätetes Spiel, die jetzt zwölfjährige Alice zu diesen komplizierten Lauten zu animieren. Nur das Deutsche, das Hebräische und das Arabische werden etwas stiefmütterlich behandelt. Obwohl alle Frauen der Familie den Bauchtanz mit besonderer Anmut praktizieren und sie das Orientalische lieben. Nur in der Politik verabscheuen sie arabische Terroristenbewegungen.
Ich schleiche ins große Haus durch den Gartenzaun. Diesmal bin ich nur ein Staubkörnchen, noch weniger als eine Fliege, und ich lege mich auf Margits Schreibtisch in ihrem Schlafzimmer, das sie mit ihrer Schwester Else teilt. Im Haus gibt es acht Schlafzimmer, und ohne luxuriös zu sein, vielleicht durch die Größe, kommt mir die Wohnung ein bisschen wie ein Palast vor. Dadurch, dass noch alle Geschwister zu Hause sind, herrscht viel Leben, Dynamik und Freude in diesen vier Wänden. Ich finde, sie sind noch in diesem idealen Zustand einer völlig intakten und unbeschwerten Familie, den ich mir für mich selbst ewig gewünscht hätte.
Sie sind noch nicht allein; es sind noch keine Todesfälle zu beklagen. Alle erzählen ständig über Arbeit, Reisen, Ausbildung und berauschende Abenteuer. Noch gibt es keine Stille, keine Langeweile und Schwere des Herzens. Ja, das ist die beste Zeit in den Familien, wenn alle zusammen plaudern, planen und gedanklich springen, sich gegenseitig ermuntern. Das Altwerden und die Bitterkeit unerfüllter Träume sind noch nicht in Sicht, nicht einmal die durch Hochzeiten und endgültige Umzüge verursachte allmähliche Entfremdung, durch lange Trennungen zwischen Eltern und Geschwistern.
Zwar sind die zwei Großen und auch Johanna schon verheiratet, aber die Partner wurden mitadoptiert und leben hier wie eine selbstverständliche Zugabe, so wie die kleine Ruth, Johannas Töchterchen. Und David, Richards Baby.
Die acht Zimmer sind gut verteilt, denke ich, und nicht zu eng

oder unbequem für die Familienmitglieder. Drei sind für die unverheirateten sechs Schwestern, drei für die neuen jungen Ehepaare, eins für die Eltern und eins für die zwei Kleinen. An ein Gästezimmer ist natürlich nicht mehr zu denken, aber Wohnzimmer und Küche sind ziemlich groß und man könnte noch jemanden unterbringen.

Keiner fühlt sich allein oder unter Druck in diesem Hause Es gibt weder zu viel Raum, noch zu wenig. Ich würde mich hier auch wohl fühlen. Es gibt zwei Badezimmer und zwei Arbeitszimmer, in denen meistens die jungen Leute (der Vater nicht mehr) wie emsige Armeen von Ameisen am Computer arbeiten, Bücher lesen, sich Videos ansehen oder noch unter der Anleitung der Mutter am alten Klavier spielen und singen. Das können von den zehn Geschwistern nur vier. Aber immerhin ist es eine gemeinsame Tätigkeit in dieser Gruppe, genauso wie es auch die Computergruppe gibt und die der Leser, und manchmal gibt es einige vermischte Gruppen, die alles mögen, und die von einer in die andere hinlaufen wie Margit, Alice und die Schwägerin Olga, Richards Frau.

Ich liebe ebenfalls die Vielseitigkeit ihrer Beschäftigungen und Berufe, die für mich noch einen Reiz bilden. Else, eine der italienischen Töchter, die das Zimmer mit Margit teilt, ist Stewardess. Ja, das ist der internationale Beruf par Excellenze, einer der offensten und beweglichsten. Johanna ist Bibliothekarin, auch etwas wofür ich sie beneiden könnte, wenn ich noch am Leben wäre. Olga ist sehr aktiv trotz ihrer Mutterrolle, sehr sensibel und mitleidsvoll, eine Helfernatur, und sie engagiert sich viel in der jüdischen Gemeinde, um Menschen bei seelischen oder finanziellen Problemen zu unterstützen.

Andere in der Geschwistersammlung sind eher politisch geprägt oder besonders pädagogisch orientiert; drei der Mädchen sind Lehrerinnen und auch Johannas Mann ist

Lehrer. Hier herrscht keine Gefahr, dass der Intellekt sterben könnte, und auch die Kunst ist vertreten durch das viele Musizieren und Margits literarische Begabung. Neben ihrer interessanten Arbeit als Dolmetscherin schreibt sie eine sehr originelle Lyrik, genauso wie ich damals, nur dass sie keine Behinderung hat, wie ich sie früher hatte.
Gewiss, in dieser Familie scheint nur Glück und Heiterkeit zu herrschen. Behinderungen scheinen gar nicht zu existieren, und da mache ich mir schon ein bisschen Sorgen, dass sie nicht eines Tages alles Harte und Grausame auf einmal entdecken müssen. Bisher hat nur die kleine Ruth einen nicht sehr gravierenden Geburtsfehler zu beklagen. Sie kann nicht so gut wie die anderen hören und muss ein Hörgerät tragen. Aber es scheint nicht von Wichtigkeit zu sein. Da sie sehr gut mitkommt und mitlacht, ist keiner betrübt oder betroffen.
Es ist wieder ein Stück Himmel für mich, sie alle anzuschauen. In meinen Wachträumen, als ich lebte, hatte ich mir manchmal so etwas Ähnliches ausgedacht, entweder eine so winzige aber umso intensivere und zusammengewachsene Familie wie die zwei Mütter mit Katinka... oder diese große voller Lebens- und Gesprächsmöglichkeiten wie ein positiver Mikrokosmos der Welt: Viel Reden miteinander, Toleranz und Breite im Umgang der verschiedenen Charaktere untereinander, Fröhlichkeit, Mitteilsamkeit und aufmunternde Liebe.
Meine Eltern, ich und zwei Geschwister waren im Grunde weder eine kleine, noch eine Großfamilie, nur ein Mittelding, ein Zwischenstadium und beileibe nicht im besten Zustand. Wir hatten immer schwierige Lagen zu bewältigen und das machte uns womöglich weise, aber müde und leblos. Heimweh, Enge, Arbeitslosigkeit, Missverständnisse, Behinderungen, Trennungen und Krankheiten schon während der Zeit, die ich für die schönste in einer Familie empfinde, in

der noch Jugend da war und noch keine Todesgedanken.
Unsere Mutter war oft von dunklem Heimweh bedroht, ganz anders als Margits Mutter, die gar nicht Heimat gebunden ist und sich als Weltbürgerin über jedes Land freuen kann. Warum gibt es dagegen so beengende Menschen, die nur am Geburtsort Wurzeln schlagen und sich nirgendwo sonst zu Hause fühlen können? Es geht ja nicht einmal um Länder, sondern sogar um viel kleinere Einheiten der Grenzziehung: Um Städte und sogar Dörfer. Meine Mutter hätte auch gejammert und Heimweh bekommen, wenn sie in Peru, aber weit weg von Lima hätte leben müssen. Ich hörte oft dieses Klagelied von vielen: „Ach, nirgendwo ist es so gut wie am Ort meiner Kindheit!"
Es fängt mit der Küche an, dann kommt alles Übrige, das Wasser, die Bauten, die Landschaft, die Sitten und Sprache oder besser gesagt, der lokale Dialekt, alles sei besser, unentbehrlich; an einen Umzug sei gar nicht zu denken; die Ehe mit einem Fremden undenkbar. Und diese Äußerungen scheinen auch von einem Naturinstinkt begründet, denn die Tauben kommen immer wieder unfehlbar auf die Geburtsquelle zurück.
Aber Margit und ihre ganze Familie sind anscheinend keine Tauben und genießen das Leben überall. So flexibel, offen, unbekümmert über Herkunft und Nationalität hätte ich auch sein wollen. Ich schwärmte immer von Mischehen, Reisen, von Diplomaten, Stewardessen und Journalisten als Berufen, und je verwickelter die Mischung aus Religionen, Ländern und Vorfahren unterschiedlichster Provenienz war, desto interessierter folgte ich mit meiner Vorstellungskraft dem Tagesablauf einer solchen Familie.
Leider war es manchmal betrügerisch, denn auch weitgereiste, zweisprachige Familien, wie die unsere, konnten sehr verschlossen sein und sich immer an vergangene Bilder

klammern, welche für uns Kinder kaum Gültigkeit besaßen, aber die den natürlichen Energiezufluss für Offenheit und für neue Bilder irgendwie einschränkten. Auch weitere Umstände unterschieden uns von echt kosmopolitischen Familien, innerlich und äußerlich. Wir hatten keine so geräumige Wohnung und wir waren zu wenig im Haus, zu sehr aufeinander fixiert ohne genügende Abwechslung. Dann wurden wir noch weniger, als mein Bruder heiratete und weg ging. Ich musste auch gelegentlich getrennt von der Familie in Kliniken oder in einem „speziellen" Internat leben. Meine Mutter sang peruanische Lieder und hatte Heimweh, auch nach den Kindern, die nicht mehr zu Hause waren.

Wie ganz anders ist die glückliche, schweizerische Pianistin von so vielen Menschen, Geschichten und Weltsprachen umgeben! Sie redet von Rom, Paris, Kairo, Genf, London... mit besonderer Sympathie und Liebe, als wäre sie in jeder dieser Städte tatsächlich geboren worden.

Und Margit könnte ohne weiteres für immer nach Griechenland oder Japan ziehen. Diese erste, endgültige Trennung würde womöglich die ganze Familienkonstellation erschüttern, aber ihre Anpassungsfähigkeit würde sie letzten Endes retten, vermute ich. Dann hätten sie anregende Diskussionen am Telefon, per E-Mail oder auf Reisen. Doch ich möchte, dass sie noch ein bisschen in der Geborgenheit des schönen Familienkreises bleibt, genauso wie Katinka in ihrem. Ich bin jetzt in dieses Bild verliebt und möchte es mit keinem anderen tauschen.

Diesmal spüre ich weniger die Versuchung, mit Worten zu spielen oder zu malen, sondern eher ein Lied zu komponieren, eine fröhliche Polka auf Violine, Trompete und Xylophon, mit den 17 Stimmen der Hausbewohner und in vielen Sprachen. Ich möchte so gerne mit ihnen singen! Aber ich gehe, bevor sie meine Anwesenheit merken könnten.

Beim Weggehen höre ich noch, wie Olga und Margit sprechen: „Ich habe einen Abend für ältere Menschen organisiert und einen anderen für alleinstehende Mütter."
Else sagt: „Ich komme morgen Nachmittag aus Lissabon zurück. Wir machen jetzt die portugiesische Route."
Ja, sie fliegt zu Städten, wie andere spazieren gehen. Aber sie kommt immer wieder zum Reich der Familie zurück.
Margit lächelt. „Ich gehe zur Griechischstunde."
Alice übt Klavier bei ihrer Mutter. Der Vater liest Zeitung und spricht interessiert mit den zwei Enkelkindern. Johanna schreibt einen Brief am Computer. Der ältere Bruder, Oscar, betrachtet verliebt und genussreich die Beine seiner Frau, Martina, die ihm eine rührende Geschichte aus einer Illustrierten vorzulesen versucht. So ist jeder mit verschiedenen Dingen beschäftigt, und das bedeutet Leben, mein Himmel. Ich könnte sie stundenlang beobachten.
Wohnungen sind an sich meine Lieblingsorte, mir noch lieber als Straßen, Büroräume oder Sitzplätze in allen möglichen Verkehrsmitteln. Denn meistens finden nur in Wohnungen die intimsten Szenen in einem Leben statt: Die Menschen ziehen ihre Kleidungsstücke aus und gehen schlafen. Nur in Wohnräumen riecht es so schön nach dem Innenleben von Körpern, nach Wäsche, Träumen, zugemachten Augen und Freizeithöhepunkten. Dort entspannen sich die Leute, schnarchen und seufzen, und auch dort werden sie am nächsten Tag wach, erblicken den ersten Sonnenstrahl des Tages.
Auch spielen dort die Kinder, weinen die traurigen Menschen ganz unverblümt und ohne Verstellung, während man auf der Straße nie so viel von sich preisgibt. Dort geschehen die intensivsten Erlebnisse: Die nervösen Mütter schlagen ihre Kleinen, Männer und Frauen lieben sich, viele versuchen zu kochen, machen gymnastische Übungen oder kratzen sich

den Rücken, die Schenkel, viele baden, kämmen sich das Haar, schauen sich im Spiegel an; das alles wäre auf der Straße nicht möglich, höchstens in öffentlichen Toiletten, aber dann weniger persönlich, zeitlich begrenzt, nicht so locker und nur vorläufig.
In den Wohnräumen befindet sich der eigentliche Kern des Lebens, die Dynamik einer Gymnastikmatte, der Selbstgedanken, der nachtwandlerischen Schritte in der Nacht, der Koch- und Kaffeedüfte, die ganz anders sind als die in einem Restaurant. Deshalb ist mein Himmel meistens ein Wohnraum. Babys werden dort am besten gestillt, ein feststehendes Telefon im Schlafzimmer gibt immer mehr Gemütlichkeit als ein Handy, und nur zu Hause kann man sich streiten, sich vollkommen gehen lassen oder sich unbedenklich einer Freude hingeben. Ich bin die Künstlerin des Heims, obwohl ich auch Gärten, Hotels und Wald- oder Strandgegenden besonders liebe.

Jetzt gehe ich zu einem anderen Ort. Zu einer kleinen Kirche, in der zwei Menschen, Ernst und Jemima Cross, beide aus Manchester, getraut werden. Das bescheidene, aber sehr starke und unübertreffliche Glück der beiden hat mich angezogen. Es ist nicht nur, weil sie am Anfang ihrer Beziehung stehen, obwohl das allein schon reizvoll ist. Als Belohnung zu meinen Liebesdiensten an die Menschheit hat mir Gott neulich ein Messinstrument besonderer Art gegeben, womit ich den genauen Liebesstand in Menschenherzen messen kann, und ich weiß nicht warum und wieso... aber diese zwei lieben sich viel mehr als durchschnittlich.
Das ist noch zu wenig gesagt: Ich kann behaupten, dass es seit drei Jahrhunderten keine solche Liebe von so tiefer und hoher Qualität gegeben hat. Mein Liebesinstrument kreischt wie eine Feuerwehrsirene, wenn die Liebe supergroß ist wie

im Falle der beiden, und so hörte ich es wie eine riesige Explosion der Ekstase und der unverkennbaren Brandanzeiger, als sie sich trafen.

Leider sind solche Geschichten immer seltener zu beobachten, und ich sehe meistens nur mittelmäßige Angelegenheiten, halbherzige Konflikte zwischen Eroberungslust, Apathie und verbissener Eigensucht. Die Liebessirene ertönt nur ziemlich schwach, meistens bei besonderen, isolierten Anlässen wie zum Beispiel bei einem Geburtstag oder einer Verführungsnacht der freudigen Überraschung am Anfang der Partnerschaft.

Drei Jahrhunderte bedeuten einiges an Zeit, doch erstaunlich wenig an Vorkommnissen der Gefühle. Mein Instrument überträgt leider nur ab dann... die Jahrhunderte der großen Leidenschaften wie die zwischen Romeo und Julia, Avelard und Eloise, kann ich nur erahnen, indem ich meiner Fantasie freien Lauf lasse. Ich glaube, dass es in unserer Zeit wenigen Menschen gegeben ist, so viel Liebe zu empfinden wie meinem Brautpaar, Ernst und Jemima. Eine Paaresbeziehung neigt von Natur aus zur Unvollkommenheit und die sexuelle Liebe, die sie mitbegleitet, ist vielleicht weniger dauerhaft, sicher und stark als die zwischen Eltern und Kindern. So liebten wir uns, mein Mann und ich, ebenfalls sehr unvollkommen, bei weitem nicht so, wie die beiden jungen Menschen es jetzt tun.

Ich verweile in der Kirche als Euromünze, ganz unbeweglich und schweigsam in der Opferbüchse, von vielen anderen Münzen unterdrückt, die nach Metall riechen wie ich. Aber irgendwo trage ich auch menschliche Züge; ich habe ganz große, gierige und brennende Augen, die die für die meisten unerreichbare und wunderbare Liebe der beiden zueinander mit Sehnsucht und Sympathie betrachten.

Fliege, Staub, Münze... trotz meiner vielen Verwandlungen

verliere ich jedoch nicht meine Künstlerattribute, die Wahrnehmung erst ermöglichen. In meiner Schürze aus seidenen Gedanken werde ich die Perlen ihrer Herzen und die Silberglocken der Kirche sammeln, damit nichts verloren geht, auch die Gesichter der wenigen Gäste und den Hochzeitsmarsch, der sich bei jeder Heirat ganz anders anhört, wie die Waffen, die so unterschiedlich in dem jeweiligen Krieg klingen... Vietnambomben, Irak-Bomben, Glocken für sie oder für mich, Flitterwochen für mich damals oder für sie jetzt...

Die gleichen Worte des Rituals Eheschließung - Stammbuch, Unterschriften, Glückwünsche der Gäste, Brautmutter in Tränen - aber so ganz andere Tränen und Gesichter, ein ganz neugeborener Hochzeitsmarsch, nicht nur von Mendelssohn stammend, vielleicht von der Rockmusik und dem Tango mitbeeinflusst, und die magischen Hochzeitsworte werden hier nicht auf Deutsch, sondern auf Englisch gesprochen, wie bei Princess Diana im Fernsehen vor vielen, vielen Jahren: „Yes, I will. For good or for worse, till death us do part."

Na ja, Manchester erfordert Englisch. Jemima käme nicht zurecht mit einer deutschen Hochzeit, und in meinem Himmel gibt es keine Grenzen von Nationalitäten oder Fremdsprachen. Ich könnte genauso gut einer afrikanischen Hochzeit beiwohnen.

Sie lernten sich schon in frühem Alter in der Schule kennen, deshalb umfasst ihre Neigung viel geschwisterliches Einvernehmen, Beständigkeit und Gewohnheit im Sinne von Vollständigkeit aller Altersstufen. Sie sind die Ehe aber nicht unreif und voreilig eingegangen, sondern lebten viele Jahre getrennt voneinander, standen in einem sehr ausführlichen und regen Briefwechsel während der Trennungen. Sie waren beide schon 27, als sie sich zur Heirat entschieden, die sich jetzt - nach einem Jahr Verlobungszeit - verwirklicht hat.

Die alte Freundschaft verhindert ihre Leidenschaft nicht, die wie ein plötzlicher Hautausschlag explodiert ist, seitdem sie wissen, dass sie inzestfrei, uferlos zufrieden und voller Genüsse miteinander schlafen können. Sie finden sich gegenseitig schön, oder noch wichtiger, richtig für einander gemacht, sich innerlich ergänzend und äußerlich anziehend.

Was ich an ihnen besonders mag, ist ihr Frieden, trotz Leidenschaft, ihr sehr ausgewogenes Gleichempfinden und Reagieren vor Situationen wie bei Zwillingen, ihre sehr feine Art, sich zu arrangieren ohne gravierende Verletzungen, sich zu verstehen und Zwänge füreinander zu vermeiden, was auf einer gegenseitigen Rücksichtnahme beruht.

Vor ihrer Verlobung, als sie noch Geschwister waren, hatten sie sich schon in Geduld, Einfühlungsvermögen und gesundem Zusammenleben geübt; diverse Stadien der Liebe erprobt, intellektuell und emotional zusammengearbeitet, geträumt, vor Prüfungen gezittert, sich vergnügt und gewisse Ziele zusammen verfolgt. Auch Schlechtes hatten sie geteilt und sich nach Hilfswegen umgesehen, so wie in der Zeit, als Jemima zwei Jahre lang ziemlich krank wurde und sehr schwache Zukunftspläne hatte, zu denen er sie immer wieder ermunterte und sie wie seine eigenen behandelte.

In der Zeit, als Ernst seine bessere Stelle verlor und er unter dem Tod seines Vaters besonders litt, war auch sie ein großer Trost für ihn. Deshalb denke ich, dass sie in einer privilegierten Beziehung stehen: Sie haben Zeit für lange Gespräche gehabt, sich Traurigkeit oder Freude vom Gesicht ablesen können; sie haben zusammen Schach gespielt, Musik gemacht, einem Baby bei der Taufe Paten gestanden, sie marschierten zusammen in einer Antikriegsdemonstration und als Krönung des Tages erlebten sie eine intensive, fröhliche Sexualität.

Er achtet sie, möchte sie lächeln sehen, denn er ist von ihrem ihm so vertrauten Lächeln immer noch fasziniert. Sie fühlt sich geborgen, verstanden, tut alles, um sein Wohlbefinden zu erreichen. Das wird eine Ehe ohne Masochismus oder Sadismus sein, keine Schläge, kein Quälen und Erpressen, nur Seufzer, Streicheln und Hochleben, Sonne, Einverständnis und Ausdauer im Guten. Sie bilden einen homogenen Block: Was eine schlechte Nachricht für ihn wäre, wäre es genauso auch für sie und umgekehrt... und das fast mit der gleichen Intensität.

Das zeichnet meiner Meinung nach eine echte Liebe aus, keine Uneinigkeit oder Gleichgültigkeit im Empfang der Mitteilungen, die den Partner betreffen. Habe ich nicht gerade das Gegenteil oft bei meinen Eltern erfahren? Dass die Mutter betrübt über einen Sachverhalt war (dass sie nicht mit Peru telefonieren konnte)... während der Vater nicht im geringsten beeindruckt war oder sich beinahe darüber freute, dass die Leitung nicht funktioniert hatte.

Ein weiteres Merkmal der echten Liebe ist womöglich das Immer-Interessiert-Sein, keine Langeweile empfinden in der Nähe des (der) Geliebten. So schauen sich die beiden an - in ihrer eigenen Substanz voll gefesselt und gefangen. Sie brauchen keine anderen Mächte oder Gestalten; ohne überheblich zu sein, geben sie ihrer Liebe eine Vorrangstellung, und alles übrige bleibt heruntergestuft, abgemindert und nur gedämpft, peripher vorhanden.

In ihrem bescheidenen blauen Kostüm und ohne Schmuck ist Jemima eine leuchtende Erscheinung für den Mann, der sie als Mittelpunkt seines Lebens empfindet. Ob es sich irgendwann ändern wird, dass eine andere Figur die Vorrangstellung für einen der beiden annehmen und somit zur Untreue verleiten könnte... Darüber gibt meine Liebesmessung keine Auskunft, nur über Vergangenheit und Gegenwärtiges, aber der Zählerstand zur Entwicklung ihrer Liebe und dem jetzigen Augenblick überschreitet die Zahl meiner Vormessungen: Der Grad ihres Gefühls, die Intensität im Rhythmus ihrer Herzen und die Fähigkeiten ihrer Sinne gehen ins Tausendfache und überspringen die Grenze der mir bekannten Ziffern.

Meine blinde Liebe zu meinem vollsehenden Mann war schon sehr groß, doch sie erreichte nie die Grenze der Eintausender-Marke. In ihrer Unvollkommenheit konnte sie (trotz mancher Höhepunkte) den einmal gewonnenen Rekord von 923 nie wieder übertreffen. Die Neuvermählten dagegen, meine guten Freunde, haben immer einen stabilen Aufwind und eine gleich hohe Zahl über ein Millenium an Qualität zu verzeichnen.

„Jemima, im Vergleich mit euch, schäme ich mich, so wenig geliebt zu haben, auch wenn die Liebe heute immer mehr aus der Mode gekommen ist. Ich finde, nur sie gibt Kraft, Schutz und Wärme. Ich frage mich, ob die Liebe Gottes zu den Menschen mit eurer vergleichbar ist. Ich weiß, ich bin blasphemisch; eigentlich dürfte seine eurer nicht nachstehen, da sie das Superlativum von allem ist. Aber ich kann diese Liebe nicht mit meinem Gerät nach menschlichen Kriterien messen. So tappe ich im Dunkeln, sogar jetzt, da ich mehr in der Nähe des Schöpfers bin.

Ich gratuliere euch zu diesem schönen Tag. Ich möchte euch fotografieren... Ein besonderes, magisches Foto in eurem Familienfotoalbum hinterlassen, sodass ihr dieses Bild immer mit Erstaunen anschauen werdet und euch fragt, wer eigentlich der Fotograf sei, denn rätselhafterweise stammt es nicht von dem Fotoapparat eurer Angehörigen oder Freunde und auch nicht vom Standesamt. Ein Gedicht über euch werde ich nicht schreiben, denn ihr hättet sowieso zu wenig Zeit, um es zu lesen.

Und auf eurer Hochzeit tanzen werde ich auch nicht können, denn ihr habt keinen Hochzeitsball. Sofort nach dem

Hochzeitsessen geht es zur Hochzeitsreise nach Jamaika. Ihr habt vor dem Anziehen schon gepackt und alles steht bereit, deshalb ist die Kleidung für die Trauung weniger feierlich, weil sie gleichzeitig für die Reise bestimmt ist. Und das Essen wird auch nicht zu lange dauern, sonst könntet ihr das Flugzeug verpassen. Doch es herrscht nicht viel Hektik, weil nur der kleine Familienkreis anwesend ist. Wir werden euch verabschieden, euch einen schönen Urlaub wünschen und eure wertvollen Stunden zu zweit mit einem gesunden Neid aus der Ferne betrachten."
Ernsts Eltern sind dort, Jemimas Mutter, ihre Schwester und Adelaide, die beste Freundin der Familie. Warum ich gerade diesen Namen weiß und nicht den Namen der Mutter oder der Schwester, ist darauf zurückzuführen, dass Adelaide ständig gerufen wird: „Und wieder Adelaide." Wahrscheinlich spielt sie eine sehr wichtige Rolle im Leben aller Beteiligten. Die Patentochter des Brautpaares ist auch da mit ihren Eltern, neunjährig, hübsch und ausdrucksvoll, sie scheint sich besonders über die Hochzeit zu freuen.
Es ist keine klassische Hochzeit, ohne weißes Kleid und ohne Schleier, erinnert mich an meine eigene... Aber diese ist auf Englisch und findet nicht auf dem Standesamt in Berlin im Jahre 1922 statt.
Andere Formen der Kunst... Ich möchte Schauspielerin sein und ein Theaterstück über eure Liebe aufführen. Ich imitiere die Worte, die Gesten und die Stimmen der beiden. Ich verwandle mich fast in sie und spiele beides, die männliche und die weibliche Rolle. Ich bin ihr Nachhall im Jenseits, damit keiner vergisst, dass es irgendwann eine solche Liebe gegeben hat.
Im Zirkus auf dem Trapez halte ich mein Gleichgewicht und führe gefährliche Spiele in der Luft vor, wie ich es sonst im Leben nie getan habe, denn die Zirkussprache war noch nie

meine Kunstform gewesen, aber jetzt bin ich auch eine Königin der Bewegungen. Ich lasse mich graziös, ohne Bedenken und wie ein Vogel in die Leere fallen voller Zuversicht auf die eigene Gelenkigkeit und in der beruhigenden, unerschütterlichen Überzeugung, dass die Arme der beiden Liebenden wie ein sanfter Teppich oder ein weiches Himmelbett meinen Körper fangen und vor dem Abgrund retten werden.
Und die Tonleiter? Wo ist die Tonleiter? Ich werde eine Symphonie über die beiden komponieren, über die erotischen Freuden der Hochzeitsnacht im Schlafzimmer der glücklich Verliebten, romantische Soirée im Kerzenlicht und mit Champagnergläsern.
Natürlich werden sie etwas warten müssen, erst kommt die Reise, der lange Flug, dann die Nacht im Hotel, in der sie viel zu müde sein werden, um großartig feiern zu können. Und davor waren sie schon zusammen, wie es in unseren modernen Zeiten üblich ist. Doch die Freude wird nicht weniger, wenn man sich wirklich liebt. Nur bei schwacher, schwankender Liebesglut ist alles sofort zu Ende. Dann würden die am besten vorbereiteten Verfügungen von Romantik und die abenteuerlichsten Rauschmittel nicht zum Überleben helfen.
Gewisse Umstände tragen schon zum Glück bei, doch nichts ist wichtiger als die Stärke des Gefühls, welche alles bewegen und das trostloseste Bild in lebensbejahende Hoffnungen umwandeln kann. Ohne Schleier, ohne Hochzeitstanz und ohne Geschenke, mit so wenigen Gästen, können sie genau so ausstrahlen und ihre gegenseitige Liebeserklärung genießen; und auch in einem Campingzelt, ohne Champagner, oder in einem staubigen, alten Laden, den sie für die Nacht umdekorieren müssten, würden sie sich ganz unbeeindruckt vom äußeren Rahmen die Hände reichen (oder

wenigstens heute Nacht, wo sie sich so gut verstehen und so reibungslos zärtlich aneinander hängen).
„Was bist du von Beruf, Mr. Cross? Ich weiß, du bist Konditor und sie Zahnarztgehilfin. Beide habt ihr etwas mit dem Mund zu schaffen, mit Reden, Lächeln und Verwöhnt-Sein. Ich sehe euch im Himmel der Leidenschaft, der sexuellen Sprache, der Ermüdung und gleichzeitig sich erneuernder Erwachung der Glieder in Wellen der Lust. Aber ich gehe, ich gehe schon... Ich möchte euch nicht stören.

Der Himmel, den ich jetzt sehe, ist wie ein anonymes Theaterstück ohne den Namen des Verfassers, und ich strenge mich nicht an, die Identität jedes einzelnen zu ergründen, der meine Kunstwerke inspiriert. Alles wird vom riesigen Briefkasten meiner Eindrücke verschluckt; mein Brief und sogar meine Hand werden verschluckt. Aber auch ohne Hand ist Kunst möglich, genauso wie ohne Augen und ohne Gehör.
Meine Musen verteilen sich überall, verstreuen und vermehren sich wie globalisierte Pilze, die man überall bekommen kann. Ach, wieder ein Bild der Nahrung: Pilze verbunden mit Zähnen und Obsttorten. Immer diese oralen Vorstellungen... wie die eines Kindes, das Wasser trinkt und sich freut. Ich reklamiere natürlich auch den Himmel des Wassers für mich, einen Blumengarten, der nie abtrocknet, sondern immer neue Flüssigkeit bekommt.
Ein Vater und seine Tochter, die ungefähr 16 Jahre alt ist, trinken ebenso wie ich und reichlich viel von einem großen Brunnen; dann gehen die beiden zusammen arbeiten, mit seinem Wagen, der nicht anspringen will. Die Batterie sei zu alt und verbraucht, sagt der Vater. Aber irgendwie gelangen sie immer zur Arbeitsstelle. Zum Schieben-Müssen ist es noch nicht gekommen, nur zu den wenigen Minuten Stillstand.

Es herrscht eine gewisse Ordnung, auch in der Unordnung. Die Zeit nutzen sie mit viel und munterem Gespräch über Zukunftspläne. Der Himmel der Arbeit ruft und macht das Leben vor allem nützlich, vorschriftenorientiert, folglich experimentell reich an Zielen. Sie arbeiten beide in einer Schulbibliothek, er als Leiter, sie als Schülerin, die ein Praktikum absolviert.

Der Geruch nach Büchern gefällt mir. Sie sitzen da, die zwei Figuren, wie in einem ewigen Paradies, wohl behütet und ohne Schmerzen, obwohl gerade die Bücher so viele Schmerzen beschreiben... Aber sie sind auch ein Ruhepunkt, die Befreiung vom eigenen Leben. Meine noch ungeschriebenen Kunstwerke sind auch da... hinter dem Schatten der schon Geschriebenen.

„Vater, es ist besser, wenn keiner kommt, wenn wir alle Bücher für uns behalten können."

Doch nachher freue ich mich über den Besuch der Mitschüler und über die langen Reden zum Thema „Buch", wofür ich mich besonders zuständig fühle. Bücher sind wie Geld: Man kann sie nicht nur für sich beanspruchen, sondern versuchen, sie so viel wie möglich unter die Massen zu bringen und so wenig wie möglich davon aufzuheben. Ich hole viele Bücher aus den Regalen und werfe sie energisch auf die Tische unter den erstaunten Augen der Lesenden, die kaum noch Platz für ihre Ellbogen und den Schreibzettel mit den Bestellungen haben werden.

Jemand isst ein Stück Torte und ist total begeistert von dem Geschmack. Es ist eine einmalige, unwiederholbare Torte, die man nie wieder im Leben finden wird, auch wenn man ständig nach dem Rezept fragt und vom Bäcker unbedingt Einzelheiten über die Machtart erfahren will. Die Frau, die Adelaide ähnlich sieht, das heißt, sehr klein und schon alt, ärgert sich immer wieder über das Verlorene und darüber,

dass die Menschen sie wegen ihrer Hartnäckigkeit in Verdacht haben, nicht ganz richtig bei Verstand zu sein.
„Wissen Sie welchen Geschmack ich meine? Ich habe so etwas nie wieder gefunden. Haben Sie je so eine Torte probiert?"
Die anderen sperren sich kategorisch, etwas beleidigt. Sie erklärt und erklärt, dumm und pausenlos die Geschmacksrichtung: So etwas wie Trauben, nach Zucker, Schoko, Erdbeeren... Sie kauft sich viele Torten, aber alle enttäuschen sie wie das Unverständnis der anderen und ihre eigene Unfähigkeit, den Geschmack für die anderen wiederzugeben. Ich kenne den Geschmack, den du meinst. Es ist der Himmel... Aber wir behalten nur die Erinnerungen daran und können ihn nicht auf die anderen übertragen, der Welt richtig zeigen.
Die Frau trifft unterwegs eine andere Frau; sie fangen an wie abgesprochen sehr schnell zu laufen, loszurennen. Aber es ist keine Flucht. Sie halten wahrscheinlich ihre Sportstunde, denke ich mir. Ich mag die Geschwindigkeit ihrer Füße und laufe einfach mit. Danach werden wir vielleicht zusammen Schwimmen gehen oder Tee trinken und viel Plaudern.
Als Kind träumte ich oft von einem Pensionat, in dem ich viele Menschen treffen würde und mit einigen von ihnen würde ich sehr eng zusammenleben. Eine Kommune, ein Pensionat, vielleicht sogar besser als eine Großfamilie, denn so kann man großartige Briefe nach Hause schreiben und über für die Familie unbekannte Ereignisse berichten.
Aber jetzt, da ich schon so viele Jahre gelebt habe... kommt mir ein Pensionat mit Nonnen, Teenagern und Lehrkräften etwas fade vor. Jetzt ist mein Himmel eine Wohngemeinschaft von reifen Frauen, die ein selbstständiges Leben führen, mit einem Buch von Simone de Bouvoire in Händen, ohne frisierte Berichte für ein fernes Zuhause... mit kühler Privatheit in ihren

Zimmern und dann mit gemeinsamen Meditations- und Sportstunden. Und wir laufen und laufen, verbrauchen so unsere nach so viel Einsamkeit und Reife gespeicherten Energien, bis wir zum Schluss, erschöpft und mit lachenden Gesichtern, auf den Rasen eines Parks fallen und dort liegen bleiben.

Erst dann wird gezählt, wie viele wir sind und woher wir kommen. Es gibt acht von uns: zwei aus Kanada, eine aus Peru wie ich, eine Deutsche, eine Engländerin, eine aus Indien und eine aus Afghanistan, viele vermischte Nationalitäten. Das war immer mein Leitmotiv: Ein Babelturm mit vielen Sprachen. Warum sind keine russisch-jüdischen Nachbarinnen unter uns? Ich vermisse sie. Und wir singen alle acht Frauen in einem Chor, Spirituals, Gottes Lieder. Wir werden die Schwestern „World Birds" genannt, was auch etwas kitschig ist wie das Bild eines Pensionats. Aber das Kitschige ist ein Teil unseres Lebens bis zum Grab und hat auch seine Existenzberechtigung wie die Hochzeit eines verliebten Paares in einer Kirche.

Nein, es war ein Irrtum. Ich bin nicht unter den Frauen. Als Künstlerin bin ich dazu verpflichtet, etwas auf Distanz zu bleiben und sie von allen Seiten zu beobachten, um alles besser auszudrücken. Da wir uns jetzt in einem Park befinden, bin ich in dieser neuen Verwandlung ein Grashalm. Ich ruhe neben ihren Körpern und Seelen, strecke mich langsam aus und lausche verzaubert zu, wenn sie beginnen, über ihre verschiedenen Länder zu sprechen.

Gott, werde ich denn einen modernen Epos über die Frauenbewegung schreiben? Ich weiß es nicht. Ich habe so viele Himmelsvorstellungen! Und ich glaube, ich könnte noch viele „irdische Paradiese" mehr erfinden. „Das irdische Paradies ist, wo ich bin", sagte Voltaire; oder nehmen wir an, wo ich nur teilweise bin. Die Inspiration ist endlos wie Gott, wie die Liebes- und Zweckgemeinschaften und die einsamen Stunden aller Menschen im Laufe der Jahrhunderte.

Eine mitfühlende Kassandra

Ich werde doch nicht gegen mich selbst aussagen! Keiner ist ehrlich genug dafür, nicht wahr? Ich werde kein selbstentworfenes Porträt liefern, das nur das Negative in mir hervorhebt und mir zum Nachteil werden könnte. Angenommen, ich wäre so eine ehrgeizige, prinzipienlose und intrigierende Person wie Becky Scharp in „Vanity fair", die durch schlaue Tricks und eine schwarze Intelligenz ohne Güte von einer mittellosen Governess zu der Frau eines reichen Barons wurde... Keiner braucht es zu wissen. Ich verschweige alle Infos über mein eventuell unanständiges Benehmen.
Keiner kann behaupten, dass ich nicht mitfühlend war. Ich weinte über mich selbst und die anderen, immer wenn sie mir die schlechten Nachrichten überbrachten, und besonders am Anfang.
Noch hatte ich meine Eltern, sogar Großeltern, meine Geschwister, meinen Mann und meine Kinder. Deshalb war der Verlust anderer Menschen, die um Krankheit oder Tod der Angehörigen trauerten, etwas, das mich erschütterte und den Kern meiner Seele traf. Ich hatte Angst, dass ich es auch irgendwann erleben musste. Ich duldete nur diesen lähmenden Zustand des Unglücks in anderen, aber ich konnte ihn nicht als wahr empfinden, eher als fremd, unfassbar und unangenehm wie ein fernes Geschrei undefinierbarer Herkunft in meinem Gehirn. Deshalb wollte ich nur flüchten und nicht zuhören, wenn die Ärzte über den Tod eines Patienten redeten. Mitgefühl war da, ohne Zweifel.
Kassandra, lüge nicht. Lügen passt natürlich zu dir, wie zu allen Lady Macbeths, die die Welt bevölkern und die alles tun würden, um ihren Ambitionen und Machtbestrebungen zum Sieg zu verhelfen. Aber es ist eine unnötige Lüge, die dich

nicht viel weiter bringen will, immer wieder die Mitleidende zu spielen.
Doch, doch! Es ist ein Teil meiner Legende, ich kann auf meinen Mythos nicht verzichten.
Unsinn! Es genüge schon, wenn du sagst, dass du einfach deine Pflicht getan hast. Irgendjemand musste über die bösen Krankheiten und Todesfälle im Krankenhaus berichten, irgendjemand musste diese schwere Aufgabe auf sich nehmen. Du hast deine Arbeit gut getan, immer fleißig, würdevoll und taktvoll, immer mit den passenden Zitaten aus Beerdigungspredigen oder Seneca ähnlichen Trostbüchern an die Hinterbliebenen.
Du scheinst mich zu loben und gleichzeitig zu kritisieren.
Ja, weil du eine Mischfigur bist, genauso wie auch ich eine bin. Du bist eine an Rattengift sterbende, elende Ratte und gleichzeitig eine hochklassige, gebildete Dame, eine Todesgöttin des Olymps.
Die Tatsache ist, wie du sagst, dass meinem Mitgefühl gewissen Grenzen gesetzt wurden. Mit der Zeit gewöhnte ich mich daran, wie die Soldaten an den Krieg, oder wie alle Krankenschwestern an das Blut, die Wunden und die wenig ästhetischen Aspekte der hygienischen Pflege eines Körpers. Ich wurde weniger empfindlich und verletzlich, mechanischer, routinierter und gedankenloser in meiner Arbeit. Mein richtiger Name war nicht Kassandra, sondern Dwina Strauß-Linden, Strauß wie mein Vater und Linden wie mein hübscher und großartiger Mann, auf den ich so stolz war. Kassandra nannte ich mich nur, weil ich ständig diese höchst schwierigen und unerfreulichen Botengänge verrichten musste und den Familien die meistens negativen Prophezeiungen der modernen Medizin mitzuteilen hatte.
„Bitte halten Sie sich bereit. Es kann durchaus möglich sein, dass Ihre Tante die Nacht nicht mehr überlebt." Oder: „Die

bevorstehende Operation ist voller Risiken und die Ärzte bedauern, dass sie sehr skeptisch sind. Will Ihr Bruder trotzdem den Zettel unterschreiben? Aber ohne Operation könnte es zu Blutungen kommen, und dann würde er sofort sterben."

Manchmal war es schon geschehen und es war dann keine Prophezeiung mehr, sondern eine Tatsache. Dann änderte ich den Text zu verschiedenen klugen und mitfühlenden Varianten der Postmortem-Mitteilung.

„Um drei Uhr morgens war es so weit. Gott hat sie zu sich gerufen." oder: „Gott sei Dank, hat sie nicht gelitten, so hoffen wir. Sie verschied sanft und ruhig." Oder: „Es war keine Überraschung, dass Ihr Bruder... Die Ärzte waren schon in Sorge und warnten Sie mehrmals über seinen unbefriedigenden Zustand. Sie haben alles Mögliche getan, und es tut uns allen so leid!"

Das klang immer sehr gut, imponierend und majestätisch überzeugend, wenn ich mir selbst eine kollektive Stimme verlieh und im Namen des ganzen Krankenhauses sprach. Dann war ich nicht mehr Kassandra, sondern eine Art Berichterstatterin des Vorgefallenen, aber in dieser meiner zweiten Funktion war ich schon wie eine Dienerin Kassandras, die das schon Vorausgesagte bestätigte.

Ich war wie eine effiziente Sekretärin in der Kanzlei der Vorahnungen und Albträume, die später sich auf die Ebene der Realität verlagern. Jetzt war ich nicht mehr Orakel, nicht mehr Zukunft, nur die nackte Gegenwart eines Menschen ohne Bruder, ohne Tante, einer verwitweten Frau, eines verwaisten Kindes.

Am Anfang wurde mir nur gelegentlich diese makabre Aufgabe delegiert, wie dem übrigen Personal, wie all den anderen Ärzten und Pflegern, die ihre Patienten in den verstreuten Abteilungen sterben sehen mussten. Aber meine Arbeit war so

gut und die Aufgabe so undankbar für alle, die sich davor scheuten und sie mir gerne übertrugen, dass ich nach einiger Zeit und mit riesigen Schritten auf diesem Gebiet richtig gefördert wurde.
Keiner legte Hürden in meine Karriere; meine Wege wurden auf eine beinahe magische Art geglättet und leicht gemacht. Ich wurde zentralisiert, und alle Fälle, bei denen früher oder später mit schlechten Nachrichten zu rechnen war, kamen durch meine Hand. Meine Tätigkeit wurde auch viel höher dotiert, denn ich wurde offiziell zu einer psychologischen Beraterin für Angehörige und Patienten mit wenig Hoffnungen.
Ja, du warst sehr begabt in der Rhetorik und in der Schauspielkunst. Du entwickeltest eine Strategie, um dich selbst vor der Zerstörung zu schützen, dich bei den Verzweifelten beliebt zu machen und sogar das Schrecklichste wenigstens für die ersten Augenblicke schönzureden.
Alles in allem konnte ich mich mit meinem Job zufrieden geben. Abgesehen vom Neid der Kollegen, weil ich jetzt so viel verdiente, hatte ich auch gleichzeitig ihre Bewunderung als Trost. Sie respektierten meine hart erkämpfte Position und vor allem meine Feierlichkeit und Stärke in meinen Gesprächen mit den Betroffenen oder Hinterbliebenen.
Ich war auf eine schockierende und brutale Art stark... Was mein Mann und meine Eltern mir nie zugetraut hätten. Ich konnte sogar mehr als zwölf schlechte Nachrichten am Tag verkünden, ohne in Ohnmacht zu fallen; ich hielt mich immer frisch, unerschöpflich, und als wäre jede einzelne Szene meine Premiere, mein unnachahmliches Debüt.
Die Ärzte waren immer begeisterter von mir und gaben mir immer mehr Aufträge. Ich wurde von allen Stationen gerufen: „Frau Strauß-Linden, bitte beeilen Sie sich zur Entbindungsklinik im dritten Stock. Wieder muss etwas Schlimmes mitgeteilt werden. Eine Frau Sánchez aus Peru hat

eine Stillgeburt. Man hat schon versucht ihr zu sagen, dass das Baby nicht mehr lebt... Aber sie will es nicht akzeptieren."
Es war ein riesiges Krankenhaus und so hatte ich immer viel zu tun. Es gab tatsächlich immer neue Einsätze für mich, kein einziger Tag der Ruhe, kaum Urlaub und Feiertage wurden mir gestattet, denn es schien, man konnte immer weniger ohne mich, die Todesspezialistin, die Unheilverkünderin, zurecht kommen.
Manchmal fragte ich mich gequält, ob bei uns nicht vielleicht übertrieben viele schlechte Nachrichten gegeben wurden. Überschritt es nicht schon die Grenzen des Menschlichen? War es in jedem Krankenhaus gleich? Oder wurden bei uns womöglich noch mehr Kunstfehler und falsch geplante Operationen gemacht als sonst üblich? Experimentierte man vielleicht zu sehr mit Medikamenten, Viren und Antiviren, wie in einem Terror-Roman, um der Pharma-Industrie immer neue Präparate von teuren Antibiotika gegen Infektionen in die Hand zu geben? Oder war es einfach so, dass die Patienten schon viel zu krank waren, wenn sie zu uns kamen?
Auf jeden Fall war es kein schönes Bild, und ich selbst war entsetzt, als ich merkte, wie viele arme Patienten ihre Organe kaum noch benutzen konnten und psychisch kaum noch registrierten, wo sie sich befanden. Eine Welle von allgemeiner Idiotie und Betäubung schien Besitz von vielen zu ergreifen. War es vielleicht, dass sie zu viele Schlaf- und schmerzlindernde Mittel bekamen? Trotzdem waren wir kein Hospiz und keine anerkannte „Palliativstation", sondern angeblich ein „harmloses" Krankenhaus wie jedes andere.
So, du hattest am Anfang Angst und sagtest: „Nein, als Patientin komme ich hier nicht hin, und meine Familie auch nicht". Aber sonst war es gut, nicht wahr? Für deinen neuen Beruf war es ausgezeichnet.
Ja, schon. Ich bereitete mich professionell vor, ich besuchte

Seminare, lernte Zitate auswendig, übte mich in Trostreden und poetisch formulierten Anteilnahmebekundungen. Ich kleidete mich auch dementsprechend, passend für solche Augenblicke, aber auch normal weltlich, um nicht von vornherein die Leute zu erschrecken. Sogar ein leichtes Blumenparfüm und ein diskretes Make-up benutzte ich.
Mir ging es teilweise gut. Ich brauchte keine schmutzige Arbeit mehr zu verrichten, keine Patienten zu waschen, keine Wunden zu verbinden und keine lästigen Folgen von Abführmittel mitten in der Nacht zu dulden. Ich hatte auch ein schönes, luftiges und breiträumiges Büro, um die Leute zu empfangen. Ich verdiente mehr als je zuvor und ich genoss ein sehr gutes Ansehen im Krankenhaus, besonders bei dem Ausschuss der medizinischen Leitung, denn die Ärzte fühlten ihr schlechtes Gewissen etwas beruhigt, mich bei sich zu haben, eine auf schlechte Nachrichten gut spezialisierte, hochqualifizierte, vornehm trainierte und mitfühlende Hilfskraft. Bald wuchs mein Ruhm so sehr, dass ich auch in anderen Krankenhäusern von befreundeten Ärzten gelegentlich gerufen wurde. Gewöhnlich wurden mir die schwierigsten Fälle schon im Voraus zugeschoben, die Krebspatienten; die verunstalteten, kaum noch zu rettenden Unfallopfer einer Explosion; die Operationen, die fast so gut wie keine Erfolgschance hatten.
Darauf basierten die meisten Aufträge; ich wurde im Groben informiert und kurz in das jeweilige Thema eingeführt, damit ich schon ein bisschen planen konnte und bei eventuellem Bedarf schon bereitstand. Dazu kamen aber auch noch die überraschenden Fälle, die am Anfang noch ganz gut verliefen, und diese waren natürlich die schwierigsten, denn die Familien konnten unter keinen Umständen an die schlechte Nachricht glauben und wollten mich eher für verrückt erklären.
Aber du konntest dir nie einen richtigen Stundenplan machen,

denn du wusstest nicht genau, wann die Leute sterben würden.

Gewiss, das war einer der Nachteile meines Jobs. Manchmal hatte ich viele und an manchen Tagen gar keine. Aber wenn es zu stressig wurde, konnte ich wenigstens meine Notizen zu den Akten durchblättern. Die meisten Fälle, bei denen ich eingreifen mussten, geschahen an den Wochenenden, an denen die Ärzte nicht da waren, womit das Hauptgewicht auf meine arme Person fiel.

Ich würde sogar sagen, dass das Wochenende der Mittelpunkt meiner Handlungen war, denn ich wurde extra von allen dafür delegiert, an traurigen Samstagen und Sonntagen der Stille, aber auch der obligatorischen Besuche und in Vertretung des abwesenden Personals die schlechten Nachrichten auszupacken.

Am Anfang freute ich mich über meine freien Tage, an denen ich nichts Schlimmes zu verkünden hatte und ich nur ein paar Akten durchsah, Ärzte in meinem Büro grüßte und einige sehr ernst kranke Patienten besuchte. Aber wenn schon zwei oder drei Tage paradiesischen Nichtstuns vergangen waren, bekam ich schon Angst, dass ich mangels ausreichender Übung meine Techniken verlernen könnte, dass mein Job überflüssig sein könnte.

Du hättest am besten in Auschwitz oder Buchenwald sein sollen. Da hättest du deinen richtigen, den endlos produktiven Einsatz deiner Kräfte gefunden.

Nein, das wäre mir zu viel gewesen. Ich war noch ziemlich sensibel, besonders am Anfang. Dann kam die Phase der Gewöhnung, in der ich weniger empfand, nur eine leichte Unbequemlichkeit, als hätte ich einen verkehrten Schuh an und müsste damit tanzen. Und dann kam die Verhärtungsphase: Ich war an nichts schuld. Ich war nicht einmal wie ein Henker, der den Befehl des Tötens ausführen

muss. Ich erklärte nur, was geschehen war... So gesehen, war es eine höchst notwendige Aufgabe, denn jeder hatte das Recht zu erfahren, was geschehen war.
Eine andere Fundgrube für dich wäre der 11. September 2001 oder noch besser die Tsunami-Katastrophe von 2004. Du hättest über ein Mikrophon Tausende von Namen aufrufen können.
Ein Name wäre mir viel zu wenig. Ich brauche mehr von den Patienten. Ich bin nicht frivol und oberflächlich. Ich machte mir schon viel Arbeit mit jedem Einzelnen. Ich deckte den ganzen Todesbereich ab. Ich freundete mich mit Priestern und Pfarrern, auch mit einem Rabbi, mit zwei orthodoxen Patern und mit einem muslimischen Geistlichen an. Ich war in der Nähe der Patienten in den letzten Minuten wie eine Hospizdame. Ich blieb bei den Beerdigungen einiger, wenn meine Zeit es erlaubte und die Angehörigen nicht allzu bitter zu mir waren.
Natürlich war es nicht der ideale Job. Aber es gibt noch schlimmere. Zum Beispiel ein Bestatter... oder diejenigen, die Hunderte von Leichen aus Schiffs-, Zug- oder Luftkatastrophen Stück um Stück aus den Trümmern bergen müssen. Wenigstens blieben meine Hände sauber, meine Stimme besänftigend und meine Haltung sehr religiös, egal von welcher Konfession jemand war.
Der Katholizismus hatte mich am meisten geprägt, sicher, denn ich war die uneingestandene Tochter eines Priesters. Mein Adoptivvater war Latein-Lehrer in einem Gymnasium, so sprach ich auch Latein und kannte ebenfalls Hexenrituale von einer alten Großmutter. Aber die praktizierte ich nie. Ich ließ sie alle sterben, ich konnte nichts tun, um sie am Leben zu halten.
Manchmal fragte ich mich, ob mein Vater und meine Großmutter nicht viel mehr als die Ärzte hätten machen

können. Die Ärzte waren wie Würmer ohne Verstand, die immer nur einen Fehler nach dem anderen machten, und ich verachtete sie im Grunde. Aber ich hütete mich, ihnen das zu zeigen. Ich war ihnen gegenüber gehorsam, demütig und respektvoll, denn sie hatten die Macht, mir eine gute Position zu geben.
Auch mein Bruder Elias war Arzt und mein Mann, den ich sehr jung, mit 17 Jahren, geheiratet hatte, ebenfalls. Und mein Liebhaber, den ich in der kurzen Zeit meiner Ehekrise hatte, war auch Arzt, um noch deutlicher zu sein: Er war Chirurg. Ärzte konnten noch akzeptabel sein, aber Chirurgen hatten für mich etwas Düsteres, Schweres und erschienen häufig in meinen Albträumen, weil sie in der Lage waren wie eine Gottheit so viel in einem menschlichen Körper zu verstellen, zu verstümmeln oder auch zu retten.
Um ehrlich zu sein, ich hatte Angst vor Ärzten und Bakterien, vor weißen Kitteln, Operationen, Gifttabletten und Thermometern, alles was mich im Leben immer umgeben hatte. Aber ich wagte nie es zu sagen. War ich nicht teilweise ein Unglücksmensch, dass ich es nicht geschafft und auch nicht versucht habe, davor zu flüchten?
Andererseits machte sich meine Ambivalenz bemerkbar: Ich war mit meinem Beruf zufrieden, vor allem mit meinem guten Verdienst in letzter Zeit und auch mit meiner Rolle als Psychologin und Verkünderin von wichtigen, entscheidenden Sachverhalten. Meine Eitelkeit fand ihre Befriedigung durch die Tatsache, dass ich so offensichtlich gefordert worden war. Zelebriert und gelobt wie eine berühmte Tänzerin war ich.
Bald bekam ich den Anruf einer privaten Klinik von sehr reichen Patienten; sie wollten mich auch stundenweise haben, ich sei vom Direktor unseres Krankenhauses auf das Wärmste empfohlen worden, und ich war natürlich froh über mein noch gesteigertes Einkommen und die viel schönere Atmosphäre

der Klinik, in der wir ausgezeichnete Mahlzeiten bekamen, für den Intellekt interessante Konzerte und Vorträge und für den restlichen Körper allerlei Wellness-Genüsse.

Da hatte das freundliche Personal mehr Zeit, um eine gewisse Rücksicht zu üben, die Patienten hatten vor dem Sterben weniger Schmerzen zu erleiden und die erbkriecherischen Angehörigen waren sehr um ihre Gunst bemüht. Sie fragten mich öfters sehr eifrig, ob es nicht schon bald zu Ende sei mit dem armen Onkel Jakob. Sie waren gefasster, nur ein wenig ungeduldig, aber im allgemeinen friedlich und brav; mit einem Wort: Sie waren nicht so hysterisch, leidenschaftlich und rebellisch wie die Familien der Unterschicht.

Das machte meine Arbeit leichter. Aber leider konnte ich nur selten, ein- oder zweimal im Monat, dahin - zu besonderen Anlässen und wenn mein Stundenplan im Krankenhaus und in einem anderen Hospiz in der Nachbarschaft es erlaubte. Nach fünf Jahren Dienst war ich sehr erfahren, mit Sachverstand und Energie, und ich hatte keine Scheu mehr, kein Herzrasen, keine Übelkeit. Jetzt war ich vollkommen ausgelastet, hatte kaum Freizeit für meinen Mann und die Kinder, aber da auch mein Mann ein sehr beschäftigter Arzt war und ich endlich eine sehr gute Tagesmutter für meine Kleinen gefunden hatte, fand ich es nicht so schlecht.

Damit war dein Mitgefühl schon sehr reduziert, nicht wahr? Nach dem dritten Jahr fingst du an, gleichgültiger zu werden, wie viele apathische Lehrer und Ärzte, die sich wenig um ihre Klientel kümmern. Dementsprechend erreichen sie ein gutes, gemütliches Gleichgewicht, können ihren Komfort zu Hause genießen, ihre Geburtstagspartys und ihren tollen Urlaub in der Karibik. Nur äußerlich hast du die würdige und feierliche Trauermiene des Anfangs beibehalten. Innerlich aber konntest du ganz gut abschallten und dich mit schöneren Bildern beschäftigen.

Genau. Sonst wäre ich verrückt geworden. Immer dasselbe wiederholen wie ein Papagei! Obwohl es schon einige Varianten des Schrecklichen gab. Das Schreckliche in all seinen höllischen Formen drohte mich manchmal zu ersticken wie bitterer Schleim, wie dreckiges Gewässer und eine unangenehme Flüssigkeit, in der ich zu ertrinken schien.

„Es tut mir unendlich leid, Frau Kruse. Ihre Mutter lag ein paar Minuten ohne Sauerstoff dar, und jetzt ist ihr Gehirn irreparabel geschädigt. Sie liegt im Koma und wird aus dem Koma nicht mehr erwachen können. Wie lange sie überleben wird, wissen wir nicht. Halten Sie sich für das Ende bereit, und doch auch für das andere nicht minder bereit. Halbtot und halblebend. Nur Gott weiß, wo sie jetzt verweilt. Noch nicht im Himmel, aber doch recht bald vielleicht. Haben Sie Vertrauen zum allmächtigen Gott und beten Sie. Ich begleite Sie auf Ihren Schmerzensweg."

Doch ertappte ich mich dabei, dass ich nur Trauer vortäuschte. Ich war eine Heuchlerin, eine Schauspielerin. Vor Augen hatte ich ganz andere Bilder, die mir neues, frisches Leben einflößen, das Bild meines zweijährigen Töchterchens Sylvia, das ich in meinen Armen hielt und mit einem schönen Wiegelied zum Einschlafen brachte... Das Bild heftiger Küsse und Orgasmen mit meinem Mann... Das Bild meines Adoptivvaters, der mir mit ermutigenden Worten Tennis und Schach beibrachte... Leopold, mein Liebhaber, schenkte mir oft Schmuck, und ich musste mich immer fragen, ob er guter Qualität war oder nur billiger Modeschmuck.

Ärzte sind gewöhnlich keine guten Schmuckkäufer, manchmal auch keine guten Lebenskäufer. Sie wollen zu viel verhandeln und den Preis herabsetzen. Ich dachte ein paar Sekunden an den auffälligen und glänzenden Schmuck meines Freundes, der mich faszinierte, aber von dem ich so wenig verstand, ob er preislich hohe Qualität versprach.

Ich beschwor weitere schöne Bilder: Unsere Wohnung war voll von Büchern, Portraits und luxuriösen Möbelstücken. Ich trank Kaffee mit einer Freundin, und wir redeten über Mode. Ich spielte mit Begeisterung für meinen jüngeren Sohn auf dem Klavier und las dann Gedichte für meinen älteren vor, der mir ständig applaudierte, scherzte und mich auf den Arm nahm.
Mein Priester-Vater und meine Mutter tranken zusammen Sherry, beichteten sich gegenseitig im Flüsterton ihre Sünden, während ich zerstreut mit meinen Puppen spielte. Sie sprachen mit mir über meine Zukunft: „Was möchtest du werden, Dvina?"
„Krankenschwester."
Ich wusste nicht, dass ich „Todesschwester" werden würde.
„Wir sind untröstlich, Frau Ruprecht. Ihr kleines Baby war zu früh geboren. Mit fünf Monaten ist ein Embryo noch zu klein und noch nicht vollständig geformt. Er hatte eine Missbildung in der Lunge und konnte bei der Geburt nicht richtig atmen. Dr. Franenberg hat ihn nicht mehr retten können."
Die verzweifelte junge Mutter wollte meine Aussage nicht gelten lassen und schrie außer sich: „Dann legen Sie mein Baby in den Brutkasten. Ja, ja, schnell. Warum tun Sie es nicht? Worauf warten Sie? Andere unfertige Babys werden auch immer der Reihe nach und mit viel Geduld hübsch zu Ende präpariert, bearbeitet und geformt."
„In dem Fall geht es leider nicht mehr. Er atmete nicht mehr bei der Geburt. Bitte verstehen Sie das! Wir können Ihr Baby beim besten Willen nicht wieder beleben. Aber verzweifeln Sie nicht, Sie werden noch andere kriegen. Er ist wie ein Engel im Himmel und wird ab jetzt mit seinem Licht Ihr Leben beleuchten. Sie..."
Aber die Mutter unterbrach mich und schrie wieder. Leider konnte ich kein Kunstwerk aus dieser Geschichte machen. Ich schwitzte, ich dachte an meine eigene Niederkunft vor einiger

Zeit. Ich war schon ziemlich betroffen und unglücklich. Frau Dr. Pflanzen, eine Ärztin, die mich nicht besonders leiden konnte, musste ihr eine Spritze geben. Sie sagte vorwurfsvoll zu mir: „Sie sehen... Ihre Worte erreichen die Menschen nicht immer. Was sind ein paar hohle Worte in so einer Situation?"
Trotzdem blieb ich bei meinen Argumenten des Trostes, die ich dem jungen Vater zu erläutern versuchte: „Ich verstehe Ihren Schmerzen, glauben Sie mir. Und doch ist es immerhin besser das Baby jetzt verloren zu haben, als wenn es schon zehn oder 15 Jahre mit ihnen zusammengelebt hätte, wie es bei unserem kleinen Krebspatienten der Fall war, unserem armen Andreas, der mit 14 Jahren kurz nach seiner Konfirmation starb."
Damals war mir jener Fall ziemlich nahe gegangen, weil Andreas so ein harmonischer und geduldiger Junge gewesen war. Er unterhielt sich rege mit dem ganzen Personal und spielte mit uns allen; und seine Eltern hingen so stark an ihm... Sie hatten alles Mögliche getan, damit er eine glänzende Schulausbildung bekam und hatten bis zuletzt seine Hobbys unterstützt: Sportleistungen, Malen, Singen.
Und jetzt sollte alles vergeblich gewesen sein? Die Eltern konnten es nicht verarbeiten, waren sprachlos und zerstört. Die beiden standen ein paar Monate unter Schock und gingen zur Trauertherapie in einige Gruppen. Am Ende trennten sie sich. Sie ging in ein Kloster zu ihrer Patentante, die auch eine Nonne war, und er reiste nach Australien und Neuseeland, wo er als Koch auf einem Schiff arbeitete. Aber der Vater des Babys blieb unberührt von der Geschichte des ihm unbekannten Andreas.
Mein Mitleid wurde je nach den Umständen schon relativiert. Manchmal irritierte mich der Mangel an Einsicht der Angehörigen, so zum Beispiel einmal, als eine Sammlung von Jungfern, insgesamt zwölf Töchter und Nichten, die den Tod

einer sehr alten Frau, einer über 96-jährigen Dame unaufhörlich beweinten, herzzerreißend jammerten und nur Worte fanden, um uns zu diskreditieren und Vorwürfe gegen das Krankenhaus zu erheben.
Irgendwann muss man schon eine Grenze ziehen. Ist nicht 96 schon genug? Nicht, dass ich es ihnen wünschte und den Tod eines Menschen zu leichtfertig hinnahm... Aber es gab schon Gradierungen in meinem Erschüttert-Sein, in meiner ehrlichen oder nur geheuchelten Anteilnahme. Trotzdem kann ich über die Statistik meines Inneren behaupten, dass ich am Anfang den Menschen helfen wollte.
Aber das änderte sich. Mit der Zeit wurdest du zu einer ganz anderen Kassandra.
Ja, es stimmt. Ich verhärtete mich immer mehr. Ich wurde wie eingemauert, gepanzert, vakuumverpackt, schwebend zwischen Abstumpfung, Langeweile und sogar Missgunst gegenüber den anderen. Es war nicht nur, dass ich berufsmüde wurde, dass nichts neu und wertvoll erschien, sondern mein Hauptunglück war, dass ich auch viele von meinen Angehörigen verlor, vielleicht als eine Art Strafe, weil ich den anderen immer schlechte Nachrichten gegeben hatte.
Ich verlor meinen Adoptivvater als erstes, dann meinen Priester-Vater, meine Mutter, meinen Mann, sogar meinen jüngsten Sohn und meine Lieblingsenkelin, die zwei letzteren durch einen Unfall.
Der Schmerz hat mich sozusagen um den Verstand gebracht, und jetzt empfinde ich kein Mitleid mehr mit meinen armen Opfern, wenn ich Kassandra oder sogar die Todesbotin spielen muss: „Herr Dr. Lenz hat heute keine Zeit mehr gehabt, um mit Ihnen zu sprechen, aber er hat mich delegiert. Leider hat die Operation nichts gebracht, Ihr Bein muss amputiert werden. Am Montag nach der Visite wird er zu Ihnen kommen und den Eingriff vornehmen."

Der Patient brüllte mich an mit einer noch von der vergangenen Narkose halbbetäubten, unnatürlichen Stimme: „Amputie... Was sagen Sie? Nein... Und wenn ich mich weigere? Ich lasse ihn nicht an meinen Körper heran! Ich verlasse das Krankenhaus."
„Das wäre nicht ratsam, Herr Schulze. Sie würden viel mehr darunter leiden als wir. Sie sind von uns abhängig, von den Schmerztabletten, ohne die Sie nicht mehr leben könnten."
 Er bezüchtigte uns der Erpressung und wollte unbedingt seine Sachen packen und seine Frau benachrichtigen, dass sie ihn dringend abholen sollte. Ich hatte kein Mitgefühl mehr. Ich fand ihn grotesk und abstoßend wie die meisten Kranken.

Ich war wütend auf alle Menschen, egal wer das war und in welchem Zustand sie sich befanden. Ich hatte nur Rachegefühle, weil ich selbst auch nicht verschont gewesen war, weil auch ich so viel leiden musste. „Warum sollen sie es besser haben als ich? Ich bin unversöhnlich und zornig." Ich war eine traurige, vergiftete Witwe ohne Hoffnung auf weitere Liebesnächte.
Neben den Todesfällen hatte ich noch andere Probleme. Finanziell ging es mir nicht so gut, mein Job war nicht mehr so gefragt, da einige Menschen sich über meine Unartigkeiten beschwert hatten. Mein armer Enkel Lutz kam mit einer geschädigten Niere zur Welt und musste ständig zur Dialyse. Der Hund, den ich ihm zum Trost und zur Zerstreuung gekauft hatte, verunglückte unerklärlicherweise nach kaum einem Jahr.
Zu dumm, zu dumm! Wir waren alle verflucht. und ich sollte noch etwas für die fremden Menschen empfinden? Ich freute mich fast jedes Mal, wenn ich sah, dass die anderen nicht viel besser dran waren als ich. Ich sprang beinahe mit übermütiger, euphorischer Ausgelassenheit wie ein böses

Kind, das Spaß daran findet, Gegenstände zu zerstören.
So war es tatsächlich geworden: Oh, Horror, Kassandra als Monster! Ich entdeckte mit den Jahren Vergnügen, eine Genussquelle in meiner bisher bedauerlichen Rolle als Überbringerin von schlechten Nachrichten. Ich hatte bis Dato Glück gehabt, denn keiner hatte es in den ganzen Jahren bemerkt. Alle waren zu sehr in ihr eigenes Leid vertieft, als dass sie einen kurzen Blick auf mich geworfen hätten. Bis eines Tages Melanie Storch mit ihrer jüngsten Schwester ins Krankenhaus kam.

Ja, so war es... Und so geschah es, dass ich Dvina eines Tages unter für mich sehr unglücklichen Umständen traf. Nie hatte ich einen Menschen gesehen, der sich so sehr an seinem schrecklichen Beruf erfreute. Ich erschrak! Natürlich durfte keiner der Betroffenen es sehen, denn sonst wären sie sehr aufgebracht gewesen und hätten ihr sogar aus Verzweiflung etwas antun können, wie es der Fall bei mir selbst wurde...
Meine Schwester Barbara litt mit 25 Jahren an Leukämie. Ich selbst hatte eine sehr schwere Depression erlebt, von der ich in einer psychiatrischen Klinik nur zum Teil geheilt worden war. Ich brach die Behandlung ab und eilte zu meiner Schwester, denn sie war meine große Liebe und die einzige, die mich noch am Leben hielt.
Kassandra sagte schon einmal zu mir mit einem, wie mir schien, nicht sehr freundlichen Ton: „Die Krankheit Ihrer Schwester ist schon sehr weit fortgeschritten. Sie ist sehr schwach und die Ärzte glauben kaum, dass eine Chemotherapie bei ihr anschlägt."
Ich konnte meine Tränen nicht unterdrücken und murmelte hilfesuchend: „Vielleicht sollten wir zu einem Heilpraktiker gehen oder eine Pilgerschaft nach Lourdes machen."

„An Ihrer Stelle würde ich schon jetzt jede Hoffnung aufgeben."
Ich zitterte am ganzen Leib und bekam ein bohrendes Gefühl von Übelkeit und Hilflosigkeit, als hätte ich die Sprache verloren und könnte mich nur erbrechen und meine Hand nach Handtüchern hinstrecken. Wir waren noch in der Damentoilette. So ein unwürdiger Ort, um so eine Nachricht zu überbringen. Aber am Ende fand ich meinen Weg nach draußen.
Es schien, dass Kassandra sich dieses Mal geirrt hatte. Eine unerwartete, sehr positive Besserung war bei meiner Schwester eingetreten. Wir hatten ein ganzes Jahr Ruhe zu Hause, und auch bei dem nächsten Krankenhausaufenthalt schienen die Aussichten gar nicht so schlecht.
Ich kam sie an einem Frühlingstag zum vierten Mal zu besuchen. Schon durch den Krankenhausflur rief ich Barbaras Namen, damit sie wusste, dass ich da war. Ich antizipierte bereits den Augenblick unserer gegenseitigen Fröhlichkeit, denn ich hatte ihr wie so oft ein Geschenk gebracht.
Dvina kam mir entgegen und ich rief: „Wo ist Barbara? Zum Röntgen vielleicht?"
Sie sagte maschinell und eintönig: „Sie ist tot. Es tut mir leid. Sie ist mitten in der Nacht verstorben. Der Totenschein lautet: Herzversagen. Wahrscheinlich waren es zu viele Medikamente. Ihre Natur konnte es nicht mehr ertragen. Ich hatte Ihnen schon vor einem Jahr gesagt, dass..."
Dann habe ich wieder dieses teuflische Licht in ihren Augen gesehen, wie sie sich im Geheimen freute und sich an uns allen rächen wollte. Dann habe ich sie schnell getötet. Mit dem selben Geschenk, das ich für Barbara hatte, mit der schönen Perlenkette, habe ich sie erwürgt.

Melanie war keine Zigeunerin, sondern aus einem

aristokratischen Haus, aus einem verarmten Adelsgeschlecht. Einmal hatten wir einen sehr kranken Zigeunerführer bei uns im Krankenhaus. Alle standen in großen Zahlen bedrohlich vor unserer Tür und hatten laut geschworen, sie würden die Ärzte und das Personal kaputtmachen, sollte der Patient sterben. Sie hat mich getötet... Wer wird jetzt meiner Familie die schlechte Nachricht überbringen?

Der Husten und das Böse

„Es handelt sich um einen nervösen Husten. Die damalige Grippe ist schon längst vorbei und es ist keine Bronchitis mehr festzustellen. Er muss eine psychische Ursache haben."
So sagte der Arzt damals über meinen Husten, als ich ein junges Mädchen von 16 Jahren war. Er war lästig, hartnäckig, trocken, undefinierbar... und die Eltern konnten ihn schwer ertragen, besonders, als sie merkten, dass er chronisch wurde, dass er ein Teil meiner Persönlichkeit wurde. Sie gaben mir allerlei Hustensäfte, die schrecklich süß schmeckten und mir jede Form von Appetit verdarben.
Manchmal verschwand der Husten periodenweise und meine Mutter sagte optimistisch: „Siehst du? Dieses Präparat hat eine gute Wirkung gezeigt. Wir schreiben uns den Namen auf."
Aber dann kam der Husten immer wieder zurück, gerade dann wenn wir ihn am wenigsten erwarteten. Einige, die miterlebten, wie stark ich darunter litt, äußerten ihr Mitleid, wie mein Vetter Eduard.
„Die Arme! Sie hustet sich tot. Gestern musste sie eiligst den Unterrichtsraum verlassen und sich im Flur fast übergeben. Sie ist zittrig, schwankend, verschwitzt, und ihr Herz pocht schneller als bei den anderen Menschen. Es ist genau so schlimm wie ein ständiger Schluckauf oder ein ununterbrochenes Niesen. Und muss sie ihr ganzes Leben so leiden? Wird sie nie davon geheilt?"
Dieser mitfühlende Junge war viel sensibler als alle Frauen, die ich bisher kannte, denn meine eigene Mutter war ziemlich stur, unerreichbar und unveränderlich in der düsteren Ausdruckslosigkeit ihrer Empfindungen. Sie registrierte lediglich mit sachlicher Stimme: „Auch dieser Saft war nichts.

Wir müssen andere Ärzte konsultieren."

Eduards Vater, der Onkel Tobias, war das Gegenteil von ihm, hart wie Marmor, im gewissen Sinne mein größter Feind, denn er hatte eine Art Beschwörungstheorie gegen mich entwickelt, die von sehr wenig Verständnis und Liebe zeugte: „Die Kleine hat sich in ihrer letzten Erkältung daran gewöhnt zu husten, das ist alles. Sie glaubt sich interessanter dadurch und macht immer weiter so, damit wir ihr immer weiter zuhören. Aber es muss endgültig damit Schluss sein. Wir müssen ihr diese schlechte Angewohnheit mit Prügeln austreiben, wenn es sein muss."

Mein Vater und Eduard verteidigten mich heftig. Vater sagte traurig und entsetzt: „Mit Prügeln! Aber sie kann doch nichts dafür! Sie würde im eigenen Speichel ertrinken, wenn sie nicht husten dürfte. Es ist wie eine Behinderung. Entweder müssen wir nach einem Heilmittel suchen oder, wenn gar nichts hilft, dann müssen wir einfach diesen furchtbaren Husten tolerieren und ihn über uns ergehen lassen."

Meine Mutter beruhigte die Männer mit ihrer sanften Ausdruckslosigkeit: „Manchmal geht es ihr lange Zeit viel besser. Wir wollen den Tatbestand nicht schönreden, aber auch nicht erlauben, dass er von unserem ganzen Leben Besitz ergreift. Je mehr wir den Husten vergessen und je weniger wir davon sprechen, desto besser."

Ja, ich war durch meinen Husten unweigerlich zu einer Behinderten geworden, auch wenn es noch in keinem offiziellen Papier vermerkt wurde. Ich gehörte keiner Organisation an, bekam keine finanzielle Unterstützung wie Blinde oder Rollstuhlfahrer. Doch ich war - wie die Behinderten im Allgemeinen - ohne Rettung, mit einer negativen Valenz behaftet. Zwar wurde ich zum Glück nicht verprügelt, wie Onkel Tobias es vorgeschlagen hatte, aber die Gesellschaft sah mich schief an und hatte wenig Geduld mit mir.

Egal wie hart ich versuchte, attraktiv auf Männer zu wirken (durch schöne Kleidung, Qualitätsschminke und durch die Erlernung von Musikinstrumenten, Sport, Computerwesen, anziehender Mimik usw.), fanden mich die meisten nervend und ungenießbar, da ich oft mit meinem Husten mitten in ihre schönen Reden hineinplatzte, sie - unbeabsichtigt, aber ständig - unterbrach und ihre Stimmen übertönte. Auch auf der Arbeit fanden mein Arbeitgeber und meine Kollegen diesen von mir produzierten Husten so unangenehm und unausstehlich, dass sie mich völlig isolierten und mich letzten Endes nach mehreren Dienstbesprechungen in ein kleines Büro verdrängten, in dem ich ganz allein gelassen wurde.
„Frau Tanja Pfeifer leistet trotz ihres Hustens gute Arbeit. Deshalb sehen wir darin keinen direkten Kündigungsgrund."
„Aber ihr Husten stört ungemein. Und wir können es nicht verlangen, dass die Kollegen dieses Geräusch den ganzen Tag ertragen müssen, vor allem, weil diese, sagen wir mal, Störung... kein Ende nimmt."
„Der Betriebsarzt meint, es sei keine Erkältung, und sie ist nicht lungenkrank wie jene ‚Kameliendame' von Dumas. Man ist dazu übergegangen, sie an einen Psychologen zu verweisen."
„Ja, es wurde ihr zur Auflage gemacht, zum Psychologen zu gehen."
Aber der Psychologe kann wenig für mich tun. Es ist eine Frau, eine ziemlich fade, aber gutherzige Person wie meine Mutter, die viele Fragen stellt.
„Husten Sie überall oder nur an bestimmten Orten?"
„Überall würde ich meinen, im Park, im Kino, zu Hause."
„Husten Sie mehr, wenn Sie bei Ihren Kollegen sind oder wenn Sie alleine in Ihrem Büro sitzen."
„Ich glaube, seitdem ich alleine sitze, huste ich weniger."
„Trotzdem... Einige Kollegen hören Sie noch ab und zu durch

die geschlossene Tür husten. Ihr Husten geht durch den ganzen Betrieb. Er ist sehr laut und unüberhörbar, haben sie mir erzählt."

„Ja, so ein bisschen wie der betäubende Schrei von Oskar in ‚Die Blechtrommel'."

„Können Sie sich selber husten hören?"

„Ja, natürlich."

„Sind Sie sehr erschöpft danach?"

„Ja. Ich habe Atemnot, ich kann nicht sprechen und habe so ein Gefühl von Ekel und Gereiztheit, als müsste ich kotzen."

„Husten Sie auch in der Nacht?"

„Nein. Da kann ich ganz gut schlafen. Auch an manchen Tagen geschieht es nicht. Zwei, drei Monate hintereinander habe ich keinen Husten mehr, und ich denke, ich wäre fast schon geheilt, aber dann kommt es wieder."

„Es kann auf jeden Fall nicht so gravierend sein, wenn es von selbst aufhört, ohne Medikamente, und wenn Sie auch in der Nacht Ihre Ruhe finden."

„Ja. Die Wärme des Bettes scheint mich zu schützen. Manchmal denke ich, ich sollte immer im Bett bleiben. Es ist vermutlich eine zyklische Erscheinung, denn, wenn sie anfängt, dauert sie ein paar Tage lang, sogar Wochen lang ohne Unterbrechung. So war es zum Beispiel Anfang Dezember vor den Weihnachtsferien geschehen, als meine Kollegen sich so dermaßen aufgeregt haben."

„Hatten Sie zu der Zeit besonders viel Arbeit? Vielleicht hängt es mit dem Stress zusammen."

Und dabei blieb es. Mehr Begründungen oder Lösungsmöglichkeiten konnte die Psychologin nicht finden. Ich blieb in meinem kleinen Büro mit der geschlossenen Tür, damit „das Geräusch" nicht zu lästig werden sollte, und man vermied offenkundig den Umgang mit mir. Ich ging nicht mehr in die Kantine essen oder in den Gemeinschaftsraum Kaffee

trinken, sondern aß ein Butterbrot im Büro oder ging irgendwohin außerhalb der Firma meine Pause verbringen.
Die genauen Ursachen meines Hustens sind mir immer ein Rätsel geblieben, mein ganzes Leben lang. Erst vor Kurzem, als ich schon so super erwachsen war, mit 52 Jahren, entdeckte ich sie mit voller Bewusstheit und Klarheit.
Der Psychologe, den meine Eltern konsultierten, als ich noch ein Kind war, hatte so ungefähr das gleiche wie die Arbeitstante gesagt: „Nervosität, Stress. Es ist ein nervöser Husten, mehr psychosomatischer als physiologischer Natur. Sie fühlt sich unsicher und schüchtern. Vielleicht wird sie die Aufmerksamkeit der anderen so auf sich lenken, mit dieser Behinderung, da sie es trotz ihrer Intelligenz und Leistungen nicht zu erreichen scheint. Es ist ihre Art mit den anderen zu kommunizieren, weil sie keine passende Art des Gesprächs findet. Durch den Husten fühlt sie sich wenigstens anwesend und lebendig."
Ich musste seine Argumentation akzeptieren, aber ich war nicht ganz damit einverstanden. Ich stellte mich selbst auf die Probe und bemerkte, dass ich nicht gerade dann mehr hustete, wenn ich mehr Gründe hatte, nervös zu sein und unter Stress zu handeln. Zum Beispiel, immer wenn ich eine Klausur auf der Schule und später an der Uni schreiben musste, hustete ich am aller wenigsten. Ich vergaß den Husten gänzlich und war voll in meine Arbeit vertieft. Auch als ich Vorstellungsgespräche oder schwierige Aufgaben zu erledigen hatte, blieb der Husten weg wie unter Zauberhand, und ich freute mich sehr. Ebenso als ich eine Wohnung kaufte, mich in die entsprechenden Kreditschulden bei der Bank stürzte und beim Notar all die notwendigen Unterschriften vorbereitet wurden.
Ich hatte keine Angst, und nicht einmal ein diskreter und unterdrückter Husten belästigte mich. Und am Tag als ich

Arnold heiratete, an dem ich den meisten Grund gehabt hätte, meine Nerven nicht kontrollieren zu können, weil ich vor lauter schönen Verpflichtungen nicht mehr wusste, wo mir der Kopf stand... Kleid, Fotos, Freunde und Feier, Trennung von der Familie, Reisevorbereitungen, Liebesnacht... Gerade dann war mein Husten ausgeblieben. Ich war einfach ein normaler, glücklicher Mensch.

Kam mein Husten vielleicht von meiner Langeweile und Eintönigkeit, von meiner Ereignislosigkeit? So könnte ich es aber auch nicht beschreiben, denn mein Leben war selten langweilig und ereignislos. Ich wusste mich immer gut zu beschäftigen und ich hatte oft neue Pläne, auch wenn diese meistens zum Scheitern verurteilt waren. Mein Husten hatte auf jeden Fall wenig mit Aufregung und Stress zu tun.

Glückliche und wichtige Momente meines Lebens, die voller Erschütterung und höchst emotional waren, lösten nie diesen hässlichen und für mich selbst und die anderen monstruösen und höllischen Husten aus. Komisch! Ohne zu rauchen, hatte ich so einen trockenen, schmerzhaften und alt eingesessenen Husten schon seit meiner Kindheit.

Ja, es war die Hölle, das schien mir das richtige Wort. Ich brannte und quälte mich darin. Mein Husten war wie ein Nachrichtenmelder der Hölle und so kam ich mit den Jahren zum Ergebnis, dass er natürlich mit psychischen Zuständen meiner selbst in Verbindung stand, aber auch grundsätzlich mit den metaphysischen, atmosphärischen Strömungen des Bösen.

Heute versuche ich es meiner Tochter Janine zu erzählen, während wir beide Kartoffeln schälen und sie schon mit einem müden Seufzer beginnt, über meinen Husten zu lamentieren.

„Kannst du nicht aufhören, Mutti! Es macht mich wahnsinnig."

„Ich würde es schon, Liebes, wenn ich es könnte. Glaubst du es macht mir Spaß so zu husten. Vor ein paar Minuten saßen

wir so ruhig und fröhlich ohne Hintergedanken in der Stille! Du wolltest mir deine neue Freundin beschreiben, die du besonders magst. Wie heißt sie, sagtest du?"
„Arlet, wie unsere französische Cousine aus Perpignan."
„Und ich dachte an das Abendessen heute Abend mit den Kartoffeln, wenn dein Vater von der Arbeit kommt. Aber jetzt stört uns der Husten plötzlich. Gib mir ein Glas Wasser, bitte. Der ganze Tag war doch prima verlaufen. Ich verstehe nicht, warum er jetzt kommt. Vielleicht habe ich mich an etwas erinnert, was von Natur aus böse war, an böse Menschen oder Ereignisse. Über eines bin ich ganz froh, dass ich dir diesen blöden Husten nicht vererbt habe, dass keiner in der Familie ihn hat. Und es ist auch schön, dass Arnold noch Geduld mit mir hat. Andere hätten sich schon längst von mir getrennt."
„Kann es nicht sein, dass du Asthma hast?", fragt sie. „Du solltest zum Arzt gehen und dir ein Spray zum Inhalieren geben lassen."
„Nein, nein. Der Arzt kann nichts tun. Wir haben schon alles ausprobiert. Als du geboren wurdest vor 20 Jahren hustete ich gar nicht, obwohl die Niederkunft schwierig und kompliziert war. Du warst so schön, dass man nur lachen und vor Freude weinen konnte. Jede Geburt, genau so wie eine Hochzeit, bedeutet so eine große Hoffnung, und Hoffnung ist vielleicht das beste Mittel, damit ich vom Husten geheilt werde."
„Und was bringt dich jetzt zum Husten?"
„Wahrscheinlich die Erinnerung an etwas Schlechtes, das vorgefallen ist."
„Na ja, solange es nicht aktuell ist... Erinnerungen können nicht so schlimm sein, wie wenn es tatsächlich vor unseren Augen geschieht."
„Das würde ich nicht so sagen. Erinnerungen können auch zerstörerisch und tödlich sein. Du bist sehr jung und hast

deshalb wenige Erinnerungen, aber wenn diese sich häufen und sich miteinander vermischen... Sie haben eine perfide, abstrakte Qualität der Verbreitung und Nicht-Differenzierung, die alarmierend ist. Sie sammeln sich, diese Ratten der Unsterblichkeit, und werden endlos addiert, während das aktuelle Böse wenigstens nur auf einen Punkt fixiert ist."
„Was hat diese Erinnerung in dir ausgelöst? Und woran erinnerst du dich genau?"
„Ein Adressfeld für die Etiketten in meinem Computer. Vor dem Kartoffel-Schälen habe ich nach der Adresse deiner Tante Ina gesucht. Ja, Ina aus New York, meine Schwägerin. Dein Vater schreibt sehr oft an sie, nicht nur privat, sondern auch geschäftlich, weil beide in der Möbelvertriebsbranche tätig sind. Deshalb speicherte ich ihre Adressdaten damals, um sie nach Bedarf aufrufen zu können. Und ihre Adresse bringt mir schon gewisse gedankliche Assoziationen. Ich erinnere mich zum Beispiel an April Bensberg, eine ehemalige Arbeitskollegin, die mir damals das Etiketten- und Serienbriefe-Schreiben beibrachte."
„April ist ein schöner Name."
„Ja. Und ich hatte auch einen sehr guten Kontakt zu ihr, obwohl meist nur in der Firma. Zweimal war sie bei mir zu Hause und in der Mittagspause gingen wir manchmal spazieren. Meinen Husten mochte sie auch nicht. Klar... Wer mag ihn schon? Aber sie war taktvoll genug, ihn nicht zu erwähnen. Ihr warmes Mitgefühl war so stark, dass sie sich sogar ein paar Mal anstecken ließ und mithustete. Sie imitierte zumindest Teile meines Hustens recht ordentlich. Du hättest unser pathetisches, zweistimmiges Konzert hören sollen.
Einmal sagte sie: ‚Es wäre nicht verkehrt, wenn wir beide eine Kur machen würden. Wer weiß? Vielleicht haben wir etwas an der Lunge.' Ihr Hüsteln geschah nicht nur aus Sympathie oder Neugierde darauf, wie ich das Geräusch machte, sondern aus

ähnlichen Motiven heraus wie meinen, wie ich später feststellen konnte.
Vor ungefähr vier Jahren fingen die Vorgesetzten an, gegen sie zu reden, Fehler bei ihrer Arbeit zu suchen, ihr Unpünktlichkeit und mehrere Formen von falschem Verhalten vorzuwerfen. Zwei Jahre lang wurde sie regelrecht von Beanstandungen und Verwarnungen im offiziellen Rahmen vor dem Betriebsrat und dem Personalbüro verfolgt. Aber ich konnte nicht glauben, dass es ernst gemeint war. Meistens hatte ich das Gefühl, dass sie April nur erschrecken wollten, doch sie nie wirklich entlassen würden."
„Du bist immer sehr optimistisch, Mutter. Du dachtest auch, man würde mich nicht kündigen, als ich diesen Streit mit dem Chef im Restaurant hatte."
„Ja, meine Unreife und Naivität sind an vielem Schuld und müssten bestraft werden, und um so schlimmer ist dann der Husten danach, wenn ich wach werde und meinen Irrtum einsehen muss.
Ich konnte auch nicht daran glauben, weil April schon über 30 Jahre bei uns in der Firma gearbeitet hatte. Sie war immer so selbstbewusst, so überzeugt, dass sie für mich felsenfest bis zu ihrer Pensionierung da stand! Und sie fühlte sich in der Firma richtig zu Hause. Sie hatte eine gemütliche Art, die Kollegen anzusprechen, als wären sie alte Familienmitglieder, was aber nicht immer sehr gut bei ihnen ankam, denn die Kollegen achteten viel auf Formalien, auf gute Manieren, und sie fanden, es war ein Zeichen von Unhöflichkeit, wenn sie sie zu direkt über private Dinge befragte.
Alle nahmen ihr allmähliches Verschwinden ohne Kommentare. Das war, was ich am schrecklisten fand, die Lieblosigkeit und Passivität der Kollegen, dass keiner einen Aufstand organisierte und zum Betriebsrat rannte, dass sie nicht einmal nach ihr fragten oder ein gutes Wort für sie bei

den Chefs einlegten, als hätte sie nie unter uns existiert.
Manchmal erwähnte ich ihren Namen sehr laut, um sie zu provozieren und ihr Gewissen zu beunruhigen. ‚Was wissen Sie von Frau Bensberg? Sie wird herausgeschmissen, nicht wahr? Sobald die letzte Krankmeldung abgelaufen ist? Hat keiner mit ihr gesprochen?'
Da antworteten alle neutral und stereotypisch: ‚Wir wissen nicht genau, worum es geht. Es ist eine Sache zwischen den Chefs und ihr. Wir können nichts tun. Nur die Chefs können entscheiden.' In jenem Winter hustete ich mehr als sonst, fast jeden Tag. Es war die Zeit, als die Kollegen dazu drängten, ich sollte einen separaten Raum bekommen.
Die Kollegen hatten mir damit etwas Gutes getan, denn seitdem fühlte ich mich wohler. Aber es war ein trauriger Anlass gewesen, und mein Mitleid mit April war eine Widerspiegelung meines eigenen Mitleids mit mir selbst, denn ich wusste, dass die Kollegen im Falle einer Kündigung sich nicht besser zu mir verhalten hätten. Sie hätten mich links liegen lassen und nie wieder von mir gesprochen."
„Und der Husten kommt immer wieder bei solchen Fällen, in denen dir oder jemandem, den du magst, etwas Schlechtes zustößt?"
„Ja. Nach Jahren bin ich zu diesem Ergebnis gekommen. Es ist meine Begegnung mit dem Bösen, die durch den Husten signalisiert wird, manchmal auch die Erinnerung daran, so wie jetzt eben, oder die Angst davor. Die Geschichte meines Hustens ist lang, und ich hatte bestimmt schon als Kind dunkle Episoden von Schwierigkeiten mit Menschen oder Verlusten, denen ich nachweinen musste. Aber mir war es nicht so ganz bewusst, und erst jetzt als erwachsene Frau kann ich es deutlich rekonstruieren.
Es ist nicht so wie die Psychologen meinten, dass ich die Aufmerksamkeit der anderen auf mich lenken will oder dass

ich nervös bin. Na ja, nervös bin ich schon, konsterniert, betroffen, weil sich der Schlag des Bösen auf mich bemerkbar macht und mich erstickt, mich in Atemnot versetzt. Damals hat man gedacht, dass das Niesen vom Teufel käme und deshalb zu jedem Nießen ein Gebet ausgesprochen, ‚Jesus' gerufen, um die bösen Geister zu vertreiben.

Mit dem Husten ist es so etwas Ähnliches, aber ich wüsste nicht, mit welcher Zauberformel ich ihn vertreiben könnte. Außerdem würden mich alle Menschen auslachen. Keiner glaubt, dass der Husten vom Teufel kommen könnte. Direkt vom Teufel kommt er vielleicht nicht, aber ich bin ein Opfer meiner Sensibilität. Ich bin besonders sensibel auf das Böse, ich zittere, und mein Husten ist mein Zittern vor dem Unvermeidlichen, Unschönen. Ich bin wie ein armes Thermometer, das immer wieder die verschiedenen Gradierungen des Bösen zu messen hat.

Als dein Großvater den Autounfall hatte, der ihm das Leben kostete, hustete ich tagelang wie eine Verrückte, nicht sofort danach, aber einen Tag nach der Beerdigung. Als du mit zehn Jahren eine sehr ernste Ohreninfektion hattest, bei der wir alle fürchteten, du würdest am Ende schwerhörig bleiben, wurde es mit meinem Husten auch schlimmer als sonst."

„Meine Güte, Mutter! Das ist gefährlich. Eines Tages wirst du an deinem Husten sterben, wenn man nichts dagegen unternimmt."

„Da können wir nichts unternehmen. Es wäre ja nur möglich, wenn wir in einer besseren Welt leben würden, ohne Krankheiten und ohne böse, feindselige Menschen. Erinnerst du dich an die Szene mit deinem Vater und dem Krankenhaus?"

„Ja, natürlich. Er wollte nicht ins Krankenhaus, wochenlang sträubte er sich dagegen, obwohl er musste, und fast unter Zwang - mit der Hilfe von Verwandten und Freunden -

konnten wir ihn dazu bringen. Ich weiß noch, wie es war: Die Wirrnis von gemischten Stimmen, Betteleien, Drohungen von allen Seiten, der Hausarzt, die Putzfrau, die italienische Patentante meines Vaters... Vater weinte bitterlich, weil er sich nicht von uns trennen wollte, und dazwischen kam immer dein Husten. Und ich dachte irritiert: ‚Mutti sollte sich auch im Krankenhaus behandeln lassen.' Aber andererseits sind wir so sehr an deinen Husten gewöhnt, dass wir kaum darauf achten."

„Ja. Dein Vater ist so eine Anti-Krankenhaus-Figur. Er hängt so sehr an unseren vier Wänden und hat eine Allergie gegen gesellschaftliche Einrichtungen jeglicher Art. Ich bin auch häuslich, wie er, auf meine Wohnräume und Gegenstände angewiesen. Deshalb verstand ich ihn so gut damals, ich wollte ihm helfen und seine Opposition gegen die anderen unterstützen. Aber ich hatte auch Angst um seine Gesundheit, sollte man sich seinem Willen beugen. Ich war im Zwiespalt und sehr besorgt. Deshalb begleitete mein Teufelshusten seine hysterischen Tränen wie ein Leitmotiv, die in einer Explosion von hilfloser Unentschlossenheit endeten."

„Ihr seid eine ziemlich altmodische Familie. Viele andere modernere Menschen machen aus Krankenhausaufenthalten und Operationen kein großes Drama. Die Familie meines Mannes zum Beispiel. Sie gehen ein und aus, als wenn es nichts wäre. Krankenhaus... Genau so wie, wenn man zum Supermarkt geht, etwas einkaufen. Sie bewahren eine reizende, stoische Würde oder eine Laissez-Faire-Gleichgültigkeit, lassen sich eine neue Hüfte einsetzen, eine neue Niere, sogar ein flammneues Herz, und man merkt kaum, dass sie ‚krank' waren. Bei uns dagegen hat man alles zu sehr auf die Spitze getrieben."

„Du meinst, mein Husten hätte sich auch auf einem diskreteren Rahmen bewegen sollen. Ich habe zu sehr übertrieben, das Böse zu ernst genommen?"

„Ich denke schon, obwohl es vielleicht auch falsch ist, alles zu vertuschen und nur das Positive sehen zu wollen."

„Einen Todesfall kann man nicht ohne Weiteres verharmlosen wie den Tod deines Großvaters bei einem Unfall; die Tränen deines Vaters kann man nicht übersehen. Aprils Entlassung und die Schweigsamkeit der Kollegen über ihr Schicksal kann man auch nicht übersehen, auch nicht ihre Art mich in einem separaten Raum zu isolieren.

Ich bin nicht aus Eisen, Janine. Nicht alles kann an mir vorbeigehen, wie bei manchen, ohne Empfindungen zu hinterlassen. Wenn man sich die Hand verbrennt, schreit man, und ich huste statt zu schreien. Das Böse ist da, nicht übermächtig, aber doch mächtig genug, und ich reagiere darauf mit meinem ganzen Körper und meiner Seele."

„Welche anderen Begegnungen mit dem Bösen hast du gespürt?"

„Schon einige. Manchmal denke ich, sie sind unzählbar. Gerlind, eine Studentin der Sozialpädagogik wie ich, war neidisch auf mich und wünschte mir im Geheimen Misserfolg bei den Klausuren und bei der Liebe. Wir sprachen nie davon, aber ich wusste es, und mein Husten wurde immer stärker. Am Ende trennten wir uns, sie suchte sich ein anderes Zimmer, angeblich weil der Husten sie störte und ihrem Lernen hinderlich wurde. Es gibt schon einige von diesen bösen Hexen überall, genau so wie es böse Männer gibt, und noch müssen wir dankbar sein, dass wir keine tatsächlichen Verbrecher in unserem Leben getroffen haben.

Böse Erfahrungen habe ich mit meiner eigenen Familie gehabt, so zum Beispiel mit meinem Bruder, deinem Onkel Stefan. Einmal verfluchte er mich, weil ich mich angeblich zu sehr in seine Angelegenheiten einmischte und ihn bevormundete: ‚Du sprichst immer bei den Ärzten für mich.

Kümmere dich um dein Leben und lass mir meine Ruhe. Du bist überhaupt schuld daran, dass ich so viele Tabletten einzunehmen habe.'

Manchmal waren es völlig fremde Menschen wie diese dunkle Parze der schlechten Nachrichten, oder einmal war es eine Frau mitten auf der Straße, die mich ohne Grund heftig anpöbelte und mir einen Stoß in den Rücken versetzte. Wahrscheinlich war sie betrunken oder nicht ganz richtig im Kopf. Wir spazierten an jenem Tag vor drei Jahren zusammen, weißt du noch? Ich hielt dich an der Hand, wir plauderten, scherzten und waren fröhlich; ich küsste deine Haare leicht, wie ich es öfters tue; und dann sah sie uns und fing an mit wütender Gebärde zu brüllen: ‚Du Schlampe, alte Nutte! Was willst du mit dem jungen Mädchen? Du mit deinen lesbischen, dreckigen Spielen...'."

„Ja, danach hast du auch viel gehustet, Mutti, obwohl wir immer wieder sagten, dass diese Person für uns völlig unwichtig war."

Noch andere Szenen laufen in meinem Gedächtnis umher, aber ich erzähle meiner Tochter nicht mehr davon, denn es ist ja nur eine Wiederholung des alten Prinzips.

Ich stehe auf einer Versammlung. Es ist eine Eigentümerversammlung des Hochhauses, in dem wir wohnen. Ich habe einen Antrag auf Barrierefreiheit gestellt, auf eine Rampe für den armen Onkel Samuel und zwei weitere Rollstuhlfahrer im Haus, die die vielen Stufen im Eingangsbereich nicht bewältigen können. Sie sind alle eingesperrt, wie Gefangene, und können nicht aus dem Gebäude heraus.

Schon seit drei Jahren kämpfe ich dafür; es gab schon einige Versammlungen und Wiederholungsversammlungen, und die Sache wurde immer wieder mitgeschleppt, verschoben und mangels Teilnehmer nicht beschlossen. Endlich ist ein

Architekt gekommen und ein Kostenvoranschlag gefertigt worden.

Einige Eigentümer, glücklicherweise eine kleine Minderheit, äußern sich gegen Veränderungen im Haus, um die Kosten nicht anteilsmäßig tragen zu müssen. Ich rufe ärgerlich aus: „Wieder ist die Versammlung umsonst gewesen? Ich kämpfe schon so lange dafür! Wartet man systematisch darauf, dass die Behinderten und Alten von allein absterben und kein Problem mehr darstellen? Wie gemein! Und letzten Endes käme die Rampe uns allen für bestimmte Anlässe zugute. Ich finde diese Bettelei schon zu viel."

Ich spüre sofort, dass meine Worte kein gutes Ohr finden, sondern auf eine Mauer von kalter Missbilligung stoßen. Ich werde für mein soziales Engagement nicht mit Sympathie aufgenommen und gepriesen, wie es manchmal geschieht, wenn die Menschen ihre Sonntagsstimmung haben, sondern im Gegenteil, eine Gegenströmung von schneidender Kritik gegen mich steigt immer höher. Womöglich bin ich zu weit gegangen, ich habe zu hart gesprochen, den unterwürfigen Ton der immer sanften und kompromissbereiten Vermittlern verlassen und damit meine Grenzen überschritten. Ich fühle mich einsam, ohne Verteidiger. Einige Eigentürmer wollen meinem Protest Einhalt gebieten und erheben Anklage gegen mich.

„Wir wollen keine Veränderung in dem Haus. Für uns ist es schon gut so, wie es ist, und wenn es Ihrem Onkel oder anderen nicht passt, dann können Sie sich etwas Moderneres, speziell für Behinderte aussuchen."

„Das optische Bild des Hauses wäre durch eine Rampe gänzlich umgestellt", gibt ein anderer mit Widerwillen zu bedenken. „Ich wäre mehr für einen Behindertenlift, wenn es sein muss."

Ein aggressiver Eigentümer ruft zornig in meiner Richtung aus:

„Sie sagen, Ihre Geduld geht zu Ende und es dauert Ihnen zu lange. Na ja, sie müssen sich schon gedulden, denn schließlich wollen Sie etwas von uns und nicht wir von Ihnen. Es geht um unser gemeinsames Geld. Der Behinderte selbst sollte aus eigener Tasche zahlen oder die dafür vorgesehenen Einrichtungen, nicht wir."

Der Ausschuss der Hausverwaltung ist auch pikiert, weil ich mich gegen die „Langsamkeit der Prozedur", ihre „Bürokratie- und Verhinderungstaktik" geäußert habe.

„Es ist ein Zeitverlust. Ich komme nicht wieder zu dieser Versammlung", sage ich und fange an, gewaltig zu husten.

„Wenn ja, dann komme ich demnächst mit Journalisten oder mit einem Rechtsanwalt."

„Bitte keine Drohungen, Frau Pfeifer. Sie sind nicht in der Lage, uns zu drohen."

Am Ende kriegten mein Onkel und wir alle unsere Rampe. Aber mein Husten an jenem Abend war wieder ein Zeichen gewesen, dass ich, sobald ich einer feindlichen Atmosphäre ausgesetzt bin, mit dem Husten darauf reagieren muss.

Janine sagt: „Jetzt hustest du nicht mehr, Mutter. Gott sei Dank."

„Ja, das Böse ist nicht mehr da. Wenigstens im Moment nicht. Jetzt bist du nur da und unser schönes Leben zusammen.

Zweitausenddreizehn, ein surreales Märchen

Es war einmal ein Mann, der uns nicht genau sagen wollte, was für ein Jubiläum er im Jahre 2013 zu feiern hatte.
Wir kannten ihn wenig. Er hieß Ingmar Gerber. Er kam hin und wieder unregelmäßig in die Kirche und zum Bibelkreis, aber dort redeten wir nur über Theologie und nicht über Privates.
Sein Jubiläum erwähnte er schon mehrfach. Wahrscheinlich war er aufgeregt und bereitete sich mit Begeisterung das ganze Jahr darauf vor. Aber er behielt sein Geheimnis für sich und tat sich damit sehr wichtig.
Wir sprachen manchmal über ihn, wenn er uns nicht hörte: „Er ist um die 55 oder 60 Jahre alt. Vermutlich geht es um sein Betriebsjubiläum. Er hat schon 25 Jahre in der Firma gearbeitet und jetzt wird er einen großen Tag erleben; er hat fast Angst davor. Wir kennen das alle. Es ist schon ein Vorschuss auf die bald bevorstehende Pensionierung, aber man darf noch ein paar Jahre da bleiben."
„Ausnahmsweise werden die Chefs sich an seinen Tisch setzen, ihn loben, ihn zu einem köstlichen Essen einladen und ihm die beste Seite der Firma zeigen."
„Er muss womöglich ein paar Witze vorbereiten, damit man ihm nicht nachsagt, er habe keinen Sinn für Humor. Aber bitte, es muss ein eleganter, feiner Humor sein, nicht zu derb oder beleidigend."
„Er bereitet seine Rede zum Empfang des dekorativen Preises vor."
„Er macht sich Sorgen um das Geld, das er für die Feier mit den Kollegen ausgeben muss, aber er will nicht geizig erscheinen."
„Vielleicht ist es nicht ein Dienstjubiläum, sondern..."
„Was denn?"

„Vielleicht ist er 25 Jahre verheiratet und muss mit seiner Frau nach Paris, zum ersten Mal in ein ganz teures Hotel, weil er ihr das versprochen hat."
„Und er muss sich einen neuen Anzug kaufen und sich Kaffee sowie andere Aufputschmittel besorgen, um nicht einzuschlafen."
„Wir sind schlecht, nicht wahr? Wir karikieren etwas, das uns an sich heilig sein sollte, die Ehe und die Arbeit."
„Vielleicht war er nicht immer evangelisch wie jetzt und er feiert in diesem Jahr das Jubiläum seiner Bekehrung."
„Möglich ist es auch, dass er einfach seine Mitgliedschaft in der SPD oder in der Gewerkschaft feiert. Er wird eine Plakette bekommen und eine kleine Rede halten."
„Ich denke, er ist etwas trottelig für sein Alter. Ich kann ihn mir nicht als politischen Redner vorstellen. Er macht immer den Eindruck, als wenn er Gegenstände suchen würde, die er nicht finden kann, Brille, Kugelschreiber, Wohnungsschlüssel."
„Ich habe es auch beobachtet. Manchmal feiert er ein besonderes, intimes Jubiläum, wenn er nach Wochen der Suche seinen Rasierapparat finden kann."
„Ja, die ewige Suche ist ermüdend. Das kenne ich auch."
„Er sagt, er liebt Märchen und Legenden besonders. Vielleicht sang er als Kind in einem Chor, und der Schulchor feiert sein fünfzigstes Jubiläum."
All unsere Hypothesen blieben lange Zeit unbeantwortet.
Eines Tages, es war der vierte April 2013, erschien Ingmar sehr mitgenommen und geistesabwesend bei unserem Bibelkreis. Er teilte uns mit, dass sein Bruder, der Maler, verstorben sei. Wir drückten natürlich unsere Anteilnahme aus. Doch sahen wir noch keinen Zusammenhang mit seinem eigenen Jubiläum.
Im September sagte er plötzlich zu uns: „Ich fahre nach Hanau, Kassel und Marburg, um den großartigen

Feierlichkeiten zum Anlass des Grimm-Jahres beizuwohnen."
„Das ist toll, Mensch! Wir wissen, wie gern du die Volksmärchen hast."
Am 20. September 2013 schrieb er uns einen ersten und letzten Brief: „Heute begeht man, in Hessen und überall in der ganzen Welt, Kinder und Erwachsene zusammen, mit großem Glanz und Respekt meinen Todestag vor 150 Jahren."
„Undenkbar! Oder doch denkbar? Er sieht nicht nach 78 aus."
„Der arme Ingmar erzählte uns einmal, dass sie zu neun Geschwistern zu Hause waren, acht Jungen und ein Mädchen, sein jüngerer Bruder Wilhelm starb vor vier Jahren, und am vierten April starb der andere Bruder, der Maler. Es ist merkwürdig, die gleichen Umstände wie bei Jakob Grimm."
„Aber Jakob hätte sich nie das Leben genommen, denn er hatte den Trost seiner Märchen."
„Ja. Der moderne Mensch erfindet kaum noch Märchen, doch dieser freute sich wenigstens über das Jubiläumsmärchen."
Es war einmal ein Mann, der glaubte, Jakob Grimm gewesen zu sein.

Die Lepra-Kranken, Mr. und Mrs. Bromfield

Unsere Schaukelstühle an der Heizung waren sehr lebendige Möbelstücke, die sich sogar mit unseren Körpern zusammen bewegen konnten. Auch der Fernsehtisch, der den ganzen Tag dem sehr lebendigen Fernseher lauschen und ihn sich anschauen konnte, war viel mehr als ein Möbelstück. Manchmal sprachen die Schaukelstühle und der Fernsehtisch miteinander. Wie an jenem Abend, als sie zum ersten Mal über ein trauriges Thema, über einen Albtraum, über MRSA sprachen. Nur vier Buchstaben! Wer hätte gedacht, dass sie für uns so kriminell werden konnten?

„Das 21 Jahrhundert ist das Jahrhundert der großen Epidemien. Es begann schon im zwanzigsten mit Aids."
„Ja. Wir sind regressiv. Wer hätte es gedacht? Anstatt vorwärts gehen wir immer zurück Richtung mittelalterlicher, schwarzer Pest."

Mein Mann und ich hatten einen schönen Garten und lebten immer idyllisch und friedlich. Wir legten großen Wert darauf alles sauber und in guter Ordnung zu halten. Wir verweilten in Deutschland schon ewig, ich seit 40 Jahren. Aber wir behielten einige unserer englischen Gewohnheiten. Da wir keine eigenen Kinder haben konnten, adoptierten wir ein Mädchen. Wir arbeiteten beide tüchtig und sparten einiges Geld für Wilhelmines Hochzeit und später für die Enkelkinder.
Mein Mann, Thomas Bromfield, war Hausmeister und Wächter in einer riesigen Autofirma, und ich war Sekretärin in einem Parfümkonzern. Deshalb roch es bei uns in der Wohnung immer sehr „distinguiert" wie in einem französischen Parfümgeschäft. Ich brachte immer die besten Düfte mit nach

Hause wie die beste Beute meiner Arbeit.

Wir hatten unsere kleinen Behinderungen, die unsere Existenz teilweise verbitterten, aber es gelang uns meistens uns nicht sehr stark davon beeindrucken zu lassen. Thomas war mit den Jahren ziemlich schwerhörig geworden. Sein Hörgerät verlegte er ständig. es war nicht in Ordnung oder er hatte keine Batterien dafür. Er war immer auf der Suche nach einem neuen, besseren Hörgerät und schimpfte über Akustiker und über die Menschen, die „zu leise" sprachen.

Seiner Meinung nach sprach ich auch zu leise, wie in einem Flüsterton, unartikuliert und zusammenhangslos. Das brachte uns ein wenig auseinander und störte unsere Kommunikation, aber da wir uns sehr liebten, war dies kein Trennungsgrund. Ich selbst war sehr stark kurzsichtig, ich sah immer weniger und wollte es mir nicht eingestehen. Bei mir half keine Brille, genau wie bei Thomas kein Hörgerät half.

Trotzdem hielten wir uns munter trotz unserer Schicksalsschläge. Wir waren bestrebt vor allem nicht aufzufallen und verbargen unsere Gebrechen. Diese verloren an Wichtigkeit je weniger sie erwähnt wurden. Auch Thomas sagte nie, dass er nicht gut hören konnte. Er bevorzugte Ausreden zu finden wie: „Ich war zerstreut. Ich habe es nicht mitgekriegt." So waren die Leute in unsere Harmlosigkeit und unschuldige Alltäglichkeit eingetaucht und erlitten keinen Schock über unsere Behinderungen.

„Es ist unglaublich, dass gerade heutzutage nach Penicillin, nach so vielen technischen Fortschritten und hygienischen Maßnahmen, nach der Entdeckung so vieler Bakterien und der glänzenden Diagnostik unzähliger Krankheiten... so viele nicht mehr zu kontrollierende Infektionen im Aufmarsch sind."

„Es fehlt bei uns an hygienischer Gründlichkeit. In den 70er Jahren gab es sie noch. Die deutschen Krankenhäuser sind

nicht mehr so sauber wie damals."
„Und wann waschen sich die Ärzte die Hände? Bei der Schweinegrippe vor zwei Jahren wurde es überall gepredigt, sogar als Vorschrift im Intranet der großen Firmen."
„Ich frage mich, ob die Instrumente für Operationen und dergleichen richtig steril gemacht werden. Statt geheilt zu werden, fängt man sich noch einen Keim im Krankenhaus zusätzlich zu der eigenen Krankheit ein."

Im Aufzug wurden wir von den Nachbarn nie eines bösen Viruses verdächtigt, nur Erkältungen hatten wir, aber das hatten wir alle. Als sie zufälligerweise merkten, dass wir erkältet waren, zogen sie sich instinktiv ein wenig zurück und ihren Atem leicht weg von unserer Richtung. Doch nie war es etwas Gravierendes, unsere Erkältungen waren sehr diskret und beinahe unsichtbar.
Für alle Leute galten wir als zwei gesunde, gebildete Menschen mit einer schönen Tochter, die Lehrerin wurde, und einem Neffen, der zur Krönung der Vollkommenheit Arzt war. Thomas Taubheit und meine Kurzsichtigkeit waren für unseren Bekanntenkreis nie in irgendeiner Form alarmierend. Nur einmal sagte eine komische Dame, eine Zeugin Jehovas, ziemlich steif und nervös zu mir: „Sind Ihre Behinderungen erblich? Oder übertragbar auf andere, wenn wir mit Ihnen sprechen?" Ich war entsetzt und besuchte nie mehr ihren Laden.

„Nur in den Niederlanden, habe ich gelesen, haben sie dieses MRSA echt ausrotten können; in den anderen Ländern dagegen, England, Spanien, überall in den Krankenhäusern, kriegt man es nicht im Griff, auch nicht in Deutschland trotz unseres guten, alten, medizinischen Ruhms."
„Die Niederländer sind viel strenger als wir. Sie setzen alle

Ausländer, vor allem die benachbarten Deutschen, in den Krankenhäusern unter Quarantäne. Sie nehmen alle notwendigen Kontrollen und Tests vor und verfolgen akribisch jede Spur des Virus, während wir in Deutschland nur alles tabuisieren und vertuschen."
Wir geben nur die Hälfte der Geschichte Preis, womit keine richtige Heilung erzielt werden kann. Die Epidemie ist schon seit Jahren bekannt, aber keiner kann ihr Einhalt gebieten, scheint es. Jährlich sterben Hunderte von Menschen an dieser Krankheit."
„Was ist MRSA genau? Ich habe diesen Namen heute zum ersten Mal gehört."

Wir wollten vor allem den Leuten gefallen, helle und gute Eindrücke hinterlassen, wie ein mildes Kissen für einen müden Kopf. Wir verstanden uns gut mit den Nachbarn, auch mit unseren Arbeitskollegen und den Schwiegereltern unserer Tochter. Unsere Teenachmittage, zu denen wir liebe Bekannte mit Alten und Kindern zusammen einluden, waren die Höhepunkte unserer gesellschaftlichen Existenz. Manchmal feierten wir mit einigen Gemeindemitgliedern unserer anglikanische Kirche oder der finnischen Kapelle, denn meine Schwester hatte einen finnischen Maler mit einem sehr großen Bekanntenkreis geheiratet.
Deshalb können wir es nicht ertragen - und es ist wie ein Todesschlag für uns gewesen - als uns vom Krankenhaus plötzlich mitgeteilt wurde, dass mein Mann, dass wir beide womöglich, von so einem schrecklichen Infekt, einem Virus, einer höchst ansteckenden Krankheit befallen wurden. Es geschah während des Krankenhausaufenthaltes, als Thomas sich einer Magenoperation unterziehen musste. Und seitdem... Seitdem werden wir tatsächlich wie die Lepra-Kranken des 21. Jahrhunderts behandelt. Man hat Angst vor uns, will uns nur

isolieren und loswerden.

„Wir als Möbelstücke merken es wenig, aber die armen Bromfields in ihrer sensiblen Art leiden sehr darunter. Die Fremden sagen, die ganze Wohnung sei infiziert und von diesen komischen Bakterien bevölkert, obwohl sie sie immer sehr sauber gehalten haben. Man würde uns ebenso wie im Mittelalter die Ketzer verbrennen, wenn sie es könnten."
„Mich als Fernsehtisch."
„Und uns als Schaukelstühle. Keiner will sich auf uns setzen. Wir sind wie unsere Eigentümer verflucht und angeblich mit dieser modernen Pest behaftet. Keiner sieht mehr das Schöne und Vornehme an uns."
„Aber solange die guten Alten noch leben, werden auch wir noch leben."

Ich begreife die volle Wahrheit noch nicht. Die Ärzte haben zwar von MRSA gesprochen. Doch es geht an mir vorbei und ich fühle mich so normal wie immer. Für mich hat sich nichts geändert. Mein Mann ist nicht ansteckend. Ich habe nichts Böses von ihm bekommen können und ich kann auch nichts Böses an meine Mitmenschen weitergeben.
Es ist so ein grauenvolles Gefühl, ohne eigene Schuld etwas verbrochen zu haben, dass man nicht mehr als normal, sondern als gefährlich angesehen wird; den Terror einer Epidemie, das Übel in sich zu tragen, die andere, nicht wir, verursacht haben... Wir sind die Opfer der herrschenden Missstände, der unsauberen Arbeit, des Überflusses an Antibiotika und der weiteren Opfer, die wie wir panisch rücksichtslos gleich den Aufsässigen behandelt werden.
„Herr Doktor, wir hatten so etwas nicht gehabt. Sie hatten es bei der Rachenprobe noch nicht festgestellt, oder? Nicht nachgewiesen lautete der Befund. Erst nach der Biopsie der

Operationswunde war es positiv. Tausende von Fällen, so weit verbreitet... Man spricht bereits von einem „Krankenhauskeim". Mein Mann hat es sich wahrscheinlich im Krankenhaus eingefangen."
Aber warum sollten wir uns so zu rechtfertigen? Uns haben sie es auch angetan, wir sind infiziert worden. Ich glaube, ich habe es noch nicht, ich bin vollkommen gesund. Doch aus Solidarität gegenüber meinem Mann sage ich immer: „Wir, wir..." Die nicht mehr Willkommenen, die Gemiedenen und Befürchteten, die Infizierten.
Ich hatte immer eine soziale Ader für die Schwachen, die ungerechterweise diskriminiert werden, und jetzt geht's um unsere Identität als symbiotisches Paar, unsere Ehegemeinschaft, eine sehr intim zusammengeschmolzene Zweiergestalt vor einer ganzen Gesellschaft. Ich lebe mit ihm nach wie vor tagtäglich und selbstverständlich wie immer, als wäre er nicht ansteckend. Ich brauche keine Handschuhe, um ihn zu streicheln, keine Maske, keinen Mundschutz.

„Der Mann ist über das Krankenhaus sehr verärgert. Jetzt hat er, abgesehen von seiner Hörbehinderung und seinem Magenleiden, noch eine zusätzliche Krankheit: MRSA. Die Magenoperation war auch ein Fiasko und er verließ das Krankenhaus auf eigene Verantwortung gegen das Anraten der Ärzte, die ihn einschüchtern und fast für unmündig erklären wollten. Sie hätten es schon getan, ihn aus Zwang dort festgehalten, ihm allerlei starke Schlafmittel zur ‚Beruhigung' gegeben und ihn ins Bett gelegt, wäre nicht seine Frau gewesen, die ihn abholte und seine Sachen unter dem missbilligenden Anblick von Ärzten und Schwestern eiligst zusammenpackte, während sie auf den Krankenwagen warteten.
Er konnte sich ja kaum bewegen, er war zerstört und in so

einem schlechten Zustand... Ich habe ihn nie so gesehen. Ich, als sein Schaukelstuhl kann es behaupten, er fiel beinahe auf mich hin, er zitterte und japste, als er sich hinsetzte. Er war total abgemagert und sogar etwas geistig daneben. Er merkte kaum, dass er sich auf seinen Lieblingsstuhl hingesetzt hatte. Er dachte nur an seine Urinflasche, die nicht in der Nähe stand und an seinen vor kurzem entfernten Katheter, der ihn schmerzte. ‚Noreen, Noreen, wo ist meine Urinflasche? Schnell!'"

„Noreen Bromfield rannte ständig von einer Stelle zur nächsten, um alles zu beschaffen, was er brauchte: Die Urinflasche, seinen Tee, seine Brille, ein Taschentuch. Sie war erschöpft. Am Ende blieb sie auf mir sitzen wie tot, lustlos und geistesabwesend. Sie hatte nicht einmal Lust zu stricken oder fernzusehen, ihre zwei großen Leidenschaften."

Die Szene im Krankenhaus war sehr peinlich gewesen. Ich hatte die Institutionen immer respektiert. Ich war eher anpassungsfähig als rebellisch. Wenn meine Mutter nie zum Zahnarzt gehen wollte oder irgendeine ihr verschriebene Behandlung abbrach (Gymnastik, Antibiotika-Einnahmen), verstand ich es nicht ganz. Auch meine Schwester drückte sich jahrelang vor einer Schilddrüssenoperation, vor Terminen wie Klausuren oder ihren Reisen nach Finnland.

Mehr als für einen kritischen Geist hielt ich es für Feigheit und Inkonsequenz. Auch mein kritischer Geist existierte manchmal in gewissen Situationen. So zum Beispiel wenn ich den Privatmusiklehrer meiner Tochter wechselte, der nicht gut genug war, oder einen Arzt, der sich in seiner Diagnostik katastrophal geirrt hatte. Ich kannte Leute, die so feige waren, dass sie immer dabei blieben, was sie einmal entschieden hatten. Egal, welche negativen Erfahrungen sie in einem Krankenhaus gemacht hatten, gingen sie immer wieder hin, ohne großes Überlegen, einfach nur weil es in ihrer Nähe war. Ich dagegen besaß noch einige Selektionskriterien. Aber ja, ich war im Allgemeinen fügsam, wenig fantasiereich, schicksalsergeben und sehr kompromissbereit. Ich beschwerte mich nicht unnötig über das schlechte Wetter, nahm nicht an Demos und Streiks teil, die zu wenig führten, stellte nicht so gerne die Autorität festetablierter Menschen in Frage wie Priester, Ärzte, Kapitäne und so weiter.

Doch jetzt hatte mein Mann eine sehr radikale Entscheidung getroffen, sich gegen die Meinungen von so vielen Ärzten und Pflegepersonal zu stellen, und ich folgte ihm. In dem Fall war ich ihm gehorsam und rebellisch gegenüber allen anderen. Ich konnte nicht Partei für die anderen ergreifen. Er war so hilflos, ausgeliefert, und in mir sah er seinen einzigen Schutz, seine Rettung und das ihn erleichternde Bild vom Zuhause gegenüber einer ihm feindlich gesinnten Umgebung. Ich konnte ihn in so einer Situation unmöglich verlassen, vor allem, weil er nicht in guten Händen war, weil sie nur Kunstfehler und womöglich Experimente mit ihm machen würden.

Eine Dame von einer religiösen Stiftung half mir kommentarlos, aber auf ihre Art nett, seine Sachen einzupacken. Er hatte alles verstreut herum liegen, und in meiner Nervosität hätte ich einiges vergessen oder nicht gefunden. Thomas ging es sehr schlecht, aber er blieb hysterisch bei der Behauptung, dass er gehen wollte, dass er keine Stunde länger bleiben würde. Ich fühlte mich kaum der Verantwortung gewachsen. Doch ich half ihm aufstehen, so gut ich konnte.

Als wir mit dem Krankentransport nach Hause gefahren wurden, bekamen wir zum ersten Mal die ersten Anzeichen dieser bösen „HOCHANSTECKENDEN" Krankheit zu spüren: MRSA. Die Sanitäter waren unfreundlich, sie setzten uns

Mundschutz auf und trugen selber Handschuhe, Masken und besondere Kleidung. Sie hielten sich fern von uns, ich wurde nach hinten zu meinem Mann gesetzt und nicht mehr auf den Beifahrersitz wie bisher bei den „normalen" Fahrten üblich.

Vom Krankenhaus waren sie schon benachrichtigt worden und deshalb waren sie sorgfältig vorbereitet. Einer der zwei Männer sagte beinahe aggressiv zu mir: „Sie müssen es immer melden, damit wir die entsprechenden Sicherheitsmaßnahmen ergreifen können. In Ihrer Wohnung können Sie machen, was Sie wollen (die ist ohnehin schon verseucht und infiziert), aber wir müssen uns und auch die anderen Kranken schützen.

Im Sanitärbereich wird es sehr streng gehalten. Wenn Sie aus dem Wagen steigen, werden wir uns und alles was Sie angefasst haben, mit besonderen Produkten gründlich säubern müssen. Es ist viel mehr Arbeit als sonst mit Ihnen."

Deshalb wurden wir auf einmal als ungern gesehene Gäste tituliert. Wir waren gezeichnet... Mit unserem Namen und unserer Adresse würden jetzt immer diese vier verheerenden Buchstaben erscheinen, die ich bisher nicht kannte: MRSA.

Ich verstand es nicht ganz, diese Terrorgeschichte... Waren mein Mann und ich nicht die gleichen wie immer, harmlos, unauffällig? Aber nein. Jetzt waren wir nur Virusträger... Wir bedeuteten für unsere Mitmenschen nur zusätzliche Arbeit, Bakteriendesinfektion, und negative Bilder von noch unaufgeklärten Risiken, die sie mit uns verbanden.

„Das Schlimmste dabei ist, dass alles tabuisiert wird, halbversteckt und nicht ganz ausgesprochen. Um die Öffentlichkeit nicht zu alarmieren, redet man kaum davon. Die Epidemiequote bleibt inoffiziell. Nur die betroffenen Opfer bekommen es plötzlich zu spüren, dass sie unerwünscht sind, und die im Gesundheitswesen Beschäftigten reagieren ganz

unterschiedlich auf diese nicht ermessbare Gefahr. Einige reagieren sogar über und denken, es wäre gefährlicher, als es in Wirklichkeit ist, gerade weil es so im Geheimen gehalten wird, so verschwiegen und nur zugeflüstert.
Die Krankenhäuser geben keine genauen Zahlen und Namen Preis, vielleicht um die armen Betroffenen nicht zu kompromittieren, aber wahrscheinlich auch, um sich und die fehlenden Hygienemaßnahmen nicht eingestehen zu müssen. Das Problem wird nicht richtig angegangen. Wenn ein Virusträger im Krankenhaus liegt, wird er wie in einem Bunker isoliert und drakonische Maßnahmen werden gegen ihn gerichtet (mehr als um dem Patienten zu helfen, um die anderen vor ihm zu schützen). Aber es gibt keine konsequente und einheitliche Haltung, denn sobald der Kranke zu Hause ist, werden keine Kontrollen mehr durchgeführt. Jeder kann in Kontakt mit ihm treten und sich beliebig anstecken."
„Mr. und Mrs. Bromfield waren sehr unglücklich, vor allem sie, die immer so gesellig ist und gerne mit Menschen zu tun hat."

Ich wagte es nicht, mit den Leuten über unsere Krankheit zu sprechen, denn dann würden sie nicht wieder zu uns kommen. Die schönen Besuche würden aufhören und wir würden in unseren Schaukelstühlen vor dem Fernsehtisch ganz einsam unter uns bleiben. Bei aller Sympathie zu uns... die Menschen würden das Risiko einer Ansteckung lieber nicht auf sich nehmen wollen. Sie waren sehr auf ihre Gesundheit bedacht, und auch wenn man sie mit vernünftigen Argumenten davon überzeugen würde, dass man sich so einen Virus überall, in einem Bus, Restaurant oder in einer Kirche zum Beispiel einfangen könnte, ein gewisses Unbehagen würde immer im Hintergrund lauern und unsere Beziehungen allmählich zerstören.
Andererseits wollte ich auch nicht, dass andere Menschen

unseretwegen zu Schaden kommen könnten... Ich verabscheute die Idee, mich ohne den notwendigen Civismus zu verhalten und die Krankheit bewusst mangels der entsprechenden Warnung und Meldepflicht zu verbreiten. Ich selbst hätte es auch nicht gerne gehabt, wenn mich jemand über eine bestimmte Gefahr im Dunklen gelassen hätte.

Aber zu meiner Verteidigung muss ich anführen, dass ich nicht wirklich an jene Gefahr glaubte und auch nicht an die Sicherheitsvorkehrungen, um dieser auszuweichen. Ich log keinen an, ich bin von Natur aus ungläubig. Was könnten Handschuhe und diese Flüssigkeit, Styridium, die man wie einen Teufelsaustreiber ständig anbetete, gegen den bösen Virus erreichen? Und dann dieser komische Kittel und die Haube, in die mich ich stecken musste, jedes Mal, wenn ich meinen Mann in der Isolierstation seines zweiten Krankenhauses besuchte?

Die unsichtbaren Bakterien konnten auch eine Erfindung, eine Einbildung der Ärzte sein. Inwieweit war das Wissen der Ärzte ein unwiderlegbarer Nachweis von Wahrheit? Ein Arzt hatte uns mit seinem angeblichen Befund verfemt, gezeichnet, alles verändert, die ganze frische Atmosphäre unseres Lebens mit Fäkalien verpestet.

So schnell konnte es geschehen. Jemand sagte: „Dieser Mann trägt einen Virus", und damit setzte er die ganze höllische Maschinerie unserer Verfolgung und Erniedrigung in Gang. Was wusste ich von den Viren, die ein Nachbar hatte? Er selbst wusste es nicht, wenn er nicht zum Arzt ging. Und die Ärzte konnten sich ebenfalls irren, die Unterlagen der Patienten miteinander verwechseln, selber die Viruen durch ihre Unachtsamkeit, Unsauberkeit oder ihren Medikamentenmissbrauch hervorrufen und verbreiten.

Am Ende entschied ich mich für einen mittleren Kurs: Ich lud keine Leute mehr zum Tee ein, obwohl es immer eine meiner größten Freuden gewesen war. Die Gesangsgruppe der evangelischen Gemeinde zeigte sich ziemlich überrascht und gekränkt, besonders nach meiner fünften Absage. Sie dachten wahrscheinlich, dass ich mich merkwürdig benahm, dass ich aus heiterem Himmel geizig und abweisend zu den Freunden geworden war. Ich brachte durchaus Thomas' Krankheit ins Gespräch, aber ohne zu erwähnen, um welche Krankheit es sich handelte.

Wir hatten einfach keine Zeit mehr, um Besuch zu empfangen. Ich konnte auch keinen Kuchen mehr backen. Bakterienkuchen? Nein, danke. Ich möchte es keinem servieren. Thomas und ich, wir würden unser Essen schon ganz allein essen in der Isolationszelle unserer Wohnung, auf unserer Insel. Leider konnten wir jetzt nicht mehr Gastgeber spielen, nicht einmal mit den Schwiegereltern unserer Tochter oder mit unseren Enkelkindern.

Natürlich, unter keinen Umständen wollten wir sie anstecken. Aber auf der anderen Seite war ich sehr schlau und schweigsam und kämpfte für unser Datenschutzgeheimnis. Ich wünschte nicht, das man diese Angelegenheit veröffentlichen sollte und uns ein Schild an die Haustür kleben würde mit der verhassten Bezeichnung: MRSA; wie ein „Scarlet letter" der Schande. Nein, dagegen wehre ich mich heftig. Wir sind noch normal, wie die anderen. Keiner braucht es direkt zu erfahren. Je weniger Leute es wissen, desto besser.

„Ich als Fernsehtisch habe öfters über Epidemien erfahren. Das Fernsehen bringt häufig Reportagen: Typhus und Cholera in einigen Ländern Afrikas, Asiens und Lateinamerikas. Aber dass es auch in so einem zivilisierten Land wie Deutschland passiert! Und alles so vertuscht und nur zur Hälfte untersucht."
„Es ist schon höchste Zeit, dass die Journalisten sich der Sache annehmen und dass es einen dicken Skandal gibt.

Doch meistens ist es so, dass die Zeitungen nur kurze Zeit, sensationalistisch und explosionsartig, über etwas reden. Und dann verschwindet es wieder in der Dunkelheit. Keiner spricht jetzt mehr von der EHEC-Epidemie, die 2011 gerade in Deutschland so viele Todesfälle mit sich brachte.

Und so eine endgültige und abgeschlossene Aufklärung über die Ursachen und die Schuldigen gab es zum Schluss nicht, nur Verdachtsmomente, viele Vermutungen wie spanische Gurken, Restaurants etc. Deshalb denke ich, dass dieses Kapitel nicht ganz überstanden ist, weil man der Sache nicht richtig auf den Grund ging.

Die Gesellschaft spaltet sich gewöhnlich in zwei Muster: Diejenigen, die unbedingt etwas aufklären wollen (dadurch werden sie auch enorm aggressiv und schlagen rücksichtslos um sich herum) und die anderen, die alles verharmlosen und sich dem Druck bestimmter Interessen und Institutionen leicht unterordnen. Die EHEC-Epidemie existiert immer noch im Verborgenen, befürchte ich, und irgendwann kommt wieder eine Welle von Todesfällen, bis die Presse wieder wach wird."

Ich erzählte keinem von unserer Krankheit. Es tut mir leid. Ich war nicht loyal und edel genug. Ich war auch noch nicht darauf vorbereitet, und wie gesagt, ich glaubte am Anfang noch nicht ganz daran. Die Sanitäter der verschiedenen Krankentransporte für meinen Mann fragten aber immer wieder danach, und am Ende gewöhnte ich mich daran, es automatisch anzugeben, wie wenn man zu offiziellen Zwecken immer das Geburtsdatum angeben muss.

Einige peinliche Szenen bleiben mir noch in Erinnerung: Einmal hatten wir einen Termin bei einem ambulanten Chirurgen, der Thomas Wunde untersuchen sollte. Ich hatte einen „normalen" Termin ausgemacht und hatte gar nicht an MRSA gedacht. Als wir aber mit dem Krankenwagen vor der

Tür standen, wurden wir weggeschickt:
„Sie müssen morgen wider kommen, aber zu dem spätesten Termin um 13.00 Uhr, nicht früher. MRSA-Patienten dürfen nur zuletzt behandelt werden, wenn alle übrigen schon weg sind, und in einem separaten Raum wegen der Ansteckungsgefahr."
„Aber woher wissen Sie, dass wir MRSA haben?"
„Es steht in der Überweisung des Hausarztes für Ihren Mann."
„Ach ja. Ich hatte es nicht nachgesehen."
Es gibt tatsächlich so etwas wie einen Polizeistaat der Gesundheitsbehörden. Die Akte meines Mannes wurde immer dicker und dicker: Ob er sich weigerte ein gewisses Medikament zu nehmen, ob er Alkohol trank, ob er gegen ärztlichen Rat eines oder mehrere Krankenhäuser verlassen hatte, wie viele Pflegedienste er schon gehabt hatte. In seiner Akte wurde alles vermerkt: Seine rebellischen, exzentrischen (womöglich senilen) Anwandlungen der letzten Monate, und jetzt MRSA, an uns festgeklebt, rettungslos unentrinnbar.
Als wir ziemlich frustriert und schockiert aus der Praxis herauskamen, zeigten sich dazu noch die Sanitäter sehr aufgebracht und empört. Sie beschimpften mich sogar, weil ich MRSA nicht von vornherein bei Ihnen angemeldet hatte.
„Jetzt haben wir die doppelte Arbeit, alles zu säubern. Ich muss mich besonders schützen, ich habe kleine Kinder zu Hause, und gerade Kinder sind bei dieser Krankheit besonders gefährdet."
Der zweite Mann war noch unfreundlicher und mürrischer. Er sprach wie ein drohender Polizist, der mich bald verhaften wollte: „Als ich eingangs danach fragte, haben Sie es sogar geleugnet, Mrs. Bromfield."
„Nein, nicht genau geleugnet. Als Sie fragten, sagte ich, dass ich das nicht genau weiß, es könnte schon möglich sein, weil er lange im Krankenhaus gelegen habe. Aber ich weiß wirklich

nicht, was MRSA bedeutet. Keiner hat uns richtig aufgeklärt, zum Beispiel darüber, dass wir uns immer den späteren Termin bei Ärzten reservieren lassen sollen. Hätte ich das gewusst, dann wären wir nicht so früh gekommen und hätten den Weg nicht umsonst gemacht."
Aber er blieb bei seiner Unnachgiebigkeit.
„Sie müssen es immer überall im Voraus melden. Geben Sie mir die Unterlagen Ihres Mannes, damit ich sehen kann, inwieweit die Infektion übertragbar ist. Ist sie in der Wunde lokalisiert? Oder im ganzen Körper."
Als wir nach Hause kamen, war auch der Pflegedienst da, wie ein zweites Tribunal. Die Sanitäter berichteten ihnen sofort über unser Verbrechen, dass wir MRSA nicht ordnungsgemäß gemeldet hätten. Der junge Krankenpfleger unseres Pflegedienstes gab sich auch sehr überrascht und entrüstet, obwohl der Pflegedienst durch ein Telefongespräch mit einem Arzt davon in Kenntnis gesetzt worden waren.
„Um Gottes Willen! Wir haben es auch nicht gewusst. Sie müssen es melden, Mrs. Bromfield. Sonst sind noch andere Patienten zusätzlich gefährdet."
Mir wurde übel und sehr elend zumute. Wir wurden an jenem Tag wie richtige Kriminelle behandelt. Ich lernte die Lektion gut und seitdem meldete ich es in den entsprechenden Instanzen wie ein Papagei mit ausdrucksloser Stimme: „MRSA", obwohl ich wusste, dass uns dadurch nur Isolation und Diskriminierung bevorstanden. Als Thomas zum zweiten Mal ins Krankenhaus kommen musste (es war nur ein kurzer Aufenthalt, denn er verzichtete wieder auf eigene Verantwortung), bekam ich noch deutlicher zu spüren, wie streng die Maßnahmen der Isolierung waren. Auf Grund der Bakteriengefahr wurde ihm kein Telefon im Einzelzimmer erlaubt. Wenn er verzweifelt in der Nacht nach den Schwestern klingelte, erschien äußerst selten jemand.

Es war offensichtlich, dass alle den Kontakt mit ihm vermieden, auch wegen der sehr umständlichen Regelung, die den Umgang mit ihm diktierte. Bei jedem Weg hinein oder aus dem Zimmer heraus war eine komplizierte Zeremonie zu beachten, die mir grotesk erschien, Kittel, Haube, Handschuhe, Mundschutz, Desinfektionsmittel. Das alles war dem Personal zu viel Arbeit, abgesehen von den persönlichen Ängsten, die jeder von ihnen haben könnte und die durch diese äußeren Barrieren noch bestärkt wurden.

Jede Menschlichkeit war abhanden gekommen. Sogar der Dienst habende Arzt, der uns verabschieden musste, fasste sich sehr knapp, wie auf der Flucht, und wollte sich kaum in diesem verfluchten Raum der Bakterien aufhalten. Er wollte einen Zettel, der auf den Boden fiel, nicht anfassen, er wollte keinen eigenen Kugelschreiber für die Unterschrift abgeben und war froh, dass ich ihm einen aus meiner Tasche anbieten konnte.

Ich vermute, dass alle Gegenstände, die durch unsere Hände gingen, danach sorgfältig desinfiziert werden mussten. Ja, es war nicht viel besser als bei den Lepra-Kranken zu anderen Zeiten, die ganz weit weg geschickt und gettoisiert wurden. Nur sah man es uns natürlich nicht direkt an, und wir hatten noch das Refugium unserer eigenen Wohnung.

Es war eine versteckte Lepra, so ein Mittelding der modernen Technik. Ich konnte noch unter die Menschen gehen (Thomas nicht mehr, denn er war meistens bettlegerisch), aber es fiel mir immer schwerer, Freundschaften zu pflegen, weil ich wusste plötzlich, dass alle Kontakte sehr zerbrechlich waren. Hätte ich die Wahrheit erzählt, wären viele davon wahrscheinlich weggelaufen.

Im privaten Bereich erzähle ich es keinem, nicht einmal unserer Haushilfe Adela. (Wer weiß, vielleicht hätte sie gar nicht mehr für uns putzen wollen. Mein Gott, bin ich nicht eine

Verbrecherin?) Am Anfang wollte ich es ihr nicht sagen, doch am Ende erzählte es ihr doch, ich warnte sie noch sorgfältiger zu putzen, wenn sie bei uns bleiben wollte; sie glaubte auch nicht ganz an den Virus und blieb uns treu.
Und ich erzählte es auch nicht meiner besten Freundin Martina. Doch diese kommt sowieso kaum zu uns. Wir telefonieren meistens miteinander. Ich hütete mich sehr davor, es den Nachbarn zu erzählen, und genau so wenig irgendeinem Kollegen auf meiner Arbeitstelle im Parfümkonzern. Wenn sie es wüssten, hätte ich sehr schlechte Karten für meine weitere Beschäftigung. Trotz einer ärztlichen Bescheinigung, dass ich nicht krank bin, würden sie mich als Virusträgerin ansehen. Nein, nein, ich kann es nicht. Ich muss weiterhin schweigen.
Nur einem zweiten Menschen habe ich es im Vertrauen enthüllt, unserer Tochter. Sie hat an sich gut reagiert, liebevoll und mit viel Mitleid mit ihren armen Eltern. Aber auch da bekommen wir schon die traurigen Folgen ganz klar vor Augen geführt: Unsere Enkelkinder sind uns entrissen worden. Sie kommen monatelang nicht mehr zu uns, nur zu unseren Geburtstagen und zu Weihnachten. Aber auch dann sind sie nicht mehr die gleichen, fremd, distanziert und eingeschüchtert. Sie wollen sich fast jede halbe Stunde die Hände waschen gehen und die traurigen Schutzmaßnahmen von Tochter und Schwiegersohn erinnern mich stark an die von Krankenhäusern und Krankentransport.
Meine Güte, das ist noch viel schlimmer als jede Krankheit, der soziale Entzug. Ich kann die Lepra-Kranken so gut verstehen! Das war auch für sie das Unerträgliche. Aber wenigstens hatten sie die Freude, ehrlich zu sein, und ganz auf eine Insel verbannt zu werden, auf der alle gleich krank waren. Wir dagegen müssen noch lügen und vertuschen. Manchmal kann ich nicht mehr.

„Mrs. Bromfield, wir laden Sie gerne zur Konfirmation unserer kleinen Monika ein."

„Schade! Ich würde so gerne kommen. Aber Sie wissen, Thomas braucht mich jedes Mal mehr."

„Das sind Ausreden. Kommen Sie, kommen Sie mit uns feiern."

Chaoserinnerungen

Fünf Jahre sind sie schon zusammen, und sie haben die sexuelle Erfüllung noch nicht gesucht... Ich verstehe es nicht, dass sie so lange warten können, und besonders heutzutage, da es nicht üblich ist.

Sie ist so unreif! Ob man es mir glaubt oder nicht, sie ist zu einer Hexe gegangen.
Ich habe sie schon gewarnt: „Sie wird dir bloß das Geld aus der Tasche ziehen und keines deiner Probleme lösen."

Sie hat keinen Eigentumssinn, deshalb geht sie immer rein und raus, ohne zu fragen. Ich kann es ihr nicht verständlich machen, dass das mein Zimmer ist und dass ich allein gelassen sein möchte.
„Geh' andere belästigen, und lass mir meine Ruhe."

Nein, so einen keuschen Freund wünsche ich mir nicht. Er ist übertrieben religiös, immer hinter den Priestern her, und lebt nur für die Kirche.

Es ist ein sehr unangenehmes Telefongespräch gewesen, sehr unbefriedigend; mir läuft es noch kalt den Rücken herunter, wenn ich daran denke.

Und die Hexe hat ihr natürlich das gesagt, was sie hören wollte. Wie kann man so dumm sein?

Sie ist über das Fenster gekommen, das ich aufgemacht habe, weil ich nach meinem unangenehmen Telefongespräch frische Luft brauche. Sie versteht nichts von Gesetzen, Geld,

Höflichkeit. Sie scheint, die Gemütlichkeit meines Zimmers zu mögen, aber ich mag sie nicht.

„Frau Hartmann, ich bin in den letzten Jahren immer krank, und mein Mann ist auch immer krank, wie Sie sehen können. Ich glaube, unsere Schwiegertochter hat uns verhext."

„Ich will dir keinen Vorwurf machen, aber...", sage ich am Telefon, „ich dachte, wir wären befreundet. Warum meldest du dich nie, schon seit Monaten nicht? Warum hast du auf meine letzte E-Mai lnicht geantwortet?"

„Für uns ist es ein Heiligtum, dass wir uns unsere körperliche Reinheit aufbewahren. Ewald und ich, wir nehmen die alten Traditionen sehr ernst. Erst in der Hochzeitsnacht werde ich wissen, was es heißt, eine Frau zu sein."

Ich werde das Fenster noch weiter aufmachen, damit sie wegfliegen kann. Sonst muss ich sie töten.

„Bei unserem letzten Streit habe ich bemerkt, wie sehr sie mich hasst, meine Schwiegertochter. Sie geht immer freitags zu einer Wahrsagerin, die sie wahrscheinlich in allem leitet, wie es damals auch ihre Mutter getan hat. Wer weiß, ob sie meinem Sohn nicht etwas in den Kaffee gibt, damit er nicht von ihrer Macht loskommen kann?"

Und er ist gar nicht liebevoll zu ihr, der Verlobte, immer nervös, beschäftigt mit seiner Arbeit und unter Stress. Er redet mit ihr nur über praktische Dinge, zeigt sich sehr gleichgültig und hart, wahrscheinlich, um jede Spur von Leidenschaft besser zu unterdrücken.

„Ja, du wartetest auf eine Antwort, und ich habe ein sehr schlechtes Gewissen", sagt die Stimme am Telefon. „Ich weiß, dass ich dir Hilfe versprochen habe. Aber meine ältere Schwester ist vor kurzem gestorben; vierzig war sie nur; ihren Mann und zwei Kinder hat sie hinterlassen. Das soll keine Entschuldigung sein, doch... Ich war so geschafft, so unfähig zu reagieren, du verstehst."

„Am besten zeigen Sie mir die ganzen Familienfotos, damit ich mir ein Bild über die Familienmitglieder machen kann. Ist das Ihre Schwiegertochter? Ach ja, sie hat schon boshafte Augen... eine sehr sinnliche Person."

Das Telefonat hat mich erschöpft. Eine tote Schwester! Ich habe großen Respekt vor dem Tod, und besonders, wenn es um eine Schwester geht. Ein paar Sekunden lang möchte ich von der Erdfläche verschwinden, ich möchte nicht mehr sein.

Ich kann auch das Licht in der Diele anmachen, um sie aus dem Zimmer weg zu locken, und dann die Wohnungstür auflassen, bis sie endlich geht. Sonst muss ich sie töten.

„Ja, Ihre Schwiegertochter ist gefährlich. Sie praktiziert Zauberei der schlimmsten Sorte, schwarze Magie unter der Anleitung einer anderen Frau. Sie hat schon vieles an Ihnen ausprobiert, deshalb sind Sie so krank, noch kranker als Ihr Mann. Ich sehe in Ihnen viele Spannungen und einen ständigen Kampf gegen das Böse. Sie brauchen einen besonderen Schutz. Und auch vor Ihrer fünften Schwägerin, die Sie einmal bei einer Beerdigung beleidigt hat, müssen Sie sich besonders in Acht nehmen. Halten Sie sich von beiden fern! Aber das Fernhalten allein reicht es nicht. Ich werde Ihnen einige Schutzmittel geben, die Sie immer mit sich tragen müssen."

Sie heiraten im Oktober. Aktiv, zuverlässig und zielstrebig treffen sie die Vorbereitungen: Möbel für die Wohnung, Brautkleid, Feier, kleine Hochzeitsreise. Sie freut sich natürlich, aber ist sich nicht sehr sicher über ihr Glück. Die Illusionen sind gedämpft. Sie sind in der Routine des Wartens gefangen, besprechen nur Abläufe. Sie sind schon wie ein altes Ehepaar, bevor sie etwas miteinander begonnen haben.

Seltsam! Immer wenn jemand mir Hilfe verspricht, läuft irgendetwas schief. Die eine Dame aus dem Ausland ist im Moment krankgeschrieben und hat mich um Geduld gebeten. Vielleicht wird sie mir irgendwann antworten oder es gänzlich vergessen. Die andere am Telefon hat ihre Schwester verloren, und dazu kann man nur sagen: „Es tut mir leid." Vielleicht sollte ich auch zu der Hexe gehen und sie fragen, was mit mir los ist?

Schutzmittel? Unsinn! Sie will bloß Geld von dir haben.

Es ist unmenschlich, so zu leben. Die lange, gezwungene Enthaltsamkeit hat die Poesie der Liebe für sie zerstört.

„Kann mich meine Schwiegertochter sogar aus der Ferne verhexen? Gibt es keine Grenze für ihre Macht? Sind ihre Gedanken so stark? Und wenn ich in ein anderes Land gehe, könnte ich mich dann von dem Bösen, das sie uns antut, befreien?"

Sie ist einigermaßen vernünftig, sie hat ihre Chance wahrgenommen, und Vernunft wird belohnt. Sie ist endlich weggeflogen. Ich schließe das Fenster.

„Es tut mir leid. Das konnte ich nicht wissen."
Ich komme mir lächerlich vor. Man wartet auf die Antwort eines Briefes und logischerweise ist man berechtigt, eine zu bekommen. Doch die jetzt ausgesprochene Entschuldigung „Todesfall" hat mich auf eine ganz andere Ebene verlagert, in der jeder Vorwurf unberechtigt ist. Aber sie hätte mir sowieso nicht geschrieben, auch wenn die Schwester weitergelebt hätte. Wären wir wirklich befreundet gewesen, hätte sie mir den Tod mitgeteilt.

Unsinn! Frau Hartmann will nicht, dass sie das Land verlässt, sondern dass sie ihre Mittelchen weiterhin kauft.

Eine sehr schöne Hochzeitsnacht werden sie wenigstens haben, oder? Die Entfesselung der Leidenschaften, die Erfüllung der Liebesträume! Na ja, sie träumen nicht so sehr davon wie ich... weil es Sünde bedeutet. Ob sie beim ersten Mal ihrer körperlichen Begegnung enttäuscht sein wird? Nach so vielen Jahren ohne Liebe, wird er brutal oder sanft zu ihr sein?

„Ich hatte keinen besonderen Kontakt zu meiner Schwägerin Roswitha, aber ich hätte nie gedacht, dass sie so etwas machen würde. Ich verdächtigte sie kaum. Ist sie denn sehr stark?"

Sie hätte meine Gründe nie verstanden, warum ich sie nicht haben will. Sie ist weggeflogen, nur weil sie neugierig auf andere Räume ist und in weiteren Häusern schnüffeln möchte, und es ist richtig so. Sie soll mich nicht wieder belästigen, sonst müsste ich sie töten.

Die Bilder der Schwiegertochter und der Schwägerin werden verbrannt. Es stinkt so sehr nach Verbranntem im Zimmer, dass ich wieder das Fenster aufmachen muss. Schade, jetzt da ich mich schon von der einen verabschiedet habe... und vielleicht kommt sofort noch die nächste.
Unsinn, in meinem Zimmer wird nichts verbrannt. Ich muss meine fünf Sinne zusammennehmen und darf die Wirklichkeit nicht verlieren. Diese Frau Hartmann habe ich noch nie gesehen, nur von ihr gehört. Das Fenster bleibt zu, und ich bin erleichtert, dass die eine Belästigung wenigstens nicht mehr da ist... und dass das Telefon nur ein Telefon und keine Menschengestalt ist.

„Meine geliebte Frau, endlich kann ich meinen Durst von so vielen Jahren an dir stillen, jetzt ist es keine Sünde mehr. In dieser unvergesslichen Nacht der offenen Grenzen, in der nichts mehr verboten ist, werde ich fünfhundert Kinder in dich hineinzeugen."

Der Mann, der vor mir steht, will unbedingt, dass ich ihm die Geschichte meiner Gedanken erzähle. Das wird schwierig sein. Er hat jetzt den Platz von ihr... vom Telefon, vom Gestank nach Verbranntem und sogar vom Brautpaar übernommen. Er steht und steht, fragt, wie ich mich heute fühle. So zerstreut wie ich bin, habe ich vermutlich die Tür der Diele aufgelassen, und jetzt will er mir bestimmt etwas verkaufen, gleichzeitig ist er neugierig auf mein Leben.

Ich lache mich tot... Den leidenschaftlichen Bräutigam kann ich mir beim besten Willen nicht vorstellen. Er ist immer so gefasst und priesterlich! Und fünfhundert Kinder auf einmal ist ein bisschen zu viel.

Der Mann vor mir lacht mit, aber eine Spur überlegen und distanziert, auch neugierig, ohne genau zu wissen, worüber ich lache. Bald lache ich nicht mehr.

Immer wenn ich mit jemandem zusammenarbeiten will, wenn jemand mir Hilfe verspricht, dann kommt etwas dazwischen. Die eine Frau, nicht die, die krankgeschrieben ist, und auch nicht die, die ihre Schwester verloren hat, sondern eine dritte Frau, die mir auch „Geduld" empfohlen hat, sagte zu mir:
„Seitdem ich bei Frau Hartmann war, geht es uns noch schlimmer. Ich hatte einen Unfall, und mein Mann musste fast gleichzeitig mit Herzbeschwerden ins Krankenhaus. Ich habe alle Schutzmittel, die sie mir gegeben hat, weggeworfen. Und die waren ganz schön teuer. Du hattest Recht, es hat viel Geld gekostet."

Die eine, die dritte Frau, sagte zu mir: „Ich muss noch 1 526 Gedichte lesen, die schon längst auf meinem Schreibtisch liegen, bevor ich Ihr Gedicht lesen kann. Ja, es wird schon etwas dauern, bis ich mich bei Ihnen melde."

Ob es sich lohnt, so lange auf die Hochzeitsnacht zu warten?
„Du bist natürlich herzlich zur Hochzeit eingeladen."

Der Mann vor mir sagt noch einmal mit wachsender Verärgerung: „Wollen Sie nicht von vorne anfangen und mir erzählen, was Sie bedrückt? Warum sind Sie zu mir gekommen?"

Die Novena der Verwandlung

Auf dem Markt, statt Blumen oder Birnen zu verkaufen, sage ich zu den Passanten lauthals, fast schreiend: „Kaufen Sie mir nichts ab! Gehen Sie an mir vorbei. Meine Blumen sind schmutzig. Meine Birnen sind schmierig, nur Abfall... Verfaultes, nicht mehr Essbares. Sie können alles umsonst bekommen, aber was haben Sie davon? Ich verschenke Ihnen meine hässlichen verwelkten Blumen und mein verfaultes Essen."
Die Leute sind sehr überrascht. Sie denken wahrscheinlich, dass ich verrückt geworden bin. Eine Frau kommt sogar näher und lässt sich ein paar von meinen Blumen schenken.
„Sie sehen noch gut aus. Sie werden noch ein paar Tage halten", sagt sie rücksichtsvoll mit einem klagenden slawischen Akzent der Geduld.
Diese optimistische Lebenseinstellung hatte ich damals auch vertreten. Aber jetzt nicht mehr; alles scheint mir verdorben und würdelos. Ich will nur das eine, meinen Stand auflösen, schnell aufräumen und verschwinden und mich zu Hause vergraben.
Die Kübel, Säcke und Beutel muss ich noch mitnehmen. Und da die meisten Menschen mein Geschenk nicht holen kommen, muss ich die dreckigen Waren noch einpacken, damit ich kein Ärgernis mit der Stadt Salamanca kriege. Diese Stadt strebt besonders nach Sauberkeit und Ordnung und man darf nichts liegen lassen. Sie ist nicht so wie Madrid, meine Geburtsstadt, in der man sich viel freier und ungezwungener von alten Sachen verabschieden kann. Salamanca, Madrid... Seife, Schweiß. Ach, ich beschimpfe keinen, auch keine Stadt, nur mich selbst.
Außer Birnen habe ich noch ein paar Bananen und Orangen.

Ich packe alles in meinen alten Karren hinein und laufe atemlos und wie in Panik zu meinem Auto. Es ist ein sehr bescheidenes, armes Auto, wie ich selbst es bin, so ohne Geld wie seine sehr anonyme und kraftlose Inhaberin, die trotzdem, wie jeder Mensch, einen Namen hat. Ich bin Estrella Cuadras, ein ungesehener Stern.

Der Kioskmann bei uns im Haus nimmt wie gewöhnlich die halbverdorbenen Sachen zu sich mit einem schwachen, eher höflichen als dankbaren „Dankeschön". Ich sage auch „Danke" mit meinem ewig müden Lächeln. Alter Karren, armes, bescheidenes Auto, müdes Lächeln, hässliche Blumen, entkräftetes, schwaches Dankeschön, halbverdorbene Waren, verbilligte, verschenkte, vom Originalwert völlig herabgesunkene Restbestände... Alles wimmelt von Adjektiven bei mir, die eine höchst extreme Negativität in meinem Leben zu umschreiben scheinen.

Mein Stand auf dem Markt brachte mir kaum einen Verdienst, aber es war eine nette Abwechslung, besonders vormittags wenn das Obst und die Blumen noch gut aussahen und noch kein Zeichen des Leidens durch Hitze und Ermüdung von sich gaben. Und die Menschen lobten noch, was ich verkaufte, statt es zu verschmähen, wie es ein paar Stunden später der Fall war.

„Wie die Sachen sich verwandeln", sagte ich zu meiner Schwester Teresa an jenem Tag, als sie mich zum Stand begleitete und ich ihr mit Stolz meine Waren zeigte.

Sie kam hin und wieder mit, aber meistens nur, um zu kritisieren.

„Du verdienst kaum damit. Es ist ein komisches Hobby, das du hast. Du musst morgens so früh aufstehen und alles mitschleppen, wofür denn eigentlich? Als Frührentnerin könntest du stattdessen lange schlafen, dich mit deinem Mann, dem Fernsehen oder der Zeitung beschäftigen."

„Aber du weißt, ich habe das Leben draußen lieber. Und es steckt als ein Erbteil in unserem Blut. Die Eltern hatten auch immer viel Spaß mit Flohmärkten gehabt. Sie sammelten immer alte Sachen, um sie dann später voller Lust und Arbeitsfieber verkaufen zu können. Sie freuten sich ebenso wie ich über die Verwandlung der Dinge. Die alten Sachen wurden wenigstens für ein paar Sekunden für die Käufer zu ganz neuen Sachen, die sich angezogen fühlten und die Hand austreckten.

Natürlich sind Möbel, Bücher, Vasen und Musikinstrumente ganz anders als Blumen und Obst, aber auch diese verwandeln sich täglich unter meinem Blick, und ich finde es interessant, diese Veränderungen zu betrachten: Den Höhepunkt und dann seinen Gegensatz, Vergänglichkeit; auch das Verhalten der Menschen, das so sehr von der Uhrzeit, dem Wetter und dem gesellschaftlichen Impuls der anderen Käufer beeinflusst wird. Am selben Tag ändern sie ihre Meinungen tausendfach. Wie bei Jesus... Am Palmsonntag hatten sie ihn gepriesen und für Gott erklärt, und ihn nach kaum fünf Tagen kreuzigen lassen. Der eine sagt plötzlich: ‚Schön' und die anderen sagen auch ‚Schön' und das bisher Ungesehene erweckt zum neuen Leben."

Teresa kannte meine ganzen Theorien und deshalb fragte sie nicht mehr danach.

„Ja, die Eltern und du. Ich dagegen fand Flohmärkte immer langweilig. Ich hatte eine Abneigung gegen das Aufheben und Häufen von Gegenständen. Ich wollte alles wegwerfen, was nicht unmittelbar zu gebrauchen war."

„Genau. Du bist nie ein Messie gewesen. Die Eltern und ich waren es teilweise. Nur als Kind mochtest du unsere Unordnung, aber dann nicht mehr."

Als junge Frau war ich noch ein Messie gewesen und lehnte alle Männer ab, die unsere Wohnung als zu überladen,

chaotisch und unpraktisch empfanden. Ich hatte einige Männerbeziehungen außerhalb unserer verrückten Wohnung, aber ich blieb unverheiratet, bis ich Gerardo kennenlernte, der mich zivilisierte und mir etwas Ordnung beibrachte.
Teresa sagte oft mit ihrer nüchternen Wahrheitsliebe: „Es ist gut, dass du jetzt mit 60 so wenig Platz hast. So hast du auch nicht die Möglichkeit viel zu häufen."
Tatsächlich... Nur drei kleine Zimmer, Küche und Bad hatten wir, Gerardo und ich. Das Obst und die Blumen waren mein Ersatz geworden, sie entschädigten mich gewissermaßen für all die verlorenen, schon verkauften Gegenstände. Ich häufte trotzdem, ging zu den verschiedenen Gärten meiner Freundinnen die Waren sammeln. Meine Freundinnen Sofie und Trinidad waren diejenigen, die den Hauptbeitrag leisteten nebst Sra. Rut Giménez, meiner ehemaligen Gesangslehrerin, die ein sehr großes Blumengeschäft besaß; sie hatten immer etwas für mich und wir teilten sehr gleichmäßig und gerecht das wenige Geld unter uns auf, das ich bekam.
Ich brachte die herrliche Beute in meinem Karren zu meinem Auto und dann zum Stand, wo sie wie eine lebendige Naturvernissage einige Stunden auf den Tischen lag. Der Unterschied war aber, dass die Sachen am Ende verschwanden, und ich sie nicht mit nach Hause trug wie damals bei den Eltern. Der Kioskmann nahm mir immer alles ab und retette mich vor meiner Sammelsucht.
„Der Kioskmann ist ein rätselhafter Charakter", kommentierte Teresa manchmal. „Tut er das aus Höflichkeit, um dir zu helfen?"
„Er hat eine Großfamilie. Vielleicht kann er noch etwas davon gebrauchen. Er wäscht das Obst sorgfältig, schneldet das Verfaulte ab und die guten Stücke behält er für die vielen Kinder, die er hat."
Rut Giménez hatte eine interessante Geschichte, und

manchmal sprachen Teresa und ich über sie und ihre vielen Kinder, denn auch sie war der Mittelpunkt einer Großfamilie. Sie hatte insgesamt 16 Kinder geboren, auf zwei Ehemänner verteilt; mit dem ersten neun und mit dem zweiten sieben, und die beiden Männer waren Brüder.
Eine der Töchter, Juliana Álvarez, erlangte einige Jahre eine wohlverdiente Berühmtheit in ganz Spanien als Sängerin und Filmschauspielerin. Sie hatte wahrscheinlich von ihrer Mutter das musikalische Talent geerbt. Auf jeden Fall wurde sie zu einem Wunderkind des modernen Chanson, war schon mit acht oder neun Jahren überall in den Radios und im Fernsehen zu genießen. Sie mit ihrer mächtigen Stimme, die nicht mehr so kindlich, sondern eher pubertär, hart und wie die eines erkälteten Knaben klang, wurde zum Star der 60er Jahre.
Sie hatte irgendwie viel Glück gehabt und sich durch gute Beziehungen mit Persönlichkeiten des Franco-Regimes einen Namen gemacht. Man sagte, sogar der Caudillo selbst, der sich sehr wenig für die Kunst zuständig fühlte, hätte sie unter seine Fittiche genommen und würde sie fördern und sich für sie wie für seine eigene Enkelin einsetzen. Wie Lola Flores aus Andalusien, die auch dem Diktator sehr nahe stand, verkörperte Juliana die spanischen Tugenden. Sie war die gute, schöne und brave Spanierin, die fröhlich und temperamentvoll singen und ihre Familie in großzügiger Ergebenheit mit ihrem plötzlichen Erfolg finanziell unterstützen konnte. Ihr tüchtiger Empresario organisierte Konzerte mit ihr überall in Spanien und im Ausland, vorrangig in Lateinamerika, und sogar an zahlreichen Filmen arbeitete sie mit.
Die Mutter war natürlich sehr stolz auf sie. Damals fand ich sie ziemlich unerträglich und vermied den Kontakt. Die achtzehnköpfige Familie waren eine richtige Invasion der Rechten. Sie waren alle sehr katholisch und gingen zusammen in die

Kirche. Aber meistens war die kleine Juliana abwesend, denn sie befand sich auf Tourneen. Aber im Geiste bewohnte sie die ganze Stadt mit ihren königlichen Manieren und den anderen nicht weniger königlichen ihrer Mutter.

Jetzt da schon so viele Jahre seit Francos Tod vergangen waren, empfand ich keinen Groll mehr gegen die damals reich gewordene Protegierte und ihre stolze, privilegierte Familie. Jetzt war Rut ziemlich einsam, verwitwet, mit nur einem Sohn und einer Tochter in der Nähe, die ihr ein wenig beim Blumengeschäft zur Hand gingen. Juliana war schon seit den 80er Jahren völlig verschwunden, keiner außerhalb der Familie redete noch von ihr, und keiner wusste genau, wo sie sich aufhielt (irgendwo in Valencia, sagten einige) und was für ein Leben sie als zurückgezogene Künstlerin in Pension, als nicht mehr gefragte Berühmtheit führte.

Es waren ein paar Gerüchte im Umlauf, dass sie am Ende einen linken Intellektuellen geheiratet hätte. Dadurch empfand sie sich selber als eine neue Persönlichkeit, die nichts gemeinsam mit dem alten Gimenez-Mädchen hatte (Álvarez war ihr Künstlername), und sie schämte sich sehr ihrer Vergangenheit als Protegée des Diktators und auch der faschistischen Ideologie ihrer Familie. Eine zeitlang versuchte sie, alles rückgängig zu machen und sich mit einem ganz neuen Image zu präsentieren wie eine kommunistische Passionaria oder Gorkis „Mutter", aber sie konnte sich nicht mehr als die neue Künstlerin des Postfrankismus durchsetzen.

Ihre Versuche im Theater und Film blieben erfolglos. Es gab kein Publikum mehr für Opportunisten oder tatsächlich doppelgesichtigen Identitäten. Sie war kein Wunderkind mehr, sondern eine von vielen jungen Frauen mit einem nihilistischen Revolutionär an der Seite. Sie war wie eine verwelkte Blume, an der keiner Interesse zeigte.

Der ehemalige Erfolg war nur ein Trug gewesen, sie

verkörperte eine ganz andere Generation, vor allem die Franco-Zeit, die jetzt besonders verpönt und nicht mehr verklärt war, sondern an die eher mit Skepsis und beinahe mit empörtem Ekel erinnert wurde. Sie war jetzt nicht einmal mehr jung, denn sie war in meinem Alter wie mein Zwilling des Zufalls. Wir waren beide 1954 geboren.
An jenem Apriltag 2012 sagte Teresa erneut zu mir: „Du verdienst kaum damit. Es ist ein komisches Hobby, das du hast."
Teresa war meine jüngste Schwester, 14 Jahre jünger als ich. Ich hatte noch zwei, Eugenia und Jacinta, aber mit ihnen hatte ich keine so tiefe Beziehung. Meine Baby-Schwester hatte ich in meiner Jugend mehr als alle übrigen Menschen geliebt, und auch später, auch wenn sie mich manchmal kritisierte und meine Lebenseinstellung hinterfragte. Sie fand mich oft zu wenig flexibel, hartnäckig und unveränderlich, zu sehr auf einen Punkt programmiert, von Besessenheiten getrieben und noch in dem Glauben, in den 68er Jahren zu leben. Sie dagegen war schwankend, veränderlich, zeitbezogen. Wir waren die zwei gegensätzlichen griechischen Philosophen, Heraklite und Parmenides, sagten wir gelegentlich im Scherz, nicht weil wir über unser klassisches Wissen über das Altertum pedantisch angeben wollten, sondern weil es das einzige war, was wir über das komplizierte Fach der Philosophie überhaupt verstanden, die zwei antithetischen Pole, Stabilität und Festigkeit: Parmenides; Veränderung und Bewegung: Heraklite.
Ich war natürlich die ältere, nicht mehr dynamische Parmenides-Vertretung. Nichts ändert sich in Wahrheit: Das Sein bleibt permanent, was es schon immer war. Hatten meine Messie-Eigenschaften etwas damit zu tun gehabt? Wahrscheinlich schon. Ich wollte alles behalten und klammerte mich an jedem Gegenstand. Alles, was in meiner

Vergangenheit eine Rolle gespielt hatte, bat mir Geborgenheit und ich wollte es konservieren, dass es weiter mit mir existierte, während Teresa, alles wegwarf und Neues besorgte, so oft es ihr finanziell möglich war, um der Veränderung den Weg frei zu machen.

Mein kleiner Heraklite, meine gute Schwester, machte jetzt eine sehr schwierige Zeit durch. Ihre Augenkrankheit, der Sekundärglaukom, den sie mit 30 Jahren durch zu viel Kortison bei einer Netzhautoperation bekam, war mit den Jahren immer schlimmer geworden und jetzt konnte sie mit ihrem einzig gebliebenen linken Auge kaum noch etwas sehen. In den kommenden Tagen musste sie sich wieder einer Operation, einer Trabekulektomie, unterziehen, um ihren kleinen Sehrest zu behalten, obwohl alles sehr riskant war, denn bei jeder Operation verlor man an Sehkraft und es gab keine Garantie, dass nicht noch unvoraussehbare Komplikationen wie Blutungen und Infektionen bevorstünden.

Sie zögerte bei der Wahl der Ärzte. Sie war sehr unglücklich und allen gegenüber misstrauisch. Sie hatte einen Lebensgefährten, Mauricio, der ihr wenigstens in dieser Krise beistand und sie überallhin zu Ärzten und den verschiedenen Kliniken des Landes und sogar im Ausland, Moorfields in London, begleitete.

Ich betete ständig für meine Schwester, bisher ohne festen Plan, aber später nahm ich mir vor, dass mein Gebet neun Tage lang dauern sollte. Es würde eine sogenannte Novena sein, wie unsere Mutter oder Frau Gimenez sie öfters machten. Aber das allein würde schwer genügen, sagte ich mir immer wieder. Nur eine Novena wäre unausreichend gewesen.

Ich wollte nicht nur Gebet, sondern viele neue mystische Gefühle und Handlungen in jeden dieser Tage hineinbringen. Ich wollte eine unendliche Ekstase und Selbstreinigung, eine graduelle aber auch totale Veränderung meiner inneren Kräfte herbeiführen, so dass es ganz eindeutig und unwiderruflich darauf hinauslaufen würde, dass ich spätestens am achten oder neunten Tag einen sehr intensiven, erschütternden Höhepunkt erreichen könnte.

Ja, so ein Wunder zu erbeten, das Augenlicht meiner Schwester, war keine frivole Angelegenheit, sondern erforderte so viel spirituelle Energie, Rührung, Glaube, Dankbarkeit, Vermischung von Hoffnungs- und Angstzuständen...

Ich wollte ein besserer Mensch werden, schon ab dem ersten Tag, bevor ich mit der Novena anfing. Ich wollte leuchten, funkeln, zittern und im Flüsterton sprechen wie eine Kerze. Am ersten Tag sollte ich vielleicht schon mit dem Fasten beginnen, mit riesigen Schritten meine Gewichtseinheiten umbenennen. Am zweiten Tag würde ich zu einem Kloster gehen und meditieren, aber parallel dazu sollte ich auch tätig werden, mit Spenden, der Pflege von Kranken und guten Werken aller Art die Welt beschönigen.

Ich wollte für die anderen arbeiten, nicht nur für mich selbst, keine Eigensucht, keine Habgier mehr, und an ihrem Platz eine große Liebe zu Gott und den Menschen. Ich würde musizieren, wandern, gute Bergesluft tief einatmen, eine leichte, singende und gesunde Heilige sein, die noch imstande wäre, mit ihrer Milde und gleichzeitigen Stärke die anderen zu erfreuen.

Wie theoretisch das alles ist, wurde mir nicht so ganz bewusst. Auf jeden Fall war ich voller guter Vorsätze. Aber ich verzögerte meine Novena immer. Noch war der Zeitpunkt nicht da. Ich war nicht reif und vollkommen genug, um meine Persönlichkeit zu ändern. Ich war entschlossen, es bald zu tun, doch ich wartete noch etwas ab. Mein Fasten zusammen mit dem Gebet und den guten Taten, alles würde spontan

erfolgen, schon allein aus Dankbarkeit, sobald die ersten Anzeichen der Heilung meiner Schwester ersichtlich würden.
Aber Teresa erholte sich nicht so schnell, es gab Komplikationen und sie musste ein zweites Mal operiert werden. Die Heilung wurde immer schwieriger, in die Ferne gerückt, obwohl sie noch nicht ganz aussichtslos war. Ich hatte ein schlechtes Gewiesen, weil ich mit meiner monumentalen Novena noch nicht angefangen hatte. Bei so einer radikalen Veränderung konnte ich mich nicht so beeilen. Vielleicht hatte ich in meinen Ansprüchen zu hoch gegriffen, doch ich wusste, dass es mir diesmal ernst sein sollte.
Es war nicht so, dass man ein schnelles Vaterunser ausspricht und sich dann dem nächsten Geschäft zuwendet. Meine mystische Phase oder zumindest meine längst angekündigte Vorbereitung daraufhin deutete schon auf einen Fortschritt in meiner Religiosität und Überzeugung hin, dass ich nicht so leer und gegenüber den göttlichen Gaben so abgestumpft weiterleben durfte.
Teresa konnte kaum noch etwas sehen. Einen ganzen Monat war sie wegen einer Augenblutung sogar in völliger Dunkelheit und ich befürchtete, dass sie es seelisch nicht verkraften würde. Sie war nie so viele Monate krank geschrieben und ihr Beruf als Event-Managerin in einer großen Firma war durch ihr schlechtes Sehen sehr gefährdet. Ihr Freund führte sie und sie schwankte mit Unsicherheit und Depression durch die Straßen von Salamanca. Sie kam nicht mehr zu meinem Stand, sondern ich musste sie manchmal besuchen.
Einmal sagte ich zu ihr, während ich meiner Besessenheit nachhing: „Ich möchte eine Novena für dich beginnen, schon längst habe ich es vor, und ich muss meine Verpflichtung erfüllen. Aber es ist nicht nur Gebet, ich muss mich ganz ändern, ganz anders leben."
Teresa sagte skeptisch und sogar verletzt: „Aber es geht um

ein Wunder für mich, für meine Augen... Warum willst du unbedingt Vermittlerin zwischen Gott und mir sein?"
„Du hast Recht. Hoffentlich bestrafft mich Gott nicht wegen meiner Eitelkeit. Es ist schon eine Unbescheidenheit, immer die Heilige spielen zu wollen, um für die anderen zu sorgen. Andererseits denke ich, und mein Instinkt sagt es mir immer wieder, wenn wir für andere bitten, haben wir mehr Kraft als wenn wir für uns selbst bitten."
Sicherheitshalber verbot mir Teresa nicht für sie zu beten, aber ich kam mir mit meiner immer verspäteten Novena etwas lächerlich vor, wie jemand, der große Siegesmärche posaunt und sich für besondere Auszeichnungen bereithält, und dann nur die Zeit verstreichen lässt.
Bei der zweiten Operation, bei der Teresa einen kleinen Sehrest erlangte und mit einer großen Lupe wenigstens in die Lage kam, Zahlen und Buchstaben zu lesen, war ich wieder hin- und hergetrieben dazwischen, meine Novena sofort ohne Verwandlung zu beginnen (was bestimmt nicht sehr produktiv gewesen wäre) oder noch auf die Verwandlung zu warten. Ich spürte sie unmittelbar und sehr nahe, meine Verwandlung, aber ich konnte nicht genau voraussehen, ab wann diese beginnen würde.
Genauso wenig wie ich nie ein Gespür für die Nähe des Todes gehabt habe, verschätzte ich mich ebenfalls gewaltig in der Beurteilung meiner eigentlichen Entwicklung. Es war so etwas Dummes von meiner Seite! Ich wünsche, ich hätte die scharfe Nase eines Hundes, um den Tod ein paar Stunden davor riechen zu können. Als meine Mutter starb, war ich so ahnungslos, dass ich ein paar Stunden davor mit ihr telefonierte, und ohne mir viel dabei zu denken, über ihren Gesundheitszustand leichthin scherzte. Noch jetzt bekomme ich eine Gänsehaut, wenn ich mich daran erinnere, wie wenig aufnahmefähig und auf die Todessituation gefasst ich

reagierte, als es geschah, obwohl sie schon weit über achtzig und mit einem Herzleiden behaftet war.

Ich habe keinen sechsten Sinn wie andere Menschen, keine übernatürlichen, parapsychologischen Begabungen der Fernsicht. Ich glaube, der Tod wird mich immer mit seiner Plötzlichkeit überraschen und entsetzen.

Und das gleiche geschah mir auch mit Gerardo: Er war schon lange krank, über sechs Jahre, und seit seinem letzten Krankenhausaufenthalt war er immer noch kränker, mit noch weniger Organen, die einwandfrei funktionierten, mit mehr Schwäche, Depression und geistiger Apathie. Trotzdem hing ich mit meiner unbesiegbarer Naivität an seiner Figur wie an der des immer lebendigen Menschen, für mich nie sterblichen Geliebten. Bis zuletzt glaubte ich noch, dass er alles überleben würde, dass alle Schäden noch reparabel seien und dass er weiterhin von allen Krankheiten wie in der Vergangenheit gerettet werden könnte.

Teresa erholte sich noch mit viel Geduld und Tapferkeit von ihrer zweiten Augenoperation. Wir riefen uns öfter an, als dass wir uns je trafen. Sie erzählte mir meistens von ihren Sehschwierigkeiten und ich von den Krankheiten meines Mannes. Manchmal redeten wir zur Abwechslung auch über die neue Regierung der Rechten in Spanien, die vielen Kürzungen in den bedrohten und gescheiterten europäischen Ländern. Wir erinnerten uns (besonders ich) noch an die Franco-Zeit und an Juliana Álvarez.

Hin und wieder ließ ich auch noch eine rätselhafte Bemerkung fallen, dass ich meine Novena der Verwandlung bald anfangen wollte, weil ich eine existentielle Krise durchlief und sehr unzufrieden mit mir selbst war. Ich war wie eine Schallplatte und wiederholte mich ständig. Ich wollte besser sein, um für meine Lieblinge, für Teresa und meinen Mann zu beten.

Teresa achtete nicht so sehr darauf, auf meine spirituellen

Bestrebungen, auf mein schreiendes Bedürfnis nach einer Veränderung, nach Nähe zu einem Wunder Gottes und zur Transzendenz. Mit unerschöpflichem Optimismus und schwungvollen, positiven Ansätzen verkündete ich meine Phasen der seelischen Reinigung.

„Schon am ersten Tag werde ich zu fasten beginnen, nur Wasser und Säfte. Nach dem neunten Tag werde ich so schlank wie du sein. Gleichzeitig werde ich ins Kloster gehen, meditieren, allen Menschen Gutes tun. Nur im Moment kann ich es noch nicht, weil mein Mann mich so sehr braucht. Das heißt, mit dem Fasten könnte ich schon beginnen, und mit dem Gebet. Vielleicht bin ich zu ehrgeizig. Man kann nicht alles auf einmal erreichen."

Das Wunder für Teresas Augen und die Gesundheit meines Mannes wurden zu meinen zwei großen Leidenschaften, die alle meine Gedanken beanspruchten. Sogar für die Erinnerung an vergangene Zeiten hatte ich wenig Kraft. Ich erinnerte mich gelegentlich an unsere Messie-Wohnung bei den Eltern, Obst und Blumen verkaufen auf dem Markt ging ich jetzt äußerst selten, nur einmal im Monat, wenn es die Pflege meines Mannes erlaubte. Und dann, eines Tages, als ich es am wenigsten erwartete, starb Gerardo.

Um sieben Uhr Morgens klingelte das Telefon und die Stimme einer russischen Ärztin auf der Station, die ich flüchtig kannte, änderte mein ganzes Leben mit nur einem Satz: „Ihr Mann ist verstorben."

Gewiss, alles war anders, und ich bekam so ein Grauen vor dem mir bevorstehenden Tagesablauf, dass ich in dem Augenblick auch gerne weggestorben wäre. Alles unerträgliche Bilder: Abschied von ihm nehmen, obwohl es schon zu spät war, um mit ihm zu reden... Mir dann Vorwürfe machen, weil ich in der Nacht in seiner schweren Stunde nicht bei ihm gewesen war, und mir doppelte Vorwürfe machen, weil er im Krankenhaus und nicht zu Hause, wie er es wollte, verschied...

Dann Beerdigungsinstitut, Papiere vorbereiten, Verwandte anrufen, ein Meer von Tränen überall verbreiten wie die peinliche Inkontinenz der Trauernden... Und in den kommenden Tagen noch mehr Tränen, wie ein wachsendes Laster, das keine Grenzen mehr kennt, Gegenstände von ihm aus der Wohnung entfernen; ihn instinktiv in seinem Zimmer suchen, wenn ich hereinkomme... Allen der Reihe nach an verschiedenen Tagen die grauenvolle Nachricht geben und mir ins eigene Fleisch schneiden wie ein Sadist: dem Pflegedienst, der Bibliothek, der Bank, der Apotheke, dem Zahnarzt, der noch ein Gebiss für ihn bei der Kasse beantragt hatte, dem orthopädischen Geschäft, in dem noch ein paar Schuhe für ihn angefertigt wurden.

Alles umsonst, meine Anstrengungen und seine eigenen, umsonst; seine Hoffnungen noch zuletzt, einen kleineren Tisch für die Küche zu kaufen, damit er mehr Platz für seinen Rollstuhl zum Kochen hätte…

Die Tränen kommen nicht mehr zum Stillstand: Teresas Augen werden und werden nicht besser trotz mehrerer Operationen, und Gerardo ist tot. Es kommen keine Wunder mehr vom Himmel. Kein Urlaub und keine Freizeit mehr mit ihm zu verbringen, und Teresa ist von ihren Schwierigkeiten im Leben besessen. Zum ersten Mal können wir uns nicht gegenseitig trösten.

Das Schicksal hat uns sehr arm gemacht. Und das geschieht mir gerade jetzt, als ich mir vorgenommen hatte, wie ein orientalischer Mönch, gut, weise und erhaben zu sein! Jetzt bin ich eine Witwe, so ein komischer Gegenstand geworden. Ob Mutter ohne Tochter, Waisenkind oder Witwe, wer kann es definieren? Ich bin sehr unglücklich und leer.

Ich weiß nur, dass meine stiefmütterliche Beziehung zum Tod

ganz anders geregelt werden sollte. Aber wie? Ich vergesse immer wieder, dass er existiert und er überrascht mich immer wieder schmerzhaft. Bin ich überhaupt noch lernfähig? Wann soll ich jetzt mit meiner Novena der Verwandlung beginnen?

Zu der Autorin

Pilar Baumeister, 1948 in Barcelona, Spanien, geboren, lebt seit 1975 in Deutschland. Sie studierte deutsche, englische und russische Philologie.

Nach ihren Werken „Estados Interiores" und „El Antro de los Extraños" auf Spanisch schreibt sie seit vielen Jahren auf Deutsch.

Sie hält häufig Vorträge in Schulen und Kulturzentren von Madrid und Segovia in Spanien. In Deutschland tritt sie bei Tagungen des Verbandes Deutscher Schriftsteller, bei Lesungen im Dunkeln und Lesungen mit zweisprachigen, zugewanderten AutorInnen auf. Seit 2006 leitet sie ein NRW-weites Projekt: Lesungen von AutorInnen mit Migrationshintergrund in deutscher Sprache. Hierzu gehört das „Festival der multikulturellen Literatur NRW" in Köln, das vom 31. August bis 2. September 2015 zum ersten Mal stattgefunden hat. Außerdem ist sie seit 1999 Sprecherin der Schriftsteller mit Migrationshintergrund im VS NRW.

Pilar Baumeister schreibt vorwiegend Kurzgeschichten, aber auch Lyrik, Romane und literarische Essays. Thematisch bezieht sie sich oft auf ihre Blindheit und die Reaktionen der Gesellschaft darauf, auf ihre doppelte Heimat (Deutschland und Spanien), auf Zweisprachigkeit, Multikulturalität, Krisensituationen und das Zusammenleben mit Familie, Freunden oder Fremden.

Publikationen (Auswahl):

„Getrübte Beziehungen", Norderstedt, 2015
„Die Gedankenleserin - eine fantastische Novelle", Norderstedt, 2015
„Bis morgen - Geschichten über Wiederholungsrituale", Norderstedt, 2015
„Me escondí, pero gritaba para que me oyesen. Poemas de Minerva y otras voces" (auf Spanisch), Norderstedt, 2015
„A pesar de Franco... Los mejores momentos" (auf Spanisch), Norderstedt, 2015
„Exotische Geschichten: Wo komme ich her?", Norderstedt, 2014
„Das Schiff Pardis für alle, auch für die Blinden", zweisprachiges Märchen (Deutsch-Spanisch), Bonn, 2011
„Wir schreiben Freitod... Schriftstellersuizide in vier Jahrhunderten", Frankfurt am Main, 2010
„Lyrikbrücken, Zehn blinde Dichter aus zehn Ländern Europas", Berlin, 2009
„Zwei Länder, die sich lieben. Geschichten aus Spanien und Deutschland", Bonn, 2006
„Die Erfindung des Erlebten. Geschichten über Behinderung, Erotik, Jenseits", Essen, 2000

www.pbaumeister-andreo.de